조드

가난한 성자들

1

김형수 장편소설

가난한 성자들

1

자음과모음

차례

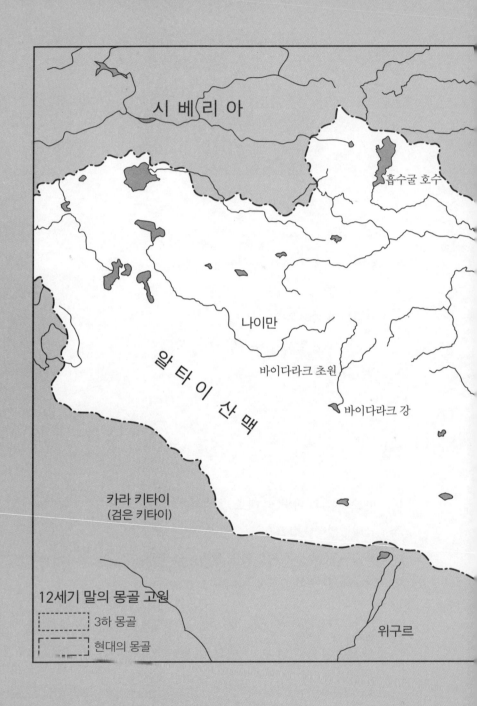

시 베 리 아

흡수굴 호수

나이만

바이다라크 초원

알타이 산맥

바이다라크 강

카라 키타이
(검은 키타이)

위구르

12세기 말의 몽골 고원

┄┄┄┄ 3하 몽골

┅┅┅┅ 현대의 몽골

물방울님께 비나이다

옛날도 아주 옛날. 대지가 처음 모양새를 갖추고, 이제 해가 뜨는가
하면 나뭇잎이 깨어나고 달이 솟는가 하면 창포가 푸르러지게 된
후의 일이다. 하늘에서 떨어진 조그만 연못 하나가 자라서 아주 커
다란 호수가 되었다. 웅덩이가 어찌나 크던지 둘레를 돌아본 사람
이 없었다. 더러 둘러보겠다고 나서는 이가 없지 않았지만 살아오
지 못했다. 웅덩이의 길이보다 인간의 수명이 짧았기 때문이다. 하
지만 밤으로 낮으로 삼백육십 개의 강이 흘러들어 천 개의 물방울
이 한 방울처럼, 그 한 방울의 천 개가 또 한 방울처럼 만나고 섞이
고 흐느적대길 또 얼마.

물의 나라에 갇힌 스물일곱 개의 섬들도 달아날 엄두를 내지 못
했다. 웅덩이를 빠져나가는 길은 한 줄기밖에 없으니, 대부분의 물

방울은 하늘로 올라갈 때까지 기다려야 했다. 땅 위에서 가장 오래되고, 땅 위의 사람들이 가장 필요로 하는, 깊고 차갑고 맑은 물이 항상 넘쳐나도 훔쳐 가거나 더럽히는 사람도 없었다. 호수를 어지럽히기에는 인간의 세상이 너무 작았다.

> 흘러가는 물의 주인들
> 빙빙 도는 강굽이 주인들
> 불어대는 바람의 주인들
> 누워 있는 돌의 주인들께 비나이다

이 같은 평화가 얼마나 갔는지 모른다. 물가에서 살았던 많은 사람들, 물에 얽힌 많은 사연들도 후세에 기억되지 못했다. 겨우 살아남은 이야기들은 전해지다 끊기고 변형되었다. 가령, 연못에는 하늘에서 하얗고 고운 백조 세 마리가 내려와 깃을 벗어놓고 목욕을 했다는 전설이 있다. 어떤 사냥꾼이 훔쳐보다가 깃 하나를 감추어서 못 올라간 한 마리를 아내로 삼았다. 그리고 아이를 여섯이나 낳았을 때 깃을 내주었더니 다섯을 데리고 날아가버렸다. 남겨진 아이가 커서 자식을 낳고, 자식이 또 자식을 낳고, 그러다 열세 개의 부족으로 늘게 되어서…… 같은 이야기가 마을마다 부족마다 각색되었다.

훗날, 숱한 예언자와 정치가들이 나서서 이러쿵저러쿵 떠들었지만 연못은 그 모습 그대로였을 뿐이다. 오직 인간의 마을만이 그 곁에서 열심히 씨족을 모아 부족을 만들고, 부족을 키워서 국가를 삼고, 국가를 이어서 체제라 부르기를 그치지 않았다. 물의 고향은 하나인데 백조의 자식들은 어쩌자고 뿔뿔이 흩어져 천 개의 언어와 천 개의 풍습과 천 개의 생김새로 멀어져 갔는지. 어떤 놈은 추운 데서만 살고 어떤 놈은 더운 데서만 살라고 길을 막고 성을 쌓아서 제각기 대지를 쪼개고 나누어 갖자, 제기랄, 전쟁의 시대가 막을 올린다.

안타까운 일이다. 처음에 호숫가에서 점점이 흩어져 살던 무리들이 조금씩 불어서 힘을 겨루고 대립하더니, 자신의 무리가 더 우월하다는 것을 보여주기 위해서 어떤 때는 이쪽에서, 또 어떤 때는 저쪽에서 한 씨족이 다른 씨족을 약탈했다. 작은 학살은 자라서 큰 학살이 되었다. 시간이 흐를수록 더욱 많은 양의 피가 사용되었다. 다른 무리를 눈에 띄는 대로 정복하고 섬멸하는 사람을 지혜롭게 여기고 존경하는 풍속까지 생겼다. 서로를 포용하는 미덕 같은 것은 바보들이나 아는 거라서 영리한 눈에는 보이지도 않았다. 다른 무리와는 어쩌다 눈길을 마주치는 것도 위험했다. 싫으면 배우자를 약탈해 와야 했다.

이렇게 해서 씨족마다 토템이라 하는 이상한 발명품을 하나씩 갖게 되었는데(토템은 자신들의 핏줄을 보다 고귀한 것으로 만들기 위해서 고안된 인류 최초의 이데올로기였다), 이제부터 이야기하려는 늑대족의 내력도 일종의 그런 것에 속한다.

눈먼 가수의 길

정확히 언제 어디서 그 같은 족속이 출현했을까?

한 처음에 씨족의 우두머리에게 예쁜 딸이 있었다고 전해져온다. 그 딸은 아주 예뻤다고 한다. 하도 예뻐서 신하들은 훔쳐보기조차 두려웠다. 백성이란 호기심은 많지만 좀처럼 도드라지지는 않는 풀잎 같은 존재들인지라 공주 이야기를 바람 타는 소문으로 만들어 여기저기 퍼뜨렸다. 소문은 동네 조무래기들에게도 옮겨 붙어 노래가 되었다.

공주님은 사내의 눈을 멀게 한다네
장군님도 멀고 임금님도 멀었네

예쁜 여자를 보면 사내들의 눈이 멀게 된 것은 이때부터였다.

용맹한 장수들도 공주와 어울리면 장님이 되었다. 우두머리도 차츰 눈이 부셔서 머잖아 눈빛을 잃을까 불안하였다. 신하들이 나서서 대책을 세우지 않을 수 없었다.

— 공주님을 빨리 시집보내야 합니다.

— 그랬으면 좋으련만 마땅한 사람이 없으니, 원.

우두머리는 날이 갈수록 걱정으로 새는 날이 많아졌다. 도대체 공주를 어디로 시집보내느냐, 이건 마을 사람들에게도 숙제가 되었다. 여러 날을 궁리하던 끝에 우두머리는 그 일을 하늘에 맡기기로 결정하였다.

— 이 같은 딸이 어찌 사람과 짝짓기를 바라겠느냐. 햇빛이든 달빛이든 하늘이 오면 데려가도록 해주어라.

그리하여 버드나무 끝에 둥지로 된 집을 지었다.

공주는 이제 사람들의 눈길이 닿지 않는 가느다란 가지 끝에서 바람과 어울려 살게 되었다. 한없이 맑고 푸른 하늘을 먹구름이 덮으면 공주의 얼굴도 울상이 되고, 햇살이 비추면 공주의 얼굴도 꽃처럼 방실거렸다. 하늘이 손님을 보내는 때가 언제일지는 모른다. 그녀는 부스럭거리는 소리만 들려도 행여 임일까, 문을 열었다.

'대낮에 모셔 갈지 야밤에 훔쳐 갈지, 하지만 먼저 오는 사내가 그자일 거라.'

그러던 어느 날 늑대 한 마리가 찾아와 둥지 아래쪽에 털퍼덕 턱을 깔고는 자리를 지키기 시작했다. 밤이 되어도 가지 않고, 비가 오고 눈보라가 쳐도 자리를 뜨지 않았다. 네발 가진 짐승이지만 하는 짓이 갸륵해서 살펴보니 신통한 것이 한두 가지가 아니었다. 늑대는 땅바닥에서 뒹굴어도 털에 흙이 묻지 않고, 공주를 한없이 올려다봐도 눈이 멀지 않았다. 그러고는 워어- 울 때마다 신령스런 소리가 멀리 하늘까지 갔다가 되돌아왔다.

— 맞아. 저건 하늘의 음성이야.

공주는 마침내 늑대가 하늘의 손님이라고 믿게 되었다. 네발 달린 짐승 중에 발자국이 검지 않고 하얀 것은 늑대밖에 없었던 까닭이다.

그리하여 둥지에서 내려와 둘이 살림을 차렸는데, 그 사이에서 태어난 자식들이 모두 푸른 하늘을 섬겼다. 그리고 그 자식의 자식들까지도 노래를 잘했다. 어떤 어려움이 닥쳐도 절망하지 않고 마치 늑대처럼 목을 쭉 늘여서 청승맞은 장가(長歌)를 뽑으면 조상님이 와서 도와준다고 믿었다. 그래서, 찬바람이 불어도 우워어어-, 달빛이 흘러도 우워어어어-.

이 이야기를 어디까지 믿어야 할지 알 수 없다. 다만, 늑대족이 노래를 아주 잘했다는 점은 기록에도 남아 있고, 그 후손들에 의해 유전학적으로도 증명이 된다. 그 후예들이 오늘날 지구 복판의 고원에서 살게 된 까닭도 늑대에게 물려받은 노래 때문이란다.

떠돌아다니는 산에 숨다

늑대가 우는 소리는 아주 멀리까지 퍼졌다. 늑대 울음이 하늘을 돌고 산자락에 내려오면 인근에서는 다들 넋을 놓았다. 그래서 노래를 못하는 사슴족들은 못생긴 늑대가 저토록 매혹적인 소리를 내는 것이 이만저만 거슬리는 게 아니었다. 알다시피 사슴의 목소리는 참으로 볼품없었던 것이다.

가파른 언덕은 말을 고생시키고 까다로운 성미는 몸을 고생시킨다고 했다. 사슴들은 배가 아픈 나머지 세상을 비추는 해를 두 뿔 사이에 걸쳐서 하늘 숲으로 가져가버렸다.

— 성깔 사나운 것들. 어디 깜깜한 곳에서 실컷 노래나 하고 살아

라, 네놈들 앞에 아침이 잘도 오겠다.

이 때문에 늑대족은 몇 개월씩 밤이 걷히지 않는 어둠 속에서 살았다. 원수도 그런 원수지간이 없었을 것이다.

한데, 불행하게도 흰 사슴족의 처녀 하나가 늑대족의 노래에 마음을 빼앗겨 병을 앓게 되었다. 어느 늑대 사내의 노래를 하루라도 듣지 않으면 밥을 먹을 수도 없고 잠을 잘 수도 없는 이상한 병이었다. 그녀는 속을 앓다 못해 석양에 해를 옮기는 일도 중단해버렸다.

사슴 처녀는 늑대 사내가 들려주는 노래를 듣기 위해 밤마다 무리를 빠져나갔다. 마을 뒤쪽 먼 곳을 떠돌아다니는 애절한 소리, 그들이 주고받는 노래는 날마다 별빛에 젖어서 연못가 풀잎의 이슬로 맺혔다.

그토록 간절한 남녀가 사이좋게 어울려 살림을 차리면 하늘이 보기에 얼마나 좋을까. 하지만, 그 시절의 근친혼은 족장까지도 지키지 않으면 안 되는 아주 엄격한 풍습이었으니, 처녀는 하늘을 나는 기러기의 발목에 제 마음을 매달아 보내는 것 외에는 달리 길이 없었다. 그러다 점점 배가 불러와서 어른들의 눈길을 피하는 것조차 어려워지고 말았다.

처녀는 혼자서 고민하고 또 고민하였다. 사내도 남몰래 결심하고 또 결심하였다. 그리하여 어느 초저녁 하늘에 한없이 처량한 눈썹달이 그려진 밤. 하얀 눈밭에는 별빛이 고여 푸르기조차 한데, 사내는 처녀를 데리고 고즈넉이 연못가에 섰다.

─사랑아, 저 호수를 건너면 한없이 광활한 초원이 펼쳐진대. 우리도 새 떼들을 따라가자. 하늘에서 떨어져 내린 기러기 울음소리

를 딛고 가면 길을 잃지 않을 수 있어. 그리고 우리가 연못을 건너고 나면 눈밭이 녹아서 발자국을 전부 지워줄 거야.

두 사람이 몰래 야반도주를 하자 씨족 마을은 난리가 났다. 이곳저곳 수소문해서 알아본 결과 사슴족의 원수였던 늑대족의 사내놈과, 늑대족의 원수였던 사슴족의 계집년이 피 흘려서 지켜온 토템의 약속을 깨뜨리다니! 썩을 놈, 잡년, 배신자, 오사할 것들…… 아무리 욕해도 부모의 입장에서는 자식을 잃는 것보다 조금이라도 행복하게 해주는 게 한결 마음이 가는 일인지라, 이웃들 몰래 살금살금 찾으러 다니지 않을 수 없었다.

그러나 도둑살림을 차리겠다고 도망간 남녀를 무슨 재주로 찾는다는 말인가.

고원은 천 개의 봉우리들이 모여서 하나의 평원이 되었다. 그 한없이 넓은 벌판을 아무리 누벼도 보이는 건 막막한 지평선뿐. 바람을 타고 온 소문에는 두 연놈이 필시 보르칸 산으로 숨어들었다는데, 불러도 외쳐도 시늉하는 것이라곤 구름밖에 없었다.

보르칸 산이라는 게 본래 귀신이 쓴 영물이었다. 초원의 유목민들은 그것이 한곳에 머무르지 않는 산이라 하여 아주 거룩하게 여겼다. 정착민의 눈에는 보이지 않는다. 그래, 길을 물어서 찾아가보면 산이 어디로 갔는지 행적이 묘연했다. 고원에 흩어진 수많은 흙무덤들 앞에, 옆에, 또 뒤에 틀림없이 보르칸 산이 있다고 했는데, 가보면 또 어디로 숨어버렸다. 산이 이렇게 제 발로 돌아다닌다는 사실을 알고 양가 부모도 마침내 자식을 찾는 걸 포기하고 말았다.

사흘 앞을 스쳐가는 바람 소리를 듣는 사람

세월이 흐르자 그 시절은 모두 사라졌다. 보르칸 산에서 살림을 차린 남녀가 행복을 누렸는지 말았는지 따위를 궁금해하는 사람도 없게 되었다. 그 후손이 열 번쯤 바뀌도록 핏줄이 이어졌으니 누군가는 화로의 불씨를 지키느라 여러 번 울기도 했을 것이다. 하지만 대부분의 족적은 희미했으나 그중 한 사람, 외눈박이라는 조상만은 두고두고 집단의 기억에 남아 있었다.

외눈박이는 형제였는데, 눈이 하나밖에 없는 건 형이었다. 형은 어렸을 때 마을에 전염병이 돌아서 천연두로 죽었다. 한데, 나무 밑에 버려진 주검을 저승사자가 보고도 데려가지 않았다. 마지못해 제 발로 찾아가자 꾸짖더란다.

"몸이 아직 살아 있는데 왜 왔느냐?"

곧바로 되돌려 보냈다면 평범한 사람이 되었을지 모른다. 그런데 저승사자가 데려다가 부자, 가난뱅이, 기쁨, 슬픔, 노래, 민담 따위를 잔뜩 보여주면서 하나를 선물로 주겠다고 한 것이다. 순진한 아이는 민담을 갖겠다고 하여 낑낑 들고 오느라 시간을 끌다가 나무 밑에서 까마귀에게 눈 하나를 파먹히고 말았다. 외눈박이가 된 것이다.

초원의 삶은 눈이 생명이다. 혹독한 겨울과 고립무원의 고독, 사방을 둘러봐도 그지없이 막막한 일망무제의 벌판밖에 없는 땅에는 지평선 너머에도 지평선이 있고, 그 너머에도 또 지평선이 있었다.

한 생명이 좁게 갇혀서 지내거나 사방팔방으로 열린 세상에서 드넓게 살도록 해주는 건 오직 눈의 능력에 좌우될 수밖에 없었다.

하늘 아래 모든 것을 일목요연하게 꿰뚫어 볼 수 있다면 얼마나 좋을까.

외눈박이는 비록 눈이 하나밖에 없지만 저승까지 다녀온 경험이 있는지라 그 눈으로 자그마치 사흘 앞을 내다보았다. 그래서 외눈박이가, 저기 나그네가 온다, 하면 다른 사람의 눈에는 사흘이 지난 후에야 나그네가 보였다.

인간이 사흘 앞을 본다는 것은 놀라운 일이다. 사흘 후에 자기 앞을 굽이쳐갈 강물을, 사흘 후에 이승의 풀잎을 쓰러뜨릴 바람 소리를, 그 위로 비껴갈 저녁노을을, 또 그 속을 뚫고 갈 독 묻은 화살을 미리 볼 수 있다면 그는 얼마든지 한 발 앞서 풀과 바람과 짐승 앞을 사흘 먼저 걸을 수 있었다. 사람들 앞에 닥쳐올 죽음과 평화까지도…….

과연 외눈박이는 하루 한 번씩 보르칸 산에 올라가 날마다 사흘 치의 천하를 보아두었다. 모든 일이 만사형통이었다. 확 트인 시야 때문에 마음은 또 얼마나 광활해졌는지, 사람들이 끝이다 하는 곳이 그에게는 끝이 아니었다. 그의 눈빛은 별들이 운행하는 소리도 듣고, 그의 눈빛은 아직 흙 속에 묻힌 싹이 메마른 대지를 뚫고 오르는 힘찬 기운도 느끼며, 그의 눈빛은 아직 그가 살지 않은 사흘 앞을 달려가는 노루 떼를 기다렸다가 길목을 막을 수도 터줄 수도 있었다.

그러나 목숨을 부지하는 한 그에게도 그늘이 없을 수 없었다. 자신은 아무 어려움 없이 예쁜 여자를 만나서 결혼도 하고 아이도 넷이나 낳아서 잘 살았는데, 그의 가족은 그러지 못했다. 특히 사랑하는 동생이 아내도 없고 살림도 궁색해서 근심이 끊이지 않았다.

부모님은 동생에게 천하가 두렵지 않을 활 솜씨를 주었지만, 화살을 잘 날리면 뭘 하나? 기운이 남아돌아도 그것을 마땅히 사용할 자리를 찾지 못한다면 아무짝에도 쓸모없었다. 끼니를 잇는 일이야 자신을 따라다니면 되었지만 배필을 못 찾아서 밤마다 외톨이로 빌빌거리는 데야 보통 안쓰러운 게 아니었다.

외눈박이는 비가 오나 눈이 오나 동생의 짝이 될 만한 여자가 어디 없나 휘둘러보았다. 아침이면 해가 뜨는 쪽에서 기우는 쪽으로, 저녁이면 다시 해가 지는 쪽에서 뜨는 쪽으로 촘촘히 살피는 것이 일이 되었다. 어느 날, 외눈박이의 눈에 멀리 강줄기를 따라 이동하는 무리들 속에 검은 수레에 앉은 예쁜 아가씨가 보였다.

— 와, 알랑이다. 신난다. 알랑고아가 온다.

알랑고아는 코리 족이 사는 무지개의 땅에서 가장 잘생긴 처녀였는데, 마음씨가 얼마나 착하고 맵시가 어찌나 고운지 천지의 사랑을 한 몸에 받았다. 이름도 알랑은 곱다는 말이요 고아는 임이라는 뜻이다. 고운님! 그이를 온 세상이 사모하여, 알랑이가 났네, 응응 응 알랑이가 났네, 하는 노래가 널리 이웃 나라에까지 퍼졌다.

— 저 아가씨를 동생이 차지하면 얼마나 좋을까.

외눈박이는 가슴이 터질 듯이 부풀어서 알랑고아가 어떻게 하여 고원 행차를 하게 되었는지 자세하게 관찰했다.

그녀는 아버지를 따라 길을 나선 참이었다. 아버지는 북방 초원을 드나드는 기마족의 사내들 중에서 활을 가장 잘 쏘는 명사수인데, 성격이 곧아서 이웃들과 불편해지는 경우가 많았다. 그 참에도 사냥을 나갔다가 헐뜯기 좋아하는 이웃들이 지겨워서 아예 먼 곳으로 떠나버릴 작정으로 대평원을 가로질러 끄덕끄덕 오는 중이었다. 마침 딸도 시집보낼 나이가 되었으니 괜찮은 사내라도 하나 걸리면 줘버릴 요량이었다.

외눈박이 형제는 명사수 일행이 눈앞에 나타날 때까지 사흘 동안이나 내리 궁리하여 알랑고아를 훔칠 묘책을 찾았다. 그리하여 사흘째가 되자 동생을 사위로 삼아달라고 간청을 하는 척 빌다가 어느 순간에 쏜살같이 말을 달려 알랑고아를 훔쳐 보르칸 산으로 숨어버렸다.

— 귀신이 곡할 노릇이네. 금방까지 있던 딸이 어디로 갔단 말이냐.

아버지는 혼비백산하여 찾아 나섰지만 속수무책이었다. 분명히 곁에 있던 산 하나도 어디로 자리를 옮겼는지 감쪽같이 없어지고 말았다. 명사수는 백발백중의 신통력도 아무런 쓸모가 없는 것임을 뼈저리게 깨달아야 했다. 온 고원을 누비며 다 뒤졌지만 보르칸 산은 끝내 모습을 드러내지 않았다.

고운님 사랑

알랑고아가 들어서자 보르칸 산은 눈이 부셔서 휘청댈 만큼 큰 빛으로 물들었다. 어여쁜 신부를 맞아들인 산에서는 수풀도 춤추듯이 자라고 강물도 신이 나서 노래하듯 흘렀다. 그녀도 아버지를 체념하고 이내 행복한 신혼의 단꿈 속으로 빨려 들어갔다. 온 산천에 향기가 진동하는 꽃 시절이 시작된 것이다.

늑대족 일가는 한동안 신바람을 내며 부흥기를 누렸다. 자신의 아내를 극진하게 보살피는 남편, 동생의 아내를 아주 끔찍하게 아끼는 아주버니. 특히 외눈박이의 사흘 앞을 보는 눈은 천하가 부러워 할 만큼 소중한 보물이었다. 늑대 씨족에서 푸른 늑대 가문이 떨어져 나온 이후 가장 평화로운 시절이 이어졌다.

그러나 미인의 팔자는 드세다고 했다. 오래지 않아 외눈박이가 죽자 사정이 순식간에 달라진다.

외눈박이의 자식들은 삼촌 내외를 일말의 여지도 없이 내쳐버렸다. 먹을 것이 있어도 나누지 않았다. 유목 생활을 할 때도 자기들끼리 갔다. 알랑고아에게는 아기가 있었고, 젖을 먹여야 했으며, 추위를 이길 가죽옷이 필요했지만, 어디에서도 구할 수 없으니 헐벗고 굶주리는 처지를 면할 길이 없었다. 하는 수 없이 남편이 나서서 알랑고아를 먹여 살리고자 홀로 사냥을 나가기 시작했다. 하지만 사냥감을 몰아주는 사람이 없으니 혼자서는 토끼 한 마리도 잡기 어려웠다. 허구한 날 빈손을 만지작거리며 돌아왔는데, 그래도 산입에 거미줄 치랴는 법이 있는가.

하루는 남편이 먼 곳까지 갔다가 허탕을 쳤다. 배는 고프고 몸은 지쳐서 흔들렸으며, 자루는 비어서 말안장이 펄럭였다. 그래서 빈 말발굽 소리를 허공에 뿌리며 등덜미에 잔뜩 근심만 지고 돌아오는 길인데, 어떤 남자가 온 초원이 휘청대도록 사슴고기 굽는 냄새를 피웠다.

'아, 먹고 싶어라.'

맛있는 냄새가 허기진 뱃속으로 들어와 창자를 사납게 긁었다.

'저 한 토막을 알랑고아에게 가져다주면 얼마나 좋아할까.'

남편은 염치 불구하고 조금만 달라고 간청해보았다. 남자는 한 번 흘낏 쳐다보더니, 머리, 목, 허파, 염통과 가죽을 골라내고는 나머지 고기를 옜다, 하고 다 주었다.

'어라, 이상한 사람일세. 왜 하필 맛없는 것만 골라 갖고 나머지를 다 주지?'

하지만 그런 생각을 길게 할 여유조차 없었다. 남편은 느닷없는 횡재를 하게 되어 마냥 좋아서 휘파람을 불면서 귀가를 서둘렀다.

그런데 인정이 헤픈 사람은 어디를 가나 새처럼 앉는 자리마다 깃을 떨어뜨린다. 오던 길에 어떤 꾀죄죄한 사내가 아이를 데리고 서서 청승맞게 우는 꼴을 지나치지 못했다. 한눈에 봐도 자기보다 형편없이 초라한 몰골이라 눈물을 거둘 때까지 기다려주지 않을 수 없었다. 사내는 얼마나 배가 고픈지 목이 메어서 숨이 넘어갈 만큼 울고 나더니, 한참 만에 한다는 말이 아기와 사슴고기를 바꾸자는 것이었다. 남편은, 오죽한 심정이랴 싶어서 뿌리치지 못하고 큼직한 뒷다리 하나를 떼어주고 말았다. 그리고 하도 굶어서 사람 같지도 않은 거지 아이를 데리고 와 안 그래도 배고픈 알랑고아에게 식솔 하나를 늘려주었다.

— 여보, 이 아이를 종으로 씁시다.

그리하여 행복하게 잘 살았다면 그 이야기가 오늘날까지 명줄이 붙어 있을 리가 만무하다. 알랑고아의 남편은 아들만 둘을 낳고, 작은아이가 젖도 떼기 전에 저승으로 옮겨가고 말았다. 야속하구나. 무정한 남정네 같으니! 아들 둘에 종까지 얹혀서 네 사람의 목구멍이 이제 여인의 몫이 된 것이다.

빛의 아이를 낳고

보르칸 산에는 다시 새로운 역사가 시작되었다.

알랑고아는 오직 제 힘으로 살아남지 않으면 안 되었다. 이웃도 없이, 부족의 보호도 없이, 남편도 없이. 기러기가 물을 잃었으니 찬바람을 뚫고 멀리멀리 나래치는 쪽을 택해야 했다. 이제 모든 것을 초원을 떠돌며 해결해야 한다. 알랑고아는 온갖 고초와 외로움을 애써 감추었다.

— 새는 울어도 눈물이 없다고 했다. 사슴이라면 사슴과도 늑대라면 늑대와도 이를 악물고 싸워서 새끼들을 지켜야지.

그러나 인류 최초의 여성 시조(始祖)로 등극하는 이 불멸의 여인

에게 입이 열이라도 할 말이 없는 문제가 불거지고 만다. 너무 잘생
긴 것이 탈이었던지 남정네도 없이 사는 여인네의 배가 보름달만
큼이나 불거지더니 씨를 알 수 없는 아이를 낳은 것이다. 그것도 하
나가 아니라 물경 셋을 연거푸 낳았는데, 눈이 모두 잿빛이었다.

　— 쳇, 알랑고아가 숨겨둔 사내는 누구일까? 아무도 살지 않는
이곳 어디에서 씨를 훔쳐왔단 말인가.
　소문이 신기루처럼 초원 위를 떠다녔다.
　— 설마하니 종놈의 짓이야 아니겠지?
　다들 호기심 어린 눈빛을 거두지 않았다. 특히 알랑고아의 첫째
와 둘째 아들이 틈만 나면 머리를 맞대고 수군거렸다. 독수리는 굶
주려도 파리를 잡아먹지 않는다는 말까지 돌았다. 떼 꿩에 매 잃는
다고 알랑고아는 자식들의 마음이 위태로운 기로에 놓여 있음을 절
감하지 않을 수 없었다. 그래, 한 번은 반드시 짚고 가야 할 일이다.
　그리하여 짧은 여름이 가고 가을 기운이 돌던 날, 길가의 풀들이
대지의 휘파람에 살랑살랑 춤을 추는 그런 맑은 날이었다. 알랑고
아는 다섯 명의 자식들을 모으고 푸짐한 음식상을 차렸다. 가족 축
제를 열기로 한 것이다. 아주 길한 날, 길한 시간이 되자 저 멀리 한
무리의 바람이 능선 너머로 물결쳐갈 때, 그 꿈결 같은 순간을 놓치
지 않고 알랑고아는 활을 꺼내서 한껏 시위를 당겼다.
　팅-.
　한 발, 두 발, 세 발, 네 발, 다섯 발.
　자식들은 영문을 몰라서 서로 얼굴을 쳐다보았다.

— 얘들아, 각자 하나씩 주워서 어미 앞에 가져와보렴.

다들 화살을 주워 오자 꺾어보라 하였다. 다섯 형제가 모두 손쉽게 꺾었다. 알랑고아는 다시 화살 다섯 발을 쏘고는 이번에는 다섯 개의 화살을 하나로 묶어서 건네주며 꺾어보라 하였다. 첫째, 둘째, 셋째, 넷째, 다섯째 자식까지 돌았지만 아무도 꺾지 못했다.

알랑고아가 다시 입을 열었다.

— 내 소중한 자식들아. 절대로 흩어지면 안 돼. 이 가녀린 배가 화살 다섯 발을 세상에 쏘았어. 그리고 봐주는 남자도 없이 혼자서 지켜왔다. 나는 머지않아 죽지만 너희는 누구도 함부로 꺾지 못하도록, 어떤 일이 있어도 너희만은 세상이 무섭지 않도록 반드시 뭉쳐서 살아야 해. 알았니?

그러고는 활처럼 휘어진 배를 꺼내놓고 그간의 세월을 회상하기 시작했다.

홀로 된 여인에게 초원의 밤은 길다. 알랑고아는 해가 지면 천창 너머로 사라지는 별을 보며 남편을 그리워했다고 털어놓았다. 빈손으로라도 돌아와요, 여보! 아예 사냥을 나가지 않고 뒹굴기만 하고 있어도 좋으니, 제발 살아와줘요. 여보! 정녕 돌아올 수 없다면 밤에만 슬쩍 다녀갈 수는 없는 건가요? 얼굴을 안 보여줘도 좋으니 체온만이라도 나누어줄 수는 없는 건가요? 여보! 게르를 휘돌아 나가는 바람 소리마저 숨죽인 밤이면 침상에까지 비춰오는 달빛, 별빛마저도 반가웠어요. 그래서 어느 날은 별빛에게, 어느 날은 또 달빛에게 가슴에 묻어둔 오만 가지 이야기를 털어놓고 울고 웃고 떠늘였는데, 인제부터인지 달빛 한 가닥이 사람의 형상으로 변하더니 나란히 곁에 눕더란다. 아, 내 사랑아! 밤새 껴안고 사랑하다 날이 밝으면 또 가야 하는가? 달빛은 아침이 되면 노란 늑대처럼 이불을 빠져나와 기둥을 타고 올라 천창으로 슬금슬금 기어서 나갔단다. 그렇게 가고 나면 다음 날 밤에야 다시 볼 수 있었으니, 저 아이들은 누구의 자식이라 해야 하는가?

— 이걸 누가 믿겠니? 하지만 아버지가 유언하시길, 밤마다 빛으로 왔다가 늑대로 가겠다고 했단다. 그리고 훗날 빛의 자식들 중에서 반드시 위대한 왕이 나온다고 했어. 그때는 오늘 내가 한 말을 꼭 다시 떠올려야 한다.

이렇게 믿기 어려운 이야기를 남겨놓고 절세의 미인은 죽었다. 밤마다 동침했다는 달빛도 더 이상 침상에 오지 않았다.

바보가 나라를 세운 뒤

알랑고아가 죽자 형제들은 서둘러 장사를 지냈다. 그러고는 염치도 없이 어머니의 유산을 놓고 서로 다투었다. 화살 다섯 개의 교훈은 연기처럼 사라지고, 어머니가 바람을 피운 건 아닐까 원망하던 의심조차도 사라지고, 다들 자기가 어머니의 피를 더 많이 물려받은 아들인 양 빼닮은 곳을 내세우며 상속 싸움에 들어갔다. 일단은 재산을 나눠 가질 사람을 한 놈이라도 줄여야 한다. 그래서 각자가 물려받은 재주를 다하여, 한 마리의 양이라도 더 갖기 위하여, 한 조각의 말린 고기라도 더 차지하기 위하여, 한 사람의 몫이라도 줄이려고 궁리하고 꾀를 부렸다.

그때 아주 쉽게 쫓아낼 수 있는 형제가 하나 있었다. 막내 보돈차르 몽학, 바로 '바보'라는 이름의 사내였다. 그는 관심이 딴 세상에 가 있어서, 형들이 따돌리는 줄도 모르고 혼자 엎어져서는 어머니를 여읜 슬픔에 그저 꺼이꺼이 우느라 정신을 못 차렸다.

— 그렇게 운다고 어머니가 살아오니? 이름부터가 바보이니 오죽하겠어. 머리도 멍청하지, 몸도 허약하지, 그렇다고 말을 잘 타냐, 활을 잘 쏘냐?

형들은 모여 앉아 가차 없이 꾸짖더니 무능한 막내를 광야에 버리기로 합의하고 말았다.

— 저 아이를 어머니가 살아오실 때까지 맘껏 울 수 있도록 해주자. 찬성하는 사람은 여기로 손가락을 모아.

의견 일치를 본 형들은 마침 누구도 갖고 싶지 않은 병든 말 한 필에 막내를 태워 멀리 내쫓았다. 이제 바보에게 말을 거는 것은 초원의 거친 바람뿐. 막내가 의지할 곳은 병든 말밖에 없었다. 등마루는 안장에 쓸려 상처가 나고, 꼬리는 뭉툭하여 모양이 없으며, 검은 등은 야위어 앉기조차 미안한 말이었다.

— 형들이 싫어하니 어디로 간담?

막내는 갈 곳을 몰라 물길을 따라갔다. 강이 흐르는 대로 그냥 따라나선 것이다.

— 에라, 죽으면 죽고, 살면 살리라.

얼마쯤 가니 삼각주가 나와서 강가의 풀로 움막을 지었다. 그리고 우연히 매 한 마리가 하늘을 빙빙 돌다가 땅으로 내리꽂히더니 쏜살같이 오리를 잡는 풍경을 보았다. 그는 깜짝 놀랐다. 실로 놀라운 발견을 한 것이다.

— 매와 가족이 되면 맛있는 오리고기를 실컷 먹을 수 있을 텐데.

이렇게 허황된 공상이나 하다가, 까짓것, 밑져야 본전이다, 하고서는 이내 병든 말의 말총을 뽑아서 올가미를 만들고, 바보답게 한없이 기다려보았다.

이 한심한 모습을 어머니 알랑고아가 보았으면 얼마나 슬퍼했으랴. 매도 웬 바보가 자기를 잡겠다고 덫을 놓는 풍경이 우스워 죽을 지경이었다.

— 야, 바보야. 차라리 손으로 잡아라. 내 깃털을 한 올이라도 잡으면 오리고기 주—지.

매는 한참을 까불고 놀다가 한번은 발을 헛디뎌 그만 진짜로 잡히고 말았다. 그리고 어찌나 자존심이 상한지 화병에 끙끙 앓아눕게 되었다. 그래도 막내는 좋아서,

— 매야, 네 배에서도 쪼르륵 강물 소리가 나니?

바보의 마음이란 얼마나 예쁜지 모를 일이다. 세상의 모든 바보가 그렇듯이 보돈차르 몽학도 인정이 많아서 무엇이건 차별할 줄을 몰랐다. 그래서 너무 배가 고프면 계곡에 숨어서 늑대에게 쫓기는 짐승이 쓰러질 때까지 기다렸다가 그것을 주워서 나누어 먹었다. 그 극진한 보살핌에 매는 감동하였다. 그러고는 몸살을 털고 일어나 스스로 사냥에 나섰다. 토끼쥐, 오리, 기러기 고기가 바보네 움막에는 날마다 넘쳤다. 사람들은 멍청하고 힘도 약한 바보가 일

도 하지 않으면서 언제나 맛있는 고기를 먹고 거나하게 술에 취해 지내는 게 신기하기만 했다.

그때 마음 약한 형 하나가 동생을 찾아 나섰다. 눈빛 다른 형제 중 맏이, 그러니까 알랑고아의 셋째아들이었다.

— 병든 말과 함께 죽었을 거야. 가엾은 것, 애비 없는 자식이라 고 구박만 받았는데, 쯧쯧. 어머니 곁에 데려가달라고 저승 새에게 라도 부탁해야지.

형은 강을 따라가며 사람들에게 물었다. 그러면서 믿을 수 없는 사실을 확인했는데, 놀랍게도 세상 사람 모두가 동생의 존재를 안 다는 것이었다. 뿐만 아니라 자기가 바보의 형이라는 것을 다들 한 없이 부러워하였다. 죽은 줄 알았던 동생이 그토록 가까이에서 용 용하게 살고 있을 줄이야.

저녁 바람이 불 때 서쪽 하늘에서 기러기의 깃털이 하얗게 쏟아 지는 곳이 바보의 움막이라 했다.

— 매가 사냥을 하도 해서 가져다주니, 저녁이면 그걸 잡아먹느 라 깃털이 저렇게 눈처럼 분분히 날리는 거요.

형은 도무지 믿기지 않았다. 소꼬리도 얼어서 부러지는 추위에 먹을 것을 쌓아두고 사는 부자들도 견디기 힘들어 끙끙대는 판에 바보 동생은 빈털터리 주제에 버젓하게 살아서 희희낙락 놀고먹다 니. 그것도 맛있는 새고기를 몸에서 비린내가 나도록 먹고 살다니.

마침내 상봉하고 보니 보돈차르 몽학은 더 이상 바보가 아니었 다. 초원의 생명은 모두 먹이사슬에 묶여서 사람도 마을을 이루지 못하면 금방 들짐승의 먹이가 되었다. 바보는 날마다 매의 말을 들고, 우두머리를 잃은 부랑아들을 찾아서 싸울 필요도 없이 데려올 수 있었다. 특히 어디서 묻어온 기질인지 바보의 본성이 바람둥이인지라 온 초원을 뒤져서 홀로 된 여자들을 죄다 데려다 닥치는 대로 아내를 만들었다. 물 좋고 싹 좋은 목초지를 만난 양 떼들처럼 잿빛의 아이들이 마구 퍼뜨려졌다.

이후 고원에서는 많은 아이들이 또 아이를 낳아서 겨울이 백 번쯤 지나가자 큰 나라를 이루었다. 잿빛의 푸른 늑대족이 사는 나라!

이것이 거룩한 황금 뼈대가 탄생한 이야기이다. 처음에는 남자가 아니라 여자가 세운 집안을 후손들도 어떻게 설명해야 할지 몰라 망설이고는 했다. 하지만 나중에 그들 속에서 엄청나게 큰 왕이나오자 모두들 다투어 알랑고아의 말을 믿고 그리워하게 되었다.

오, 거룩한 어머니이시여!

지금도 그곳에 가면 다들 이렇게 조상님을 칭송하고, 하나같이입을 모아 알랑고아를 사랑한 달빛 사람이 자신의 조상이라고 말한다.

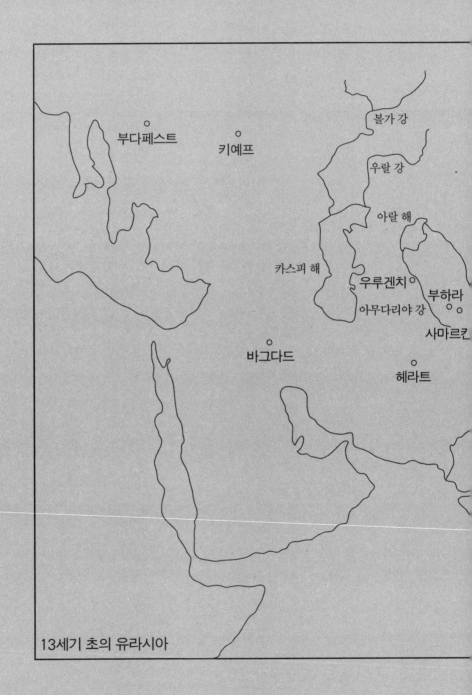

부다페스트

키예프

볼가 강

우랄 강

아랄 해

카스피 해

우루겐치

부하라

아무다리야 강

사마르칸

바그다드

헤라트

13세기 초의 유라시아

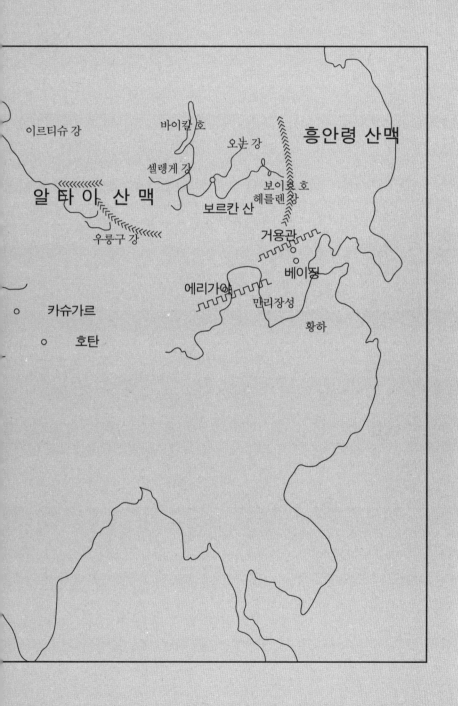

이르티슈 강

바이칼 호

오논 강

흥안령 산맥

셀렝게 강

알 타 이 산 맥

보이르 호

헤를렌 강

보르칸 산

우룽구 강

거용관

베이징

에리가야

만리장성

카슈가르

호탄

황하

1

흰머리를 풀어 헤친
귀신 바람이 불던 날

1

새끼 밴 암소처럼 걸음이 더딘 말띠 해, 서력으로 1174년 정월의 일이다.

고원에서는 동지(冬至)에서 시작하여 아흐레 추위가 아홉 번 도는 동안을 겨울이라 한다. 여름에도 눈이 오는 지방에서 정월이라 하면 추운 날 중에서도 극악한 추위가 머무는 때이다. 추위도 나서 자라고 늙는 것이니, 유목민은 이를 셋으로 나누어 부르는 습관이 있었다. 첫 스무이레를 어린 추위, 다음 스무이레를 젊은 추위, 마지막 스무이레를 늙은 추위라 하여 삼동(三冬)이 된다. 그 여든하루 날 동안에 목숨을 함부로 굴리면 언제 세한 귀신이 와서 심장의 박동을 빼앗을지 모른다. 해마다 연약한 것들, 부정 탄 것들, 철모르고 날뛰는 것들을 그렇게 해서 데려가고는 했다. 그날은 다섯번째 추위가 복판에 이른 날, 겨울 가운데 달에 시작되는 젊은 추위가 기운을 주체하지 못하고 용을 쓰는 날이었다. 기세가 어찌나 고약한지 하늘 아래 모든 것이 머리를 숙이고 바짝 엎드려 있었다. 고개가 가파른 길은 두발짐승도 네발로 넘기 마련이다. 땅 위에서 겸손하지 않고는 배길 수 없는 날씨라 물도 바람도 숨을 죽인다. 두꺼운 어둠조차 소리 없이 걷히는 아침이었다.

허나, 세상의 모든 것에는 반드시 임자가 있는 법. 냉기가 아무리 기승을 부려도 동부 초원의 말 등뼈 산은 전혀 기개를 잃지 않는다. 쌓인 눈이 다져져서 희고 두툼한 갑옷을 걸친 형상이라, 옆으로 기다란 봉우리가 마치 갈기와 꼬리를 세운 종마처럼 위엄 차 보인다.

장수가 늠름하다고 옷을 꿰맨 흔적조차 없는 건 아니다. 눈 덮인 구릉은 멀리서 볼 때는 평탄한 것 같아도 가까이에서 보면 들어간 곳 튀어나온 곳이 있다. 바로 곁에 가보면 눈자락이 가리지 못한 바위들이 여드름 자국 숭숭 난 얼치기 같은 모습을 드러낸다. 그곳에 말라 기진맥진한 버드나무 숲을 바람막이 삼은 게르 두 채가 숨어 있었다. 하나에 아르갈(연료로 쓰는 소똥) 연기가 꽂히자 동이 터온다.

움직이는 것이라곤 연기의 꼬리뿐이다. 게르는 심통 맞게 입을 다물었다. 아무리 춥다고 저 집은 말을 보러도 안 가나, 할 무렵 느닷없이 게르가 재채기를 하듯이 덮개문짝이 열리더니 어깨가 떡 벌어진 사내가 뛰쳐나온다. 그는 철철 소리가 나게 오줌을 싼 뒤에 성큼성큼 걸어서 북쪽 하늘의 풍향을 살피고는 몸을 움츠리는 기색도 없이 땅에 엎드려 덥석 입을 맞춘다. 그러고는 벌떡 일어나서 광야에 대고 소리를 지른다.

"너는 내가 느껴지지 않느냐?"

메아리를 타고 자신감이 전해져오는, 이 사람 이름은 자무카였다. 아버지는 용사 카라 카다안, 포로 중에서 한 여자를 부인으로 삼아 아이 둘을 낳고, 다시 전장에 나가 싸우다 죽었다. 그 자식답게, 온몸이 슬기와 용기로 꽉 찬 이 사내는 전투마다 무용담을 남겨서 아버지의 명예를 한껏 높였다. 그러나 자무카는 아무리 싸움을 잘하는 사람도 지도자가 없으면 지킬 것도 싸울 일도 없다는 것을 뼈아프게 깨닫는 중이었다. 나라를 잃고 흩어진 부족을 모으던 예수게이 어른이 죽자 사람들은 모래알처럼 서걱거리며 서로가 서로를 상처 입히기에 바빴다. 그러다가 언제 어느 부족의 밥이 될지.

고원의 현실이 그랬다. 남북으로는 만리장성에서 바이칼 호까지, 동서로는 흥안령에서 발하슈 호까지 장장 삼백만 평방킬로미터의 광대한 평원에 사천여 개의 호수와 스물일곱 개의 강이 흐른다. 사 개월의 서늘한 여름과 팔 개월의 혹독한 추위가 반복되는 곳, 춥고 메마른 지대에서 양, 염소, 소, 말, 낙타를 기르자면 겨울에도 눈이 많이 쌓이지 않고 풀이 남아돌며 바람도 막을 수 있는 방목지를 차지하는 것이 관건이다. 하지만 그런 곳은 매우 드물기 때문에 먼저 차지하려면, 또 빼앗기지 않으려면 누구를 막론하고 용감하고 유능해야 했다. 경쟁에서 이긴 집단은 반 역참 거리(십오 킬로미터) 안에서도 풍요를 누릴 수 있지만 밀려난 집단은 스무 개의 역참 거리를 이동해 다녀도 목숨을 부지하기가 쉽지 않으니, 고원의 삶은 언제나 신바람이 아니면 피눈물의 나날일 수밖에 없었다. 그를 놓고 다투는 팔십여 개의 부족 간 경쟁이 하도 치열해서 정착민의 눈으로 보면 모두가 도둑이거나 강도의 모습으로 연명하는 셈이었다. 까닭에 정신을 바짝 차리지 않으면 부족 하나쯤은 하룻밤, 해가 뜨기 전에 흔적조차 없이 사라지는 예가 허다했다.

하지만 그런 시절에도 몽골 부족의 흰 뼈(귀족)들은 하나같이 재산을 뽐내고 알량한 권세를 내세우느라 하품이나 쩍쩍 하고 있었다. 자무카는 여러 번 어른들을 찾아가 읍소했다. 타타르의 권세는 썩어도 아름드리인지라……, 아무리 위험을 경고해도 듣는 귀가 없다. 도대체 늑대 앞의 염소 새끼들처럼 높은 데만 기어올라 어쩔 셈인지 한심스럽기만 했다.

시대가 영웅을 낳는 법이다. 초가을부터 메뚜기가 불어나 초지를 아예 빗자루로 쓸어가듯이 청소했으니, 불원간 조드가 닥치면 그들이 간신히 지탱하고 있는 세 강줄기의 목축 기반조차 폭삭 무너질 것이 틀림없었다. 주문을 외우듯 해도 말을 듣지 않으니 자무카는 때를 기다려 자기가 지도자로 나설 작정이었다. 지난가을부터 장차 전투를 이끌 준마 아흔아홉 필을 감춰놓고 각별히 말치기를 붙여 조련한 이유도 거기에 있었다. 남은 기간을 잘 넘기면 마지막 동장군(冬將軍)까지 물러갈 테고, 그다음에는 새로운 영웅의 시대가 열릴 것이다. 그의 머릿속에는 이미 봄, 여름, 가을을 거듭하며 번영해가는 대군을 이끌고 보석으로 치장하며 최고급 술과 여자를 즐기는 대장군의 모습이 들락날락하고 있었다.

'자, 그날을 위해 준마들을 옮기자.'

길은 멀고 날씨는 매섭지만 그래도 갈 길은 가는 것이 사나이일 것이다. 자무카는 다시 게르로 뛰어들어가 침상에 엉켜 있는 양가죽 더미를 발길로 찬다.

"어야, 마유주 한잔 털어 넣자."

그러자 양가죽의 한쪽이 꿈틀대더니, 그 속에서 사람이라 하기도 어렵고 아니라 하기도 어려운 것이 굴러 나온다. 말치기 처여였다. 처여란 촉트 바타르, 불씨 용사라는 이름의 애칭이었다.

처여는 푹 뒤집어쓴 털모자에서 이가 끓는지 머리를 뜩뜩 긁으며, 아르갈 연기에 누렇게 바랜 천장에서 마른 흰솜꽃(에델바이스) 자루를 꺼내어 부싯돌을 찾는다. 화로가 꺼진 줄 알고 불을 피우려는 동작이었다.

자무카는 쳐다보지도 않고 핀잔을 준다.

"술 속에 불이 있는 건 안다만, 불 속에 술이 있다는 말은 못 들었다."

정신을 차린 처여가 화로 곁에 와서 술을 따라 올리고는, 이제 막 끓기 시작한 국물을 나무국자로 떠서 한 번은 "영원한 하늘이시여" 하며 동쪽으로 올려 뿌리고, 한 번은 "빛나는 보르칸 산이시여" 하면서 북쪽으로 던져 뿌리고, 다시 떠서 "용감한 대장군이시여" 하고는 바로 화로 앞에 튀겨 뿌렸다.

자무카가 잔을 들고 읊조린다.

"이 영험한 물방울밖에는 벗이 없구나. 바이칼 호수를 떠난 백조의 울음소리가 내 잔에 떨어지네. 하늘을 날던 매의 눈빛도, 광야를 누비던 늑대의 용기도, 사내의 심장을 덥히는 여인의 마음도 모두 이 속에 담겨 있지. 한데, 이처럼 맑은 눈동자를 처음으로 발견한 사람은 어느 조상이람?"

자무카가 입술을 들썩이면 멋있는 말들이 줄줄 쏟아지는 것이
신기해서 처여는 한참을 쳐다보다가 궁금증을 참지 못하고 한마디
를 올린다.

"방금 외운 것이 시라는 겁니까요?"

자무카가 낯간지러운 소리를 꺼낼까 봐 미리 퉁바리를 먹인다.

"눈은 먼 듯이, 귀는 먹은 듯이."

자무카가 걸쭉하게 웃자 게르가 들썩이는 것 같았다. 한참 만에,

"너도 술잔에 입을 맞추어라. 늑대로부터 널 구해줄 동지가 바로
술잔 속의 보석 방울이라는 걸 깨닫게 될 것이다. 세상의 겁쟁이를
장수로 둔갑시키는 건 술뿐이지."

자무카는 늑대의 기습을 예감하고 있었다. 간밤에 눈바람이 게
르의 지붕을 싸안고 휘돌아 나갈 때 문득, 헤를렌 강의 늑대들이 걸
음을 재게 놀리는 소리가 느껴졌던 것이다.

늑대들은 반드시 거처를 빼앗긴 보복을 한다. 고원은 안정된 나
라를 갖지 못한 유목 부족들이 서로 물어뜯고 약탈을 계속하고 있
어서 안전한 곳이 한군데도 없었다. 하는 수 없이 늑대가 새끼를 치
려고 다듬어놓은 요람을 자무카가 빼앗아서 제 말 떼의 은신처로
삼았으니 늑대가 결코 눈감아줄 턱이 없었다. 그러나 어차피 넘어
야 할 산, 시간을 끌수록 손해일 뿐이다. 아침에 일어나 하늘과 바
람과 땅의 기운을 살핀 게 그 때문이었다.

일단 결심이 서자 자무카는 단전에서 깊은 숨을 토해 입김이 얼음
가루로 변하는 과정을 살피면서 며칠째 궁리해둔 수순을 다시 점검
했다. 이제 두어 참이면 쇳소리를 내는 강풍과 눈보라가 천지를 메

울 것이며, 이내 극심한 추위가 팔과 다리, 몸통을 톱질하듯이 썰어 델 것이다. 그 한기가 절정에 이를 때 젖통 호수를 통과해야 한다.

열여덟 살이라고는 도저히 믿어지지 않는 어른스러움이었다.

처여가 말 떼를 모으자 자무카가 햇볕 냄새, 먼지 냄새로 엉킨 처여의 머리통을 부둥켜 안고 입을 맞췄다. 놀라서 커진, 양의 잿빛 눈망울처럼 착하기만 한 처여의 눈동자에는 금방 감사의 물결이 넘실거린다. 그간의 노고가 눈 녹듯이 사라지고 감격이 북받쳐서 진정으로 찬양하는 노래를 암송하고 싶어진 것이다.

'전쟁터에서는 회색의 새처럼 빠르고, 적진 앞에서는 어머니의 젖처럼 지혜가 흐르며, 초원에서는 이레 끼니를 노래로 견디고 일흔 역참 거리를 등자에서 자도 늠름한 모습을 잃지 않는 대장부 자무카이시여.'

자무카는 그런 감상벽 때문에 일진이 흐트러질까 얼른 단속을 했다.

"괜히 글썽거리면 맞는다. 눈물은 사내를 욕되게 하는 것이야."

처여도 눈치 빠르게 딴청을 하느라 말들을 살핀다.

"어라, 겁을 잔뜩 먹었네."

그러고서는 안절부절못하는 놈을 골라 등을 쓸더니 훌쩍 뛰어올랐다. 아흔아홉 마리의 말들이 우르르 몰려다니며 긴 울음소리를 낸다. 평소에 타고 다니던 양치기 말 두 마리도 뒤따라 운다.

금방 눈발이 몰아치면서 세상이 캄캄해지고 있었다. 자무카는 아무래도 느낌이 이상하여 다시 한 번 땅바닥에 귀를 대었다.

"이놈들이 떠는 걸 보면 어딘가 늑대가 있는 게 틀림없는데."

제아무리 감각이 깨어 있는 사람도 말의 본능을 따라갈 수는 없다. 말은 자기 앞에 위험이 도사리고 있는 것을 언제나 직감으로 알아차리고 신호를 보낸다. 말치기도 제가 기른 종마(거세하지 않은 수말. 말떼 가족의 가장 역할을 함)의 눈빛을 모를 리 없다. 그래서 걱정이 되는지 뭐라고 쫑알거리고 싶은 걸 꾹 참는다.

"종마를 후미로 보내고, 너도 말을 바꿔 올라야겠다."

종마는 거세마보다 머리가 하나는 더 크고 용기가 두 배는 되는 싸움꾼이었다. 처여는 말치기답게 애써 관리한 말들을 아끼느라 어지간하면 그냥 양치기 말을 타고 다녔다.

"종마를 타느니 차라리 낙타를 타쥬."

자기도 날렵한 거세마를 타고 싶다는 소리인데, 자무카는 딴 데 열중하느라 그 말을 듣지 못했다.

"늑대가 떼로 덤비면 팔을 뽑아줄까, 다리를 잘라줄까? 코털도 안 주는 수가 있긴 하지."

그러면서 큰 소리로 휘파람을 불어 한껏 여유로운 가락을 뽑았다. 그 소리에 효과가 있었던지, 말들이 평정을 찾는다.

"가자, 하늘을 머리에 이고 사는 것들아. 저 어지러운 눈발을 뚫지 못한다면 장차 적진의 화살은 어떻게 뚫겠느냐."

자무카가 출발하자 말 떼는 멈칫거리다가 곧바로 방향을 잡고 매섭게 불어오는 눈바람 속을 헤치기 시작했다. 이내 속도가 붙는다. 젖퉁 호수를 가로질러 헤를렌 강의 비밀 영지까지 가려면 서둘러야 했다.

바야흐로 늑대의 울음소리가 들리기 시작한 것은 듬성듬성 검은 나무들이 서 있는 숲 근처를 지날 때였다.

우워어어- 우워어어-.

짖는 소리가 여러 곳에서 나는 걸로 보아 필시 집단공격을 하려는 의도가 분명했다. 처여의 심장은 벌써 요동을 치느라 가슴에 얌전히 넣어둘 수 없었다. 이건 누가 봐도 가엾은 순교자의 행렬로 보일 것이다. 말들은 두려움 속으로 발굽을 떼고, 폭설은 하늘과 땅을 흔들어 우주 전체를 흰옷으로 가린다. 하지만 자무카는 서둘지 않는다.

그는 결코 허술한 사람이 아니었다. 태연히 말의 대열을 끌면서도 머리는 복잡한 셈을 하느라 비상하게 회전하는 중이었다. 먼저 서두르면 안 된다. 그로 인해 늑대가 자신감을 얻고 공격의 방식이 더욱 대범해질 터. 겁을 먹지 않으면 포기하거나 한껏 정탐한 후에 추격할 텐데 그럴 때 셈법은 두 가지였다. 하나, 정통적인 기습작전일 경우에 어떻게 한다? 늑대들이 질주하면 말 떼보다 빠르다. 그렇다 해도 순풍일 때는 걱정이 좀 덜어진다. 말의 기운이 더 세기 때문에 늑대가 물어뜯으려 해도 뒤쪽에서 덮치는 게 불가능한 탓이다. 늑대가 꼬리 쪽으로 뛰어올랐을 때 말이 느닷없이 속도를 높여서 떨어뜨리면 발굽에 차이거나 밟혀 죽기 십상이다. 그러나 역풍일 때는 사정이 다르다. 말은 발굽보다 눈동자로 뛰는 짐승이라 눈보라가 시야를 가리면 방향을 잃거나 속도가 떨어진다. 늑대는 더 빠른 속도로, 말이 볼 수 없는 곳에서 자유롭게 공격하는 동작을 고를 것이다. 말이 가장 무서워하는 건 그렇게 뒤에서 움직이는 물체이다. 자무카는 그때를 대비해 싸움깨나 할 수 있는 종마들을 후미에 배치했다. 늑대는 결코 종마를 당하지 못하며, 종마는 자기보다 가족을 먼저 살피는 영특한 것이라 어지간해서는 제 식솔을 잃지 않는다. 둘, 하지만 영악한 늑대가 전술을 바꾸지 말라는 법이 없다. 만약 측면을 째고 들어올 때는 어떻게 한다? 생각해보니 여기에 약점이 있었다. 종마는 다른 식솔을 챙기지 못한다. 여러 마리의 종마가 공조해서 큰 집단을 관리할 때는 터무니없이 구멍이 뚫린다. 만일 우두머리 늑대가 영리하다면 한사코 경주를 하듯이 달리다가 조금씩 섞여 들어와 말 옆구리에 바짝 붙을 것이다. 그러다가 허점이 보이면 잽싸게 몸을 날려 덮칠 터인데, 이때 늑대로서는 잃을 게 없다. 설령 말이 거칠게 몸을 흔들어 떨어지더라도 늑대는 말이 달리는 속도에 영향을 준다. 그도 여의치 않아서 말의 등짝에 이빨만 긁히고 말더라도 늑대가 다치지는 않는다. 사냥감을 한 방에 눕히지는 못할망정 첫번째에 실패하면 두번째, 두번째가 안 되면 세번째로 계속 반복할 수 있는 이점이 있는 것이다. 이때도 몸집이 무거운 종마가 대열을 앞뒤로 오가며 방어할 수 있단 말인가?

순간, 자무카는 정신이 번쩍 들어서 자기도 몰래 탄식을 쏟았다.

"아서라, 내가 정신을 빼서 개 주었네."

말들이 스스로 만드는 대형은 언제나 종마가 먼저였다. 말 떼가 늑대와 마주치면 종마들은 즉시 외곽으로 빠져나와 둥그스름한 방어벽을 만든다. 그러고는 연약한 말들, 암말, 거세마를 가운데로 밀어 넣고 자신들이 늑대와 대결을 벌인다. 말 떼가 괜히 종마를 따르는 게 아니다. 어쩌다가 안에서 밀려나와 늑대의 표적이 되는 말도 종마는 꾸짖어서 다시 보호구역에 밀어 넣고 늑대의 전술에 임기

응변으로 대처한다. 소극적으로 방어만 하는 게 아니라 아예 물러 날 때까지 적극적으로 공격도 하는 것이다.

자무카는 대형을 다시 갖춰야 할 필요를 느껴, 달리면서 말의 대오를 재편성했다. 그러고는 속도를 막 높이려고 할 때 처여가 말의 발부리가 걸려 휘청대다 말에서 떨어져 뒹굴었다. 눈앞에서 그랬으면 불같이 성질을 냈을 것이다. 하지만 못 보았으니, 앞장서 가는 자무카에게 처여가 "장군님, 살려줘요" 하고 목청껏 소리를 질렀다. 그 틈에 늑대 우는 소리가 가까워졌다.

자무카가 말머리를 돌려 처여에게 가자마자 손을 내밀어서 등 뒤에 태우고, 종마 뒤로 가서 말을 붙들어 옮겨 타게 했다. 그러는 동안 늑대들이 바로 옆구리까지 다가들어 제 모습을 완전히 드러냈다.

"처여, 앞장서라. 헤를렌 강까지 단숨에 내친다."

자무카가 뒤쪽을 맡게 되자 처여는 선두마가 되었다. 하지만 바로 곁에서 들리는 늑대 울음에 정신이 혼미해져서 무엇을 향해 어디로 가는지도 모르게 달리고 만다. 그렇게 찬 공기 속을 가르다 보면 이상하게도 졸음이 쏟아진다. 초원이 산을 향해 우짖는 바람의 선율 속으로 영혼이 빨려들고 자칫 쓰러져 눈을 감으면 영원한 잠 속으로 빠질 것만 같다. 처음에는 자무카의 목청이 츄— 츄— 하고 들렸지만 나중에는 그마저도 잦아들었다.

어느덧 처여는 자신이 죽었는지 살았는지도 모르는 채 말이 끄는 대로 몸을 맡기고 있었다. 그로 인해 대열이 약간이라도 흐트러지는 순간을 늑대는 놓치지 않을 것이다. 어쩔 수 없이 죽음의 경주가 시작된 것이다.

2

말 등뼈 산 안쪽에는 커다란 내장을 구겨 넣은 것처럼 둥글고 작은 등성이가 여러 겹 포개져 있었다. 간인 듯 허파인 듯 창자인 듯 하는 것들 사이에 검은 심장 형상의 등성이가 끼여서 중심을 잡는다. 바로 앞에는 젖통 호수가 지난 계절에 죽은 어머니의 것처럼 꽁꽁 얼어서 눈 더미에 묻히고, 건너편 언덕에는 쉼 없이 바람이 들이친다. 밤이면 별빛도 얼어붙어 쨍하고 부서지는 냉골이라 발 달린 짐승이라면 겨우내 얼씬도 하지 않는 곳이다. 그런데 최근에 헤를렌 강변에서 밀려난 늑대들이 자주 모이는 통에 그나마 인적마저 기대할 수 없게 되었다.

사실 늑대와 가까이에서 사는 것이 인간에게는 오히려 안전한 법이다. 늑대는 너무나 영리해서 제 집 근처에서 뛰어노는 어린 염소나 양들을 절대 잡아먹지 않는다. 괜히 잘못해서 인간에게 노출되면 새끼들까지 섬멸되고 만다는 것을 잘 알기 때문이다. 바로 그 같은 사실을 예민하게 감지하고 이용하는 사람이 있었다.

'가을부터? 아니, 초겨울부터 인근의 늑대들이 모여들더니 최근에는 사소한 사냥도 금하고 몸을 만들고 있다. 어쩌면 여기가 가장 안전할 거야.'

이렇게 생각한 움막 하나가 늑대 바위에서 그다지 멀지 않은 곳에 겉모습을 드러내지 않은 채 박혀 있었다. 온 골짜기가 두툼한 흰 옷을 걸치고 있을 때 저 혼자만 달랑 낡고 떨어진 옷을 두른 노인처럼 처량한 움막이었다. 외관으로만 보면 어느 선무당이 신 내리는 동안 앉았다가 빠져나갔음직한 몰골인데, 뜻밖에도 문을 열면 그윽한 온기가 퍼진다. 그 안에 이제 막 타오르기 시작한 화롯불 같은 소년이 앉아 있었다. 눈에는 불꽃이 담겨 있고 볼에는 수줍은 색시가 들어앉은 미소년이다.

'귀가 먹먹한 것이 큰 돌개바람이 오려나?'

혼잣말을 한다. 아버지가 생전에 하던 말, 고원에서 부는 열두 가지의 바람 소리를 식별할 수 있어야 어엿한 어른이 되는 거다, 때문에 공기의 흐름을 섬세하게 읽는 것이 습관이 되었다. 말라비틀어진 염소 가죽에 붙은 엉덩이를 슬쩍 떼었다가 다시 붙여놓는다. 간밤에도 며칠간 잠잠하던 날씨가 한없이 고요해지더니 어느 순간 바람의 숨결이 바뀌던 것, 또 간헐적으로 대기의 순환이 멎을 때마다 우웅ㅡ, 머리가 울리던 것을 놓치지 않았다. 지금 다시 이명 소리가 끊겼다 이어졌다 하는 것이 틀림없는 전조였다. 날이 밝고 서너 참이 지나면 흰머리를 풀어 헤친 귀신 바람이 불 것이다. 그 바람이 부는 날은 하늘 아래, 초원 위에, 목숨을 가진 것들은 모두 무서워서 떤다. 덕분에 공기를 더럽히는 것들이 없어서 대평원의 기운이 티 없이 맑은 허공에 떠 있다. 그런 날 말을 타고 달리면 원기가 회복되고 하늘의 정기를 얻는다는 말을 족제비할머니에게 들었다.

'그래, 누가 꼭 시켜야 하겠어?'

아버지를 여읜 후 죽이려 드는 사람이 많아서 그 어머니가 그를 여기에 감춰뒀는데, 오늘 드디어 오금이 저려서 이렇게 꿈틀댈 생각을 해보는 것이다.

소년은 죽을 고비를 여러 차례 넘긴 값탓인지 성정이 더없이 차분하였다. 부모는 아이에게 등자에 오를 수 있게만 해주면 된다. 아버지가 타던 황금색 늑대귀 말에 오르면 부자(父子)가 바뀐 사실을 푸른 하늘도 알아보지 못할 것이다. 황금처럼 번쩍거리는 털빛에 두 귀가 늑대의 그것처럼 꼿꼿이 서 있는 황금색 늑대귀 말이 나타나면 유목민이라면 죄다 그 모습이 사라져 안 보일 때까지 넋을 잃고 바라보기가 일쑤였다. 오늘은 아버지가 지켜본다고 생각하자, 하고는 훌쩍 뛰어서 말에 올랐다.

그때 말 등뼈 산 너머에서 늑대 우는 소리가 들렸다. 어우우–, 낮게 내는 울음이다. 목청을 저지대로 깔아서 빈 골짜기를 통으로 삼는 메아리가 한없이 긴 여운을 남기며 퍼져간다. 재 너머에서 늙은 암컷이 응대하자 여기저기에서 화답하는 울음이 여러 개 이어진다. 귀에 익은 사람이라도 오한이 떨리기에 충분한 음색이었다.

"어? 저건 공격할 때 내는 소리인데."

늑대는 새끼를 부를 때 내는 콧소리 외에 외로울 때 내는 소리, 추적할 때 내는 소리, 공격할 때 내는 소리가 따로 있다고 아버지가 늘 설명하고는 했다. 덧붙여 적대감을 갖지 않는 사람에게는 공격도 하지 않는 게 보통이다. 게다가 늑대를 섬기는 부족이라면 한 가지라도 더 통해야 옳지 않겠는가.

소년은 기어이 바깥을 내다볼 수 있는 쪽으로 말을 몰아간다.

흰머리를 풀어 헤친 귀신 바람이 불던 날

'죽으면 죽고 살면 살리라.'

이 말은 옛날에 잿빛의 푸른 늑대족을 일으킨 바보 조상 보돈차르 몽학 님이 남겨준 것이다. 어렸을 때는 별 뜻 없이 들었는데 쫓기면서 보니 참으로 명언이었다. 목숨을 잃는 자는 죽어서도 많은 일을 하지만 용기를 잃는 자는 살아 있어도 아무 일 못한다. 오늘도 그 말에 힘을 얻어 산등성이에 닿았다가 눈이 휘둥그레진다. 저 아래 평원에서 벌어지는 풍경이 마치 무슨 옛날이야기 같았기 때문이다.

'꿈을 꾸는 건가?'

소년은 눈을 비볐다. 실로 놀라운 늑대들이었다. 어디서부터 헤쳐왔는지 눈 더미를 덮어쓴 영물들이 이제 막 사냥을 시작하는데, 질서가 얼마나 정연하든지 마치 예행연습을 미리 해둔 군대 같았다. 숫자를 세어보니 백여 마리쯤? 상당히 치밀한 전술 행동을 구사하는 것으로 보아 숨어 있는 일행이 더 있는지도 모른다. 그리고 저 늠름한 대형을 보라. 드넓게 펼친 부채꼴! 저것은 사냥꾼이 원형을 이룰 때까지 좁혀들어 사냥감을 그 안에 꼼짝없이 가둘 때 쓰는 전술이다. 어릴 적에 저렇게 덤벼오는 적이 가장 큰 공포감을 준다고 배웠다. 사냥감이 도망가지 못하도록 원을 유지하려면 원활한 의사소통과 엄격한 규율 엄수가 필수적인데 늑대들은 어디에서 배웠는지 자로 잰 듯이 정확한 간격을 유지하며 포위망을 좁혀가고 있다. 아마도 우두머리가 신호를 하면 육박전을 감행하려나 보다.

여기까지 생각하다가 소년은 사냥감을 내려다보았다. 그러고는 어처구니없다는 듯이 한마디를 한다.

"저거 사냥꾼과 사냥감이 바뀐 거 아냐?"

산 아래 평원을 가로지르는 흰색의 무리는 말 그대로 일대 장관이었다. 땀이 나서 성에로 덮인 건장한 말들이 무더기로 눈을 차 내던지며 간다. 북방의 준마들에게서밖에 볼 수 없는 목숨을 건 질주의 풍경이다. 그 장엄한 모습을 더욱 강렬하게 만드는 것은 수분이 없는 눈보라인데, 그것들이 말발굽에서 연기처럼 피어올라 쉽게 가라앉지 않는다. 자세히 들여다보니 종마가 아홉 마리, 준마가 구십여 두, 그 위에 얹힌 사람 머리가 앞뒤로 하나씩이니 거의 군사행렬에 가깝다. 그것도 대열을 끄는 자는 평범한 말치기 같으나 뒤에 있는 사람은 싸움깨나 해본 용사인지 전투용 활을 맸다.

한참 후 용사가 어미 늑대를 향해 시위를 당기자 화살이 저승사자의 휘파람 소리를 내면서 날아가는데, 늑대가 간신히 피했다. 말로만 듣던 화살, 구멍이 뚫려서 우는 소리를 내며 날아가는 명적(鳴鏑)이다. 그 귀한 화살이 떨어진 흔적도 없이 눈밭에 묻혔다.

저 같은 용사가 어떻게 해서 늑대에게 원한을 샀는지 알 수 없지만 그것이 매우 깊은 것임에는 틀림없었다. 속도는 같을지언정 무게상으로는 다섯 배 차이가 날 만큼 상대편의 전력이 우세해 보이는데도 늑대들은 거침없이 포위망을 좁혀간다. 더욱 가상스러운 것은 사냥감이 앞쪽으로는 도망갈 수 있도록 길을 터주었다는 점이다. 늑대들의 간격이 넓기 때문에 엄격한 규율과 일사불란한 움직임이 더욱 무섭게 느껴진다. 포위망 한쪽에 빈틈을 남겨놓은 것이 함정이라는 것은 한참 후에 깨달았다. 토끼몰이처럼 몰아가려는 것인데, 저렇게 해서 달아나는 말들을 잡으려는 작전이라면, 저게 바로 '한쪽을 열어서 끝장내는 전술'이다.

'저 전술의 핵심은 양 측면을 에워싸는 것인데…….'

흐름으로 보아서는 작전이 먹혀드는 것처럼 보인다. 잔뜩 겁을 먹은 말들이 더 빨리 달리기 위하여 종마가 애써 만든 대열을 흐트러뜨리고 있었다. 갈수록, 늑대는 포위망을 좁혀서 말이 빠져나가지 못할 정도로 밀집대형을 이루어가고, 말들은 점점 대오가 흩어져 서로의 간극을 넓히고 있다. 말보다 적은 수의 늑대가 저렇게 포위전술을 쓰는 병법을 소년은 난생처음으로 본다.

이윽고 사람과 말과 늑대가 마구 뒤섞이기 시작했다. 후미에 기운이 조금 모자라는 양치기 말 두 마리가 자꾸 뒤처져서 금방이라도 늑대에게 잡힐 것만 같다. 양치기 말의 꼬리에는 커다란 늑대가 양쪽으로 달라붙어 여차하면 바로 물 것 같은 태세인데, 말을 모는 사람이 아주 능란한 솜씨로 추격자들을 제지하여 팽팽한 균형을 유지하고 있었다. 그런데 안타까운 일이다. 말 떼를 끄는 선두마가 자꾸 방향을 잃는다. 저렇게 가면 계곡을 만나고 끝내 늑대의 골짜기에 갇히게 되어 있다.

소년은 손에 땀이 배었다. 신중하게 뛰고 있는 늑대들이 총공격을 개시하면 말 떼들은 그대로 사냥감이 될 것이다. 한번 잡은 기회를 놓치면 다시는 기회가 오지 않는다는 것을 늑대는 무엇보다도 잘 아는 동물이다. 그 순간이 지금일까? 숨 한 번 쉬고, 다시 지금일까, 하는 틈에, 소년은 마치 어머니가 곁에 서 있다가, 어서 안 쫓아가고 뭘 꾸물대느냐, 하고 등짝을 내리친 듯이 정신이 번쩍 들어서 말 뒷다리에 채찍을 쳤다. 그러고는 말갈기에 뺨을 붙여 몸을 바짝 숙였다. 모처럼 긴장되는 상황을 맞은 황금색 늑대귀 말이 알아서 질주한다. 처음부터 지켜보았으니 이제 어떤 역할을 할지는 제가 더 잘 알 터였다.

　　기이잉- 고오오오-
　　우기이잉- 고오오오-
　　기이이이익- 우기이이이익-

　소년이 자신도 모르게 말을 부추기는 노래를 불렀다. 그 바람에 말이 격정을 참지 못하고 미친 듯이 달린다.

　거리감은 쉽게 줄어들지 않았다. 눈보라가 천지사방에서 화살처럼 날아와 꽂힌다. 몇 년 만에 찾아온 고원의 추위가 인간의 사정을 돌볼 턱이 없다. 완전한 냉한 지옥, 죽음의 난장지대를 깨뜨리는 말발굽이 진동한다. 소년의 눈썹에 눈발이 얼어붙고 그 위로 다시 눈이 쌓이자 눈두덩이 눈동자만 남기고 묻혀버렸다. 그 앞에서 눈발은 귀신처럼 춤을 춘다. 상하좌우 모든 곳에서 바람의 하얀 머리카락이 휘감겼다.

　먼발치에서 말 떼 일행도 눈발을 헤쳐가느라 뿌옇게 움직인다.

　사실, 용사의 얼굴을 가까이에서 본다면 쫓는 자나 쫓기는 자가 총력전을 펴고 있다는 것을 표정만으로도 알 수 있었을 것이다. 용사는 온통 땀방울에 덮였고, 그것은 다시 눈보라와 섞여 뺨 위에 얼어붙었다. 입으로는 쉴 새 없이 자기 주문을 외운다.

　"나를 보고 있는가, 영원한 하늘아!"

그러나 그 영원한 하늘은 여전히 바람으로 뺨을 때리며 사납게 울부짖고, 더욱 세차게 불어오는 바람은 용사의 음성을 공중에 흩뿌려놓을 뿐이다.

긴박한 가운데 말치기의 음성이 가냘프게 흘러나온다.

"주인님, 저는 장가도 안 갔습니다요."

그 소리가 용사의 귀에 들릴 턱이 없다.

가까이 이르러서 보니, 늑대는 날카로운 발톱으로 말의 몸뚱이를 난폭하게 움켜쥐고, 뾰쪽하고 단단한 이빨로는 빠르고 맹렬하게 말의 급소를 공격하는 임무를 반복하고 있었다. 규칙을 정해놓고 격투기를 벌이는 것처럼 붙었다 떨어졌다, 치고 빠지기를 계속한다. 소년의 눈에 보이는 것은 이빨들뿐이다. 먼저 힘을 합쳐 하나를 눕힌 다음에 다른 표적지를 노리는 것이 늑대의 지혜이다. 등의 털이 불끈 선 연분홍 늑대가 단번에 뛰어올라 말의 등짝에 이빨을 박아보다가 여의치 않는지 다시 떨어진다.

말 한 마리가 비참한 소리로 울어댄다. 말 떼들은 너나 할 것 없이 옆구리며 가슴을 물어뜯겨 붉은 피와 찢겨진 살점들이 사방으로 튄다. 만약 화가 난 말이 늑대를 깔아뭉개려고 제자리에서 구른다면 눈썹 한 번 깜짝할 새도 없이 다른 늑대들이 쫓아와 포위할 것이다. 늑대들은 바로 그것을 기대하고 뒤쪽에 늙은 늑대, 어린 늑대, 새끼 밴 늑대가 따라오도록 배치해두고 있었다. 하지만 종마가 그러라고 놔둘 리 없었다.

준마들은 고통스럽더라도 제 몫을 해내는데, 후미에 따라붙은 양치기 말은 더 이상 주인을 따라갈 엄두가 나지 않는지, 이를 꽉

물고는 머리를 아래위로 흔들더니 정신을 차리지 못한다. 마침내 늑대 한 마리가 양치기 말을 덮친 채 놓지 않는다. 말은 고통스러워하며 피를 토하듯 운다. 이빨에 뜯긴 상처에서 뚝뚝 떨어진 피가 얼어붙은 눈밭에 빨갛게 흩뿌려진다. 늑대들은 이렇게 해서 말들의 조직을 붕괴시키기 시작했다. 대열이 무너지면 방어가 쉽지 않을 것이다. 온 벌판이 잔뜩 숨을 죽이고 있었다.

소년은 말 한 마리를 구하자고 뒤쪽에서 머뭇거릴 여유가 없었다. 앞말만 빨리 뛰면 대열이 흐트러져 뒷말이 차례대로 죽는다. 황금색 늑대귀 말도 장쾌하게 앞질러 우선 선두부터 가다듬어야 한다는 것을 알고 있었다. 소년이 채찍을 휘둘러 선두마와 나란히 서서 속도를 조절하기 시작했다. 말들이 대형을 다시 갖추자 늑대들이 어느 순간 공격의 흐름을 놓치고 만다. 때를 맞춰 선두마가 히히히힝, 하고 소리를 내자 흐트러졌던 말들이 신속하게 간격을 좁혀서 바람도 빠져나가지 못하도록 숲을 만들었다. 이제 늑대들은 오히려 그 속에서 빠져나갈 궁리를 하기에 바쁘게 되었다. 수십 개의 말발굽이 북을 두드려대듯이 아래쪽으로 힘을 쏟아서 힘껏 밟고, 구르고, 뛰고, 발길질을 해댄다.

순식간에 상황이 뒤집어지고 있었다. 말 떼들에게 휘말려 배 아래까지 밀려들어온 늑대들은 그물에 걸린 물고기처럼 앞뒤 좌우로 빽빽한 다리에 갇혀 도망치지도 못한다. 더욱 세차게 뛰고 달리는 발소리에 땅이 울리고 울음소리가 천지를 흔든다. 어떤 늑대는 말발굽에 차여 다리가 꺾이거나 등뼈가 부러지고 머리가 깨져서 처절하게 울부짖었다. 그 통에 몇 마리의 늑대가 나뒹굴었는지 모른다. 종마 하나가 긴 갈기를 휘날리며 힘차게 울음소리를 내면서 뒷 발로 체중을 옮긴 다음 날렵한 앞발로 늑대의 몸통을 세차게 내리 친다. 충격을 먹은 늑대는 가죽이 뚫어져 살이 보이고, 하얀 눈에 서 피가 흘렀다. 하지만 그의 입안에 고여 있다가 흘러나오는 것은 말들의 피다. 이빨도 털투성이가 되어 말의 털이 혀와 얽혀 있었다. 그 곁의 늑대가 공격을 피하자 종마는 다시 머리를 숙이고 맹렬하 게 달려가 날렵한 몸통을 밀치면서 발로 차고 물었다. 더욱 사나운 하나는 늑대를 꽉 물어서 머리 위로 던지고는 땅에 내동댕이친 후 다시 발굽으로 차서 상처를 입히고 만다.

이 모든 것이 선두마에서 비롯된 것을 알고, 큰 늑대 두 마리가 작심을 한 듯이 앞으로 뛰어왔다. 이내 공격을 시작하자 선두마가 여기저기 상처를 입고, 말치기의 털외투도 아랫단이 찢겨 나간다. 그러면서 대열이 다시 흐트러지고 있었다. 하는 수 없이 소년이 나 서서 선두를 이끈다. 큰 늑대 두 마리와 작은 늑대 한 마리가 즉시 소년의 말을 에워싸면서 포위 공격을 개시했다. 황금색 늑대귀 말 은 동요하지 않는다. 훅훅 콧김을 내뿜고 두 눈을 부릅뜬 채 침착하 게 늑대를 젖히면서 속도를 유지했다.

"고맙구나. 나의 황금색 늑대귀 말!"

소년이 혼잣말을 한다. 그때 구원자가 앞에서 분투하는 것을 뒤 에서 알았는지 용사가 속도를 높여 다가왔다. 그러고는 격렬하게 춤을 추는 말 위에서 한 손으로는 고삐를 다잡고 다른 한 손은 말채 찍을 휘휘 돌려서 손목에 감더니 커다란 가죽주먹을 만들었다. 죽 음을 각오하고 늑대와 격투를 하려는 것이었다. 초원의 전사들이 최후의 수단으로 육박전을 할 때 사용하는 비장한 기술을 늑대들은 미처 알지 못했다. 용사의 손에 감긴 질긴 소가죽으로 된 채찍은 손잡이가 세 가닥을 꼬아 만든 밧줄만큼 굵고, 둘둘 감긴 아랫부분에는 반질반질한 때가 끼어 있었다. 그것은 그의 아버지가 옛날에 타타르 족과 싸우면서 묻혔던 피 얼룩이었다.

늑대 몇 마리가 용사의 양쪽에서 번갈아가며 공격을 시도했다. 용사는 말 위에서 채찍주먹을 쳐들고 늑대를 내리칠 수 있는 기회를 노리느라 정신을 집중했다. 그런 다음 늑대가 입을 벌려서 얇고 빨간 혀를 내밀고, 희고 예리한 네 개의 송곳니를 모두 보일 때, 늑대의 가장 단단하면서도 가장 약한, 그러면서도 가장 치명적인 부위인 잇몸을 힘껏 쳐 갈긴다.

무섭게 이빨을 드러내고 발톱을 치켜세우며 위로 솟구쳐 올랐던 늑대는 용사가 내리치는 말채찍 주먹에 정면으로 맞아 케갱- 거꾸러진다. 단번에 송곳니가 부러진 것이다. 송곳니는 늑대의 가장 중요한 무기이다. 거친 싸움에서 털이 빠지거나 가죽이 뚫리거나 피가 나오고 뼈가 부러지는 것은 한 계절만 뒹굴면 아물어진다. 하지만 송곳니는 다르다. 늑대가 제 몸을 구하거나 남을 죽일 때 써야 하는, 벌의 침 같은 마지막 무기였다. 용사의 말채찍 뭉치가 늑대의 급소를 거듭 명중시켜 또 한 마리를 쓰러뜨렸다. 한 놈은 이빨 대신에 콧날에 맞아서 얼굴 가죽이 벗겨지자 온몸을 오그리고 눈밭에 데굴데굴 구른다.

시간이 흐를수록 말 떼의 울음도, 늑대들의 울음도, 바람을 부수는 땅의 울음도 모두 괴상한 소리로 변하여 가려들을 수 없었다. 그러는 중에도 용사에게 눈두덩을 맞아서 맹목이 된 늑대 한 마리가 볼이 피범벅인 채로 소년의 옷자락을 물고 놓지 않았다. 늑대의 입에서 나온 더운 김이 찬 공기와 섞이면서 서리로 변해 피 묻은 몸을 하얗게 덮어 분홍색으로 만들었다.

'무서운 놈들!'

늑대들이 무서운 것은 가족 단위로 사냥을 나서서 자식을 잃게 되면 어미 늑대가 목숨을 내놓고 광분한다는 것이다. 후미에서 지휘하던 늑대도 자식을 잃었는지 필사적으로 말을 향해 뛰어올랐다. 거기에 하나 남은 양치기 말이 걸려들었다. 늑대는 말 갈비 뒤쪽의 가장 얇은 뱃가죽을 한입 가득 물고 온몸의 무게를 실어 곡예를 하듯이 매달렸다. 그 상태로 말이 달리면 늑대의 하반신은 말의 뒷다리 옆쪽까지 밀쳐지게 되는데, 그러면 놀란 말이 늑대를 떨어뜨리려고 뒷발굽으로 늑대의 하반신을 차게 되고, 늑대는 틀림없이 뼈가 부러지고 아랫배가 터질 것이다. 그러나 그럼에도 불구하고 늑대가 이빨을 놓지 않으면 말의 뱃가죽이 찢어진다. 그것이 깊어질 경우 내장이 찢긴다. 더욱 무서운 것은 금방 떨어지려는 무거운 짐짝 같은 늑대를 매달고 뛰느라 대열에서 낙오하여 또 다른 늑대들의 밥이 된다는 것이다.

과연, 늑대에 의해 복부가 찢겨진 말은 얇게 떠받치고 있던 뱃가죽이 대롱대롱 매달린 늑대 때문에 갈라지면서 거대한 밥통과 갖가지 내장을 눈밭에 쏟았다. 관성 때문에 몇 발짝을 더 달리자 말의 뒷발굽이 자신의 내장을 밟아 터뜨렸고, 창자가 휘감겼다. 그 순간 위가 터지면서 아침에 먹은 음식물이 사방으로 흩뿌려지고 연약한

장이 토막 났다. 양치기 말이 죽음의 위기에 처한 것이다. 그 상태로 더 가자 배 안에서 쏟아져 나온 내장이 제 발에 으깨어지면서 거기 매달려 있던 늑대도 케겡- 밟혀 죽었다. 뱃가죽이 터진 말이 소스라치게 경련을 일으키며 그 위를 데굴데굴 구른다. 말은 땅에서도 몸부림쳤고, 사방으로 튄 피가 어지럽게 흩날리는 눈모래를 붉게 물들였다. 수천수만의 핏방울이 눈과 뒤섞여 말 떼가 빠져나간 허공에 뿌려졌다.

소년은 냉정하게 황금색 늑대귀 말의 고삐를 조르면서 츄-, 츄-, 질주하여 가속도를 높였다. 말의 속도가 최고조에 올랐을 때 맹목 늑대가 떨어졌다. 그 순간 하늘에서 아버지가 '좋았어!' 하고 칭찬하는 목소리가 들려왔다.

케게겡-.

뒤따르는 말발굽에 늑대가 밟혀 뼈마디가 부서지는 소리가 났다. 끝내 맹목 늑대를 떼쳐낸 소년은 이제 선두에 서서 대열을 천천히 좌측으로 틀어 늑대가 쳐놓은 '한쪽을 열어서 끝장내는 전술'의 올가미를 빠져나가기 시작한다. 저 뒤쪽에서 광분한 큰 늑대 한 마리가 이를 제지하려고 추격해오자 소년이 재빨리 몸을 틀어 활을 쏘았다. 켕, 하고 쓰러지고 만다. 자꾸만 말들을 북쪽으로 몰아치려고 했던 늑대의 계획은 어느덧 실패로 돌아가고 있었다. 무슨 수를 써서라도 방향을 바꾸려 했던 우두머리 늑대의 노력도 먹히지 않았다.

말들은 어마어마한 공포 속에서 조금씩 숨을 고른 뒤에 당황해서 어수선해졌던 발걸음을 바로잡아 강의 서쪽 끝으로 내달린다.

일단 강어귀만 돌아가면, 다시 뒤쪽에서 떠다미는 바람을 타고 쉽게 목적지로 갈 수 있다는 사실을 종마들도 알고 있었다.

이내 내리막길이 시작되어 말들의 몸을 훨씬 가볍게 해주었다. 바위산을 옮기고 평원을 뒤집을 듯 불어닥치던 흰머리를 풀어 헤친 귀신 바람도 기세가 약해져서 말들이 뛰는 것을 도와주었다. 말 떼도 더 힘이 나는지 큰 바위가 무너져서 굴러내리듯이 거침없는 소리를 내며 우르르 산 아래로 미끄러져 헤를렌 강변에 도착하였다. 안전지대에 이른 것이다.

3

시간이 얼마나 흘렀을까? 북동쪽에서 일어난 검은 구름이 온 하늘을 덮어버렸다. 용사는 몸이 얼어서 앉아 있기도 힘들었다. 너무나 지친 나머지 말을 탄 채 잠시 정신을 놓았던 것이다. 긴장감이 물러가자 곧장 동장군이 쳐들어왔다. 한기를 이기려면 목이라도 돌리고 팔이라도 움직여야 한다. 온통 땀을 쏟은 말들은 몸에서 기가 뿜겨 나와 검은색 말이 흰빛으로 변해 있었다.

"어야, 처여. 말 떼를 일단 강가로 빼자."

그때, 등 뒤에서 홀연히 늑대 몇 마리가 나타나더니 헤를렌 강의 동쪽으로 빠져나간다. 갑자기 나타난 늑대들 때문에 말 떼들이 움츠러들었다. 하지만 대여섯 마리뿐이어서 말치기와 말 떼들이 쫓으려 들자 소년이 막아서 늑대가 천천히 갈 수 있도록 도와주었다. 늑대를 없애려 드는 건 어리석은 짓이다. 늑대는 죽더라도 반드시 대가를 지불하게 할 것이 틀림없었다. 다시 얼마 후 미처 빠져나가지 못한 늑대 몇 마리가 또 나타나 아득히 피어오르는 눈안개 속으로 사라져갔다. 용사는 활을 들었다가 놓으며 소름이 오스스 돋는 것을 느낀다.

"지독한 녀석들, 매복까지 세워뒀네."

그제야 용사는 잊었던 눈모래가 느껴져 도저히 눈을 뜰 수 없었다. 몇 겹씩 연이어 오는 염소뿔 바람(돌개바람) 때문에 강물 위로 온통 흰 눈발이 날려 천지를 구분하기도 어렵다. 온몸이 얼어붙어 오직 춥다는 느낌뿐 다른 생각은 아무것도 할 수 없었다. 상처를 입은 말들이 눈모래 속에서 고개를 떨어뜨린 채 몸통을 부들부들 떨면서 애달프게 울었다.

'늑대들도 다시는 얼씬대지 못할 거야. 이렇게 큰 전투는 처음이었겠지.'

용사는 마음을 진정시키면서 황금색 늑대귀 말을 찾느라 휘둘러보았다. 대단한 발견이었다. 사실, 소년의 침착한 성격과 말 다루는 솜씨와 황금색 늑대귀 말의 용맹에 얼마나 놀랐는지 셋 중 하나도 놓치고 싶지 않게 욕심이 났다. 곁에 있던 말 한 마리의 다리에서 붉은 피가 흘러 기다란 띠를 만들고 있었다.

그때 소년도 용사를 쳐다보았다. 가죽모자에 파묻혀 있는 용사의 얼굴이 너무나 궁금했던 것이다.

두 사람의 시선이 마주치는 순간 두 개의 목소리가 동시에 탄성을 질렀다.

"자무카?"

"이게 누구야."

고원에서 늑대와 한판 맞대결을 펼칠 수 있는 장군이면 두 사람 다 모르는 얼굴일 까닭이 없었다.

"들개를 주먹으로 내리칠 사람이 형밖에는 없다고 생각했어."

늑대 이름을 함부로 부르지 않고 들개라고 돌려서 말하는 사람은 테무진밖에 없었다.

"여, 깃이 같은 새는 모인다더니, 하하하하하."

그 상황에서도 큰 소리로 너털웃음을 웃는 자무카의 목소리가 길고도 멀리 퍼져나갔다. 자무카가 아니면 아무도 보여줄 수 없는 대장부의 모습이었다.

테무진은 잰걸음으로 달려서 그를 뜨겁게 껴안았다. 자무카도 방금 전 늑대와 싸우던 놀랍도록 침착한 사내가 어린 테무진이었다는 사실에 더욱 감격하여 그를 끌어안은 손에 잔뜩 힘을 주었다. 두 사람 모두에게 만 가지의 감회를 안겨주는 뜨거운 포옹이었다.

테무진에게는, 어린 시절의 기대대로 이름을 떨치며 어른이 되어가는 자무카에 대한 한없는 부러움과 동경이 있었다. 자무카는 아직 등자에 오르지 못할 때부터 어른들의 주목을 한 몸에 받았다. 그게 몇 살 때인지, 한번은 메추라기가 수풀에 알을 낳는 것을 보았다. 그는 그것을 눈 안에 깊이 새겨두었던지 다음 해에 그곳을 지날 때 용사들에게 말했다.

"작년에 내가 이쪽에서 어미 메추라기가 수풀에 둥지를 틀고 있는 것을 보았어. 어디 올해도 그 자리에 둥지를 틀었는지 볼까?"

어린 자무카가 풀숲을 헤치자 어미 메추라기가 놀라서 푸드덕하고 날아갔다. 수풀을 젖히자 거기에 알이 있는 둥지가 남아 있었다.

그 일은 어른들의 입을 타고 널리 퍼졌다.

"어쩜 그리도 똑똑한 아이가 있을까. 작년에 길을 가다 본 것을 올해까지 기억하고 있다가 실수 없이 찾아내다니."

또한, 자무카에게는 테무진에 대한 경탄스러운 감정이 늘 자리해 있었다. 예수게이 장군이 죽고 온 가족이 부족에게 버림받았을 때 테무진 곁에는 홀어머니와 일곱 형제들밖에 없었다. 그것도 하나는 여동생이요 둘은 이복형제인데, 타르박(토끼처럼 생긴 초원의 설치류)을 잡아먹고 물고기로 연명할 때 동갑내기 이복형제가 제 욕심만 챙기느라 어머니의 것을 훔치고 동생들의 것을 빼앗아 먹고는 했다. 어쩌면 초원의 관습대로 테무진의 어머니를 갖고 싶은지도 몰랐다. 그에 대해 나이는 어리지만 집안의 가장으로서 테무진은 참을 수 없는 분노를 느꼈다. 고민 끝에 마침내 동생과 둘이서 극단의 처방을 내리고 말았다. 가족의 결속력을 깨뜨린 죄를 물어 활로 쏘아 죽인 것이다.

초원의 부족들에게 이는 큰 사건이었다. 성격이 침착하고 가벼운 언행을 삼갈 줄 아는 테무진이 그렇게까지 단호한 행동을 하리라는 것을 아무도 상상하지 못했다. 더구나 그때 이복형제를 응징하면서 했던 놀라운 말은 입에서 입으로 퍼져 고원에서 모르는 사람이 없을 정도가 되었다.

"하늘에는 기러기들의 세상이 있고, 물에는 물고기들의 세상이 있어. 초원에는 사내들의 세상이 있지. 그걸 지켜야 하기 때문에 다들 고통을 참으면서 자기 자리를 견디는 걸 좀 봐. 이럴 때 한 명이 인간의 도리를 저버리면 우리는 지금보다 훨씬 더 하찮은 자리로 떨어지고 말 거야. 너는 누구와도 함께 살 수 없는 사람이라는 것을 우리 모두에게 확인시켜주었어. 그래, 네가 있어야 할 곳으로 가라."

이 말을 듣고 누구보다도 공포를 느낀 건 그를 가혹하게 내친 키릴툭이었다. 키릴툭은 어린 테무진에게 말 타는 기술과 활쏘기를 가르친 장본인으로서 테무진의 성격을 누구보다도 잘 알고 있었다. 마음속에서 익히지 않은 말은 한 마디도 밖에 내놓지 않는 아이였다. 그가 이복형제를 응징하면서 했다는 말이 얼마나 섬뜩했던지 키릴툭은 온 타이치우트 족을 풀어서 그를 끝까지 찾아서 없애려고 했다. 하지만 혼자 쫓기면서도 테무진은 기어이 살아남아 오늘 늑대 앞에 나타났다.

두 사람은 금방 쓰러질 것 같은 몸을 서로에게 기댄 채 한참을 부둥켜안고 서 있었다. 그간의 안부를 묻는 것은 양치기들에게나 어울리는 일이다. 그렇다면 뭐라고 할까?

자무카가 먼저 테무진의 어깨를 놓더니 하늘에 대고 시를 외웠다.

오논 강 찬바람 속에 우리는 서 있었지
강물이 꽁꽁 얼어 꺼지지 않았어
눈에 불이 있고 뺨에 빛이 있는 친구
나이 차이도 생각지 않고 둘의 고집도 잊은 채

우리는 서로 지문도 보여줬네
나의 운명을 엿본 네게, 너의 운명을 보여준 내게
양의 복사뼈가 닳고 닳은 후
늑대들 속에서 또 만났구나
헤를렌 강 얼음도 꺼지지 않겠지
눈에 불이 있고 뺨에 빛이 있는 친구
멋대로 가는 세파에도 무릎 꿇지 말기를
거칠고 험한 추위에도
마음의 성에가 끼어 흐려지지 않기를

테무진이 감격해서 그를 다시 껴안으며 등을 두들겼다.

"자무카, 나는 시를 못해. 어머니가 내게 준 말, 큰 새는 작은 날개로는 날지 못한다, 이걸 자네에게 줄게. 자무카는 큰 날개를 필요로 하는 사람."

그러자 자무카는 두 살배기 송아지의 뿔 두 개를 붙이고 거기에 구멍을 낸 화살[鳴鏑]을 꺼내어 기꺼이 테무진에게 주었다.

"약속하마. 은혜는 은혜로, 원수는 원수로, 이게 나야. 자, 예수게이가 했던 말을 너에게 들려주마. 태어난 곳은 달랐어도 묻히는 곳은 함께하자."

테무진도 노간주나무로 만든 고두리 화살(동물의 신체에 박히지 않도록 끝을 뭉툭하게 만든 화살)을 건네며 똑같이 응답했다.

"태어나는 곳은 달라도 묻히는 곳은 같기를!"

흰 머리를 풀어 헤친 귀신 바람이 불던 날

테무진이 자리를 떴을 때 자무카의 심신은 완전히 소진되었다. 그러나 눈앞에는 아직도 마지막 힘을 쏟아서 헤를렌 강을 횡단할 일이 남아 있었다. 말들은 어느새 전투대형을 풀고 무더기 무더기로 헤쳐모여를 하느라 바쁘다. 저마다 자기를 지켜줄 종마 곁에 서 있다 보니 바람을 막기 위해서 둥그렇게 만드는 울타리 대형도 종마의 숫자대로 늘어난다. 종마가 아홉 마리이면 원형도 아홉 개가 되는 것이다.

처여가 휘파람을 불자 종마들이 움직이기 시작했다. 강은 밑바닥부터 거죽까지 얼음으로 덮여 있다. 그 위를 아흔일곱 개의 살아 있는 망령이 움직이고 있었다. 상처 입은 말들도 정신이 돌아오지 않는지 계속 허방을 짚으며 걸었다. 어떤 수난이나 시련도 타타르 군대에게 체포되었다가 탈출하면서 겪은 것보다는 나을 거라 여겼으나 이 질주의 마지막을 장식하는 풍경은 그보다 훨씬 심한 것이었다.

'그 순간에 테무진이 나타나지 않았으면 정말 어쩔 뻔했는지.'

그러면서도 한 가지 점이 내내 마음에 걸려 홀가분해지지 않았다. 그것은 자기 자신에 대한 일, 즉 의형제를 만나 죽음을 맹세하면서도 끝까지 비밀 영지를 알려주지 않는 이유가 뭘까? 껴안을 때와 돌아설 때, 어느 것이 자신의 참모습일까? 바로 이것이었다.

수면의 얼음판은 매끄럽고도 반짝반짝 눈을 부시게 하고 잘 닦은 청동 거울보다 미끄러웠다. 수상의 온도는 상상을 초월할 만큼 내려갔으며 휘몰아치는 눈보라는 사람의 뼛속까지 얼게 하였다. 호링이 가죽이나 여우 모피도 소용없었다. 이러한 극한의 추위 속에서는 털가죽도 얼음판의 사람도 말도 아무것도 없는 것처럼 느껴진다. 강은 그저 굽이치는 모양을 한 상태로 눈 더미 아래 굳어 있을 뿐. 그의 마음속에서 모든 것이 사라져가고 있었다. 슬픔도, 고난도, 미움도, 원망도 모조리 사라졌다. 오직 그 말발굽 자국만이, 몇 달 후 여름이 와 눈이 녹을 때까지 그 자리에 남아 있을 것이다.

2

발자국 조드

1

족제비할머니는 우주의 바탕이 물이라고 했다.

한 처음에, 세상은 끝도 가도 없는 바다였다. 푸른 하늘이 내려와 쉬고 싶어도 앉을 자리가 없었다. 그래, 땅이 꼭 필요하구나! 해서 거대한 거북이 한 마리를 뒤집어놓는다. 그리고 물속을 나는 새 앙기르를 시켜 바다 밑바닥의 흙을 가져다 배 위에 뿌려놓고 주문을 외우자 대지가 만들어진다. 뿌리 식물, 네발 동물, 두발 짐승 모두 거기에 얹힌 피붙이들이라……

거북이가 죽으면 세상도 죽는다. 그래서 늘 보살피는 눈이 있었다.

오, 대지의 신기루 위에서
둥둥 떠 있는 바다의 황홀한 물결 위에서

하늘과 땅 사이의 일을 언제나 보고 계시는
움직이는 모든 것의 어른이시여!

이 푸른 하늘 이야기를 테무진은 셀 수 없이 들었다.

"거북이의 가슴은 한없이 크고 넓었어. 산도 있고, 강도 있고, 초원과 사막도 있고. 또 그 위에서 생기는 소란과 적막, 두려움과 위안, 출생과 이별, 그 모든 것들 속에도 푸른 하늘이 계셨지."

놀라운 것은 한 여인이 푸른 하늘의 마음을 사로잡아 그 자식을 낳았다는 점이다.

"어두워지면 다들 사랑에 빠지지. 유목민은 밤 시간을 달이 오고, 달이 꼭대기에 머물고, 달이 이지러지고, 달이 가는 때, 이렇게 넷으로 나누어 불렀어. 알랑고아가 임을 만나는 시간이거든."

알랑고아가 달빛과 동침하여 아들을 낳은 것은 아주 큰 사건이었다. 세월이 흐른 후에도 그 이야기를 할 때는 누구나 속삭이듯이 말했다.

'쉿, 그건 푸른 하늘이 내려준 자식임을 뜻하는 거야.'

족제비할머니가 이런 이야기를 할 때면 어머니가 깜짝 놀라고는 했다. 테무진이 왜 그러는지 물은 적이 있었다.

"성 안에서 자란 할멈이 별걸 아니까 그렇지."

"성이 뭔데요?"

"말을 탄 사람이 못 넘어 다니게 마을을 빙 둘러서 막은 울타리야."

"왜 그런 곳에 갇혀서 살아요?"

"몰라."

족제비할머니에 의하면 성 안 사람은 오곡(五穀, 쌀, 보리, 콩, 조, 기장 등 다섯 가지 곡식)으로 살고, 초원의 사람은 오축(五畜, 말, 소, 염소, 양, 낙타 등 다섯 가지 가축)으로 산다.

"그래서 얼마나 다른지 알아? 성 안에서는 나쁜 사람을 욕할 때 짐승만도 못하다 해. 초원에서는 좋은 사람도 짐승의 하나라고 생각하지."

족제비할머니가 그런 것을 잘 아는 이유는 만리장성 너머에서 자랐기 때문이었다. 사람이 살 수 없을 것 같은 만리장성 남쪽 이야기는 어린 테무진에게 얼마나 무섭고 신비로웠는지 모른다. 특히 족제비할머니의 신분이 종이었기 때문에, 종일 밭에 나가 일을 했다고 한다. 평생 일만 하고 산다는 것은 생각만 해도 슬프고 억울하고 무서운 일이었다.

"성 안에는 주인들이 있고 그보다 낮은 사람, 그보다 더 낮은 사람, 더 낮은 사람보다 더 낮은 사람들이 층층이 있는데, 맨 밑바닥에 있는 게 종이야. 종은 살고 죽는 것도 제 뜻대로 할 수 없지."

도대체 그렇게 나쁜 사람들이 어디 있느냐 말이다. 족제비할머니는 밭일이 하도 힘들어서 도망갈 궁리만 했다고 한다. 그러다가 운이 좋게도 말 탄 사람들이 쳐들어왔고, 억센 사내에게 납치되었다.

"기마대가 메뚜기 떼처럼 시커멓게 몰려오더니 순식간에 성을 쓸어버렸어."

그것이 어느 시절의 일인지 테무진은 알지 못한다.

'한데, 전쟁 때 납치당한 것을 왜 운이 좋았다고 하지?'

그러는 이유도 알 수 없었다. 적어도 아버지가 죽을 때까지는 세상 사람 모두가 다 똑같은 방식으로 산다고 생각했다. 나중에 타타르 뒤에 금나라가 있다는 것을 알면서 그의 생각은 바뀌게 되었다.

"진짜로 운이 좋은 것은 나인지 몰라."

그럴 만하게도 그는 족제비할머니의 이야기를 들으며 자랐고, 유목민과 농경민이 어떻게 다른지를 셀 수도 없이 들었다.

광활한 고원에서 발굽 짐승에 의존해 사는 유목민에게 가장 필요한 것은 넓은 목초지였다. 테무진의 고향은 호수도 있고 숲도 있지만 대초원이 없어서 목자들에게는 벽지 중에서도 벽지에 속한다. 빛나는 뼈대조차 없었다면 그가 내세울 것은 아무것도 없었을지 모른다. 하지만 그는 열 살도 되기 전에 바로 그 빛나는 뼈대에게서 버려졌다.

하늘은 허공을 지날 때 찬란한 빛이 되고 땅에 닿을 때 눈부신 황금색이 된다. 바로 그 핏줄이라 하여 황금가문이라 부르게 된 보르지긴 씨족의 제1대조가 보돈차르 몽학이다. 보돈차르 몽학은 하늘의 성품을 받아 초원의 약육강식에서 밀려난 온갖 약자들, 여자들, 바보들, 무리에서 버려지거나 길 잃은 자들을 모아 '몽골부'를 만들었다.

"그러니까 조상님께 늘 감사해야 돼."

"왜요?"

"황금가문의 흰 뼈이니까."

그런데 그것이 왜 중요한가 말이다.

　몽골부도 언젠가 나라를 가진 적이 있었다. 오논 강과 헤를렌 강 사이에서 유목하던 카불이 아들을 일곱이나 두어서 큰 세력을 만들 때(이것이 키야트 족이다) 타이치우트 족의 암바가이도 열 명의 아들을 두어 맹위를 떨치고 있었다. 두 족장이 만나서 부족연합체를 만들고 이웃의 작은 부족들을 흡수하여 '어린 몽골'을 세운다. 그리고 연장자 순으로 카불이 1대 칸이 되고 암바가이가 2대 칸에 올랐다. 하지만 동쪽에는 타타르, 서쪽에는 나이만, 남쪽에는 케레이트, 북쪽에는 메르키드가 진을 치고 있었으니, 누군가 싸움을 걸면 하시라도 피바람이 불게 되어 있었다. 그 시절에 카불칸, 암바가이 칸은 금나라의 북방정책을 대행하는 타타르와 자주 충돌하게 되었는데, 카불칸은 병으로 죽고, 암바가이칸은 딸을 시집보내러 가다가 타타르의 매복에 걸려 금나라로 이송되어, 나무로 만든 당나귀에 못 박혀 죽었다.

　이후 카불칸의 아들 코톨라를 3대 칸으로 추대한 것이 마지막이었다. 천하장사 코톨라칸은 목소리가 얼마나 우렁차던지 고함을 지르면 일곱 산등성이를 넘고, 곰 발바닥 같은 손으로는 건장한 적의 허리도 단번에 부러뜨리는 거인이었다. 매끼 세 살 된 양 한 마리와 마유주 한 통씩을 먹고도 입맛을 다시는 대식가에, 겨울철에 모닥불 곁에서 잠들면 장작더미에서 튀어나온 불똥이 살을 태워도 이가 문 것처럼 긁적거리다 마는 대장부였다. 몽골의 여러 부족들은 그 거인을 믿고 타타르와 열세 번을 싸웠지만 번번이 패했다. 엎친 데 덮친 격으로 키야트 귀족과 타이치우트 귀족 간에 내분까지 일어나, 그들이 국가는 바람 속으로 사라지고 말았다. 그중에 딱 한

번 타타르와 싸워서 유일한 승리를 만들어낸 장수가 예수게이였는데, 그가 낳은 아들이 테무진이다.

여기서 보돈차르 몽학의 직계를 흰 뼈라 한다. 테무진은 흰 뼈이기 때문에 그것이 왜 좋은지 알 수 없었다. 그럴 수밖에 없게도 아버지가 독살을 당하고 나자 정통 흰 뼈라는 사실만으로 위에서 내려온 온갖 사랑과 증오의 관계를 물려받는다. 조상의 음덕인지 망덕인지 외울 것도 많았다. 증조할아버지는 대국 금나라에게 원한을 가져서 "열 손가락이 닳도록 복수하라!" 유언했고, 할아버지는 초원의 강국 타타르와 원수가 되어 보복 전쟁을 유산으로 남겼으며, 아버지는 메르키드 족의 아내를 약탈하여 복수의 빌미까지 남겨주었다. 그 때문에 테무진의 어깨에는 늘 무거운 짐이 얹혀 있었다. 키릴툭에게 쫓기게 된 것도 흰 뼈이기 때문에 생겨난 일이다.

황금가문의 흰 뼈가 이렇게 고달파도 그것을 부러워하는 사람도 있다는 것을 테무진은 먼 훗날에 알게 되었다. 바로 자무카가 그런 사람이었다. 그에 의하면 보돈차르 몽학은 바람둥이였다. 예쁜 여자는 부러워서, 못생긴 여자는 안타까워서, 배고픈 여자는 가엾어서 늘 허허, 하고 아끼다 보니 다른 씨앗도 제 것처럼 거두게 된다. 그의 첫 여자가 된 오랑카이 족의 배불뚝이도 임신을 한 채 시집을 와서 자리를 잡자 곧 아기를 낳았다. 뉘 자식인지 모르지만 바보의 핏줄이 아닌 것은 분명했다. 그래서 족외인(族外人), 즉 자지라다이라 부르게 되었다. 자지라다이의 손자 자다란이 커서 씨족을 만들어 자다란 족이 되고, 6대째의 자식이 자무카이다. 까닭에, 자무카는 멀리서 보면 어린 몽골의 귀족이지만 가까이에서 보면 뼈대가 다르다. 그것이 황금가문의 검은 뼈였다.

"형제여! 나뭇잎에도 손금이 있어. 나는 흰 뼈가 검은 뼈에게 양보하는 걸 본 적이 없어. 죽음에 쫓기는 것도 흰 뼈의 영광이니 너무 슬퍼하지 말게."

테무진은 언젠가 자무카가 이렇게 말하는 걸 듣고 흰 뼈와 검은 뼈가 얼마나 멀리 있는가를 처음 알았다.

키릴툭은 아버지와 연합하여 부족연합체를 만든 몽골부의 제2인자였다. 그는 예수게이가 죽자 테무진 가족을 초원에 내치고 부족을 모두 차지해버렸다. 그러고는 테무진이 나중에 복수를 할 것이 두려워서 자라기 전에 제거하려고 여기저기 뒤지고 다닌다.

테무진이 최초로 죽을 고비를 맞은 것은 열한 살 때였다. 키릴툭이 처치하러 왔을 때 어머니와 카사르와 벨구테이가 나무통을 쌓아놓고 저항하였다. 그러나 광야에서 힘이 약한 생명체가 숨을 곳이라곤 없다. 테무진은 어쩔 수 없이 숲으로 달아났지만 그것이 해결책이 될 수가 없었다. 그래서 사흘을 숨어 있다가 나가려고 말을 끌고 가는데 안장이 떨어진다. 돌아보니, 안장이 가슴걸이, 깔개와 함께 있었는데 안장만 벗겨진 것이다.

'어떻게 이럴 수 있지? 푸른 하늘이 말리시는 건가?'

다시 숲으로 돌아가 사흘을 지냈다. 그리고 나가려고 하자 이번에는 집채만 한 바위가 막고 있었다.

'푸른 하늘이 말리시는구나!'

다시 돌아가 사흘을 지냈다. 그렇게 모두 아흐레를 지내고 입구를 막고 있던 흰 바위를 돌아서 나가려 하자 나무 넝쿨이 무성하여 방해하였다. 그래서 가지를 치면서 산을 빠져나가자 바로 앞에서 키릴툭이 기다리고 있었다.

그때부터 키릴툭의 손아귀에서 놓여나고 붙들리고 또 탈출하기를 얼마나 했는지 모른다. 그해, 열네 살이 저물어가던 겨울에는 조드까지 겹쳐 극단의 위기에 빠트려졌다. 광야에 버려지면 누구나 늑대의 밥이 된다. 집단유목을 하지 않으면 어디서 습격당할지 알수 없다. 그럴 때 부족의 보호를 받으면 좋으련만 그의 부족은 우두머리를 잃고 여기저기 흩어져서 길 잃은 노루 새끼들처럼 몰려다니다 눈에 띄는 대로 사냥하면서 또 사냥당하고 있었다. 테무진이 무사히 살아남기를 바라기에는 너무도 위태로운 세월이었다.

광야에서 고립을 이길 장사는 없다. 버려진 일가족은 야생동물이나 다름없었다. 야생동물은 아무나 잡는 사람이 임자이다. 강추위가 와도 피할 곳이 없고, 조드를 맞아도 협력할 이웃이 없다. 초원이 얼면 수렵도 채집도 불가능하다. 유일한 사냥감이던 타르박조차 긴 겨울잠에 들어가 나오지 않았다.

배가 너무도 고픈 날, 어둠이 하늘과 하늘의 주름을 열고 인간의 대지를 찾아오던 시각이다. 테무진은 허기를 참지 못해 가족들의 움막까지 내려와, 혀에 얹을 게 그리도 없나, 둘러보는데 밖이 어수선한 느낌이었다. 동생들은 족제비할머니가 데리고 앉아 기어드는 소리로 수수께끼 놀이를 하고 있었다.

"조금씩 잘게 내리는 눈은?"

"가랑눈."

"갑자기 많이 내리는 눈은?"

"소나기눈."

족제비할머니가 수수께끼를 내는 이유는 한 가지였다. 아이들이 배고파 하는 걸 어떻게든 잊게 하지 않으면 절망을 이길 수가 없기 때문이었다.

"밤중에 내려 아침에 놀라게 하는 눈은?"

"도둑눈."

테무진도 그 틈에 살짝 끼어 앉았다. 오랜만에 보는데 인사들도 없다.

"겨우 발자국이 찍힐 정도로 적게 내리는 눈은?"

"자국눈."

"사람의 키를 넘게 내리는 눈은?"

"잣눈."

어머니는 어디 갔을까? 한참을 찾아보니 움막 뒤쪽에 꼼짝 않고 서서 무엇을 보고 있었다. 뭐지? 자세히 보니 잿빛 덩어리 곁에 그르렁거리는 소리가 도사려 있다. 주위에 찬 기운이 돌고, 이상한 냄새도 풍겨온다. 피와 살 냄새? 하다가 깜짝 놀랐다. 늙은 늑대가 소 한 마리를 뜯고 있는데, 형체는 알아볼 수 없고, 배는 열린 채 텅 비어 있었다. 어디서 물고 왔는지, 죽은 소가 마치 달아나기라도 할 것처럼 한 발로 꾹 누르고 있다. 왜 저럴까, 하던 순간 테무진은 얼음처럼 굳었다. 어머니가 장대올가미로, 죽은 소의 발을 걸어서 늑대와 줄다리기를 하는 중이었다. 가벼운 소리는 일절 나지 않는다.

늑대가 소리도 내지 않고 화를 내는 것 같다. 어머니가 죽은 소를 조금씩 잡아당긴다. 으르릉-. 묵직하게 가라앉은 소리가 어둠 속에서 일어나 어둠의 일부가 된다. 테무진도 손에 힘을 주어 말채찍을 감았다. 늑대가 안 되겠는지 좀 높은 소리로 경고음을 보낸다. 어머니가 슬쩍 당기자 돌이킬 수 없이 위험한 상황이 되었다. 늑대의 몸에서 이제 막 광풍이 몰아치려는 순간, 뒤에서 고두리 화살이 날카롭게 어둠을 가른다. 단발에 콧등을 맞췄는지 케겡-, 하고 늑대가 달아나버렸다. 에휴, 살았다. 돌아다보니 동생 카사르가 시위를 겨눈 채 서 있는데, 옷이 비 오는 날처럼 흠뻑 젖어 있었다.

그러고도 어머니는 아무 일이 없었던 것처럼 늑대에게 빼앗은 고기를 끓여서 술렝(설렁탕의 원조가 되는 고기 국물)을 내놓았다. 어둠 속에서 온 가족이 소리 없이 먹는다. 소가 늑대에게 잡아먹히던 순간의 두려움이 담긴 탓인지 고기에 윤기가 없었다. 그것을 투정할 생각도 없이 입안에 처넣는 모습이 다들 죽은 사람 같았다. 음식을 씹는 소리도 없고, 더 달라고 보채는 사람도 없었다. 철부지 동생들이 하도 조용해서 갑자기 노인이 된 게 아닌지 테무진은 몇 번을 다시 보았다. 이렇게 살아서 어쩌란 말인가. 초원에서는 모든 가축이 생명의 존엄성을 알고 그것에 경외심을 가진 자의 손에서 죽어야 했다. 어린 짐승을 잡아도 안 되고, 늑대가 죽인 가축을 먹어도 안 되었다. 그런데 그의 가족은 양이 먹어야 할 풀을 뜯기도 하고, 새들의 몫인 물고기를 먹기도 하며, 급기야는 늑대의 음식까지 빼앗아 먹었다. 인간이 목숨을 부지하기 위해 과연 어디까지 더 내려갈 수 있단 말인가. 테무진은 격정이 끓어서 견딜 수 없었다.

'더 이상 숨어 살지 말자. 죽으면 죽고 살면 살리라.'

그날 이후, 테무진은 어머니의 만류에도 불구하고 해가 지면 꼭 황금색 늑대귀 말을 타고 나가 초원의 동태를 살피고는 했다. 흩어진 부족들은 그 봄을 어떻게 넘기는지 궁금하여 멍릭의 마을에도 가봤다. 보르칸 산에도 가보았다. 오논 강, 톨 강, 헤를렌 강변에도 가보았다. 가는 곳마다 부족끼리 물어뜯고 싸우고 있었다.

'죽는 수가 있으면 반드시 사는 수도 있다고 했는데……'

테무진의 답답한 마음을 읽었는지 하루는 동생 카사르가 은신처까지 찾아왔다.

"형, 키릴툭을 죽여버릴까?"

열두 살짜리가 그런 생각을 하다니! 가만히 쳐다보니, 활을 치켜든다. 형제들 중에서 테무진은 말을 잘 타고, 카사르는 활을 잘 쏘며, 이복동생 벨구테이는 씨름을 잘했다.

"어떻게 그리 위험한 생각을 해?"

동생은 형이, 키릴툭이 장사라서 염려하는 줄 알고 열심히 복안을 설명한다.

"벨구테이를 데리고 가지. 그리고 눈을 쏴버리면 되잖아."

일리가 없는 말은 아니었다. 키릴툭은 덩치가 낙타처럼 크지만 눈이 작아서 웃을 때, 화날 때, 깊은 생각에 잠길 때면 얼굴에서 눈동자가 사라져버린다. 둔해 보이지만 눈이 보이지 않는 때만큼은 결코 우직하지 않았다. 마치 눈동자가 저 혼자서 허공을 떠돌아다니기라도 하는 듯이 신기하게 보통 사람이 볼 수 없는 급소를 발견하고는 했다. 까닭에, 키릴툭이 화났을 때 눈이 지워지면 그것은 위

험하다는 신호였다. 도무지 이해할 수 없는 일이다. 아버지의 의형
제요 자신에게는 스승이었다. 그토록 잘해주던 사람이 아버지가
죽자 대번에 테무진의 가족을 광야에 내쳤으며, 그래도 짐승의 밥
이 되지 않자 병사들을 몰고 기습해왔다. 그때 온몸에서 느껴지던
싸늘한 냉기, 자신을 처치하기 위하여 열흘 동안이나 숲을 뒤지던
무서운 적의, 그리고 생포한 후에도 사나운 짐승처럼 목에 나무칼
을 채워 게르마다 조리돌림을 시키던 야비한 흉계. 그의 눈은 되도
록 욕을 먹지 않고 테무진을 없애기 위해 하루에도 몇 번씩 세상 밖
으로 사라졌다 나타나기를 반복했다. 테무진은 꿈속에서라도 그의
눈을 마주치면 살의가 닿기 전에 얼른 비켜서곤 했다. 그래, 탈주에
실패했으면 그는 틀림없이 처형식을 감행했을 것이다.

테무진이 카사르의 귀에 입을 바짝 대고 말한다.

"키릴툭의 군대를 이길 수 없어. 활을 아무리 잘 쏴도 말이야."

그러자 카사르가 반문한다.

"형, 이러고 있으면 키릴툭이 안 죽여도 우리는 죽어."

맞는 말이었다. 테무진은 천지사방에서 엄습하는 초원의 위험
앞에 전면 노출되어 하루하루를 연명했지만 도망자 신세를 벗어날
수 없었다. 그래도 딱히 방법이 없으니, 언제나 침묵했고 날마다 고
독했다. 제길, 운명은 하늘의 것, 간밤에도 그가 볼 수 없고 확인되
지 않는 세상 밖에서 천 개의 별이 태어나고 천 개의 별이 죽는다.
그가 할 수 있는 일이 도대체 무엇이란 말인가.

보르칸 산에서는 알랑고아의 젖처럼 쉼 없이 물줄기가 솟구쳐 강이 된다. 그중에서 오논 강, 헤를렌 강, 톨 강은 특히 동부 초원을 기르는 젖줄에 속했다. '어린 몽골' 사람들은 조상들이 그랬듯이 이세 강줄기가 흐르는 곳을 자신들의 땅이라 하여 삼하(三河. 세 강줄기가 흐르는 대지)라 불렀다. 몽골부의 후손들은 위기에 처할 때마다 삼하로 모여들어 게르를 친다. 그리고 기슭을 찾는 들짐승처럼 안식처를 구하고 있을 때 자무카가 나서서 예수게이의 백성들을 재규합하고 있었다. 어린 테무진은 아버지의 충신들이 어디서 어떻게 연명하는지도 알 수 없었다.

삼하는 멀리서 보면 한없이 순박하고 평화롭기만 하다.

숲의 나무도 긴 것이 있고 짧은 게 있듯이 똑같이 생긴 게르도 큰집, 작은집이 있었다. 어디에서나 남향받이로 눕는 배꼽 모양의 게르들은 서쪽이 아버지이고, 왼편에 아들과 사위가 눕는다. 오논 강 바위 봉우리에서 봄을 맞는 네 채도 그런 풍습을 따르고 있었다. 쪼르르 한 줄로 늘어선 배꼽들 가운데 오른쪽 낡은 것이 아버지였다.

"허, 어디라 할 것 없이 봄 신령이 덮치긴 하더라만."

조심성이 가득한 음성은 테무진의 아버지 예수게이의 심복 멍릭의 것이었다. 멍릭은 성격이 신중하고 머리가 좋아서 한때는 부족의 총애를 받았지만 원체 겁이 많은 족속이라 있는 걱정 없는 걱정 죄다 끌어다 병을 만드는 사람이었다.

"그러게요. 매일같이 썩어가는 가축의 시체들, 게르마다 식어가는 화로, 먼 데서 오는 구슬픈 소리, 바람은 날마다 같은 곡조로 이어질 뿐이고."

곁에서 박자를 맞추는 여인은 그의 아내이다.

그날 밤에도 바람은 가까운 곳의 한기를 실어서 부지런히 먼 곳으로 나르고, 하늘의 별은 불꽃처럼 푸르다. 눈 깔린 평원이야 한눈에 담을 수 없이 넓다고 해도, 안개는 높은 산꼭대기에서 쉬느라 내려오지 않는다. 땅에서는 겨우 깜박이던 관솔불이 타버린 후에도 나이 든 부부가 잠들지 못하고 도란거리고 있었다.

"자르초다이는 무고할까?"

괜히 남 걱정을 하는 체하지만 내심은 제 코가 석 자였다. 예수게이가 죽을 때 아내와 자식을 맡겼으니 테무진이 클 때까지 보살필 의무가 있었다. 한데 멧돼지 같은 키릴툭이 어찌나 무섭게 구는지 상대할 엄두가 나지 않는다. 멍릭은 테무진의 가족이 부족민 대열에서 쫓겨나는 날에도 무서워서 나서지 못했다. 오죽했으면 그의 아버지가 예수게이를 배신하지 말자고 가로막다가 키릴툭의 창에 맞아 거꾸러졌는데도 참았을까? 눈에서 불똥이 튀는데도 멍릭은 목숨을 잃을까 봐 항변 한 번 못 하고 받아들였다. 자기라고 그런 성격이 마음에 들 리 없으니 하루도 편하게 저물지 않는다. 하지만 대장간 풀무장이 자르초다이는 보르칸 산으로 도망가기는 했지만 키릴툭이 무서워서 그런 것은 아니었다. 모처럼 습득한 쇠붙이를 다듬는 기술을 배신자들에게 빼앗기지 않겠다는 의지가 더없이 강했다. 그런 강인한 사람을 나약한 멍릭이 염려할 계제는 아니다.

그렇다면,

"넷째에게 물어보리까?"

이렇게 대꾸한 아내는 그와 이십 년을 살아놓고도 엉뚱한 질문을 한 셈이었다. 이윽고 그의 본심이 나온다.

"여기저기에서 가축 잃은 사람들이 몰려들면 큰일인데."

조드에 떠밀려온 사람들을 외면하자니 하늘이 무섭고, 돕자니 키릴툭의 패거리가 두려웠다. 괜히 힘을 모으는 것으로 오해를 받았다가 반란군으로 몰리면 뼈도 못 추릴 터였다. 살면서 이토록 흉흉한 세월을 만난 적이 도대체 한 번이라도 있었을까?

멍릭이 어릴 때만 해도 유목민 게르는 한 곳에 한 가정밖에 없었다. 옆집이란 대개 지평선 너머에 있기 마련이니, 초지 문제로 누가 다투었다는 소리를 듣지 못했다. 그런데 '어린 몽골'이 망하게 되자 씨족 단위가 몇 개씩 모여서 쿠리엔(진영을 갖추고 유목하는 무리, 즉 이동식 유목민 마을)을 만들지 않으면 위험하게 되었다. 그가 예수게이 밑으로 들어가 집사가 되고, 예수게이가 키릴툭과 합세하여 부족연합체를 만든 것도 그 때문이었다. 한데 예수게이가 죽자 깊은 물은 마르고 흰 돌은 깨진다. 이웃들도 처음에는 키릴툭을 따르다 타이치우트 족의 텃새가 심해지자 하나둘 이탈하더니 조드를 겪으면서 대부분 흩어졌다. 예수게이의 사람들은 이제 한겨울 눈밭에서 방황하는 노루 신세가 된 것이다.

"제기랄, 노루는 뜀박질이라도 잘하지."

아내야 남편의 생각이 어느 골짜기를 헤매는지 짐작이 가지 않는다. 그래도 간이 메뚜기보다 작은 남자와 한 이불을 덮자니 잠은

영 안 오는 모양이다.

"가지 많은 나무가 산의 치장이라면 예쁜 여자는 가정의 치장이라는데."

뜬금없는 소리에 멍릭이 핀잔을 준다.

"웬 여자 타령?"

"우리 넷째 장가들이게요."

"산도 보지 않고 옷자락을 걷고, 물도 보지 않고 신발을 벗남?"

"용하지 않아요? 당신을 닮았어."

같은 대화를 하지만 아내의 관심은 전혀 다른 데 있다. 넷째아들이 어려서부터 정신이 오락가락하며 죽을 자리를 찾더니 언제부터인지 운세가 바뀌어 요절은커녕 가족의 수호자로 변한 것이다. 어디서 신내림을 받은 것도 아닌데 어찌나 신통력을 보이는지 생각할수록 기특해서 한마디를 꼭 하고 싶던 참이다.

"당신도 넷째 말을 좀 들으세요."

괜한 소리는 아니었다. 넷째 허허추는 지난가을에도 겨울이 되면 눈이 많이 오고 엄청 큰 추위가 닥쳐서 가축들이 우수수 죽어갈 거라 했다. 어떻게 아느냐고 물으니, 사슴들이 인근을 빠져나갔는데, 일곱 역참(이백 킬로미터)을 가면 추위 걱정이 없이 희희덕대며 노닥거릴 거라 답한다. 멍릭이 처음에는 코웃음으로 묵살했다. 그리고 겨울이 되자 이번에는 산봉우리에 있던 수소들이 내려왔다. 수소들은 가을에 교미기가 끝나면 암컷과 새끼들을 제쳐두고 산꼭대기에 올라가 겨우내 놀다가 봄이 되어야 돌아온다. 그런데 겨울 첫 달에 내려와 주변을 뱅뱅 돌고 있으니, 허허추가 빨리 이사를 가야 한다는 소리를 입에 물고 살았다.

"소뿔 같은 초승달 아래, 말똥 같은 보름달 아래, 검은 조드 하얀 조드가 다 모이네. 하늘의 색깔이 잿빛이 되면 늦으리."

이렇게 노래를 하는 통에 온 식구가 이천 마리나 되는 가축을 몰고 일곱 역참을 빠져나갔다. 그러자 신기하게도 사슴들이 까불고 연애질이나 하는 평화로운 땅이 나왔다. 즉시 허허추가 찍어준 자리에 게르를 쳤더니, 겨울 아홉 추위에 가축이 한 마리도 죽지 않았다. 초원에서 그보다 중요한 일이 어디 있다는 말인가. 젖통 큰 짐승이 소갈머리는 작다는 소리야말로 남자들의 억지라는 게 그녀의 생각이었다.

밤새 뒤척이던 부부가 끝내 엇도는 이야기만 하다가 설핏 잠이 들었다. 그리고 다시 등자 쩔렁이는 소리에 깨어보니 그새 날이 밝아서는 달랑 한 그루뿐인 나뭇가지 사이로 잿빛 말을 탄 사람들이 오고 있었다.

멍릭의 셋째아들이 문을 열고 서서 나그네들이 당도할 때까지 기다려주었다.

일행을 들여놓자 게르의 문지방 왼쪽에 세 사람이 나란히 무릎을 받치고 앉는다. 멍릭이 마유주를 권하자 사내 하나가 잔을 받들어 약손가락을 살짝 댔다가 위로 퉁기고 아래로 퉁기고 제 가슴으로 퉁기더니 곧장 읊조린다.

"질 좋은 감로수가 금잔 은잔 가득하게 살라는 축원을 올립니다."

멍릭은 일단 마음을 놓았다. 인사하는 맵시로 보아 악한 사람은 아니었던 것이다. 한데 나그네 쪽에서 한참 동안 입을 떼지 못하고 한숨을 쉰다. 멍릭의 아내가 먹을 것을 내놓자 젊은 사내 둘이 허겁지겁 집어 든다.

"혓바닥 위에 음식 한 점 올려놓지 못한 게 사흘 됐네요."

"그래, 사연이나 들어봅시다려."

멍릭이 빤히 쳐다보자 나이 든 사람이 겨우 입을 열었다.

"저희는 막막한 사막을 끼고 살았습니다요. 가도 가도 보이는 것이라곤 먼 곳의 아지랑이, 멀고 먼 산의 흐릿한 그림자들, 이런 것밖에 없어요. 저희 어른들께서는 행여 누가 지나갈까 봐, 또 나그네가 목마를까 봐 언제나 우유를 끓여놓고 방목하러 갔지요."

마음결이 백조 같은지 말투에 모서리가 하나도 없었다.

"사람 인심이 어디를 가나 그렇지 않겠습니까?"

"제 말이 그 말입니다. 목자들의 마음은 같으니까요."

인간의 말에는 반드시 일생의 파도 소리가 들어 있다. 멍릭은 낯선 이가 장황하게 과거를 끄집어내려 할 때마다 불안해지는 사람이었다. 저게 또 무슨 도움을 청하려고 저러나?

"죄송하지만 아는 이야기는 빼고 하심이 어떨지……."

그러자 나그네가 요지를 간추린다.

"초가을부터 눈이 왔어요. 그거야 대수겠는가요?"

그들 가족은 가을 영지에서 이사하여 눈 속에 게르를 쳤다고 했다. 이웃들과 달리 가축 수가 적고 아이들도 없어서 엉경 언덕의 천막 같은 고개에서 게르 한 채로 겨울을 나려 했단다. 한데, 첫 달부터 눈발이 드세고 매운 돌개바람이 불면서 사람이고 가축이고 할 것 없이 힘든 나날이 시작되었다. 세번째 추위까지는 무사했는데 네번째 추위 때 눈발이 대지를 덮다 못해 움직이는 사람까지 덮으려고 들었다. 엄연히 눈동자를 부라리고 서 있는 턱밑까지 차올라서 이웃에 가는 것도 힘들었다. 양 떼조차 마당귀를 벗어나지 않으니 아무리 경험이 많은 목자도 당황할 수밖에. 벌판에는 겨우 말들이나 나가 점을 몇 개 찍어놓은 것이 전부이고, 다른 가축들의 발자국은 근처를 벗어나지 못한다. 광활한 눈밭에 햇살이 반사되는 것도 짜증이 났다. 하늘에서 쏟아진 빛이 천지사방에 퉁겨서 허공을 떠다니는 통에 대지가 거울처럼 번쩍거리는 것 같았다. 그러다 어느 순간 앞이 그냥 뿌옇더란다. 눈 덮인 게르의 지붕만 보일 뿐 시간도 일체 흐르지 않고 멈추었다.

"쩝, 화는 빨리 가고 복은 더디 가는 낙원이 어디 있겠습니까만."

나그네는 한숨을 푸욱 쉬느라 말을 잇지 못했다.

날이 계속 흐려서 하늘과 땅을 구별할 수 없더니 별안간 세상이 통째로 흐릿한 구덩이에 빠졌다. 밤은 언제나 들판을 새것으로 바꾸는데, 그때는 해와 달이 교체되는 것도 놓쳐버렸다. 빛이 어디에 있는지, 오전인지 오후인지도 알 수가 없이, 천지에는 그저 눈 짐승만 살아서 하얀 뱀이 움직이는 것처럼 기어 다닌다. 그 귀찮은 다북쑥 덤불과 키 작은 나무들은 다 어디로 갔는지, 메넨 초원에도 언젠가 풀이 있기나 했던지……. 그렇게 해서 가축들도 하나둘 지워져 나중에는 말끔한 눈언덕이 되고 말았다.

"그 눈 속에는 앉은뱅이하고 걸음마 아기 둘, 이렇게 식구가 달랑 셋밖에 없는 게르도 있었습지요."

"세상에, 어찌할 거나, 아이고."

멍릭의 아내가 혀를 차느라 숨도 쉬지 못한다.

하여튼 엄청난 눈사태 속에서 살아남은 일부가 봄이 되자 겨우 몸을 빼내어 오논 강 상류로 옮겨왔다. 말라 기진맥진한 가축을 길에다 흘리고 또 버려가면서 한 달 동안 탈출해 나온 여섯 세대가 강가 버드나무 숲 안쪽에 임시로 게르를 치고 머물렀다.

첫 밤을 자고 나자 공기가 매캐하고 양털 타는 냄새가 나더란다. 이상하다 싶어서 문을 열어보니 간밤에 게르 바깥에 부려놓은 소소한 짐들이 모두 불타고 뼈다귀만 남아 있었다. 언젠가 타타르 족이 쓸고 간 뒤끝 같더라는 것이다.

"아니, 누가 그런 몹쓸 짓을 한단 말이요?"

멍릭의 아내가 흥분하여 소리를 질렀다.

"낸들 알리까? 사람은 정으로 주고받고 밧줄은 힘으로 주고받는다는 말이 있지요만."

나그네는 자기도 오논 강 사람이니 해코지만 하지 않는다면 무슨 원이 있겠냐고 했다.

이야기를 듣던 중에 멍릭은 부족민들이 천벌을 받지 않을까 두려워졌다. 도움을 청하는 요지가 무엇을 달라는 데 있는 게 아니라 넓고 넓은 대지 한 자락에 살짝 끼어들 수 있도록 눈감아주라는 것인데, 유목민이 고향에서 그런 부탁을 하려면 도대체 얼마나 못 볼 꼴을 많이 본 다음일까 싶었던 것이다.

"허, 세상이 못쓰게 되어서 원."

그러나 뒷말이 튀어나오려는 것을 정신 바짝 차려서 삼켰다. 무심코 하는 소리가 어느 귀로 흘러가 후환을 일으킬지 모른다. 마음이야 백 번을 이웃하고 싶어도 타이치우트 족의 횡포가 워낙 심한지라 가타부타 말을 할 수가 없었던 것이다. 기가 막힌 일이다. 온 부족이 합심해도 모자랄 판에, 난리를 맞아서까지 다투어 노략질이니. 하지만 자칫했다간 하룻밤에 일가족이 단체로 저승으로 가기가 십상이었다. 그렇다고 외면만 할 수는 없는 노릇이라 멍릭은 먹을 것을 싸서 쥐어주며 구석진 곳으로 턱짓을 하였다.

"이따가 저 아이를 따라가보세요."

구석에 앉은 젊은이는 그 집의 셋째아들이었다.

사실, 멍릭도 셋째가 어떻게 처리할지는 모른다. 그 허허벌판에서 딱히 데려갈 곳이 없으니 뒷생각을 아예 피하는 중인데, 셋째아들은 질문 한 번 없이 고분고분하게 나그네들을 모셔다가 어느 곳엔가 맡기고 돌아오고는 했다. 집안이 잘되는 속인지 못되는 속인지, 하여튼 자식들이 말을 들어주는 것만으로도 여간 고맙지 않았다.

그날 오후, 멍릭은 오논 강 일대의 공기가 하도 뒤숭숭하여 다섯째, 여섯째를 시켜서 이웃의 동태를 살피게 했다. 전에 없는 난리를 만나 외지 사람이 섞이는 것이 도무지 불안했던 것이다. 예년 같으면 가축들이 새끼를 낳을 철이라 다들 목축에 바빠야 하는데 장차 어떻게들 살려고 그러는지 곳곳에 강도가 끓어서 날마다 밤이 오는 것조차 불안하였다. 나중에는 괜히 덤터기를 쓸까 봐 셋째에게 넷째의 의견을 들어오라 했더니, 이사 이야기는 꺼내지도 못하게 펄쩍 뛰더라는 것이다. 지금은 '백조가 물 위에 앉아 있을 때'라는 진단이었다.

그리고 다음 날이다. 눈 뜨자 또 등자 쩔렁이는 소리가 들려와 게르를 열어보니 낯선 사람들이 왔다. 이번에는 어느 주민 대표들인지 대여섯이 몰려와서 떠드는데 전날 들었던 것보다 훨씬 심각했다.

여름철에 유목민에게 찾아오는 집중 가뭄을 '강'이라 한다. 지난해 강이 고약해서 그들은 겨울에 쓰려고 아껴둔 저축 초지를 몽땅 가을에 파먹었다. 그 무렵 급격히 늘어난 염소들이 엄청난 식성으로 풀을 먹어치워 겨울 식물의 뿌리까지 없애버린 터이다. 새로운 초지를 찾는 사람이 늘면서 비상용 초지까지 진입하여 혼잡이 일어났다. 그 상황에서 초가을에 겨우 뿌린 비가 얼어붙었고, 그 위로 눈이 키 높이까지 쌓인 다음, 날씨가 무섭게 곤두박질쳤다. 가난한 목자들은 벌벌 떨면서, 사냥개가 어서 돌아가기를 바라는 토끼 새끼들처럼 추위가 제발 물러나주기를 비는 수밖에 없게 되었다. 허나, 날씨에게 인정이 있으랴, 자비가 있으랴. 끝없는 눈보라 속에서 목민들은 눈앞에서 사라진 가축들을 찾아 헤매고, 동물들은 추위를 이기지 못해 밤이면 아무 데나 모여서 자기들끼리 바람막이를 쌓는다. 그리고 엄청난 추위에 미동도 않던 소가 어느 순간 뒷다리가 접혀서 방아를 찧고, 두려움에 빠진 말들이 길가에 서 있다가 최소한의 힘도 없어서 무릎을 꿇고는 했다. 간신히 살아 있는 가축들조차 안간힘을 써서 앞다리로 얼음을 헤치며 풀을 찾다가 그 상태로 눈에 덮여서 주검이 되었다.

"어찌할꼬. 그래도 봄이 왔잖아요?"

멍릭의 아내가 가슴을 앓느라 자신도 모르게 추임새를 넣었다.

"봄이라고 해야 이번 조드한테는 힘도 못 씁디다요."

날씨가 조금 풀린다 싶어지자 이내 살아남기 위한 혼란이 벌어
졌다. 유목민들은 제가 머문 곳을 다시 처녀지로 만들고 떠난다. 어
지간해서는 땅에 말뚝도 박지 않지만 부득이하게 손을 댔다 할지
라도 나중에 돌부리 하나를 들어낸 자리까지 죄다 원상 복구를 해
야 신령님이 놓아준다고 믿는 것이다. 한데, 겨울만 죽은 자들의 것
이 아니라 새로이 맞는 봄도 삶의 시간이 아니었다. 고원이 웃는지
우는지 누가 아는가. 날이 누그러져서 눈 더미가 일부 걷히자 곳곳
에 널린 가축 시체 더미가 드러나고, 근처 계곡에도 굶어 죽은 야생
동물들이 널브러져 부패하기 시작했다. 봄은 이제 살아남은 가축
과 사람들의 상실감과 썩는 냄새로 광활한 골짜기를 메우게 된다.
무엇보다도 고통스러운 것은 눈이 녹은 자리에 드러난, 겨우내 풀
을 찾다가 선 채로 죽은 양 떼를 보는 것이다. 새순이 올라와도 반
겨 맞을 가축이 없는데 황금 초지가 살아난들 무슨 소용이 있겠는
지. 하는 수 없이 이웃들을 모아 이사를 하게 되었다.

멍릭은 제 가슴이 미어질까 봐 얼른 아무 소리나 내놓았다.

"여기도 다 그런 지경에서 살아났다우."

한데, 이주민 대표는 그 순간을 기다렸던 모양이다. 재빨리 본론
을 끄집어내어 오논 강에 도착한 다음 날 당한 일 때문에 찾아왔으
니 도와달라고 했다.

"그래도 같은 부족장을 섬기던 예속민들 아닙니까? 우리는 다
늑대 후손인데, 늑대들이 어디 제 식구를 그리 대하는 걸 봤습니
까?"

이렇게 되면 귀를 빌려주지 않을 도리가 없다.

"그래, 무슨 변을 당한 거요?"

처음에는, 건장한 말을 탄 두 사람이 찾아와 웃는 낯으로 인사를 하더란다. 도와주러 온 줄 알고 다들 반기면서 수인사를 하고서 한창 끌어당겨 모닥불을 쬐라고 권하는데, 한 사람이 난데없이 칼날을 불에 대고 타오르는 불에 마구 이물질을 던졌다. 불의 머리를 자르는 극악한 행위를 초원의 어느 부족이 참을 수 있겠는가. 고원에서는 물과 불은 신성한 것이라 그것을 괴롭히는 행위는 부족을 능욕하는 패륜으로 인식되었다. 그래도 약자라서 꾹꾹 참으며 비교적 조용하게 말리느라 언쟁이라 할 것도 없는 말을 살짝 주고받았는데, 잠시 후 올가미와 각종 연장을 든 장정들이 들이닥치더니 불에다 오줌을 싸지르는 악행을 서슴지 않았다. 안 되겠다 싶어서 나이 든 사람이 말리려고 뛰어들자 웬 험악한 놈이 가차 없이 몽둥이를 휘둘러 단 한 방에 영감의 머리통을 깨버렸다. 그와 동시에 사나운 적을 만나서 육박전을 벌일 때나 쓰는 공격을 개시한다.

그때서야 놈들이 남은 가축을 빼앗으려는 도적임을 알게 되었다. 이주민들이 분해서 보이는 대로 집어 들고 맞서기 시작했다. 그것은 정확히 전쟁이었다. 집단 난투극이 벌어지면서 아녀자들이 악을 쓰며 울고, 개들이 주인을 지키느라 싸우고, 두들겨 맞은 사람들의 신음 소리, 늑대를 잡을 때나 쓰는 채찍을 휘둘러 허공을 가르는 소리들이 합쳐 큰 난리가 몰아쳤다. 그래도 광기에 사로잡힌 사람들은 고래고래 소리를 지르면서 남녀노소를 가리지 않고 인정사정없이 연장을 휘둘렀다.

일부가 피까지 철철 흘리며 비틀거리자 이주민들이 모두 자리에서 후퇴하여 버드나무 숲으로 내뺐다. 그리하여 살아남은 가축마저 거의 빼앗기고 만 것이다.

멍릭은 가만히 눈을 감고서 들을 뿐이다. 오논 강만 그러는 게 아니라 온 초원이 그러는 중이었다. 유목보다 사냥이 쉬운 걸 어쩌겠는가. 사냥이란 초원에서 방황하는 네발 동물만 거둬들이는 것을 의미하지 않는다. 두발짐승을 잡을 경우, 휘하에 반드시 발굽 짐승을 거느리는데, 그것들이 하나같이 말을 잘 듣는다. 발굽을 가진 다섯 가축, 양, 염소, 소, 말, 낙타의 특징은 주인을 놔두고 달아나지도 않고, 각자 알아서 풀을 뜯으며, 이동거리가 넓어서 데리고 다닐 수도 있다는 점이다. 기왕에 피를 볼 거면 그런 간편한 이동식량을 얻는 것만큼 좋은 것이 없다. 그래서 사람들의 눈이 뒤집혀 맹수로 변한 마당에 어쩌자고 온정을 베풀기를 바라는가. 고향이라고 찾아와 긴장을 푸는 것조차 위험한 일인지라 끄응, 하고 눌러 듣는 중인데, 아내야 세상이 무너지는 것은 참아도 일가족이 맞는 건 못 참는 성미였다. 열심히 흥분해서 말참견을 한다.

"저런, 썩을 놈들. 배고프다고 제 손가락을 먹어 치우는 것들을 푸른 늑대님께서는 왜 안 물어가시는고."

그 바람에 이주자 대표가 용기를 얻어 쐐기를 박는다.

"그래도 멍릭은 예수게이를 따라다녔던 사람이 아니우. 방법이 없겠소?"

그 말에 하는 수 없이 셋째를 시켜 또 데리고 가게 했다.

오논 바위 언덕에는 상처투성이의 목민들이 널브러져 있었다. 양지 녘에 돋아난 쐐기풀을 뜯어서 팔목에 붙인 사람도 있고, 다리가 부러졌는지 허리띠로 뚤뚤 묶은 사람도 있다. 환각을 일으키는 풀 향기, 노래처럼 가락을 타는 신음 소리. 돌아누운 자의 귀 끝으로 게으르게 감기는 물소리도 어느 때는 들리고 어느 때는 들리지 않는다. 다 헛소리인가?

삶이란 그렇게 몽롱한 것이다. 아름답고 참혹하다. 먹이사슬의 꼭대기로 갈수록 생존경쟁은 더욱 사납고 무섭고 치열했으니, 사방이 터진 벌판에서 서로를 지켜주는 울타리는 동료의 육신밖에 없었다. 그럼에도 다들 인간이 미워서 고개들을 틀고 있다. 밤이 되면 눈물이 발등을 적실 것이다. 그 순간에도 뚜벅뚜벅 저녁이 오는데, 넓은 광야에서 아직 쉴 자리를 찾지 못한 처량한 무리는 당장에 깔고 누운 여우 꼬리만 한 햇살이 달아날까 봐 엉덩이를 꼼짝도 하지 않는다. 이렇게 우둔한 짐승이 어찌 초원을 경영한다 하는가.

한참 후 이주민 대표가 성한 사람들을 겨우 달래어 멍릭을 만났던 상황을 설명하자 그중 일부가 몇 남은 가축들을 수습하기 시작한다. 나머지는 여전히 귀를 막아두고, 구구절절이 타령을 해도 전혀 먹히지 않는다. 이주민 대표는 목이 쉬었다.

"가축을 키우자면 이웃과 붙어 살 수도 없다는 걸 모르는 사람 있어요? 개도 움직여야 뼈다귀를 물어요. 이럴수록 자연 속에서 가축을 키우는 방법을 찾아야지요. 여기서 당한 꼴이야 억울하지만 말타기와 활쏘기, 씨름하기로 몸을 단련하는 길밖에는 도리가 없잖아요."

그때 바위산 너머에서 나직이 늑대 우는 소리가 들렸다. 우우우-워어어-.

먼 데서 간간히 사무치는 소리가 귀에 닿자 사람들이 그나마 꿈틀거린다. 이주민 대표가 다시 소리쳐본다.

"자, 초원에서 안전한 곳은 없습니다. 조드만 피한다고 살아집니까? 낮에는 도둑이 무섭지요 밤에는 늑대가 움직여요."

하는 수 없이 토론이 재개되었다. 떼로 모인 철새들처럼 중구난방 하는 소리들을 누르고, 전날 유난히 싸움을 잘했던 청년이 비장하게 입술을 깨물며 의견을 밝힌다.

"지금 고향으로 돌아가도 눈 덮인 벌판밖에는 기다리는 게 없수다. 제길, 눈도 안 녹는 봄도 봄이요? 그리고 내년이라고 조드가 안 온답니까? 난 여기서 싸우면서 살 거요."

결국 멍릭의 아들이 권하는 대로 무당을 찾기로 한 것은 땅거미가 지고 난 뒤였다. 사람들이 움직이자 셋째가 나서서 길을 안내한다.

한참을 걸어도 다들 말이 없었다. 버드나무가 윙윙 울고 오논 강의 살얼음이 쩍쩍 갈라지는 소리가 들린다. 어떤 곳은 얼음에 덮이고, 어떤 곳은 얼지 않아 차가운 물이 가늘게 흐른다. 청량한 물소리야 사람들의 괴로움이 무슨 상관이랴. 추위가 가시지 않은 깊은 하늘에서는 파란 별빛들이 오순도순 흔들리며 떨고 있었다. 밤길은 어둡고 고요하다. 그리 멀지 않은 곳에 민가가 있는지 희미하게 마유주 빚는 소리가 들린다. 강변을 지나서 한참을 따라가니, 달빛에 반짝이는 실개천 동쪽 언덕에 외딴 게르가 나타났다. 한눈에 봐도 엉터리로 들어선 게르의 문짝에는 그러나 으스스한 느낌을 주는 늑대의 젖이 그려져 있었다.

"누구요?"

안에서 여자 목소리가 나온다. 셋째가 안심을 시켰다.

"나요. 겁내지 말아요."

들어가보니, 총각의 품에 안겨 있다가 떨어져 나왔는지 머리카락이 잔뜩 흐트러진 여자가 눈을 동그랗게 떠서 쳐다보는데, 옷에서 속속들이 밴 암소 젖 냄새가 시큼하게 난다. 셋째는 '응큼한 년!' 하고 발을 구르려다가 꾹 참는다.

여자를 처음 발견한 것은 셋째였다. 전날, 멍릭의 심부름을 가다 추운 날 찬 서리가 느지막하게 녹는 참에 혼자 터벅터벅 걸어가면서 콧노래를 하는 여자와 마주쳤다. 이상해서 붙들어보니 근처 사람이 아니었다. 정신은 좀 모자란 듯싶지만 생김새가 여간 반반한 게 아니어서 금방 음욕이 동했다. 다짜고짜 버드나무 숲으로 끌고 갔는데,

"저 달이 혼자 떠 있지 않도록 해줄 수 있어?"

대낮에 이런 이상한 소리를 해서 가만히 눈동자를 들여다보면서 재차 물어보았다.

"달이 어디 있는데?"

"어제 울던 새소리 밑에 가면 아이들이 있어, 거기 가봐."

어떻게 보면 정상이고 어떻게 보면 아닌, 정신이 바로 섰다 뒤집어졌다 하는 여자였다.

"뭣 때문에 그러는데?"

"내 아이들 좀 데려다 줘."

아무리 훑어봐도 셋째의 동생 넷째가 앓던 무당 증세하고는 종류가 달랐다.

"미친년! 다리나 벌려 이년아."

그런데 결코 다리를 벌리지 않는다. 아무리 힘을 써도 당할 수가 없었다. 그때 어디서 넷째가 나타나자 여자가 셋째의 품을 박차고 나가서는 마치 제 서방이라도 만난 듯이 가슴에 찰싹 달라붙었다.

넷째가 임시로 쳐둔 게르로 데려다가 차분하게 자초지종을 물으니 고분고분 말대답도 잘한다.

여자는 시집을 가서 아이를 둘이나 낳은 유부녀인데, 남편은 앉은뱅이이고 자신은 정신병을 앓았다. 어느 날 앉은뱅이 남편이 자기의 정신병을 치료하려고 무당을 찾아가 굿을 하는데 점괘가 이상하게 나왔다. 무당이 화로 옆에 꽂아둔 자작나무 막대기가 쩌억─ 소리를 내면서 갈라지더니 뾰쪽한 끝부분이 땅에 꽂힌 것이다.

"신령님이 널 꾸짖는구나."

여자가 지나친 결벽증으로 남정네들을 멀리하여 화를 입었단다. 무당이 화를 씻는 굿을 마치고 나서 천둥 번개 치는 소리를 했다.

"네 병은 치료가 안 돼. 이 고장에서 살면 죽어. 일곱 밤을 넘기지 말고 멀리 떠나라. 아무 데나 가도 다 살아."

하지만 그녀는 받아들일 수 없었다. 집에 가면 겨우 젖을 뗀 아이가 둘이 있는데, 남편은 작은놈을 업지도 못한다. 자기가 떠나면 아이를 거둘 사람이 없었다. 특히 작은아들은 신령님께 빼앗길 수도 있는 나이라 아직도 사내임을 감추기 위해 계집애 차림으로 숨겨서 기르는 중이었다. 가족들의 신세가 하도 가엾어서 고향을 뜨지 않겠다고 몸부림치다 실신하고 말았다. 무당이 그녀의 왼쪽 겨드랑이 밑에, 듬성듬성 꿰매 만든 작은 주머니를 매달아주어서야 깨어났다. 한참 만에 정신이 드는지, 자식들이 어미가 없어도 되는지 묻고는, 나중에 훌륭한 장군이 될 거라 하자 그럼 어디로든 떠나겠다고 했다.

"한데, 내가 꿰매준 주머니를 이 고장을 빠져나가기 전에 풀어보면 안 돼."

여자는 무당이 시키는 대로 했다. 고향을 벗어나서 주머니를 풀어보니 빨강, 파랑, 녹색, 하양, 검정으로 물들인 다섯 색깔의 늑대 털을 묶어 넣은 하찮은 것이었다. 그것을 애지중지하며 품고 다니게 된 이유는 신통한 효험 때문이었다. 무당의 말대로 바이다라크 초원을 빠져나오자 너무도 신기하게 머리가 맑아졌지만 시간이 흐를수록 자식들이 걱정되어 견딜 수 없었다. 도저히 안 되겠어서 자식들을 빼오려고 고향땅에 잠입했는데, 정신이 혼미해지고 몸이 어찌나 아픈지 견딜 수 없었다. 그때 주머니를 뒤져보니 다섯 색깔의 털 묶음이 사라져버렸다. 너무나 아파서 되돌아 나오다가 주머니를 다시 보니 다섯 색깔의 털 묶음이 비 맞은 풀잎들처럼 싱싱하게 살아나면서 쪼개질 듯이 아프던 머리가 멀쩡해졌다. 그리고 고향에서 떨어질수록 정신이 맑아져 오는 강 물소리를 듣자 노래가 절로 나왔다. 그렇게 며칠이 흘렀고, 몇 사람을 만났는지 기억나지 않는다.

셋째는 제 동생이 신기하기만 했다. 누구도 해결할 수 없는 어려

발자국 오드

운 문제들이 넷째의 손길을 타면 술술 풀리기 시작한다. 전날, 그 여자에게도 넷째가, 그럼 몸가짐부터 정갈하게 해, 하니 후다닥 뛰어나가 말끔히 씻고 와서 줄곧 넷째의 뒤만 따르고 있었다.

낯선 사람들이 들이닥치자 여자는 패물을 있는 대로 다 걸치고, 작은 나무상자에서 청동거울을 꺼내더니 얼굴을 요모조모 비춰보고 나간다. 셋째가 물었다.

"어디 가나?"

"말 젖 짜러 가요. 큰 말인지 작은 말인지 가르쳐드려요?"

그럴 때는 또 어찌나 멀쩡한지. 초원에서 손님을 만나면 엉덩이를 보일 수가 없어서 소변을 보러 말을 타고 가는 경우가 왕왕 있었다. 그때 대개 궂은 표현을 피하기 위해서 남자는 말을 보러 간다고 하고, 여자는 말 젖을 짜러 간다고 했다. 그래서인지 아무 약속도 없이 큰 말과 작은 말이 대변과 소변을 대신하는 말이 되어서 누구의 입에나 붙게 되었다.

여자가 문을 열고 나간 뒤에도 암소 젖 냄새가 한참을 따라 나간다.

이주민들은 저마다 얼굴을 찌푸릴 여가도 없었다. 전날 밤에 얼마나 혼쭐이 났는지, 경계심이 조금도 누그러들지 않는다. 이주민 대표가 잔뜩 실망하는 표정으로 셋째에게 물었다.

"저 여자가 무당님이요?"

"아니요. 무당님을 만나러 온 미친 여자요."

그러면서 셋째가 꼼지락꼼지락 움직여 관솔 등잔에 불을 붙이자 실내가 겨우 윤곽을 드러낸다. 귀신이 사는 것처럼 으스스한 화로 곁에 총각 하나가 오똑 앉아 있었다. 드러난 행색이 가난에 젖을 대

로 젖은 시골 소년이 잠시 친척집에 심부름을 와 있는 것 같은 모양
새라 이주민들은 총각을 아무개 댁의 웃자란 강아지쯤 되려니 치
부해두고 있었다.

총각은 무섭지도 않은지 을씨년스러운 게르 안에서도 표정이 태
연하고 벙어리가 아닐까 싶게 대꾸라곤 없다.

잠시 후 이주민과 함께 온 어느 아낙네의 품에서 아직 말을 할 줄
모르는 아이가 쏙 빠져나와 불을 향해 미소를 지으며 뭐라고 재잘
대었다. 총각이 처음으로 한마디 한다.

"두 살 난 어른이 불의 보르칸 신과 덕담을 나누는구나. 그래, 불
의 보르칸 신이 뭐라 하십디까?"

한데, 그 음성이 그날 밤의 긴장된 분위기에 어울리지 않게 마치
하늘에서 떨어져 내리는 것같이 크게 들려서 다들 가슴이 쿵, 무너
지는 것을 느꼈다.

이윽고, 말 젖을 짜러 갔던 여자가 돌아왔다. 총각이 그녀를 문
앞에 세워놓고 불을 몸 주위로 세 번 돌린 다음에 들어오게 한다.
물을 보고 왔다 하여 불로 정화시킨 것이다. 그와 동시에 아이 엄마
가 비명을 지르면서 넙죽 엎드린다.

"아이고, 이를 어째. 신령님! 용서해주세요."

총각이 관솔 등잔 앞에 서 있는데도 그림자가 없었던 것이다. 좌
중이 쥐 죽은 듯이 고요해졌다.

"돌아오너라. 죽어서 몸뚱이도 없는 것들아. 거기 너울너울 춤추
는 놈, 몽둥이 들고 달밤에 어미 애비 안 가리고 사냥질 다니는 놈,
다들 뼈에 살이 붙고 몸에 넋이 붙어서 하늘을 머리에 이고 꿇어앉

아라."

총각이 누구를 향해 왜 그런 소리를 하는지 아무도 알 수 없었다. 하지만 그 말이 끝나기도 전에 이주민 가운데 세 명이 울기 시작하더니, 훌쩍거리는 소리가 모두에게 전염되었다. 이주민 대표가 안 되겠던지 슬그머니 자리에서 일어나 열세 걸음을 가자 울음이 딱 멈추었다. 다시 자리로 돌아가자마자 일제히 울기 시작한다. 그때 총각이 양피지에 불을 붙여 화로 위에서 오른쪽으로 세 번 돌렸다. 신통하게도 다들 울음을 멈추었다.

이때부터 총각을 그냥 총각이라고 생각하는 사람은 아무도 없게 되었다. 총각은 총각 형상으로 나타난 지엄한 하늘이었던 것이다.

총각무당이 늑대의 집이라고 소개한 게르는 어느새 사람이 빼곡하게 들어차서 빈 곳이 전혀 없게 되었다. 그래도 다들 나서서, 누가 시키지도 않는데 이름을 말하고 무슨 뼈, 무슨 씨, 무슨 띠를 알린다. 그러자 총각이 북극성이 떠오르는 시각에 맞춰서 뛰고 고함치고 휘파람을 불며 요란한 행위를 시작하였다.

세 살배기 수컷들도 미끄러지는 고개 위에
세 마리의 노루가 끄는 짐을 버렸네
등자 소리가 나는 높은 고개 위에
네 마리의 노루가 끄는 짐을 버렸네
서리 낀 동굴을 집 삼고, 눈 더미를 이불 삼아
가죽신에 구멍이 나도록, 땀이 다 마르도록

이렇게 노래를 하고 혀를 굴리며 이상한 짐승 소리를 내다가 멈추더니 조금 전에 신령님께 인적 사항을 아뢰지 않은 두 사람 앞에 가서 엄하게 따져 물었다.

"너는 처음에 어디로 떨어졌느냐?"

출생지를 묻는 소리였다. 지적을 받은 여편네가 한참 뜸을 들이다가,

"첵체르 초원이요."

한다. 타타르 족의 영지에서 살다가 도벽이 있어서 쫓겨온 여자인데, 전혀 아닌 척하고 얌전한 여편네 흉내를 내다 들통 나는 순간이었다.

"썩은 멧새 알이로구나. 하늘을 날지 못하리."

그 여자가 하얗게 질려 뒤로 내뺐다.

"탯줄을 씻은 물이 어디로 흘렀지?"

이번에는 간밤에 싸움깨나 했던 사내에게 물었다.

"셀렝게 강입니다."

아무렇게나 고향에 흐르는 강물을 일러주었다.

"에투겡(대지와 물의 주인)이 뭐라 하시네. 네 몸이 어머니 몸과 헤어진 데는 톨 강이야."

그렇게 굿은 이미 시작되어 있었다.

비나이다, 텡그리(하늘)께 비나이다
재산을 풍족하게 해달라고 엘베스후이 텡그리에게
육신의 능력을 높여달라고 비스만 텡그리에게

모든 사람의 부러움을 살 정도로 아름답게 해달라고 아나르
바 텡그리에게
　만인의 존경을 받게 해달라고 바이시치 텡그리에게
　부스럼과 옴과 해충, 절름발이, 장님 등 질병을 막게 해달라
고 훌친 텡그리에게
　비나이다, 텡그리께 비나이다

　그래 놓고는 느닷없이 게르의 천창을 타고 나가 한참 동안 헤매
다 돌아왔다. 고비에서 굶어 죽은 남자의 귀신이 총각의 몸에 들어
가서 신이 들렸는데, 그때부터 총각은 수호신과 접신하는 동안에
는 날 수 있게 되었다. 그날도 황홀경에 빠진 상태에서 미친 여자를
낳은 조상의 무덤으로 날아갔다가 그곳에서 붉은 버드나무와 노란
구리로 만든 머리 장식을 발견했다. 총각이 접신 상태에 있을 때 나
타나는 현상을 모르는 사람들은 오직 눈을 동그랗게 뜨고 놀라서
숨죽일 뿐이다.
　총각이 다시 입을 열었을 때는 전혀 다른 사람의 목소리가 튀어
나왔다.
　"하늘에서 곧 붉은 버드나무를 던져줄 거다."
　그러자 전날 봉변을 당해서 연신 상처를 닦아대던 영감이 멀쩡
한 표정이 되어 간곡히 당부했다.
　"신령님! 하늘에서 던져주는 붉은 버드나무를 저에게 주십사 기
원합니다."
　이웃들도 이 사람 저 사람 나서서 다들 얻고 싶다고 청했다, 총각

이 그 물건은 임자가 따로 있는 것이라는 시늉을 해놓고는, 몸을 돌려 미친 여자가 받도록 손가락으로 가리켰다.

"받으면 옷 안에 숨겨야 해. 옹고드(신령)가 다시 빼앗기 때문이야."

그때 보르칸 산에서는 예수게이를 따르던 대장장이 자르초다이의 아들이 미친 여자의 아이를 구하러 가고 있었다.

자르초다이는 쇠붙이를 다루는 천민이지만 늘 세상의 도리를 생각하는 사람이다. 그래서 자식 복을 받은 건지 슬하에 용모가 훤하고 효성이 지극한 아들을 두었다. 좋은 말은 망아지 때부터 아는 법이라 자르초다이는 제 자식이 애비가 썩힐 짐승은 아니다 싶어서 데려다 예수게이에게 보였다. 테무진 도령을 따라다니며 문이나 여닫도록 시켜달라는 뜻인데, 테무진이 아직 어리니 더 크면 보자고 약조만 하고 돌려보냈다. 그때부터 테무진이 빨리 성인이 되기를 기다리는 한편 자기도 부정 타지 않도록 매사 몸가짐을 조심해 왔다. 저번에 자무카가 고원의 대장장이들을 모아서 특별한 혜택을 준다고 수소문을 할 때도 슬그머니 엎드려 숨고 말았다. 그는 천민 기술자가 살 수 있는 유일한 길은 오직 주인을 잘 섬기는 것밖에 없다고 믿었던 것이다. 바로 그 아들의 이름이 젤메이다.

젤메는 그날 일찍 일어나서 축사를 확인했다가 또 몇 마리의 염소와 새끼 양이 눈을 감은 것을 알았다. 말도 허기져 있는 게 안쓰러워서 얼른 끌어다가 통에서 눈을 녹인 물을 먹였다. 그리고 아버지에게 문안을 올리러 가자 내외가 차를 마시면서 머리를 맞대고 땅이 꺼져라 한숨을 쉬고 있었다. 옛날에 대장장이의 기술을 전수해준 아저씨네 딸이 어느 앉은뱅이에게 시집을 가서 정신병을 앓는다는 소식을 들은 게 두 해 전인데, 지난겨울에 그녀의 게르가 천창을 덮는 눈 더미에 묻혀 보이지 않는다는 소식을 어제 또 들은 것이다. 몸들이 불편하여 유목 생활도 어려운 가정이라 일가족이 죽었는지 살았는지 생사라도 확인하지 않을 수 없었다.

아버지는 그래서 고민이 깊다.

"안 되겠다. 어서 가봐야지. 한데 저 불쌍한 말이 갈 수는 있을까?"

어머니도 마찬가지였다.

"지난가을 쐐기풀이라도 아꼈다가 말에게 주었으면 좋았을걸. 배고프고 지쳐서 힘들어 하니까 너무 빨리 달리지는 마세요."

그런 정경을 보지 못했으면 모르지만 이미 본 이상 몸이나 사릴 젤메가 아니었다. 아버지에게서 고삐를 빼앗아 일단 달리고 보았다. 여우 가죽으로 만든 모자의 끈을 턱 밑에 질끈 묶고, 낡고 닳은 목도리를 둘렀지만 털외투를 덧입어도 한기가 몰려든다. 말고삐를 흔들지만 아직도 곳곳에 몰려 있는 눈 때문에 쉽게 달리지도 못하고, 처음 가는 골짜기를 알아보기도 어렵다. 여벌로 데려가는 말조차 도중에 탈이 날까 걱정이다.

'살아만 있으면 수가 생기겠지. 그 집에서 몇 밤 자면 말들도 괜찮아질 텐데. 이사할 낙타를 얻으면 곧장이라도 되돌아올 거고.'

오후 해거름에 도착하여 게르를 열어보니, 젤메가 한 발 늦었다는 것을 알 수 있었다. 화로가 식은 지 오래된 집에 눈이 쑥 들어간 아이 둘이 땅바닥에 엎드려 뒹구는데 게르 안에는 생기가 도는 게한 가지도 없었다. 여자가 없는 집은 윤기가 없고, 사내가 없는 집은 기운이 없다고 했는데, 그 집은 둘 다 없는 편에 속했다. 큰놈은 배가 고파서 대답도 못 하고 작은놈만 시무룩하게 게르 짓기 놀이를 하고 있다. 돌로 사람과 가축, 가재도구, 옷가지, 음식 등을 차려 놓고, 납작돌은 게르의 벽면, 네모진 돌은 가재도구를 넣는 고리짝, 둥근 돌은 화로, 계란 모양의 돌은 옷가지, 세모진 돌은 말, 두 개의 혹이 있는 돌은 낙타, 하얀 돌들은 양과 염소라고 했다. 사람과 비슷하게 생긴 돌 한 개가 한쪽에서 짐승의 털을 덮고 있어서 물었더니 아버지가 눈에 묻힌 모양이라고 한다.

"어머니는?"

"외갓집 갔어요."

"가엾은 것들. 내가 너희 아저씨란다. 한번 안겨보거라."

젤메는 그 길로 아이들을 데리고 오논 강 상류로 달리기 시작했다. 아버지가 멍릭의 집으로 가보라 일러두었던 것이다.

젤메가 미친 여자의 자식을 데려오고 있는 것을 총각무당이야 알까닭이 없었다. 그럼에도 총각무당이 대뜸 미친 여자에게 물었다.

"당신, 아들만 둘이지? 다섯 살, 두 살."

"네, 그걸 어떻게?"

"내일 오니까 여기 붙어 있어."

겹겹의 괴로움에 시달리던 여자가 아이들이 온다는 말을 듣자 감격한 나머지 눈물을 뚝뚝 떨어뜨린다. 총각무당이 눈을 감고 웅얼웅얼 주문을 외더니 큰 소리로 외쳤다.

"신령님, 모습을 보여주세요."

그와 동시에 천창에서 무엇이 쿵, 떨어지는 소리가 났다. 붉은 버드나무였는데, 줄기에는 눈이 묻어 있고 뿌리에는 바이다라크 강변의 흙이 달려 있었다.

"네 고장에서 온 게 맞아?"

여자는 심장이 풀쩍풀쩍 뛰어서 몸 밖으로 뛰쳐나올 것 같았다. 바이다라크 강가에 물을 길러 갈 때마다 보았던, 시집살이의 슬픔이 눈물처럼 얼룩진 나무였던 것이다. 여자는 이제 온몸이, 당신이 시키는 일이라면 무엇이든 하오리다, 하는 감정으로 가득 차오른다. 그것을 감추기 위해 얼른 화로 뒤에 얼굴을 가리고 낮고 떨리는 목소리로 짧게 대답했다.

"네."

이주민 대표가 덜덜 떨면서 총각의 몸속에 있는 다른 목소리에게 물었다.

"당신은 누구요?"

"하늘의 말을 옮기는 사람."

"우리가 부를 땐 뭐라고 하리까?"

"텝텡그리."

다들 말이 없었다. 총각의 몸속에 있는 또 다른 목소리가 느릿느릿 설교를 한다.

"거북님! 내가 타이를게요. 자, 들으면 보이리. 흙과 돌과 샘을 항상 숭배해야 돼. 어머니의 탯줄에서 떨어져 나온 순간부터 지켜야 돼. 흐르는 물에 우유나 피, 머리카락이 들어가면 안 돼. 물속에서 동물을 죽여서는 안 돼. 강의 발원지에서 불을 피워도 안 돼. 거기서 잠을 자도 안 돼. 두 개의 강 사이에 게르를 쳐도 안 돼. 이를 어기면 가뭄이 들거나 느닷없이 장대비가 내리거나 우박이 떨어져. 물의 주인이 벌을 내려도 싸지."

아무 말이나 주워섬기는 것 같아도 다들 속이 뜨끔하여 꼼짝할 수 없었다. 이주민이 앉은 순서대로 과거에 저질렀던 잘못을 하나씩 지적했던 것이다. 그래서 모든 소리를 발음 하나도 허투루 놓칠 수 없었다.

"어디선가 몸을 다친 새끼 늑대가 쓰라린 밤을 견디고 있다. 방금도 어슬렁대다가 갔어. 나중에 데리러 올 거다."

"얼마나 기다려요?"

싸움 잘하는 청년이 물었다. 총각무당이 더 어른처럼 행세한다.

"날이 밝거든 자무카 군대가 와. 거길 따라다니면 훗날 늑대를 만날 거야."

"그럼, 지금부터 오논 강 사람들과 이웃하고 살아도 된단 말이요?"

"여기가 늑대가 자던 곳이야. 다들 냄새를 묻혀 가."

그래 놓고는 다시 대화를 나눌 수 없는 눈빛이 되어 혼자 떠들었다.

"귀머거리야, 들어라. 밤새도록 우짖는 칼이 바람 소리의 목을 친다. 소경들아, 보아라. 밤마다 땅바닥이 송장들의 고요를 때려눕히며 일어선다."

온밤이 가도록 굿은 끝나지 않았다.

그날 밤, 헤를렌 강 상류에 있는 자무카의 비밀 영지에서는 아닌 밤 중에 시커먼 사내들이 끓어서 저마다 큰 소리로 떠들고 있었다. 소 란한 세 개의 게르 사이를 열심히 오가던 처여가 찬바람에 목을 잔 뜩 움츠리고 투덜거린다.

"겨울이면 봉우리만 찾는 수소들처럼 이곳저곳 게르를 옮겨 다 니며 술 마실 일밖에 없는 수컷들이 오늘 아주 신바람이 났네."

앞쪽에서는 싸늘한 밤바람이 불고, 뒤쪽에서는 따뜻한 언덕 아 래 엎드린 양이 이빨을 갈며 고르게 되새김질하고 있었다. 시간이 흐르자 좀생이별은 완전히 기울고 하늘에는 은은한 달빛이 넘치 며, 양치기 개는 처여를 보고 달려와 어리광을 부린다. 초원은 그 달빛 어딘가에 말 떼를 깊이 감추고 있다.

장정들이 편히 쉬도록 수발을 들라는 것이 자무카의 분부였다. 모 이면 그저 잘난 체하느라 오만 방정을 떠는 것들이 밉지만, 그래도 저마다 임무들을 하나씩 수행하고 온 뒤라 목을 축이라고 처여는 우 유를 데웠다. 따끈한 것이 들어가면 온기들이 돌기는 할 것이다.

첫번째 게르의 문을 밀치자 새파랗게 젊은 것들이 큰 소리로 떠 들고 있다. 한 녀석이 기운이 뻗쳐서 꼴사나운 얘기를 주저리주저 리 하는데, 들어보니 가닥이 이상한 쪽으로 가고 있었다.

"그게 암컷이라고 계속 날 쳐다보는 거야. 저게 누굴 꾀려는 수 작인지. 뒤로 가서 볼기짝을 토닥토닥해도 도망도 안 가. 엉덩이를 쥐어봤더니 살이 제법 통통하더만, 한데, 음, 헤헤헤— 계집애 소리가 이게 뭐냐? 우는 건지 웃는 건지, 음, 헤헤헤-. 아랫도리를 바짝 붙였더니, 요게 뒷다리에 힘을 주는 거야. 엉덩이를 퉁겨 탁탁 쳐도 안 밀려나. 요것 봐라."

낯 뜨거운 줄도 모르고 염소를 겁탈한 이야기를 입에 침을 튀겨 가며 하고 있었던 것이다. 좌중이 뒤집어지듯이 구르고, 여기저기에서 염소 울음을 흉내 내며 웃고 난리였다. 그중 하나가 배꼽을 움켜쥐고 계속 시끄럽다.

"앞으로 너만 보면 서방님 반갑다고 음, 헤헤헤-, 음, 헤헤헤- 하고 인사할 텐데 어떡할 거야?"

"고자야, 내 걱정 말고 너나 잘해. 불알을 깠으면 준마라도 돼야지."

"아이고, 염소서방님! 그 사모님은 이번 추위에 무고하시나?"

두 사람이 금방 장난인지 진담인지 알 수 없이 팽팽하게 마주 선다. 다들 거칠어서 눈만 뜨면 싸움질이라 주위가 조금 불안해진다. 다툴 것이 염려되었던지, 새파란 나이에 제법 수염을 가꾼 청년이 화제를 바꾸느라 다른 이야기를 꺼낸다.

"자, 그러지 말고 내 말 좀 들어봐. 사흘 전에 오논 강 근처에서 낯선 여자를 만났어. 엄청 예뻐. 그런데 요년이 아무리 달래도 아랫도리를 안 열어주는 거야. 주먹으로 허벅지를 쳤는데도 안 풀어져. 그러면서 새소리 밑에서 놀고 있는 아이들을 데려다 달래. 좋지, 뭐. 그러마고 했더니 스스로 벗었어."

"그래서 했어?"

"개가 하는 거나 염소가 하는 거나 사람이 하는 거나 다 비슷해.

풍경까지 그려주랴?"

"여자가 나중에 어떻게 됐는데?"

"새소리 밑이 어디인지 내가 알 게 뭐야. 너희들은 새소리 밑에
가봤어?"

수컷들이란 집요해서 반드시 한 장면만 묻는 버릇이 있다.

"그래서 말 젖 짤 때 내는 소리는 잘 지르더냐고?"

"말은 타봐야 알고 계집은 자봐야 알지."

"그러니까 제일 중요한 장면만 잠깐 그려보란 말야."

"내가 왜? 오논 강을 따라 갔으니 아저씨가 직접 찾아가보시든
가."

새끼 양처럼 얌전한 사내라곤 없어서 처여는 수컷들이 모이면
짜증이 난다. 드물긴 하지만 그래도 자무카가 예쁜 여자들을 데려
다 술 마시고 놀 때는 얼마나 좋던가. 여자들은 노래가 있고 춤이
있고, 또 뭐랄까 밤에 잠들지 못하도록 어른거리게 하는 이상한 기
운이 있었다. 사람이 말들보다 예쁘게 노는 장면은 여자들이 춤출
때밖에 없을 것이다. 그런데 사내들이 노는 꼴이란 쯧, 눈살을 찌푸
리지 않으려면 빨리 옮기는 게 상수라 처여는 바쁜 척해서 빠져나
온다.

두번째 게르에는 나이가 든 아저씨들이 모여서 한 패는 노래를
하고, 한 패는 이를 잡고 있었다. 좁은 얼굴이 구레나룻으로 가득
찬 사람이 구석자리에 앉아 콧노래를 부르는데, 곁에서 봄볕에 타
다 못해 새카맣게 그을린 얼굴이 윗도리를 뒤적거려 이를 찾아낸
다. 그러고는 누가 말릴 틈도 없이 손가락으로 마구 튕겨서 아무 곳

으로나 털어낸다.

"이 사람, 이를 유목하나?"

"부러우면 자네 허리춤에도 가축이 살아 있는지 뒤져보셔."

"키워서 잡아먹으려는 건 아닐 테고, 누구한테 옮겨 가라고 죽이지도 않고 막 털어?"

새카만 사내가 심술궂게 답한다.

"여기저기 돌아다녀야 살이 오르지. 이번 조드에 살아남은 가축이 이것들뿐인데."

그러다 저쪽에서 노랫소리가 커지자 따라서 한다. 다들 노래라면 사족을 못 쓴다. 합창 소리가 커져서 게르가 벗겨져 날아갈 것 같다. 시끄러운 틈바구니에서 사내 하나가 무엇이 걱정인지 놀지 못하고 심각하더니 옆 사람을 쿡 찔러서 가만히 묻는다.

"이번에 가축이 얼마나 죽었을 것 같은가?"

자무카의 명을 받아 조드 피해 지역을 정찰하고 온 참이라 속으로 보고할 거리를 정리하느라 바빴던 것이다. 옷을 깁던 사내가 낮에 보았던 풍경을 떠올리는 것만도 치가 떨리는지 머리를 설레설레 흔들며 심통을 부린다.

"몰라요 몰라. 내가 일흔일곱 골짜기를 꿰뚫어 보는 까마귀도 아니고."

처여는 귀청이 떠나갈 것 같아서 화롯불을 살피다 말고 그냥 서 있다. 세상천지에 근심거리라고는 없는 사내들에게 우유를 끓여다 바치는 것처럼 한심한 짓이 있을까? 다들 생각이 있는지 없는지 가축이 노는 것과 한 치도 다르지 않다. 애써 수발을 들어야 보람될 것이라고는 없다는 생각에 이내 소리 내어 툴툴거린다.

"장군님도, 참. 에라, 저것들한테 젖이 나오냐, 털이 나오냐, 가죽이 나오냐, 그렇다고 말을 잘 듣냐?"

그에 비하면 대장군 자무카야말로 몸 바쳐 충성하다가 대를 이어도 아깝지 않을 위인이었다. 지난겨울 늑대와 싸우고 나서 자무카가 예측한 대로 고원에 엄청난 재앙이 내렸을 때 처여는 등에 으스스 소름이 돋았다. 그때 분명히 이렇게 말했다.

"대지에게도 제 모습을 감추는 능력이 있어. 두고 봐라. 저 광야가 내년 봄까지 얼굴을 숨기고 말 거다. 강에는 물이 흐르지 않고 초원에는 풀이 보이지 않으며, 가축들은 아무것도 먹을 수 없다. 땅 위에서는 이제 살아남은 것들끼리 싸워서 목숨을 부지해야 돼."

아니나 다를까, 새봄이 오자 온 초원이 비명에 덮였다. 장군님만 그 틈에서 얼마나 분주하던지 모자가 떨어져도 잡을 시간이 없고, 사람을 만나도 노닥거릴 틈이 없으며, 눈썹에 불이 붙어도 끌 겨를이 없었다.

자무카는 그날 처여가 따로 준비한 여덟 칸짜리 게르에서 일을 보고 있었다. 여기저기에서 부하들이 떠들고 노는 소리를 듣노라니 마음이 흡족하여 입가에 희미한 미소가 돈다. 하지만, 눈동자만은 혼자 골똘하여 좀처럼 움직이지 않는다. 분명히 기회가 온 것 같기는 한데, 내심 걸리는 게 있었다. 아무리 생각해도 자무카는 의문이 풀리지 않는다. 가는 곳마다 조드의 피해로 목민들은 죽을 고비를 넘겼다. 다들 겨울이 어서 가기를 얼마나 빌었는지 모른다. 그런데 봄이 되자 왜 자기들끼리 싸우고 난리인가. 내부의 적이 도대체 무엇인가 말이다.

자무카가 실로 오묘한 표정으로 깊은 사색에 잠기는 모습을 보고, 처여가 존경심을 가득 담아 마유주를 내가면서 남아 있는 고기와 유제품을 종류대로 차려다 놓았다. 그러자 정나미가 뚝 떨어지게 무안을 준다.

"이놈아, 설 쇠러 온 게 아니다."

그러고는 목소리를 잔뜩 깔아서 심복들을 불러오게 했다.

자무카는 북쪽 상석에 앉고, 중앙에 놓인 화롯불에서는 마른 장작이 타닥타닥 타오른다. 화로 속의 불꽃이 격렬하게 흔들리며 그림자가 춤을 춘다.

이윽고 심복들이 들어와 자무카의 오른손 아래로 줄줄이 앉는다. 왼쪽은 안방처럼 깊은 곳이라 처여밖에는 들락거리는 사람이 없다. 좌중이 조용해지자 자무카가 낮고 무거운 소리를 깔아놓는다.

"초원에 켜켜이 얽힌 먹이사슬 얘기 좀 해봐."

다들 입이 천근이었다. 바위 위에서 시끄러운 염소 새끼들처럼 눈을 까뒤집고 소스라치듯 웃어젖히던 버릇들은 어디 갔는지.

자무카를 따르면 좋은 일이 한두 가지가 아니었다. 용기 있고, 영리하고, 말 잘하고, 못하는 게 무엇일까? 게다가 배포까지 커서 부하들에게 자기 것을 몽땅 줘버리고는 했다. 전쟁터에서 약탈한 미인을 내주고도 부하들이 좋아하면 전혀 아까워하지 않았다. 그런데 그를 섬기다 보면 누구나 한 목소리로 호소하는 문제가 있었다. 회의를 할 때마다 숨통이 막히도록 목을 조른다는 것이다. 사람의 속마음을 샅샅이 꿰뚫어 보는 것도 여간 벅차지 않은데 언제나 서슬이 시퍼런 기세를 하고, 내놓는 말이 원체 어려우니 맥락을 따라 잡자면 등짝에 한참씩 식은땀이 흘러야 했다. 그렇게 힘들게 견디고 나도 나중에 결론을 어떻게 냈는지 알아먹을 수 없는 경우가 허다했다.

"자장가 들으러 왔냐? 앉아만 있는 잘난 것보다 움직이는 못난이가 낫다는 말이 있잖아."

재차 독촉해서야 한 명이 조드 상황을 묻는 것으로 알고 되나 안 되나 보고를 해본다.

"사실은 봄부터 가뭄이 시작되었습니다요. 여름에 목초지가 말라서 가축들이 살찔 겨를이 없었고, 가을 앞엣달에 눈이 오더니, 가운뎃달에 빌어먹을 날씨가 확 풀렸다가는, 뒤엣달에 한파가 쳐들어와서 성난 늑대처럼 물어뜯고 눈썹이 얼어붙을 지경이었어요. 겨울이 오자 내내 흰머리를 풀어 헤친 귀신 바람이 얼마나 휘저어댔습니까요."

가닥을 잘 잡아가는가 했는데 역시 중간에 잘린다.

"한데, 추위도 계곡마다 영지마다 다르지 않느냐?"

자무카의 위엄에 눌려 숨이 막힐 때 그나마 콧구멍에 바람 길을 터주는 것은 오래된 심복들이다.

"그렇습죠. 동쪽은 눈에 덮여서 난리를 맞았고, 남쪽은 가뭄에 타들어 풀을 뜯을 게 없었으며, 서쪽은 눈보라 때문에 험한 꼴을 당했거든요."

"북쪽은?"

"바이칼 쪽은 얼음이 두꺼워서 땅바닥이 거울 속에 들어간 셈이었고요."

말문이 터지자 다들 쓸모가 있는지 없는지도 모르는 소리들을 늘어놓기에 바쁘다. 나무도 눈에 묻히고, 가축들이 다 죽어서 불 피울 똥도 없었으며, 하늘조차도 쇠붙이처럼 꽝꽝 굳어서 새가 날지도 못했다는 등등.

"종달새처럼 노래들은 잘하는구나."

자무카가 단속을 하자 좌중이 다시 고요해진다.

"엉겅 언덕에서 사는 두더지, 들쥐들의 피도 덥기는 매한가지라."

이제 그가 하는 말을 알아듣는 부하가 하나도 없다. 자무카가 답답한지 언성을 조금 높여본다.

"늑대에게 물을까? 내가 알고 싶은 건 봄이야. 봄에 조드가 생기는 건 아니잖아?"

"가축도 봄을 두려워하는걸요?"

자무카가 입을 꾹 다물고 가만히 쳐다보자 말대꾸를 하던 부하의 얼굴이 잔뜩 붉어졌다가 푸른빛을 거쳐 흰색이 되었다.

가축이 봄을 더 두려워하는 이유를 자무카가 모를 리가 없다. 봄철은 새끼를 낳는 중요한 때인데, 낮에 잠시 기온이 올라 눈이 녹은 곳에서 모래바람이 불고 먼지폭풍이 일 뿐 대지는 이내 원상태로 돌아가 조금 녹은 눈을 얼음으로 교체시킨다. 새끼 밴 동물은 배 안에 든 것을 밖으로 밀어낼 기운이 없고, 겨우 낳더라도 먹일 젖이 없다. 까닭에, 많은 어미 가축과 새끼들이 새순이 올라오는 하루 이

틀을 버티지 못하고 죽고 만다.

　허나, 자무카가 정작 관심을 쏟는 것은 그곳에서 능선을 두 개쯤 더 넘어야 보이는 것이니 생각이 거기까지 닿는 부하가 있을 턱이 없다. 그가 아랫사람의 말을 뚝딱 자르는 버릇을 들인 건 그런 류의 것으로 자신이 너무 영리해서 생겨난 현상이었다.

　"자, 내가 정돈할 테니 들어봐."

　자무카가 작금의 사태를 조목조목 정리한다.

　괴팍한 날씨 때문에 초지가 피폐해져서 가축들이 지쳐 죽는 걸 조드라 한다. 조드는 근본적으로 고원에 물이 없어서 생기는 것인데, 피해의 양상은 크게 네 가지로 드러난다. 하나, 눈이 너무 많이 쌓여서 가축이 초지를 찾을 수 없게 되는 것, 이게 하얀 조드이다. 둘, 여름이나 가을부터 초지가 말라서 겨울 뿌리까지 고갈되는 재난, 이것을 검은 조드라 한다. 셋, 극심한 눈보라가 몇 날 며칠이고 계속되거나 콧구멍을 막는 흙바람 때문에 가축이 한 발짝도 나다닐 수 없게 되는 재앙이 눈보라 조드이다. 넷, 일찍 내린 눈이 따뜻해지는 바람에 철철 녹아서 흐르다가 갑자기 들이닥친 강추위에 아주 두꺼운 얼음이 되는 것, 그래서 눈에 번히 보이는 풀뿌리에 입도 대지 못한 채 굶어 죽는 것이 겨울 조드이다.

　이렇게 간추리는 동안에도 부하들은 자무카가 왜 조드에 그토록 신경을 쓰는지 도무지 이해할 수 없었다. 고로 언제 뜻밖의 질문을 던져올지 모르는 일이다. 몽매한 부하들이야 마음이 얼마나 불안하고 초조할 것인가.

　다시 어색한 침묵이 찾아든 순간, 부하들은 그래도 회의는 반드시 끝나게 돼 있다는 생각을 간절히 하고 있고, 자무카는 아랑곳없이 혼자의 생각을 한없이 끌고 가고 있다.

조드의 피해는 모두 목자에게 돌아간다. 영양 부족 현상이 계속 이어져 아이를 낳다가 사망한 아낙네, 젖이 부족하여 죽은 아이도 많이 늘었다. 그럴수록 유목민은 더욱 합심해야 할 터인데 왜 반대의 현상이 생기는가? 키릴툭은 예수게이의 식솔들을 데려다가 이번 조드에 손 한 번 쓰지 못하고 예속민의 절반을 잃었다. 무엇 때문인가?

이런 생각을 하다가 자무카의 얼굴에서 서서히 미소가 번지기 시작한다. 고민 끝에 언뜻 서광을 본 것이다.

동물은 여러 가지 이유로 무리를 짓는다. 짝짓기나 먹이를 구하기 위해서 무리를 짓기도 하지만 가장 중요한 것은 방어를 위한 것이다. 그런데 황금가문의 흰 뼈라는 것들은 자기들의 배만 채우고, 심하게는 부하들이 떼 지어 다니며 다른 목자를 사냥하는 것도 방조하고 한술 더 떠서 등 뒤로 대가를 챙기기조차 한다. 자무카는 그것들을 낱낱이 조사해두었다.

그 한심한 귀족들을 생각할수록 그가 내릴 처방도 점점 또렷해지고 있었다.

구름이 있어야 비가 오는 법. 처음에는 오논 강 일대에서 소란을 벌이는 키릴툭 패거리들이 괘씸해서 용사들을 모아 쳐버릴까 했다. 한데, 알고 보니 조드 피해자들이 오논 강 상류로 몰려드는 바람에 발자국 피해가 이만저만이 아니다. 발자국을 덧쌓는 것은 초원을 파괴하는 일이고, 초원이 파괴되면 온 부족이 위험에 빠진다.

어찌할 것인가? 발자국은 힘 있는 지도자만 있어도 겹치지 않는다. 그렇다면 답은 간단했다. 조드 피해자들을 모아서 예속민 집단을 새로 조직하면 된다.

그는 회의를 주로 이렇게 사용하는 사람이었다. 자신이 답을 구할 때까지 죄인처럼 머리를 조아리는 심복들이 얼마나 고마운지 모른다. 반드시 기억했다가 나중에 상을 내릴 생각도 분명히 하고 있었다. 하지만 이 사람은 도대체 회의가 끝나도록 긴장을 풀어주는 법이 없다.

"자꾸 낙타보고 염소라 하고 하늘보고 땅이라고 할래?"

새로운 예속민 집단을 조직할 조건과 명분은 충분히 갖추었다. 이제 심복들 중에서 책임자만 하나 가리면 된다. 거기에 필요한 자질을 확인하는 중인데 후보자들이 바보처럼 못 알아듣는다.

한 명이 다시 물었다.

"무슨 말씀이신지요?"

"누가 대책을 내놓아봐. 지도자처럼 말이야."

자무카의 뜻을 아는지 모르는지 염소서방이 혼자서 열심히 답한다.

"하얀 조드는 물줄기가 지나가는 곳을 찾아서 눈이 오더라도 구멍을 파서 관리하면 피해를 줄일 수 있습니다. 검은 조드는 몸이 허약한 가축이 겨울에 굶어 죽는 것이므로 야생동물의 동태를 살폈다가 잘 따라다니면 피할 수 있고, 눈보라 조드는 가축의 몸에서 열이 빠져나가지 않게 목자가 관리하면서 가축을 살릴 수 있는 숫자를 조절해야 합니다."

"그러니까 조드 재해는 유목 능력이 부족해서 생기는 거라는 말이지?"

"네, 경험이 짧은 목자들이 전통 방법을 제대로 안 배우고 있다가 재해가 닥쳐서야 우왕좌왕하니 큰 피해를 입는 겁니다요."

"그럼 수천 개의 우물에서 일어난 다툼들은 어떻게 생각하나?"

아무런 답을 내놓지 못하자 자무카가 앞뒤를 설명하기 시작한다. 그새 목소리가 사근사근해지고 내용도 알아듣기가 한결 쉽다.

"물보고 싫다는 사람은 없지? 당연히 다투듯이 샘을 찾다 보니 비슷한 곳에 닿는다. 한데, 사람이건 동물이건 발자국이 많아지면 초원이 파괴돼. 이걸 발자국 조드라 하자. 처음에는 인정에 끌려 보살피던 주민들도 발자국 조드 때문에 점점 폭력을 쓰는 거야. 그래서 충돌이 커지다가 나중에는 서로가 서로를 사냥하게 돼. 지금 오논 강 주변에서 싸우는 것들을 가만히 두면 이렇게 될 거야."

자무카의 설명에 다들 조용해졌다. 저런 귀신이 다 있을까 하는 표정들이었다. 자무카는 제 생각에 취해 눈을 감는다. 머릿속에서는 어느덧 자신이 '어린 몽골'의 최고 지도자에 오르는 그림이 완성되고 있었다. 조상이 알면 얼마나 기뻐할 일인가.

자다란 족은 '어린 몽골' 안에서 가장 용맹을 떨친 집단이면서도 종자가 검은 뼈라 하여 전체의 지도력을 한 번도 가져본 적이 없었다. 그의 아버지는 황금가문의 흰 뼈들, 키야트 씨족과 타이치우트 씨족의 연합체를 위해 목숨을 내놓고도 장군의 지위로 생애를 마쳤다. 부족연합체를 끌고 갈 능력도 없는 자들이 그간 유목민의 삶을 얼마나 도탄에 빠트렸는지. 그런데 이번에, 하늘의 뜻인지 키릴툭이 차지한 무리의 절반을 조드가 해체했다. 그들을 자무카가 모은다면 '어린 몽골'의 거대 집단을 키릴툭은 하나밖에 가지고 있지 못하지만 자무카는 둘이 된다. 새로운 쿠리엔이 만들어지는 순간 자무카와 키릴툭의 서열이 바뀌게 되는 것이다. 이는 곧 자무카의 시대가 이미 개막했음을 의미했다.

그때 처여가 기르는 양치기 개가 짖기 시작했다. 자무카가 귀 기울여 듣더니 '오논 강 쪽으로 떠난 것들이 이제 오나 보군!' 한다.

오래지 않아 말발굽 소리가 들리고 '개 좀 가둬' 하는 소리가 난다. 개 짖는 소리가 사라지자 사내 둘이 발소리를 크게 내면서 들어서더니 자무카 앞에 와락 주저앉아 제 눈으로 살피고 온 바를 보고한다.

"여기서 두 역참 떨어진 곳에 사람들이 많이 모여 있습니다. 말들을 가지고 있는데, 한두 살배기 망아지는 한 마리도 없고 모두 큰 말들뿐입니다."

한 명이 보고를 마치자 자무카가 마른풀 줄기로 이를 쑤시며 크고 검은 눈을 끔벅인다.

"약탈하고 있는가?"

"아닙니다."

"그럼, 약탈하러 가려고 준비하는 중인가?"

"아닙니다."

"그럼, 놀아?"

"신출내기 새끼무당이 굿을 벌였는데 밤늦도록 끝나지 않을 것 같습니다."

이때 곁에 있던 부하가 끼어들어 제 생각을 이야기했다.

"오논 강에 밀려든 이주민들이 어디로 튈지 알 수 없습니다. 지난밤에 키릴툭의 졸개들에게 약탈을 당했거든요. 아마 두려워서 오늘 밤까지 무장하고 있는 것 같은데, 내일 당장에라도 어디로 끼어들어서 살 자리를 만들어낼 수 있을까 모르겠습니다."

"날이 밝는 대로 가서 데리고 와라. 용사들에게는 나의 준마를 주겠다. 이제 우리 식구야."

자무카는 한없이 뿌듯한 마음으로 부하들을 하나하나 쳐다보며 웃어주었다. 그래도 '일은 끝까지 소금은 녹을 때까지'라는 속담이 생각나서 마지막으로 보안 점검을 한다.

"정찰하는 동안 수상한 사람은 못 봤지?"

심복들도 회의가 끝난 사실을 알아차리고 답변하는 소리가 커진다.

"오다가 산 아래에서 황금색 늑대귀 말을 탄 사내를 봤습니다. 재빨리 쫓아갔는데 순식간에 사라지고 안 보였습니다."

"어디에서 어느 쪽으로 갔지?"

"보르칸 산에서 젖통 호수 쪽으로요."

"됐다. 그리고 또?"

"오논 강에서 낯선 여자를 본 사람이 있습니다."

염소서방이 말하자 자무카가 눈을 가늘게 뜨면서 주의를 기울인다.

"전혀 낯선 여자야?"

"네."

"건드렸어?"

"네."

"보르지긴 여자야, 타이치우트 여자야?"

"바이다라크에서 온 여자랍니다."

"수상한 암사슴이로구나. 특이한 행동은 없었고?"

"왼쪽 젖가슴 아래 비밀 주머니를 감춰놓고 죽자고 보여주지 않았답니다."

자무카의 눈썹에 힘이 들어가자 게르 안이 침묵에 빠진다.

"나이만 족 첩잔가?"

혼잣말을 하더니 한참 만에 답이 나온다.

"건드린 놈을 데리고 가서 반드시 잡아와."

회의를 접으면서 자무카는 심복들에게 곧 새로운 쿠리엔을 하사하겠다고 밝혔다. 심복들은 심장이 터질 듯이 기대가 부푼다. 희소식이 퍼지자 휘하의 목자들도 이제 다른 부족을 사냥하러 다닐 수 있다는 기대로 한없이 들뜬다. 자무카의 세력은 나날이 이렇게 번창하고 있었다.

3

사내들의 행복은
초원에 있다

1

옛날에, 후훠 남질이라는 의적이 있었다. 덩치가 작고, 몸이 날렵하고, 머리가 영리한 사내였다. 말을 타면 어찌나 바람 같은지, 그의 몸통과 말의 갈기가 구분되지 않았다. 신체가 단단하면 정에는 무른 법이다. 가엾으면 마구 퍼주는 성미라 부자들은 한없이 고깝기만 했다. 곁에 있다가는 어느 흉년에 금 단지가 빈 단지가 될지 모르는 일. 이웃에 사는 요물 같은 여자도 그것이 마음에 걸렸다. 불안하기도 하고, 멋있기도 하다. 하면, 저자를 꼬여서 털도 안 뜯고 먹는 수는 없남, 할 게 빤한 통수이다. 한데, 거들떠보지도 않고 길을 떠난다.

달에서 멀어야 별이 빛나듯이 고향에서 멀어져야 의적도 모양이 난다. 그래, 돈에 번쩍 서에 번쩍 하다 보니 고원 서쪽까지 가게 되었다. 여기서 흰 것이 거기라고 검을쏜가. 초원에서 말 잘 타고 정의로운 사내가 소문을 떼놓고 살 수는 없다. 의적이면 금방 떠야 하는 것이다. 마침 고향의 어머니도 편찮으시다 하니 돌아갈 때가 된 셈인데, 삶은 언제나 예기치 않은 곳에 복병이 있다. 그는 공주에게 빠져 헤어날 길이 없었다.

'철새가 길을 잃었구나. 나는 사랑에 눈이 멀었어!'

의적은 탄식했다. 공주 앞에서 뜻하지 않은 말까지 흘리게 된다.

"지나는 길에 핀 꽃이 얼마나 눈부신지요. 나는 가슴이 통탕거려 옷섶이 찰랑거렸어요."

사랑을 감출 수 있는 얼굴은 없다. 공주는 바로 알아들었다.

"가면 안 오시나요?"

세상에는 소리로 전할 수 없는 마음도 있다는 것을 의적은 처음 알았다.

"귀가 늑대처럼 생긴 말을 타기 어렵고, 에–."

공주는 숨이 막힌다.

"진실로 사랑하는 여인을 만나기 어렵다는데, 에–."

이별의 시간을 확인하는 것은 부질없는 짓이다. 두 사람의 정은 너무 깊어서 대낮에도 감출 수 없고 그믐밤에도 숨길 수 없었다. 공주는 말없이 자리를 떴다. 그리고 귀가 쫑긋한 흑마를 타고 다시 온다.

"말을 그렇게 잘 탈 줄 몰랐소."

공주가 웃는다.

"타보시면 알아요. '구름이 있는 하늘 아래로, 가지가 있는 나무 위로' 하고 노래하면 날개를 펴줄 겁니다. 명심할 것은 날개를 잃으면 말도 죽고, 제 목숨도 없어진다는 거예요."

그때부터 의적은 흑마를 타게 되었다. 흑마의 목이 지평선과 평행을 그으며 이동하는 모습은 한 마리의 커다란 새가 나는 것 같았다. 구름이 있는 하늘 아래로, 가지가 있는 나무 위로 이동할 때면, 밑에서는 초원의 풀들이 물살처럼 흐르고, 말갈기가 고개를 잡아당기며, 귓가를 스치는 바람이 허미(복화술을 사용해서 두 개 이상의 음을 내는 휘파람 소리 같은 노래) 소리를 낸다.

의적은 날마다 행복했다. 밤이면 서쪽 공주를 만나고 아침이면 동쪽 집으로 오고는 한다. 아무도 건드리지 않으면 좀 좋을까? 한데, 요물 같은 여자가 알고 말았다.

의적은 공주를 만나고 오면 새벽잠을 자야 했다. 흑마도 늘어지게 쉬는 시간이다. 그 틈에 여자가 흑마에게 다가가자 잠결에 날개를 펴주었다. 아서라! 여인의 눈이 번쩍, 하는 순간 흑마의 날개가 싹둑 잘린다. 그때 꿈속에서 공주가 비명을 질렀던가? 쏜살같이 일어나 흑마에게 뛰었건만 상황은 종료되었다. 흑마는 바닥에 쓰러져 있고, 날개가 있던 자리에 핏물이 흐른다. 누군가 휭, 빠져나갔는지 사납게 휘저어진 바람 속에 암내가 남아 있다. 쫓으면 잡겠지만 범인을 알아 무엇에 쓰랴. 의적은 땅에 주저앉고 말았다.

늦었구나! 내 목숨도 쓸모없게 되었어. 흑마도 죽고, 공주도 죽고, 사랑도 죽고. 다시는 말에 오를 일도 없으리. 그는 자학했다. 햇빛아, 가거라. 별도 달도 쉬고, 새들도 날지 말거라. 아, 초원도 깊이 저물어 이제 동트지도 말았으면! 의적은 밤이 되어도 흑마와 공주가 어른거려 잘 수 없었다. 그 시절로 돌아갈 길은 없다. 자지도 먹지도 입지도 않으니 뼈에 붙은 가죽만 애처롭게 늘어진다.

그 후 후훠 남질은 더 이상 의적으로 살지 않았다. 외딴 게르에 칩거하여 눈뜨면 나무를 깎아 말 모양을 만든다. 허나, 아무리 다듬어도 나무토막에는 영혼이 없다. 한 번만이라도 좋으니 흑마의 숨소리와 근육이 꿈틀대는 생명의 율동을 느낄 수 있다면! 그 속에 가득 찬 공주의 눈빛을 확인할 수 있다면!

그러던 어느 날 섬광이 지나간다. 어쩌면 가능할지도 몰라. 이번에는 나무로 모가지를 깎은 다음, 정성껏 다듬어서 위에는 흑마의 머리를 달고 아래는 접시를 붙여 그것을 다시 흑마의 가죽으로 감쌌다. 그리고 흑마의 갈기와 꼬리털로 줄을 만들어 현을 켜보았다. 배고프고 지친 소리가 들리다 만다. 가엾은 것, 죽을 때까지 쉬지 못했구나. 해서, 흑마가 땀을 식히던 검은 나무의 송진을 발랐더니 신기하게도 우는 소리, 걷는 소리, 달리는 소리가 살아난다. 됐다. 후훠 남질은 두 줄짜리 현에 흑마와 공주와 자신의 사랑을 모두 담았다. 그리고 생을 마감하는 것이다.

후훠 남질이 만든 것은 초원에서 출현한 최초의 현악기가 되었다. 훗날, 목자들은 누군가 그리우면 흑마의 현을 울려 비련의 선율을 광야에 날린다. 그곳에서 들리는 말 울음소리, 걷는 소리, 뛰는 소리는 모두 공주가 우짖는 사랑의 소리였다. 그 위대한 악기의 이름이 마두금(馬頭琴)이다.

한번 입을 열었다 하면 이렇게 사람의 혼쭐을 쏙 빼놓는 사내가 있었다. 이름은 나코, 메넨 초원의 말 부자였다. 어느덧 나이가 들어 다들 나코 어른이라 불렀다. 그는 젊어서 전설의 의적처럼 말타기, 활쏘기, 씨름, 노래, 의술, 못하는 게 없었다. 아프거나 긴박한 일이 생기면 누구나 그를 찾았다. 아무리 어려운 문제도 반드시 답이 나온다. 한번은 고비에서 낙타를 치는 사람들이 무엇이 된다느니 안 된다느니 하다가 그에게 하소연을 했다. 종자 좋은 어미 낙타가 애를 먹이는데, 갓 낳은 새끼를 거들떠보지도 않아서 죽게 생겼다는 것이다. 나코 어른은 부탁을 거절하는 사람이 아니다.

"낙타는 자궁이 작아요. 덩치가 큰 새끼를 낳을 때 얼마나 죽을 똥을 쌌겠어요. 그 고생을 하고도, 오냐 내 새끼, 할 성품이었으면 두 발로 걷지 왜 네발로 살았으리까?"

하고는, 마두금을 들고 가 대뜸 현을 타기 시작했다. 두어 소절만에 어미 낙타가 훌쩍대더니, 점점 목 놓아 운다. 눈물을 찔끔찔끔 짜는 게 아니라 아예 얼굴이 강이 되도록, 온 사막이 눈물에 잠기도록, 이웃에 있는 다른 낙타들까지 와서 목을 놓았다. 그러고는 새끼에게 젖을 물리고, 그 불쌍한 것이 '눈(目) 감기'를 앓느라 두 눈에 덕지덕지 낀 눈곱을 한없이 핥아주었다.

이렇게 많은 재주 중에 나코 어른이 가진 최고의 재주는 역시 말을 다루는 일이었다. 말이라면 잘 기를 뿐 아니라 타기도 잘하고 병도 잘 고친다. 가혹한 조드의 공격을 받고도 망아지 한 마리 잃지 않고, 시름시름 앓던 것조차 살려내던 사람이다. 초원에서 그보다 위대한 일은 없을 것이다.

유목민에게 말은 가축이 아니었다. 한 사람의 생애는 말에 오르면서 시작되고 말에서 내릴 수 없을 때 끝난다. 소경도 앉은뱅이도 등자에 오르면 유목민이 되지만 말에 오르지 못하면 한 가지 일도 할 수가 없다. 유목민의 역사가 모두 말 등에서 이루어지는 까닭이다. 허나, 그것만으로 나코 어른의 이름이 그토록 크지는 않았을 것이다. 고원 동부의 메넨 초원, 첵체르 초원, 보이르 호수 대평원은 지구를 대표하는 명마의 산지였다. 몸집이 크다는 것은 기운이 세다는 것을 뜻하기도 하지만 피할 능력이 없다는 것을 증명하기도 한다. 덩치의 크기가 아니라 말이 견뎌야 하는 대지의 크기가 바로 말의 능력의 크기라는 것을 나코 어른만큼 잘 아는 사람은 없었다. 그를 만난 말은 결코 비만하지 않고, 싸움터에서 무기력해지지 않는다. 전쟁의 승패를 가름하는 조랑말은 오직 동부 초원에서만 나는데, 신기하게도 앞발과 뒷발을 모아 뛰는 것이 아니라 오른발 따로 왼발 따로 뛰는 측대보(側對步. 조로모리 주법)를 한다. 측대보를 하는 말은 아무리 달려도 등이 파도처럼 출렁거리지 않는다. 보통의 말은 뛸 때 진동 때문에 활을 쏠 수 없으며, 쏘더라도 명중률이 낮다. 나코 어른은 조랑말을 특별히 잘 다룰 뿐 아니라 조랑말이 아닌 것도 측대보를 하게 만들 줄 알았다. 그것을 특히 높이 사는 사람들은 초원 부족의 내로라 할 장수들이었다.

'세상에! 활 한 번 쏘지 않고 전쟁의 승패를 좌우하는 사람도 있다니!'

그래서 나코 어른은 평민이지만 여러 부족의 지도자들이 무시할 수 없었다. 인간이 말 등에서 얻은 수천 년 동안의 지혜를 익히고 다듬어 전승하는 역사의 관절인 까닭이다.

보르지긴 족의 평민들 속에 나코 어른이 있다는 것은 얼마나 큰

축복이었는지 모른다. 부족연합체가 깨지고 알랑고아의 후손들이 모두 인간 이하의 자리로 밀려난 순간에도 나코 어른은 메넨 초원을 내주지 않았다. 예수게이가 죽은 뒤 지도자가 바뀔 때마다 서둘러 다녀가는 이유도 그가 민심의 꼭짓점에 있기 때문이었다. 키릴툭도 테무진을 내치고 난 겸연쩍음을 거기 와서 풀고, 자무카도 군대 자랑을 그곳에서 시작하였다.

이 같은 천하무적의 인간이 내심 눈치를 보는 사람이 있다면 이웃들은 안 믿을 것이다. 허나, 그는 유독 한 사람의 눈치를 살피느라 먹은 것을 제대로 소화하지 못했다. 웃지 못할 일이다. 말을 치다 보니 늦장가를 들어 슬하에 외동아들을 두었는데, 녀석이 올해 열다섯 살이 되었다. 아직 코딱지도 제대로 못 감출 나이인데, 어찌하여 하루가 다르게 쑥쑥 크는지, 말치기를 삼십 년 했지만 가축도 그렇게 빨리 성장하는 것은 보지 못했다. 그가 아들에게 쩔쩔매는 데에는, 한편으로는 자식을 이길 장사가 없다는 말을 자랑하고 싶은 측면도 있었다. 우선, 집 안 풍경이 볼 만했던 까닭이다.

그날도, 말 떼가 물을 마시고 초지로 나가는데 뒤에서 가느다란 잎갈나무 장대올가미를 든 아들이 제법 어른처럼 흔들리며 가는 것을 곁눈질로 보았다. 내놓고 표시할 수야 없지만 그 모습이 의젓해서 말같이 흰 이를 드러내며 웃었다. 자기보다 어린 나이에 말 떼를 장악하는 사내를 처음 보는 것이다. 그는 아들이 무슨 속셈으로 그렇게 위풍당당하고 거만하게 흔들리며 가는지 알고 있었다. 잠시 후 엉덩방아를 몇 번이나 찧을지도 셀 수 있을 정도이다. 말의 타고난 성격이나 재능은 어미 말을 빼닮아서 바뀌지 않는다. 나코 어른은 새끼 말의 움직임을 보고 이십 년 전에 도둑맞은 말을 찾은 적도 있었다. 자기가 왕년에 길들일 때 수없이 엉덩방아를 찧게 한 말의 새끼를 아들이 지금 끌고 가고 있는 것이다.

잠시 후 아들은 장수 말 위에 안장도 없이 올라가 흔들리더니 산 등성이를 오르다가 떨어지고 만다. 장수 말은 고개를 흔들며 콧바람을 불고, 발을 구르고, 앞발을 들어 기세를 올린다. 아들이 올가미를 던졌다. 가죽끈이 목에 걸린다. 아들은 어느새 말 등에 올라가 이를 악물고 채찍을 내두른다. 아버지가 훔쳐보다 다시 이를 드러낸다. 아들은 장수 말을 타고 산봉우리에 올라가느라 튀어 올랐다가 내려왔다 하면서 땅에 부딪치고 팔은 허우적대고 옷은 엉망이 되고 있다. 또 떨어지자 앓는 소리를 하며 누웠다가 일어나 눈을 찔끔 감았다 뜨더니 아랫입술을 깨물고 올라타 쏜살같이 뛰는데, 말이 껑충거릴 때마다 아이구, 소리가 튀어나온다.

사나운 말에서 떨어져 죽지 않으면 장군이 된다던 격언이 사실이라면 아들은 스무 번도 넘게 장군이 되어야 마땅했다. 옆구리, 겨드랑이가 얼마나 멍들고 등허리가 몇 군데나 까졌는지 옷깃이 닿을 때마다 쓰릴 것이다. 그래도 장대올가미를 끌고 절뚝거리며 안장도 없는 말을 붙잡아 다시 올라탄다. 과감하게 머리를 숙여 말의 귀에 뭐라고 속삭이는데 사납게 날뛰던 말이 잠깐 사이에 마술에 걸린 것처럼 온순해진다. 아들의 눈에 정복자의 기쁨이 퍼진다.

'됐다. 말 등에 앉는 것이 땅 위에 서는 것만큼 익숙해져야지.'

아버지가 봐도 늠름하다.

'그런데 아들이 흔쾌히 들어주려나?'

나코 어른은 조금 어려운 부탁을 하고 싶어서 이틀째 눈치를 살피던 중이었다. 아들에게 '회색의 새'라는 별명을 가진 준마가 있는데, 지난봄에 아버지가 큰소리를 치며 선사한 말이다. 속수무책의 말썽꾸러기 말을 아들이 정성껏 다듬어놓으니, 공교롭게도 돌려받아야 할 입장이 된 것이다. 왜? 옛 주인이 나타난 까닭이다. 아니, 훔쳐온 말도 아닌데 주인이라니! 더구나 돌려달라는 사람도 없다. 한데, 나코 어른의 생각은 그게 아니었다.

초원에도 법도가 있다. 유목민이라 함은 몸에 지닐 수 없는 것은 갖지 않아야 한다. 땅이나 하늘, 바람을 소유하려는 자는 세상을 훔치는 자이니, 마땅히 벌을 받아야 옳다. 인간은 두발짐승이요, 발은 지닐 수 없는 것을 찾아다니라고 내려준 것이다. 그래서 유목민은 신발, 허리띠, 귀고리, 모자에 사치를 한다. 그런데 멋을 좀 아는 목자는 그보다 한 차원 높은 호사를 부린다. 그들이 거느리는 발굽 짐승 다섯 종, 즉 오축(양, 염소, 소, 말, 낙타)에 투자하는 것이다. 잘 먹인 양이 살이 올라 뒤뚱거리는 모습을 보면 얼마나 배가 부르고 기분이 좋아지는가. 그래서 양(羊)이 살찐 것[大]을 예쁘다[美]고 하게 된 것이다.

허나, 메넨 초원의 진짜 멋쟁이 나코 어른은 그보다도 더 높은 허영이 있었다. 그는 말을 오축에 넣지 않는다. 각별한 가치관 탓이다. 어떤 짐승이 말처럼 세상을 휘젓고 다니며 몸에 치장을 하는가. 말은 사람의 분리된 몸통이다. 고로, 말의 머리를 때리거나 엉덩이를 함부로 치는 것을 용인하지 않음은 물론이고, 말이 원하는 주인을 기로막는 것도 허락하지 않았다. 말을 길들이는 유일한 방법은 노래를 불러주는 것이다. 화를 낼 때는 화를 삭이는 노래, 슬퍼할 때는 슬픔을 달래는 노래, 마음껏 뛰어야 할 때는 질주의 노래, 칭찬의 노래, 위로의 노래……. 마땅히, 남자와 여자가 소유하는 것이 아니라 만나는 것이듯이 사람과 말도 그래야 한다고 생각했다. 남자와 여자가 만나면 인간이 되고, 사람과 말이 만나면 유목민이 된다. 그래서 궁합이 안 맞는 말을 억지로 품는 건 추행이라는 게 그의 지론이었다. 스스로 따르지 않는 말을 소위 유목민이라는 자가 강제로 취하는 것은 얼마나 큰 수치이며 초원에 대한 모독인가. 그런데 최근에 공교롭게도 회색의 새가 나코 어른의 이름이 계속 명예로워도 되는지를 실험하고 있었다.

두 해 전 겨울, 케레이트 족의 영지에서 말을 치는 안다(의형제를 맺은 친구)가 찾아왔다. 바이다라크 초원의 가난한 부부가 말을 맡아달라고 사정을 한다는 것이다.

"자네 양 떼와 바꿔주면 되잖은가?"

했더니, 형편이 좀 특이한 경우라 한다.

"주인하고 멀리 떨어져야 하는 말이라."

남자가 몸이 불편하여 여자 혼자 기른 말인데, 신체 조건은 좋으나 조련사의 손길을 맛본 흔적이 보이지 않는다고 했다.

"야생마라고 생각하면 된다니까."

그렇다면 여자가 말을 잘 기른 건데, 유목민이 그런 말을 왜 포기하려 드는지 알 수 없었다. 그래도 한사코 산비탈을 오르내릴 수 있는 염소 떼와 바꿔달라고 사정하니, 원하는 것보다도 과분하게 쳐서 말 일곱 마리를 가져왔다. 한데, 말들이 어쩌나 성깔이 드센지,

여섯 마리는 버릇을 들였어도 한 마리가 대책이 없었다. 그중에서 제일 어린 잿빛 말이 특히 기가 성글고 감정의 기복이 심해서 실낱 같은 바람결에도 반응을 보인다. 여름이 오자 뻐꾸기 소리를 듣고 는 눈이 뒤집혀서 발광을 했다.

어떤 말이든 고향으로 돌아가려는 버릇은 있다. 그래서 초여름 에 뻐꾸기 울음소리를 들으면 참지 못한다. 문제는 말썽꾸러기의 향수병이 유별나게 심하다는 것인데, 염소를 떼로 주고 바꿔왔더 라도 말이 적응하지 않으면 방법이 없는 것이다. 어느 날 뻐꾸기가 우는 동안 넋을 놓고 하늘만 보더니 정오가 지나서 어디로 가버리 고 없었다. 말이 도망갈 곳은 제 고향밖에 없다. 그 먼 곳까지 가보 니 게르도 없는 자리에 앉아 혼자 우두커니 하늘을 보고 서 있었다. 돌아가자고 얼러도 꼼짝을 하지 않는다. 굶고 살더라도 고향은 포 기하지 않겠다는 뜻이라 놓아두고 올까도 생각했다. 한데, 말을 키 운 여자가 어디 가고 없었다. 남자는 앉은뱅이라 말이 있는 게 오히 려 짐이라는 것이다. 빌어먹을 망아지가 성깔이 고약하려거든 친 정이라도 잘 만날 일이지, 두고 가면 밤마다 늑대와 싸우느라 명대 로 살지 못할 것이다. 하여, 잿빛 말을 반은 달래고 반은 혼내어 데 려왔는데, 줄곧 향수병을 못 버려서 풀도 뜯지 않고 날마다 고향 쪽 만 본다. 위로하는 노래도 들려주고 마두금 연주도 해주었지만 한 겨울 추위에 종적을 감추고 말았다.

나코 어른은 여기서 미련을 접었다.

'어차피 떠날 말을 데려와서 뭘 해. 엄동설한에 얼어 죽을 종자 도 이긴 것 같고!'

한데, 바로 등 뒤에서 그를 능가하는 조련사가 자라는 것을 알지 못했다. 그의 아들이 벌써 말을 찾으러 가고 없었다.

추위가 시작될 때는 참새도 털옷을 두껍게 입어서 뒤뚱거린다. 그해 겨울 추위는 유난히 극성스러워 가축뿐 아니라 사람도 부지기수로 죽어나갔다. 그런데 아들은 어디서 이틀 밤을 잤는지 의젓하게 잿빛 말에 앉아 귀가했다. 놀라운 것은 향수병에 걸린 말이 그새 무슨 일이 있었던지 아들이 혀를 차면 고분고분해진다는 점이다. 자식을 기른 보람이 차서 잠을 설쳐도 전혀 피곤하지 않았다. 어미도 그 자랑을 하느라 아는 사람을 만나면 입을 다물 줄 모른다. 그래서 잿빛 말을 아들에게 주었다. 생애 처음으로 말을 갖게 된 아들에게 축하 인사를 딱 이렇게 해주었다.

"아버지가 있을 때 친구를 만나고, 말이 있을 때 세상을 둘러보라는 말이 있어."

이때 아들이 신이 나서 말에게 '회색의 새'라는 이름을 지어주었다.

이렇게 해서 회색의 새가 아들의 '세상'이 된 것이다. 한 인간이 얻은 세상 하나를 누가 감히 달라 할 것인가. 나코 어른도 회색의 새만큼은 절대 간섭하지 않았다. 아예 며느리 취급을 한 것이다. 아들이 클 만큼 컸고, 말을 길들이는 솜씨도 어른을 능가한다. 게다가 자신감은 좀 크고 고집은 좀 센가? 부자간에 기 싸움이 시작되면 아버지가 이길 엄두를 내지 못했다. 나코 어른이 어릴 때부터 그렇게 키운 것이다.

초원의 어디에 가도 말 부자의 아들은 하나같이 엉덩이 덴 망아지 꼴이었다. 부자 곁에는 아첨꾼이 많다고 주위의 눈길이 온통 아들에게 쏠린다. 나코 어른의 아들도 정확히 오로모리(길들이기 어려운 말)라서, 외동으로 자라면서 친지와 이웃의 사랑을 독차지하는 버릇을 털어내지 못했다. 그저 사납고 힘세고 잡기 어렵고 도망가기 잘하는 말썽꾸러기 시절이 계속되었다. 누구를 닮았는지 사지를 잠시도 놔두지 못하니 성장통을 한 고비씩 넘을 때 얼마나 힘들었는지 모른다.

그러나 나코 어른은 자식 귀한 줄만 아는 아버지가 아니다. 어떤 일이든 본인이 선택하고 책임지게 했다. 한번은 말귀가 안 통한다고 죽을 체험을 겪게 해서 아내가 파르르 떨다가 혼절하기도 했다.

눈이 많이 내린 어느 겨울, 조드와 싸우느라 다들 피눈물을 흘리던 때이다. 녀석은 맹랑해서, 새하얗고 보드라운 눈의 감촉이 좋은지 강아지를 데리고 한참을 돌더니 이렇게 물었다.

"아버지, 큰 소리를 지르면 눈사태가 나요?"

꾸짖으려다 참고 답해주었다.

"시끄러운 소리가 눈사태를 일으키는 건 아냐. 바람이 길을 바꿔야 눈사태가 나지."

그런데 엉뚱한 소리를 한다.

"눈 속에 갇히면 헤엄치면 되잖아요?"

"눈은 물이 아닌걸. 어떻게 해볼 틈도 없이 묻혀버리지."

"그럼, 죽는 수밖에 없네요? 하얀 조드가 오면요."

이 대목에서 화가 나려는 걸 꾹 참았다.

"피하면 되잖아. 그러려면 눈사태의 징조를 미리 알아야 되고."

비코 그날 밤이다. 하늘에서 바늘 모양의 눈이 내렸다.

"이게 그 징조야. 죽음의 가루."

말해도 믿지 않았다. 무서운 바람이 일 것이고, 어떤 추위보다 혹독할 거라 해도 듣지 않고 자꾸 밖에 나가려 한다. 아들은 바람 소리가 들리지 않기 때문에 별로 세지 않다고 생각했던 모양이다. 그리고 게르를 빠져나가 언덕 위에 보란 듯이 서 있었다. 어라, 저 녀석이 맛을 봐야 철이 들지, 하고는 장대올가미를 준비하고 지켜보았다. 그런데 아들이 몸을 왼쪽으로 트는 순간 바람이 그를 공중에 띄워서 스무 발짝 거리를 단숨에 날려버렸다.

"엎드려!"

아버지가 외쳤다. 아들은 땅에 박힌 돌덩이 하나를 붙잡고 체중을 의지하고 있었다. 점점 사나워지는 돌개바람에 어둠이 유리처럼 조각난 것 같았다.

"고개 숙여!"

아버지의 고함 소리를 게르가 울부짖어서 파묻어버린다. 허공이 파도처럼 부대껴서 하늘이 보이지 않았다. 아버지가 낮은 포복으로 다가가는 동안 바람이 성난 늑대같이 살갗을 물어뜯고는, 몸을 움직이려 할 때마다 몇 발자국씩 끌고 가버린다.

"손만 내밀어!"

나코 어른이 몸을 날려 움푹 파인 곳에 자리를 잡고 장대올가미를 던졌다. 아들이 가죽끈에 제 어깨를 걸고 버틴다. 어머니가 게르의 문을 연 채로 미친 하늘처럼 통곡하고 있었다. 한참 후 바람이 잦아지자 아버지가 데려가면서 딱 한마디를 했다.

"이제 알겠지?"

이런 아이가 커서 어떻게 되었겠는가. 아버지를 닮아서 노상 말을 데리고 노는데, 의적 후회 남질이나 했을 법한 실험을 되는대로 다 한다. 말을 붙들 때 올가미를 제대로 걸지 못한다고 구박도 받았다. 한번은 가을철에 막 살이 오른 말을 한껏 기분대로 달려 말이 숨차서 죽을 뻔도 했다.

"역참 거리가 뭔 줄 알아? 말이 전속력을 낼 수 있는 거리야. 그 말로 세 역참을 달리는 건 죽이자는 거잖아."

훈련받지 않은 말을 학대했다 하여 이레 끼니를 굶길 만큼 노기를 풀지 않았다. 그렇게 철이 나더니 사춘기를 지나면서 아주 어른이 되었다. 겨우 안심할 정도가 되었는데, 어찌 된 속인지 녀석에게 사정할 일이 생긴다. 갓 철든 아들을 건드리고 싶지 않지만 아무리 생각해도 양보를 받는 게 옳을 것 같았다. 그러지 않으면 오논 강 여자는 초원에서 살아갈 길이 없다. 나코 어른은 생각만 해도 마음이 아팠다.

'아, 여자 소식을 처음 접할 때는 얼마나 황당했던가.'

초여름이었다. 아무리 심한 조드를 겪어도 여름 첫 달이면 거짓말같이 복구되기 시작한다. 먼 산에서 뻐꾸기 소리가 다가오면 하늘하늘 흔들리는 풀잎 위에 아지랑이가 피고, 틈틈이 꽃비가 내려 세상의 얼굴을 씻는다. 다섯 가축이 돌아다니지 않는 곳이 없다. 어느 집에 가든 게르 앞에서는 마유주와 술 향기가 풍긴다. 사람들의 표정은 행복하다. 그런데 메넨 초원에는 웬일로 어두운 그림자가 짙게 깔려 있었다. 까닭을 안 것은 양치기 하나가 찾아온 뒤였다.

가랑이가 가렵다고 호소를 하는데, 자세히 보니 성기를 둘러싼 털 주변에 이처럼 생긴 벌레가 한 주먹은 기어 다니는 것 같았다. 그것이 사면발니라는 것을 아는 사람은 없었다. 그저 돌 쪼가리를 깨어서 털을 밀고, 마른 쐐기풀을 끓여서 발라주었을 뿐이다.

그런데 같은 증상을 앓는 총각이 연거푸 세 명이나 찾아왔다. 들어보니 사내들이 온통 그걸로 고통을 겪고 있었다. 조사를 하지 않을 수 없었다. 사내들끼리 닮은 점은 다들 오논 강에 들락거렸다는 것이다. 어머니 같은 강가에서 오줌들을 쌌다고 벌 받은 건가, 생각했는데 그것도 아니다. 알고 보니, 오논 강에 바이다라크 여자가 나타나서 밤낮으로 오르락내리락한다고 했다. 그 먼 곳에서 왜 하필 여기까지 온 건지. 생김새가 반반하여 사내들의 손때를 많이 탄 모양인데, 그랬으면 그중에 마음에 드는 사내를 골라 따라가면 될 일이었다. 그런데 어디로 가지도 않고 오논 강 근처를 맴도니 자무카도 나이만 족의 첩자로 알고 사흘을 족쳤다고 한다. 그리고 풀려나자 다시 오논 강에 와서 떠돈다는 것이었다. 필시 기구한 사연이 있을 터. 같은 두발짐승끼리 그것도 여자인데 못 본 체하는 것은 사내의 도리가 아니었다. 나코 어른은 집 없는 나그네가 메넨 초원에서 굶거나 어려움을 겪는 걸 자신의 수치로 아는 사람이었다. 열 일 제치고 찾아가보니 아무리 봐도 바이다라크에서 말 떼를 넘긴 앉은 뱅이의 아내였다.

"아주머니, 혹시 말 때문에 왔어요?"

묻자 엉뚱한 소리를 한다.

"새소리 밑에 있는 내 새끼 좀 데려다 주세요."

이건 또 무슨 소리? 한나절을 곁에서 어르고 달래고 또 물어도 같은 대답뿐이었다.

"내 새끼만 살려주면 무슨 일이든 할게요."

나코 어른은 기가 막혔다. 자식을 어디다 떨어뜨렸는지, 앉은뱅이 남편은 왜 팽개치고 혼자 왔는지 알 수 없었다. 여자를 데려다가 집에서 소일이라도 주었으면 좋겠는데 한사코 뿌리치니 방법이 없었다. 여름이니 얼어 죽을 일이야 있겠는가 하고 돌아온 후 내내 회색의 새가 마음에 걸린다. 녀석이 주인 걱정을 하느라 난리를 쳤던 거라 싶어진 것이다. 바로 다음 날부터 나코 어른은 아들의 눈치를 살피기 시작했다.

아들은 여전히 분주하다. 삼백여 마리에 이르는 말을 일일이 올라가보고, 그중에서 가장 바탕이 좋은 놈을 찾아서 그 새끼를 아예 망아지 때부터 준마로 다듬기 위한 것이다. 그때그때 손길이 필요한 말을 만지고 나면, 이제 자기가 특별히 찍어둔 말을 골라 본격적인 조련에 들어간다. 이내 어느 암말을 타고 산의 정상에 올라가 멀리서도 볼 수 있도록 매어두었다. 말이 두 번 울자 저 아래 게르 앞에 묶어둔 새끼가 미친 듯이 울어댄다. 일부러 망아지를 떼어놓고 왔던 것이다. 아들은 어느 틈에 회색의 새를 타고 서둘러 망아지 앞에 닿는다. 어찌나 급하게 뛰는지 어머니가 마음이 조마조마해서 한마디 한다.

"내 아들, 떨어질라."

"어머니, 요게 세상에서 가장 빠른 말이 될 거예요."

"한 살짜리 망아지가 얼마나 뛸까?"

아들은 사나운 말일수록 빨리 달리고 격정적이며 어미와 새끼 간의 정이 두터워서 잠시도 떨어지지 않는다는 사실을 알고 있었다. 망아지는 어미를 놓친 순간부터 속이 타들어서 애를 끓다가 느닷없이 산봉우리에서 부르는 어미를 보고 몸살을 앓느라 펄쩍펄쩍 뛰는데, 기세가 절정에 오른 순간에 아들이 끈을 풀었다. 망아지가 죽을 둥 살 둥 달려서 등성이에 오른다. 어미 말이 계속 조심하라 우짖지만 새끼 말이야 그럴수록 번개가 따로 없다. 아예 꽁지를 빼놓듯이 날아가더니, 눈 깜짝할 새에 어미와 새끼가 만나 목을 문지른다. 아들이 회색의 새를 타고 쫓아가 두 마리를 번갈아가며 껴안고 목에 흐르는 땀을 닦는다.

나코 어른이 다가가 입을 열었다.

"아들아! 사람이 말보다 뛰어난 점이 뭔 줄 알아?"

"말 등에 오를 줄 알잖아요."

"사람은 말이다. 다른 사람의 일에도 슬퍼할 줄 알아. 자기가 불행을 겪는 것도 아닌데 남 때문에 가슴을 앓잖아. 이게 말이 사람을 모셔야 하는 이유이지."

아들이 무슨 얘긴가 하고 눈알을 빙 돌리는데 나코 어른은 얼른 뒷말을 닫아버린다. 전날 밤, 아내에게 슬쩍 떠봤더니, "당신은 그러다 며느리도 빼앗아주겠어요" 하고 획 돌아눕던 것이 떠올라서였다. 그래서 엉뚱한 소리로 때운다.

"아버지가 노래 가르쳐줄까?"

노래 솜씨가 일품이기는 했다. 총각 시절에 마두금을 끼고 앉으면 온밤이 기울도록 이웃들이 가지 않았다. 들려주는 이야기마다 어찌나 흥미롭던지 먼 곳에 사는 처녀들도 구경거리를 놓칠세라 해 지기가 무섭게 다시 오고는 했다. 모처럼 그런 기분을 내어서 아들의 그림자를 밟고 서서 왕년의 가락을 쏟는다.

구름이 있는 하늘 아래로
에헤 에헤여
나무가 있는 가지 위로
에헤 에헤여
두 귀가 쫑긋한 말이 날아가네

그러자 정말 감쪽같이, 멀리서 사내들이 훈련이 잘된 황금빛 거세마 여덟 마리를 이끌고 초원을 가르는 게 보였다. 그중에서도 특히 늑대처럼 귀가 쫑긋한 말이 도드라진다.

"음, 좋은 말을 가졌군."

아들의 이 말은 억양이며 말투가 토씨 하나 다르지 않고 아버지의 것을 쏙 빼다 박은 것이었다.

2

사람이 마음을 날씨에 비유한다면 테무진의 마음은 언제나 '바람 부는 날'이었다. 그의 가슴에는 잠시도 쉬지 않고 풀포기 좀 봐라, 꽃 좀 봐라, 하며 흔들리는 세상이 담겨 있었다. 사시사철 바람 부는 땅에서는 꽃도 풀도 자라지 않는다. 그의 마음이 사막이 될 것을 염려했는지 그날은 하늘도 깨끗이 닦여 한없이 고운 햇살을 쏟아내고 있었다. 유난히 거무스름하고 무거워 보이던 젖통 호수에도 탐스런 볕이 토실토실 내려서 만 가지 빛깔이 빛난다. 날씨만 풀리면 무슨 일이든 생길 거라 믿었는데, 유월이 되어도 젖통 호수에 찾아와 들끓는 것은 파리 떼뿐이었다.

테무진이, 높은 데서 내려다보면 영락없이 젖꼭지 모양이 되는 자리에 앉아, '저렇게 고인 물도 흐르는구나' 하는 동안에도 온통 파리 떼가 끓어서 그의 몸을 커다란 눈사람처럼 둥그렇게 감싸고 있었다. 고개를 마구 흔들고 어깨를 사납게 내저으며 툭툭 털고 일어서자 관절이 겹쳐졌던 자국에서 눌려 죽은 파리들이 우수수 떨어진다. 파리 떼가 얼마나 극성스러운 지대인지 손바닥을 펴서 휘저으면 살아 있는 날파리가 한 움큼씩 쥐어졌다. 함부로 입을 열 수도 없었다. 더위가 시작되면 숨을 쉴 때 콧구멍으로 들어오는 대기의 절반이 파리였다. 아무리 조심해서 들숨을 마셔도 서너 마리씩은 꼭 숨결에 쏠려 들어와 목구멍에서 걸린다. 언제쯤에나 다른 사람들과 똑같은 공기를 마실 수 있을까?

그때 산 중턱에서 황금색 늑대귀 말이 땅을 탕탕 차면서 우는 소리를 냈다. 테무진은 대번에 솟구치듯이 일어섰다. 황금색 늑대귀 말이 땅을 차고 울 때는 반드시 무슨 일이 일어난다. 불길한 예감이 들어서 후다닥 몸을 움직여 까치발을 디뎌보니 검은 심장 산 건너편에서 풀을 뜯던 황금 말 여덟 마리가 보이지 않았다. 대신에 붉은 말을 돌려서 재빨리 고개 너머로 사라지는 사내의 뒷모습이 보인다.

"말 도둑이다!"

테무진이 소리를 지르자 카사르가 움막에 뛰어가 활을 꺼내왔다. 두 사람이 건너편 등성이까지 쫓아갔을 때는 말발굽이 일으킨 먼지조차도 흔적을 남기지 않았다. 보이는 것은 텅 빈 초원뿐이다.

테무진은 다리의 힘이 풀려 주저앉을 뻔했다. 말 도둑이라니! 명치끝에 묵직한 덩어리가 얹힌다. 절망의 바윗덩이다. 세상에, 죽음을 피해 쫓기는 자의 말까지 훔쳐가다니! 속에서는 참을 수 없는 탄식이 터져 나온다. 아버지! 하늘 아래 믿을 수 있는 세상이 있는 건가요? 어딘가 그런 땅이 있다고 말씀 좀 해보세요. 아무리 생각해도 인간은 자기들끼리 속이고, 빼앗고, 잡아먹는 옹졸한 짐승 같아요. 그리고, 어머니! 왜 멍릭을 따라가지 않으셨어요? 아버지도 없이 영기(靈旗. 말 꼬리로 만든 부족 깃발)를 흔들며 떠나가는 부족을 붙잡는 게 무슨 소용인가요. 이 아들은 아버지가 남긴 말 여덟 마리조차도 지킬 능력이 없는데…….

그러는 순간에도 길길이 날뛰는 건 카사르였다.

"내가 도둑놈들을 잡아서 염통을 꺼내버릴 거야."

당장이라도 쫓아갈 태세를 해보지만 테무진이 애써 동생을 타이른다.

"카사르, 못난이 말은 벨구테이가 타고 타르박 사냥을 갔다고 했잖아."

이렇게 발만 동동 구르다가 벨구테이가 돌아왔을 때는 해가 뉘

엿뉘엿 기울고 있었다. 벨구테이가 말에서 내리자 카사르가 먼저 고삐를 챘다.

"형, 내가 갈게."

소르칸시라의 집에서 얻은 못난이 말이 낌새를 알아차렸는지 눈알을 굴리며 비칠대고 있었다. 테무진이 얼른 고삐를 빼앗는다. 그래, 다른 방법은 없다.

"카사르, 어머니를 지켜라."

말을 마치기가 무섭게 테무진은 말에 올라 발뒤축으로 아랫배를 챘다. 그러자 인근을 둘러싼, 수천수만 마리의 철새들처럼 허공을 까맣게 메우고 있던 징그러운 파리 떼가 일시에 흩어진다. 사람과 말을 뒤덮은 두꺼운 외피가 벗겨져 순식간에 잿빛의 공기 알갱이로 바뀌었다. 그 속에서 테무진의 몸통이 빠져나와 갈대 껍질처럼 서걱대는 옷을 휘날리며 마구 나아간다.

말 떼를 잃은 초원에는 발에 걸릴 것이 없었다. 고삐를 채지 않아도 말은 그의 마음을 알고 있다.

"못난이 말아, 네가 날 두 번 살리는구나."

테무진은 말갈기에 뺨이 닿도록 몸을 숙이고 서편으로 질주하여 곧 보이지 않게 되었다.

기잉- 고오오-

우기잉- 고오오-

테무진이 말에게 기운을 내라고 들려주는 노랫소리가 낭랑하게 퍼진다. 못난이 말이 속도를 내보다가 심장의 피가 혈관으로 굽이치는 소리를 들었는지 히힝, 신호를 하더니 그새 몸을 사리고 만다. 이래서야 어떻게 말 떼를 찾는단 말인가. 테무진의 마음이 한없이 어두워지고 있었다. 못난이 말이 다른 말 떼를 따라잡을 능력이 있으며, 설사 종적을 찾는다 한들 어느 도둑이 목숨을 걸고 훔쳐간 것을 얌전히 내주겠는가. 더구나 초원은 이미 인간의 질서를 잃었다. 보이는 것이 모두 죽음과 닿아 있었다. 나무 냄새, 흙냄새를 따라가도 죽음에 이른다. 테무진은 그런 사실들이 너무나 고통스럽기만 했다.

그래도 아랑곳없이 해는 졌다. 저녁 바람이 달려와 뺨을 문지를 때마다 그리운 어머니와 동생들의 얼굴이 문질러진다. 길은 어둡고, 보이는 것은 풀과 바위와 하늘의 윤곽뿐이다. 자연의 순환은 가혹하다. 초원은 한여름에도 밤이면 김이 하얗게 서린다. 그날은 하필 초저녁달조차 보이지 않았다. 밤이 되어도 인가를 찾지 못해 한없는 평원을 통과하는데 자정 무렵 하늘이 흐려져 아무것도 보이지 않게 되더니 번개가 번쩍거리고 하늘이 으르렁대며 비를 억수로 퍼부었다. 산기슭도, 바위 그늘도, 둔덕도 없었다. 메넨 초원은 비를 몰아오는 구름장 밑에서 숨을 곳이라고는 없어서 모든 생명체들로 하여금 존재의 지난함을 자연에 맡겨둔 채 견디게 하고 있었다. 그러나 사나운 빗소리도 초원의 어둠 속을 혼자서 뛰고 있는 테무진을 멈추게 하지 못했다. 차가운 바람이 누더기 옷을 뚫어 이빨이 계속 딱딱 부딪친다. 몸을 놀리면 따뜻해지겠지만 말 등에만 있으니 다리가 뻣뻣하고 무감각했다. 얼마쯤 가자 말이 더 뛰지 못하고 주저앉고 말았다.

'제기랄, 이럴 때 뛸 수 있는 것은 황금색 늑대귀 말밖에 없다.'

테무진은 초원에 앉은 채 비를 맞으며 도둑맞은 말들을 한없이 아쉬워하고 있었다. 차가운 빗속에 혼자 있는 게 처량하여 그리운 말 이름을 열심히 암송한다. 황금색 늑대귀 말, 황금색 늑대귀 말, 황금색 늑대귀 말……. 황금색 늑대귀 말은 정확히 그의 신체의 일부였다. 이동을 돕는 다리의 연장이 아니라 자신의 심장에 그림자를 드리운 영혼의 한 부분이었던 것이다. 내력에서 탄생을 거쳐 성장에 이르기까지 모든 조건들이 테무진에게 맞춰져 있었다. 어쩌면 그런 말이 있을 수 있을까.

아버지의 생애에서 가장 위대한 공적을 꼽으라면 타타르와 싸워서 승리한 일이었다. '어린 몽골'이 패전에 패전을 거듭하던 때 예수게이는 타타르 족의 진영 깊숙이 들어가 적장을 사로잡았다. 모처럼의 승전보에 온 부족이 들떠서 모래흙이 갈비뼈까지 파이도록 춤을 추었다. 그리고 이제 막 적장을 처형하려는데 아들을 낳았다는 전갈을 받는다. 예수게이는 그 기념비적인 순간을 잊지 않기 위해서 적장의 이름을 빼앗아 아들에게 주었다. 그것이 테무진이다.

타타르 족과 싸울 때 참전하여 두고두고 칭송을 받은 말이 황금색 암말이었다. 평생 새끼를 배지 않아 거세마들과 함께 전쟁터를 돌더니 늘그막에 배가 불룩 나와 족제비할머니가 놀리고는 했다.

"저러다 망아지를 낳겠네."

물론 늙은 말이 새끼를 낳을 거라고는 아무도 생각하지 않았다.

나중에 보니 정말로 새끼를 가져서 다들 신기하게 생각했다. 점점 산달이 되어가자 어머니는 걱정이 태산 같았다. 예수게이를 태우고 다니느라 평생을 고생했으니 늙어서는 편히 쉬다 갔으면 하는 게 가족들의 마음이었다.

그러던 어느 저녁이다. 게르 뒤에서 황금 말이 땅을 득득 긁는 소리가 들리자 어머니가, 새끼를 낳겠다고 부른다, 하면서 뛰어나갔다. 소는 새끼를 낳을 때 한참씩 고생하지만 말은 누워 있다가 일어서면서 쑤욱 낳아버린다. 그래, 뒤따라가면서 낳았어요, 물으니 이게 무슨 일이냐, 하면서 어쩔 줄 몰라 했다. 다가가보니 황금색 암말은 금방 쓰러질 듯이 탈진해 있고, 태어났어야 할 망아지는 보이지 않았다. 바닥에 양수가 터진 흔적도 있고 땅의 풀들도 뭉개져 있는데 새끼는 없는 것이다. 다들 고개를 갸웃거렸다. 소는 태어나서 일어서기까지 한 시간 이상씩 고생하지만 말은 물 한 대접을 데울 틈이면 혼자서 설 줄 아는 짐승이다. 곧장 나가면 걸음마 과정을 보게 되어 있는데 흔적이 없었다. 다들 허탈해서 돌아오는데, 어머니가 꺅, 소리를 지른다. 문 앞에 아주 예쁜 황금 망아지가 서 있었던 것이다. 어미의 배에서 나와 땅으로 떨어지는 게 아니라 곧장 땅을 딛고 내려서는 망아지를 낳았던 것이다. 아이고야. 어머니는 황금 망아지가 기특해서 모가지를 껴안고 놓아주지 않았다.

"우리가 게르 왼쪽으로 가는 동안 너는 오른쪽으로 걸어서 우리를 보러 왔구나!"

생김새가 얼마나 예쁜지, 귀가 쫑긋한 늑대 귀에 황금빛 갈기를 히고 있는 것이 마치 금 망아지 같았다. 어머니는 기뻐서 입을 다물지 못하고, 동생들은 게르 주위를 깡충깡충 뛰었다.

그때 번개가 친다. 거대한 빛의 칼날이 긋고 지나간 자국에서 드넓은 고요의 흔적이 순간적으로 드러났다 지워진다. 금방 사라진 번개의 빛 안에 마치 그 어미 말이 서 있었던 것 같아서 테무진은 다시 번개를 기다려본다. 초원을 쪼갤 듯이 요란한 천둥소리만 한참을 울다 간다. 굉음이 클수록 정적도 깊다.

어미 말은 해산의 후유증을 이기지 못했다. 어머니가 효녀라며 보살폈지만 예전의 생기가 돌아오지 않았다. 너무 늙었던 것이다. 그래서 조드가 데려가든지, 늑대가 잡아가든지 죽을 때만은 제발 고생하지 않기를 빌었다. 그 덕분인지 어미 말은 겨울 어느 밤에 혼자서 조용히 눈을 감았다. 온 가족이 애도하느라 여러 끼니를 먹지 못했다. 어머니는 어미 말의 뜻을 헤아려 양가죽 두루마기로 어린 망아지를 싸서 젖을 뗄 때까지 길렀다. 금 망아지가 재롱을 부릴 때는 '우리 막내 자식!' 하고 웃을 만큼 예뻐하였다.

비가 그치고 겨우 아침이 되자 순결한 어둠이 초원을 더럽히지도 않고 빠져나간다. 햇살이 돌아온 초원은 마치 첫날처럼 경이롭다. 테무진은 또 뛰기 시작하였으나 말은 금방 사지가 늘어진다. 그가 시야를 넓혀도, 초원이 자꾸 달려오려고 애를 써도 못난이 말은 나아가지 못했다. 지쳐서 우느라고 다 가지 못했다. 반 역참을 가고도 너무나 힘들어 해서 또 쉬어야 했다. 그럴수록 더욱 황금색 늑대귀 말이 그리워진다. 지금 그 말이 얼마나 필요한가.

　황금색 늑대귀 말은 테무진에게는 마치 어린 시절의 반려자 같았다. 해가 뜨면 황금색 갈기가 금빛으로 번쩍거리고, 달이 뜨면 황금색 갈기가 은빛으로 찰랑거렸으며, 한번 내달리기 시작하면 하늘의 별똥별과 누가 먼저 지평선에 닿는지를 경쟁하였다. 또한 황금색 늑대귀 말이 한 살 때 테무진은 그 말을 방목했고, 세 살 때는 그 말을 타고 나가 오논 강의 깨끗한 물을 마셨으며, 다섯 살 때는 아버지를 따라서 약혼녀를 얻으러 갔다. 하지만 지금은 없는 것을 어쩌랴.

　테무진은 그렇게 이틀 밤낮을 더 달렸다. 말 떼가 지나간 자취를 따라 아무리 줄달음쳐도 지평선 너머에는 또 지평선이 있었다. 참으로 멀고도 지루한 거리였다. 낮이 되면 여름 햇살이 등짝에 얹혀 사납게 타고, 눈에서는 때때로 생각지도 않은 눈물이 뚝뚝 다투어 떨어진다. 못난이 말이 지칠 때마다 나무 밑에서 쉬고, 폭우가 내릴 때 잠깐 졸았던 게 다였다. 그러는 동안 테무진의 마음도 지칠 대로 지쳐서 세상을 포기한 사람처럼 되었다.
　얼마쯤 더 가니 풀들이 밟힌 흔적이 완전히 끊겼다. 이제 어디로 가나? 그는 두 다리를 말의 옆구리에 맡길 뿐이다.
　사흘째 동이 텄을 때, 말이 죽을 듯이 땀을 흘리는 게 가엾어서 계속 가지 못하고 쉬고 또 쉬고 하는데, 멀리서 암말의 젖을 짜는 소년이 눈에 들어왔다. 그냥 지나치려다 말치기 소년이라 말을 걸었다.

"여보게. 황금 말 여덟 마리가 끌려가는 걸 봤는가?"

다짜고짜 묻는 것이 가소로운지 소년이 위아래를 한참 훑어보더니 어이없다는 투로 대꾸한다.

"어려 보이는데 말투는 제법 늙었군. 그래, 도둑맞으셨는가?"

초원에서 아는 체를 할 때는 반드시 예의를 갖추고, 어느 쪽에서 온 사람인데 좋은 소식이 있나요, 하고 묻는 것이 첫인사여야 했다. 한데 말을 탄 나그네가 함부로 굴었기 때문에 말치기 소년이 보기 좋게 한 방 먹인 것이다.

그렇다고 테무진의 말투에 뼈다귀가 박혀 있을 까닭이 없었다.

"맞아. 내가 조급했네. 천국보다 지옥이 가깝고 위로 오르는 것보다 아래로 떨어지기가 쉽다고 하대."

여전히 조급하다. 허나, 말치기 소년은, 희로애락을 달관한 사람처럼 심각한 대화를 천연덕스럽게 하려는 새파란 나그네가 갑자기 안쓰러워졌다.

"그런데 자네가 탄 말은 말총이 다 어디 갔어?"

나약한 모습에는 나약한 마음이 담기는 법, 테무진은 되도록 능청맞도록 애쓴다.

"조상님 중에 보돈차르 몽학이라고 바보 어른이 있었네. 그분께서 몽땅 뽑아 매 잡는 덫을 만드는 데 썼다네."

"어라? 우스갯소리도 잘하네. 표정은 그게 아닌데."

얼굴이 어두운 것은 사실이었다. 아무리 명랑하게 답을 해도 그 낯짝에 햇살이 앉을 자리는 없었다. 아버지를 여읜 후 단 한 번이라도 웃은 적이 있던가? 그래서 말치기 소년이, 표정은 그게 아닌데, 했을 때 비로소 자신의 아래턱이 늘 아프던 것을 깨달았다. 벌써 몇 년째인지 어금니를 깨물고만 살았던 것이다. 낮에도 밤에도 잠을 잘 때도 꿈을 꾸면서도 그리고 여기 오는 동안에도 내내 이가 부러져라 악물고 있었다.

"그런데 혼자 왔단 말이야?"

"그럼, 장가도 안 들었는데 둘이 오는가? 죽기를 기다릴 수는 없잖은가?"

"형편이 어려운 모양이군. 우리 아버지께서 풀밭이 엉켜 쓰러지면 일으켜 세울 수 없다고 하시던데."

"난 그렇게 생각지 않아. 봄이 되면 다시 일어날걸."

"생각이 바다 같은 친구를 보네."

"넓은 건 모르겠고 신기루 같긴 하다네. 늘 쓸모없는 소리만 한다고 어머니께서 자주 꼬집으시던 말씀이야."

"그렇지. 신기루는 쓸모없는 것이지."

그때까지 경계를 늦추지 않던 말치기 소년이 마침내 가슴 밑바닥을 긁는 소리로 말했다.

"벗이여, 홀로 외롭겠구나."

그리고 일하던 도구들을 급히 벌판 한쪽에 모아놓더니 등에 검은 줄무늬가 있는 흰말을 테무진 앞으로 끌고 왔다.

"어서 내려 이 친구야. 이걸 타게. 내 이름은 보오르추. 나코 어른의 외아들이지."

테무진이 탄 말은 지칠 대로 지쳐 주저앉기 직전이었다. 그래서 해찰할 틈도 없이 가슴이 쑥 밀리다가 멈춘다. 땅을 딛자 빈 안장이 따뜻한 채 기다린다. 보오르추는 그 안장을 내려서 새 말에 올리고 자신의 안장은 날마다 연습시키던, 흰 얼룩이 진 밤색 말에 올렸다.

"준마 여덟 마리가 끌려가는 것을 내가 봤네. 동행할 테니 가세."

전혀 예기치 못한 일이다. 세상은 따뜻하다고 믿는 순간에 너무 차고, 차다고 생각하는 순간에 온기가 나온다. 어떤 것이 참모습일까? 테무진은 잠시 혼란을 느꼈다. 보르지긴의 흰 뼈들, 친척과 지인들은 왜 그토록 가혹하고, 어쩌면 흰 뼈를 미워해야 옳을지 모르는, 부족의 혜택이라고는 보지 못한 사람들은 왜 그리도 인정이 많은지. 그러나 낯 뜨거워서 친구에게 고맙다고도, 미안하다고도 말하지 못한다.

이내 말 두 마리가 기운찬 발굽 소리를 내며 뛰기 시작했다. 나란히 달리는 말들이 다정하니 탄 사람들도 친해진다. 여덟 마리의 말 발굽이 스쳐간 자취를 따르는 동안 밑에서는 풀과 바위가 홍수를 만난 급류처럼 흐른다. 잡담을 나눌 틈도 없었다. 말의 쉰 꼬리가 영(嶺)을 몇 번이나 쳤는지 모른다.

그들이 강 어구에 닿을 무렵 해가 기울고 저녁 그늘의 서늘한 기운이 바람으로 변했다. 금방 땅거미가 덮여서 먼 산이 보이지 않게 되자 테무진은 곰 별자리 밑에서 말을 멈춘다.

근처에 오보(행인이 복을 비는 돌무더기. 서낭당 역할을 함)가 있어서 한쪽에 얌전히 자리를 잡고, 테무진이 마른 쇠똥을 짧은 옷자락에 주워 담아 와서 큰 돌 세 개를 모아놓고 불을 지핀다. 보오르추가 앞가슴을 열어 보르츠(몽골의 육포) 주머니를 꺼내면서 테무진이 옷을 함부로 구기는 걸 나무란다.

"복 달아나겠네, 친구야."

두 사람의 웃음이 동시에 터져 나왔다.

"염려 마. 달아날까 걱정할 복이 내게는 없으니까."

어두운 저녁 하늘 위로 소똥 연기가 한 가닥 깃발을 세운다. 보오
르추가 또 묻는다.

"혹시 자무카 소식 들었는가? 키릴툭보다 백번 낫지. 그렇게 젊
은 사람이 나서지 않으면 메넨 초원이 타타르 족의 앞마당이 되게
생겼어."

말하는 맵시가 너무도 어른스럽지만, 테무진은 딱히 해줄 말이
없다.

"에고, 누워서 별이나 보세."

"가슴에 남은 슬픔 때문에 잠이 오겠는가?"

정이 푹푹 익는 목소리이다. 테무진은 못 들은 척 딴소리를 한다.

"하고많은 세월, 하고많은 별을 이야기해도 저것들은 조금도 가
까워지지 않고 그냥 저기 있을 뿐인걸. 알랑고아 할머니처럼 빛의
사람을 만날 수 있는 것도 아니고, 나는 그래서 오보에 돌이라도 열
심히 쌓아서 푸른 하늘에 가까워지려고 하네."

"들을수록 괴짜로군."

두 사람은 거친 들에서 다정한 밤을 보내고 아침에 더 나아갔다.
곁에 친구가 있다는 것이 그리도 좋은 것인지 혼자서 갈 때와는 비
교도 안 되게 마음이 든든했다.

사흘이 지나고 땅거미가 질 때 황금 말 여덟 마리가 풀을 뜯는 풍

경을 마주할 수 있었다. 테무진이 가만히 동태를 살핀다. 게르에서
는 도둑들이 말을 훔친 기념으로 마유주를 마시느라 거나하게 떠
들면서 웃는 소리가 들린다.

"내가 데려올게."

보오르추가 나서자 테무진이 막는다.

"위험해. 내가 황금색 늑대귀 말을 부를 수 있어."

그리고 손뼉을 모아 뻐꾸기 울음소리를 시늉한 휘파람을 불었
다. 사방은 풀벌레 소리에 덮여 있었다. 세번째 불었을 때 황금색
늑대귀 말이 귀를 두어 번 쫑긋거리더니 어두워지는 평원을 눈으
로 훑기 시작한다. 테무진이 다시 뻐꾸기 소리를 내자 황금색 늑대
귀 말이 움직이면서 곁에 있던 말들도 우르르 몰려나왔다. 그때 게
르 안에서 한 명이 고함을 질렀다.

"말들이 달아난다."

거친 음성이 다시 들린다.

"새파란 것들이 함부로 덤비다니. 이놈들!"

말 도둑들이 재빨리 추격을 시작했다. 화살이 쉬잇쉬잇 날아들
어 황금 말의 왼쪽 오른쪽으로 마구 스쳐간다. 보오르추와 테무진
의 말이 지쳐 있다고 생각했는지, 도둑들이 고래고래 악을 쓰며 겁
을 주었다. 맨 앞에서 죽여라, 하고 함성을 지르는 도둑을 보고 테
무진이 화가 치미는지 말을 탄 채 상체를 돌렸다. 그러고는 신중하
게 화살을 날리자 어둠 속에서 추격자의 말이 거꾸러진다.

도둑들은 상상도 하지 못한 일이었다. 말을 끌고 가는 것은 새파
란 소년 둘인데, 달리는 말에서 뒤돌아 쏜 화살이 정확히 쫓아오는

말을 쓰러뜨리자 그만 기겁을 하여 찍소리도 못 하고 주저앉고 만
것이다.

3

그러는 동안, 보오르추의 집에서는 외동아들이 집을 나갔다고 난
리가 아니었다.

첫날 오후, 나코 어른이 아들을 철석같이 믿고 오논 강에 갔다 오
니 말들은 있는데 주인이 없었다. 말 젖을 짜다가 통을 들판 한쪽에
얌전히 놔둔 채 사라진 것이다. 아끼던 준마가 두 마리나 없는 걸로
보아 멀리 떠난 게 틀림없었다. 나코 어른은 풀썩 주저앉아, 회색의
새를 빼앗은 것을 한없이 후회하고 있었다. 자기 때문에 기어이 사
달이 난 셈이라 아내에게 이실직고를 하지 않을 수 없었다.

그날따라 일이 왜 그리 순조롭게 풀렸는지 모른다. 아침부터 아
들이 말 젖을 짜는 표정이 밝고 상냥했다.

"날씨가 풀리니까 말들이 근질근질한지 난리예요, 아버지."

아들에게 일거리를 빼앗긴 아버지치고 기분 좋지 않은 사람은
없을 것이다. 나코 어른도 기분이 좋아서 슬금슬금 주위를 돌았다.

젖을 짤 말에게는 전날 밤부터 토샤(앞발만 하는 보정 끈)를 해놓는
다. 그러고는 한 사람이 어미 말의 머리를 누르고 다른 사람이 통을
무릎 위에 올려놓고 젖을 짠다. 새끼 말을 어미에게 기대듯이 하여

마주보게 하면 어미 말은 안심하고 새끼 말에게 젖을 물리는데, 그때 재빨리 훔쳐가는 것이다. 그 까다로운 과정을 나코 어른은 다른 사람의 도움 없이 혼자서 해왔다. 아들이 그대로 따르고 있어서 나코 어른이 놀라 혀를 찼다.

"저런, 츄뒤르(앞뒤 발을 함께 묶는 보정 끈)를 하지 않고."

앞발을 묶어도 익숙해져서 돌아다니는 말에게는 앞뒤 발을 함께 묶는데 아들은 그것을 하지 않았다.

"그러다 다치잖아요."

씨름꾼이 풀에 걸려 넘어지더라고, 보정 끈 때문에 종종 넘어지는 말이 나오는데 그렇게 해서 다치면 큰 부상을 입는다. 아버지는 아들의 대답이 얼마나 어른스러운지 귓불 주위가 환해지는 기분이었다. 말치기의 고수들이나 하는 소리를 아들이 하고 있었던 것이다. 그래, 손님처럼 서서 빈 입을 다셔보지만 간섭할 건 없고 그냥 가기는 서운하다.

"아들아, 말 색깔이 몇 가지지?"

괜히 묻는 말이다.

"보루(푸르스름하고 흰 색), 제르뒤(옅은 갈색), 호파(아주 옅은 갈색), 후후(검지만 푸르스름한 색), 후룬(진한 갈색), 차비데르(갈색), 챠인히루(옅은 청색), 샤르쿠(황토색), 야간(오렌지색), 울란(붉은 갈색), 새럴(옅은 검은색), 하릉(베이지 색), 혼고르(발그스름한 노랑), 차간(옅은 흰색), 헤루(몸통 전체가 짙은 갈색), 보랄(파랑과 흰색의 작은 점들로 된 색), 자갈(등의 선이 희거나 검은 색), 아라그(하얀 바탕에 다른 색). 음, 그리고……"

"연령에 따른 호칭도 열여덟 가지나 돼. 말에게는 왜 이렇게 명칭이 많은 줄 알아?"

"보살피기 위해서요."

"유목민의 인간관계가 말에게 숨어 있기 때문이야. 말을 쳐다보는 것은 그것을 탄 사람의 신체를 보는 셈이지. 말에게 안녕하세요, 인사하면 탄 사람이 네, 하고 답하거든."

"정말 그러네요."

"그럼, 유목민이 어떻게 해서 말 떼를 꼼짝 못하게 데리고 다니는 줄 아니?"

"길들이니까요."

"망아지를 묶어놓잖아. 그럼 어미 말이 도망 못 가. 망아지가 어미 말을 따르는 게 아니라 어미 말이 망아지를 쫓아다니는 거지. 또 수컷은 암컷을 졸졸 따라다니게 돼 있어. 그러니까 어미 말은 망아지가, 아비 말은 어미 말이 보이지 않게 당기는 거지. 사람도 그렇단다. 어른이 아기를 데리고 다니는 것 같아도 아기가 엄마를, 엄마가 아버지를 달고 다니는 거야."

아들이 동작을 멈추고 쳐다보았다. 나코 어른은 그 기회를 놓치지 않았다.

"오논 강 여자에 대해 들었니?"

힘들게 꺼낸 이야기였다.

나코 어른은 앉은뱅이의 여자를 보고 온 날 밤 잠을 이루지 못했다. 굉장히 고운 얼굴인데 너무 많이 상해 있었다. 정신도 그다지 멀쩡해 보이지 않는데, 무슨 일이 있었던지 자식에 대한 집착이 더욱 위기로 치닫는 중이었다. 냐코 어른이 말을 걸자 여자가 허리띠도 없는 델(전통 두루마기)을 활짝 젖히더니 외친다.

"다 지나가. 온 남자들이 다 지나가도 좋아. 제발 내 아들을 데려다 줘."

이 모습을 보자니 얼마나 딱한지 몰랐다. 누가 가서 자식만 데려오면 멀쩡하게 변할지 모른다는 생각이 들었다. 그래서 그는 데려오려고 하고, 여자는 따라오지 않으려 해서 한참 동안 실랑이를 했다. 어떻게든 마음을 가라앉히게 해야 입을 열 텐데 막무가내라, 어쩔 수가 없다 싶어 일꾼을 보내 게르를 지어주게 했다. 목숨이라도 살려야지, 인명이라는 게 말씀은 사람의 명을 가리키지만 내용은 사실 하늘의 소관이 아닌가 말이다.

냐코 어른은 아들에게 여자 이야기를 자세히 들려주고는, 그 여자가 회색의 새를 기른 사람이라고 했다.

"그 망아지가 주인을 못 잊어 그랬던 거야. 앉은뱅이 남편을 수발하며 그 말을 날 때부터 길렀다는구나. 여자가 불쌍하지 않니? 그래서 하는 말인데, 우리가 돌려주면 안 될까?"

겨우 꺼내보는 얘기를 아들이 꼬치꼬치 캐묻지도 않고 시원하게 답했다.

"그럼, 데려다 주는 게 좋겠어요, 아버지."

결말이 하도 쉬워서 아버지가 멀뚱멀뚱 쳐다보았다.

당시에는 분명히 동의한 느낌이었는데, 언제부터 아들에게 그리 쩔쩔매게 됐는지 괜히 눈치가 보여서 확답을 받아두지 않은 것이 화근이었다.

다음 날 나코 어른은 회색의 새를 데리고 기분 좋게 여자를 찾아 갔다. 여자는 여울물이 부서지는 강 건너에 서서 잔뜩 머리카락을 날리며 상류 쪽으로 몇 발자국 갔다가 하류 쪽으로 몇 발자국 갔다 가 하는데 무슨 소리가 들린다. 어떻게 된 여편네가 먹은 것도 없이 그날도 울고 있었던 모양이다. 멀리서 들어보면 오논 강 물소리와 구별되지 않는다. 자세히 귀를 기울여보니 여자가 노래랍시고 불 러보는 소리인데, 어찌나 기이하든지 온통 울음뿐이었다. 나중에는 오논 강의 물소리와 여자의 울음소리가 아예 섞여버렸다.

잠시 후 물을 건너자 회색의 새가 먼저 옛 주인을 알아보았다. 자 기를 안 쳐다본다고 힝힝힝 우는 소리가 발광을 하는 것 같았다. 그 제야 여자가 깜짝 놀라 고개를 쳐든다. 말은 정말 영특한 짐승이다. 그새 몇 년이 흘렀건만 어찌나 빨리 알아보고 반가워하는지 보는 이의 가슴을 울컥하게 했다. 이내 기다란 목을 세워서 여자가 마음 껏 껴안도록 놔두고 서서 눈망울을 뒤룩뒤룩 굴리는데 눈가에 잔 뜩 물기가 묻어 있다. 여자는 그 목을 부둥켜안고 잃어버린 자식을 찾은 듯이 엉엉 소리 내어 운다. 나코 어른도 덩달아 울음이 터졌는 데, 오논 강의 물소리가 점점 커져서 모든 소리를 삼켜버렸다.

나코 어른의 이야기를 제대로 듣지도 않고, 어머니는 땅을 치며 울고불고 한나절을 뒹굴었다. 제 아들을 잃은 터에 남의 사정이 귀 에 박힐 리 없었다.

"당신이 아들을 보냈으니 당신이 가서 찾아오세요."

서시에 내곡를 헤어 어쩌겠는가. 아내의 투정을 몽땅 삼켜버렸다. 말 젖이 불어서 하는 수 없이 부부가 젖을 짜고는 있지만 일체 대화도 없이 온 집 안이 초상을 치르는 것 같았다. 사흘이 지나고 나흘째가 되도록 소식이 감감하자 이제 포기하는 분위기가 되어서 조금 조용해졌지만, 아비로서도 기운이 빠져 말 젖을 짜는 게 아무 재미가 없었다. 그러던 중에 우연히, 아내의 눈에 엉경 언덕 쪽에서 말 탄 사람이 달려오는 것이 보이자 넋두리를 한다.

"내 자식이 저렇게 씩씩하게 돌아오면 얼마나 좋을까!"

나코 어른이, 일하는데 기운 빼지 말라는 듯 아내를 흘긴다.

"말 젖은 초원에 버릴 거야?"

젖을 짤 시간이 촉박하다는 신호이다. 젖은 봄부터 나오지만 여름 첫 달(유월 하순) 새끼 말의 털갈이가 시작될 때까지 충분히 먹여야 하기 때문에 여태 미뤄오던 것을 더 미룰 수 없었다. 그래도 아내가 뭐라고 중얼중얼하면서 멀리에서 오는 말을 자세히 들여다보더니 아예 젖 짜는 통을 팽개치고 서서 소리를 질렀다.

"여보, 내 아들 보오르추가 와요. 앉음새가 영락없어요."

그 말에 나코 어른이 일어나 손톱 크기도 안 되는 점이 조금씩 커져가는 과정을 자세히 들여다보았다. 그러더니,

"허허, 저 녀석이 어디 갔다 오는 거야."

하는 말을 듣고, 어머니가 비로소 기쁨의 눈물을 뚜두둑 떨어뜨린다.

시야에 들어선 말이 닿으려면 시간이 한참 남아 있었다. 하지만 어떻게 봐도 아들임이 분명해지자 어머니는 서둘러 게르로 돌아가고, 아버지도 젖 짜는 도구들을 챙겨서 천천히 말 떼를 끌기 시작한다.

한참 후, 보오르추가 게르 앞에 당도하자 어머니가 손을 곱게 모아 쥐고 아들과 함께 들어오는 손님을 맞는다. 하얀 손바닥 언저리까지 내려온 소매가 푸른 하늘을 뚝 떼어다 놓은 것처럼 곱다. 테무진이 뒤따라 들어선 게르에서는 발효가 되어가는 마유주가 가죽부대를 흔들며 시끄럽게 아우성친다. 이웃들까지 몰려들어 집 나갔다 돌아온 외아들을 보느라 소란들이었다. 그새 흥분된 어머니의 목소리가 한없이 정겹다.

"내 아들의 손님인데, 있는 것 가운데 가장 나은 걸로 대접해야지."

테무진은 눈물이 나올 뻔했다.

'여기는 정말 사람 사는 데 같구나.'

부잣집이라 그런지 많은 사람이 끓어서 안절부절못한다. 한쪽에서는 동네 아낙네들이 모여들어 바위 모서리에 올라간 염소 새끼들처럼 시끄럽다. 어머니도 신이 나는지 "내 아들 보오르추야, 얼굴 한 번 더 보자!" 하다가 말 젖 짜는 통을 잘못 건드려 엎지르는 소리가 났다. 그러거나 말거나 아버지는 전혀 속을 드러내지 않고 그저 엄한 표정으로 앉아 있다. 이제 아버지에게 혼이 날 차례였으므로 보오르추가 북쪽을 향해 머리를 숙일 때 테무진도 나란히 가서 죄인처럼 고개를 조아렸다. 나코 어른이 드디어 입을 연다.

"거친 말은 채찍으로 잡고, 말 안 듣는 자식은 매로 다스린다고 했다."

보오르추가 아주 작은 소리로 응답한다.

"아버지가 있을 때 친구를 사귀고, 말이 있을 때 세상을 돌아보라고 하셨잖습니까?"

잠시 침묵이 생긴 틈을 타서 테무진이 조심스럽게 끼어들었다.

"생전에 아버지께서, 좋은 이름은 아무리 원해도 가질 수 없고, 나쁜 이름은 아무리 지워도 지워지지 않는 거란다, 말씀하시곤 했습니다. 보오르추의 이름은 지금 제게 얼마나 좋은 이름인지 알 수 없습니다. 세상에 있는 무엇과도 비교할 수 없어요."

눈빛과 언행에 교육을 제대로 받은 냄새가 술술 풍겨와서 나코 어른의 마음이 조금 누그러졌다. 이웃의 눈도 있는데, 아들의 친구라는 녀석이 제법 체면이 서게 굴었다. 그래, 어린애들처럼 어깨가 으쓱하고 가슴이 한없이 펴진다.

"아버지가 뉘신고?"

"예수게이 바타르라고 합니다."

"어라, 돌아가신 키야트 족장 말인가?"

"네."

나코 어른은 벼락을 맞은 듯이 정신이 들었지만 짐짓 태연한 척했다.

"허, 귀한 손님일세. 뒷이야기도 들어보세."

그렇게 해서 세 사람이 주거니 받거니 하며 일의 전모가 드러나게 되었다. 앞뒤를 짚어보니 족장의 아들도 똑똑하지만 자기 아들도 돼먹은 행실이 자랑할 만하였다. 속으로, '앞으로 한 가닥씩 할 녀석들이구먼' 생각하는데, 테무진이 다부지게 아귀를 짓는다.

"저는 말을 찾았으니 절반으로 나누어서 네 마리만 끌고 돌아가려고 했습니다. 초원의 법이 그렇지 않습니까? 한데 친구가 대가를 받으면 뜻이 훼손된다고, 집에서 그렇게 배우지 않았노라고 한사코 거절하지 않겠습니까? 그럼 제가 아버지께 인사라도 올려야 되겠다, 해서 들르게 된 겁니다."

나코 어른은 듣는 족족 기분 좋은 소리라 별일 아닌 것으로도 게르의 천창이 넘어가도록 웃으며 어쩔 줄 몰랐다. 아내에게도 표시해두고 싶어서 이렇게 외쳤다.

"금 옆에 두면 놋쇠도 빛이 난다대. 우리 보오르추에게서도 빛이 나는가 보세."

어머니가 들어와서 아들의 친구를 여기저기 뜯어보고 옷깃을 만져보고 하더니 여러 곳이나 꿰맨 자국이 있어서 한참 혀를 차고 발을 동동 구르며 안쓰러워했다. 테무진이 입은 것은 옷이라기보다 털 빠진 짐승의 몸에 붙은 가죽 같았다.

"이렇게 똑 부러지게 생긴 내 아들의 친구가 살 집도 없었던가? 입고 있는 옷은 덕지덕지 타르박 가죽이고 얼굴은 왜 그런가?"

보오르추의 어머니는 테무진의 볼에 살점이 하나도 붙어 있지 않다고 연신 혀를 차며 심부름하는 사람을 불러다가 숫돌에 칼을 갈게 했다. 한참 후 일꾼이 칼을 뒤춤에 꼽으면서 돌아서자 아버지가 엄지를 치켜세운다. 양 떼들 속에서 가장 아끼는 놈, 즉 어미가 둘인 두 살배기 양을 잡으라는 뜻이었다.

"사내들의 행복은 초원에서 시작된다고 했어. 가난이 무슨 문제야. 오늘은 우리 오로모리들도 춤추는가 보자."

나코 어른이 어느새 마두금을 가져다 가랑이 사이에 끼워 넣고 있었다. 그가 마두금을 부둥켜안는 날이면 가축들까지 귀를 기울

여 메넨 초원이 온통 축제에 빠진다. 이윽고 흥을 돋우며 손수 마두
금을 당겼다. 노래까지 곁들인다.

> 양기르 당기르 소리 나는 야트가를 타주게
> 야다르 타다르 몹쓸 성미를 그만두게
> 일메 질메 소리 나는 에헬을 타주게
> 언제나 와서 만나는 그녀를 맞아서 살게
> 징게르 징게르 소리 나는 돔보르를 타주게
> 행복하고 흥겨운 징게스 징게스로 불러주게
> 나이는 어리지만 빛이 있는 인생길을
> 이 말 저 말 하지 말고 나에게 말해주게

테무진은 나코 어른의 손놀림에 넋이 팔렸다. 손끝이 활을 움직
일 때마다 초원의 바람 소리, 야생마 울음소리, 지축을 울리는 말발
굽 소리가 실감나게 살아난다. 그가 감탄하는 걸 알고 아버지가 설
명해준다.

"마두금은 머리가 달린 악기야. 머리가 있으니까 내장도 있지. 원
래 두 개의 현 중에서 하나는 수말 말총 백삼십 개, 다른 줄은 암말
말총 백다섯 개, 본체도 말가죽을 씌우고 현을 켜는 활도 말총으로
만들었어. 이렇게 머리도 있고 내장도 있으니까 이건 살아 있는 악
기야. 살아 있는 악기니까 하늘의 악기이지. 자네도 노래 한 곡 할
텐가?"

테무진의 뺨이 더욱 붉어지면서 누더기에 묻힌 귀공자의 빛이

번쩍거린다.

"오면서 내내 떠오르던 이야기를 하겠습니다. 이건 어렸을 때 족제비할머니가 들려준 건데, 황금색 늑대귀 말을 잃고 얼마나 생각나던지."

"그럼 듣세. 말치기가 그런 이야기를 몰라서는 안 될 일."

이렇게 해서 테무진이 이야기를 하게 되었다.

"옛날에, 어느 할머니 밑에서 스무 마리의 양을 치는 여자 목동이 있었습니다. 노래를 아주 잘했는데 여자라는 게 들통 날까 부르지 않았습니다. 어느 날 이웃들이 청해 들으려고 기다려도 깜깜해지도록 오지 않는 겁니다."

어머니가 보오르추 생각이 났는지, '저런, 기다리는 사람이 얼마나 속이 탈까' 하고 한숨을 쉬었다. 테무진이 말을 잇는다.

"밤이 깊어서야 하얀 털북숭이를 안고 와서는, 이 어린 것이 땅바닥에서 꿈틀거리는 걸 보게 됐지 뭐예요, 아무리 둘러봐도 거둘 사람도 없고, 그대로 두면 늑대에게 물려갈 거고, 해서 데려왔어요, 하는 겁니다. 털북숭이가 커서 늠름한 백마가 되었습니다. 온몸이 눈같이 흰 데다가 생김새도 건장해서 사람마다 탐을 냈지요. 그러던 어느 밤중, 백마가 다급하게 울어서 깨어보니 양 떼들 앞에 떡 버티고 서 있는데, 여자 목동이 놀라서 나가봤어요. 어린 백마는 온통 땀으로 젖어 있고, 건너편에는 큰 늑대 한 마리가 서 있지 않겠습니까? 백마가 양 떼를 지키고 있었던 겁니다. 여자 목동은 고맙고 예뻐서 백마를 쓰다듬고 껴안고 땀을 닦아주었어요. 한데……."

테무진이 이야기를 멈췄다. 친구만 듣는다면 몰라도 두 어른까지 듣기에는 너무 시시하게 느껴진 것이다.

"에이, 길고 재미없으니 그만두는 게 좋겠습니다."

나코 어른이 펄쩍 뛰었다.

"무슨 소리. 뒤가 궁금하네."

게르 안에서 이렇게 분위기가 익는 동안 밖에서는 일꾼이, 양들 중에서 가장 큰 놈의 뒷다리를 훔쳐서 뿔을 잡아끌고 나온다. 그러고는 사지를 붙들고 눕혀서 명치를 십자로 째고 가슴에 손을 넣어 동맥을 끊었다. 사지가 늘어질 때까지 두 사람이 붙든 채 웃고 이야기한다. 양의 눈동자가 새파란 하늘색이 되었다가 이내 빛이 꺼졌다. 테무진이 게르 밖의 분주한 풍경을 내다보면서 마유주를 한 모금 하고는 얘기를 잇는다.

"세월이 흘러서 왕이 말달리기에서 일등을 하면 큰 상을 주겠다고 했습니다. 여자 목동도 백마를 타고 나갔는데, 수많은 경쟁자를 제치고 일등을 한 겁니다. 그러자 왕이 언약을 팽개치고 여자 목동에게 옥구슬 세 개를 줄 테니 말을 두고 가라, 하지 않겠습니까? 여자 목동은 화가 나서 즉각, 저는 말달리기 시합에 왔지 말을 팔러 오지 않았습니다, 하자 왕이 발끈하여, 미천한 것이 왕한테 대꾸하다니! 너 계집애지? 여봐라, 저년을 혼내주어라. 말이 떨어지기가 무섭게 신하들이 와서 매질을 하였습니다. 여자 목동은 피투성이가 되도록 두드려 맞은 채 백마도 빼앗기고 겨우 집에 와 할머니의 간호를 받아야 했지요."

이야기를 하는 동안 메넨 초원의 이웃들이 다 모여들었다. 술 취한 남자, 애 밴 여자, 곰보, 어린 계집애들이 진을 친 가운데 테무진의 목청이 점점 커지고 있었다. 빙 둘러선 얼굴들을 보면서 뚜렷한 대상도 없이 가슴이 떨리고 욕정이 일어난다. 오랜 긴장에 엉겨 있던 테무진의 몸이 녹고 있는 것이다.

그때 어머니가 잠깐 말 젖을 짜러 가는데 이야기가 재미있으니 조금 쉬면 안 되겠느냐고 청했다. 다들 깔깔 웃으며 밖으로 오줌을 싸러 나간다. 아버지가 어머니를 뒤따르면서 나직한 소리로 말한다.

"나 저것들 아주 마음에 드네. 여태 속고 살았어. 내가 후훠 남질인 줄 알았더니 그 아버지였지 뭐야. 이제야 내 아들이 누군 줄 알겠어."

그러자 어머니가 금방 울먹거린다.

"여보, 내 아들 보오르추가 의적질을 하러 가면 어떻게 해요?"

아버지가 정색을 하고 단속을 한다.

"아들의 길을 막지 마. 마두금은 현이 두 개잖아. 후훠 남질의 흑마에게서 수말 말총 백삼십 개가 나왔어. 지금 테무진 녀석이 암말 말총 백다섯 개를 내놓은 백마 이야기를 하고 있는 거야. 어찌 저리 똑똑할꼬. 물건들끼리 만났구만. 저것들이 멋있게 살 거야."

바깥에서는 양 한 마리가 벗겨진 가죽에 놓여서 뼈마디까지 고스란히 해체되어 솥에 들어갈 시간을 기다리고 있고, 또 한쪽에서는 아낙네들이 내장을 가르니 낮에 뜯은 풀이 가득 들어 있었다. 나코 어른이 큰 소리로 한마디를 한다.

"오늘 한 마리 더 잡아서 이웃들까지 다 먹이자."

"네."

대답하는 여자가 말 젖을 짜던 통에 피를 받는데 절반이 찬다. 일꾼의 딸들이 나서서 내장의 똥을 빼내자 한없이 길고 두꺼운 실타래 뭉치처럼 돌돌 감긴다. 어차피 양고기가 나올 때까지 기다려야 할 터라 테무진이 남은 이야기를 마저 하였다.

"그러던 어느 저녁, 이제 막 잠이 들려고 하는데 밖에서 무슨 소리가 들렸습니다. 누구냐고 물어도 아무 대답이 없어요. 그런데도 게르가 긁히는 소리가 들려서 할머니가 내다보더니, 아니, 백마가 아니냐, 하고 놀라 외친 겁니다. 벌떡 일어나보니, 백마는 화살을 무수히 맞아 상처가 나 있고, 아직도 일곱 개의 화살이 몸에 꽂혀 있는 상태였는데, 어찌나 급히 뛰어왔는지 땀이 물처럼 줄줄 흘러내리고 있었습니다. 여자 목동이 이를 악물고 일곱 개의 화살을 뽑자 상처 구멍에서 분수처럼 피가 솟구치더니 이튿날 숨을 거두고 말았어요."

그때 보오르추가 발끈했다.

"빌어먹을! 어떤 놈의 짓이야."

테무진은 여전히 아버지를 보면서 말한다.

"왕이 그런 거예요. 말을 빼앗은 날, 명마를 얻었다고 신이 나서 잔치를 베풀면서 잘난 체하고 싶어서 기마술을 펼치겠다 하여 시범을 보이는데, 말 등에 앉기도 전에 백마가 뒷발질을 하면서 몸을 흔들어 왕을 내동댕이치고 말았거든요. 왕이 화가 나서, 저놈 잡아라, 못 잡겠거든 쏴서 죽여라, 하자 화살이 소나기처럼 백마에게 박혔던 겁니다. 백마는 그 화살을 뚫고 무섭게 달려서 여자 목동에게 돌아와 귀에다 대고 이렇게 속삭였습니다. 나는 언제나 당신의 노래 곁에 있고 싶었어요. 나를 영원히 노래 곁에 두려면 내 힘줄과 뼈로 악기를 만들어주세요. 여자 목동은 백마가 시키는 대로 그의 뼈와 힘줄과 꼬리로 악기를 만들었습니다. 그리고 노래를 하자 악기가 백마의 추억들을 떠올릴 수 있도록 아름답고 절묘한 소리를 내었습니다."

이야기가 끝나자 때맞춰서 양고기가 나왔는데, 다들 감동을 받아서 먹을 생각을 안 한다. 나코 어른이 일어서서 테무진을 보며 말했다.

"혼자의 힘으로 사람이 될 수 없고, 하나의 나무로 불이 될 수 없다고 했어. 너희 둘은 아무리 어려운 일이 닥쳐도 꼭 함께 헤쳐가거라."

그리고 보오르추의 어머니를 불러서 노래를 하게 한다.

"당신, 아들의 귀한 친구를 양 한 마리로 때우려는 건 아니겠지? 더 귀한 선물을 해야지. 시집와서 들려준 노래를 나도 듣고 싶은데."

어머니가 노래는 할 줄 모른다고 몇 차례를 빼다가 양고기가 식어가는 통에 마지못해 일어섰다. 입을 벌리자 한없이 고운 소리가 흘러나온다.

기러기 떼 분분히 날고
어린 새들은 뒤따라가네
하늘 끝 향기로운 고향 땅 찾아
저— 먼— 호숫가
옛 땅으로 돌아오다

옛 땅으로 돌아오다

테무진이라는 이름이 옛 고향을 찾는다는 뜻을 담고 있어서 처녀 시절에 배운 민요 〈기러기 떼가 돌아오네〉를 불러준 것이다. 어머니가 2절까지 부르고 나자 나코 어른이 놀린다.

"배부르다, 배부르다, 하면서 일곱 번을 더 먹는다는 말이 있긴 하지. 임자는 처녀 시절에도 그렇게 빼다가 2절까지 했어."

자리가 끝날 때 어머니가 양고기를 예쁘게 싸서 보오르추를 불렀다.

"내 아들 보오르추야. 친구 배고플 테니 먹으라고 해."

그토록 먹고도 배고플 턱이 없다. 사실은 테무진의 가족들에게 전하라는 뜻이었으니, 세심한 배려에 눈물이 날 것 같았다. 특히 어머니가 아들을 부를 때마다 그냥 이름을 말하지 않고 반드시 '내 아들 보오르추야' 하던 억양이 귓전에서 내내 떠나지 않았다.

돌아오는 동안, 테무진은 실로 오랜만에 사나이의 기쁨에 취했다. 보오르추가 사는 모습은 얼마나 아름다운가. 세상의 보이지 않는 곳에서 그런 친구가 살고 있었다니! 돌이켜보면, 절망과 죽음의 그림자조차도 그 어디엔가는 사랑의 숨결이 숨어 있었다. 어머니의 말이 옳았다. 인간을 기르는 건 세상이다. 언젠가 목에 나무칼이 채워져 조리돌림을 당할 때, 적어도 세 번은 키릴툭이 직접 죽이기 위해서 찾아왔다. 그런데 왜 못 죽였을까? 칼을 쥔 손에 몇 번이나 힘이 들어가 근육이 움직이는 것을 보았는데, 왜 휘두르지 않고 돌아갔을까? 테무진에게는 그것이 언제나 수수께끼였는데 돌아오는 길에 문득 의문이 풀렸다. 매번 남들이 보고 있었다는 것. 비겁한 이웃을 원망할 일이 아니라 감사해야 된다는 말이 백번 옳다. 아버지를 잃고 죄도 없이 붙들려온 어린 소년을 뚜렷한 잘못도 없이 죽였다가 인심을 잃게 되면 키릴툭의 권세는 하루아침에 사라지게 되어 있었다. 그러니 이목이 자신을 살린 것이다. 그 이목을 일컬어 사람들은 세상이라 부른다.

그렇게 생각하자 테무진은 이제 모든 것이 흥겨워졌다. 보오르추의 게르에서 숲 속 먼 곳까지 말 젖 냄새가 따라온다. 황금색 늑대귀 말은 그에게 어린 시절의 장님 노래와 족제비할머니의 이야기와 아버지의 미소와…… 그런 것들을 안겨주면서 갈기 세워 달린다. 낮에는 초원의 곳곳에 햇빛이 오순도순 모여 있다. 해가 지자, 흔들리는 달빛에 소리 없는 산들이 희미하게 보이고, 어쩌다 게르를 지나칠 때 눈에 띄는, 다리를 묶인 말들은 자주 풀을 뜯는다. 소리 없이 강물은 흐르고 강가 쪽에서 개구리가 꽉꽉 운다. 이미 참을 수 없게 된 암컷처럼 이상한 소리로 여우가 운다. 테무진의 마음은 바쁘다. 어서 말을 몰아 집으로 가야 한다. 아, 그 시간에도 틀림없이 슬픔을 참기 위해서 자신의 육신을 고생시키고 있을 어머니!

4

손금이 보일 만큼의
작은 빛

1

말 등뼈 산의 바위 기슭에서는 외톨이가 된 늑대가 숨어 지내고 있었다. 흰머리를 풀어 헤친 귀신 바람이 불던 날 자무카의 말 떼를 기습한 왕 늑대이다. 이름은 달의 아들.

땅 위에서 이름을 갖는다는 것은 고유한 내력을 갖는다는 것이고, 왕년의 역사를 껴안고 살게 되었음을 의미하는 것이다. 달의 아들도 화려한 과거가 있었다. 어려서 사냥꾼에게 보금자리를 털려 일가족을 잃고, 남매만 체포되어 개들 속에서 자랄 때부터 이름을 얻었다. 늑대 남매가 자기 가족을 살해한 일곱 사냥꾼을 차례대로 복수한 사건은 전설이 되었다. 그 후 벌판에 나와 혈혈단신으로 야생의 무리를 제압해간 영웅담은 한 편의 서사시를 방불케 한다. 그의 몸에 새겨진 숱한 상처들이 모두 영광의 기록이었다. 하지만, 단

한 곳의 징표가 그의 노후를 어둡게 만들고 있었다. 애꾸눈이 그것이다.

달의 아들은 그 일만 생각하면 풀이 죽는다. 그날, 상대는 준마 구십여 두를 종마 아홉 마리가 보호하는 대열이었다. 두발짐승이 끼여 있지만 자신이 누구인가. 개와 함께 성장하면서 두발짐승을 겪었기 때문에 그들의 속성을 알 만큼은 안다고 자부하고 있었다. 인근 세 개의 산에 흩어져 사는 늑대를 총동원할 때는 대열을 아주 끝장낼 작정이었다. 날씨도 유리했고, 별자리도 좋은 위치에 있었다. 뒤에서 아무리 방어를 잘해도 앞에서 이끌지 못하면 대열은 허점투성이가 된다. 종마는 거칠고 사납지만 자기들끼리 협동할 수 없다는 치명적인 결함이 있었다. '부채꼴 전술'로 말 떼를 송두리째 함정에 빠트릴 수 있었는데, 갑자기 훼방꾼이 뛰어들었다.

달의 아들은 그렇게 뛰어난 늑대 기질을 타고난 두발짐승을 일찍이 본 적이 없었다. 훼방꾼은 방어대열을 공격대열로 전환시키는 데 천부적 재능을 보였다. 그런데 왜 고두리 화살(끝이 뭉툭하여 박히지 않는 화살)을 쏘았는지 달의 아들은 아직도 의문이 풀리지 않는다. 후미의 용사가 쏜 휘파람 화살을 맞았으면 죽었을 텐데, 훼방꾼은 몸에 박히지 않는 화살을 쏘았다. 먹거리를 사냥할 때나 쓰는 화살을 늑대에게 사용하다니! 급소도 일부러 피했는지 모른다. 대신 얼굴이 부서졌으니 그 자리가 날씨만 궂으면 쑤시고 결린다. 물론, 후회나 슬픔 같은 것은 없다. 신체 기능이 떨어지면 서열이 낮아지고, 늙으면 죽는 것이다. 그뿐이다. 달의 아들은 아무런 미련도 없이 고두리 화살에 뭉개진 눈뼈가 어서 아물기를 바라면서 치켜

든 턱을 바닥에 내려놓는다.

이내 키 낮은 풀숲에 얼굴을 묻고 꼼짝도 하지 않는다. 눈을 감았다. 새벽에 잡아먹은 양고기 때문에 열이 올라 불룩한 배만 풀무처럼 바람이 들었다 빠졌다 한다. 과거의 한때, 이마도 넓고, 주둥이도 길고, 송곳니도 날카롭고, 털빛에 윤기가 흐르던 모습도 반은 푸른 하늘이 가져가버렸다. 아직 반납하지 않은 무기라면 조심성일 것이다. 그렇다. 늑대의 전투력은 완력에 있지 않다. 상대를 열 번, 스무 번 관찰하여 정보를 수집한 다음에 미세한 틈이 보이면 예리하게 째고 들어가 재생 불가능한 급소에 송곳니를 박는다. 끝없는 지평선들로 이어지는 대평원에서 그 같은 인내와 조직력을 무너뜨릴 존재는 없다. 호랑이도 사자도 그렇게 완벽하게 열린 평원을 감당하지 못한다. 이것이 늑대가 초원의 심판자가 된 이유이다.

달의 아들은 지금도 뒷다리를 제대로 접어서 쪼그리고 턱을 바닥에 깔아서 납작하게 엎드려 있다. 그가 은폐와 엄폐에 얼마나 능한지를 관찰하려면 사흘째 굶주려서 허공을 맴도는 독수리의 눈동자를 빌려야 할 것이다. 예고 없이 찾아오는 위험에 곧바로 대비할 수 있는 자세도 세상을 눈이 아니라 몸으로 볼 때만 얻을 수 있는 전투 동작이었다. 가장 편하게 쉬면서 한걸음에 솟구쳐 벼랑으로 뛸 수 있다. 그토록 전광석화와 같은 역동성이 그토록 깊은 고요 속에 담긴다는 것이 늑대가 지닌 신체의 오묘함일 것이다.

그래서 달의 아들은 고개를 쳐들어 굳이 앞을 보려고 나대지 않는다. 눈앞만 세상인 것은 아니다. 코끝에 닿는 세상은 온갖 냄새의 총계로 이루어져 있다. 맨바닥에 깔린 건 젖은 흙내이다. 그것을 털처럼 덮은 마른풀 냄새가 안개같이 떠 있다. 그 어딘가에 죽은 지 얼마 안 된 말의 뼈가 뒹굴고 있다. 군침이 돈다. 아마도 먹을 것이 남아도는 젊은 늑대가 감춰두었을 것이다. 콧등을 간지럽게 하는 향기, 창자를 건드리는 피 냄새를 외면하기 위해 혀를 길게 뽑아 주둥이를 한 차례 쓰윽 닦는다. 건너편 등성이를 서서히 이동하는 것은 양들의 냄새이다. 가을이라 살찐 엉덩이가 눈앞에 보일 것 같다. 마음이 흔들려서 하나 남은 눈을 뜨려다가 만다.

'날씬해져야 한다. 이 몸으로는 속력을 낼 수 없어.'

그때 코를 찌르는 독한 냄새가 풍겨왔다. 짠내, 노린내, 구린내를 비롯해 늑대가 싫어하는 열세 가지의 냄새로 뒤범벅이 된 물체가 두 개나 움직인다. 어지럽다.

'빌어먹을 두발짐승 놈들! 덮칠까?'

하지만 너무도 위험하다. 저 이상한 족속들은 작은 주둥이에서 뜨거운 수증기(입김)가 나온다. 그것이 헤아릴 수 없이 복잡한 소리들을 쉼 없이 뿜어댈 때 주둥이를 잘못 대주면 코끝이 벗겨지고 말 것이다. 게다가 두 발로 곡예를 하듯이 걷는 것도 모자라 말과 개를 대동하고 다닌다. 말은 초원에서 늑대의 존재를 가장 먼저 알아차리는 동물이다. 그 밑에서 음식 찌꺼기나 얻어먹으면서 늑대 사냥을 따라다니는 개 떼들은 성가시게 구는 일로 존재감을 드러낸다. 더러운 것들! 당당하게 야생으로 살다 가면 얼마나 좋은가. 적당한 수만큼, 적당한 세월만큼, 적당한 행복과 위험 속에서 살라는 것이 푸른 하늘의 명이었다. 하지만 두발짐승이 그것을 받아들일 리가 없다. 도대체 저 약질의 생명체가 어떻게 그렇게 복잡한 세상을 만들 수 있었는가 말이다. 거의 모든 동물이 그들의 보이지 않는 관계망을 탈출하지 못하고 생애를 마친다. 두발짐승이 발굽 짐승을 관리하는 모습은 실로 경악스럽다. 잡아먹히는 자들이 잡아먹는 자들을 섬기도록 만들고야 마는 치밀한 잔꾀를 어떻게 용서할 수 있는가.

초원에서 늑대와 인간이 싸울 수밖에 없는 이유는 너무나 명확했다. 발굽 동물을 모두 인간이 차지했기 때문이다. 그것을 빼고 나면 초원에 남는 것은 오소리, 토끼, 타르박, 쥐 같은 것밖에 없다. 그럼, 쥐나 잡아먹고 살라는 말인가? 푸른 하늘은 늑대의 신체를 그렇게 살도록 설계하지 않았다. 그 생각을 하다가 달의 아들은 기어이 눈을 뜨고 만다. 바람이 불고 풀포기들이 눕자 시야가 열린다. 말 등에 얹힌 독한 냄새의 주인은 타르박(초원에서 사는 토끼 크기의 설치류) 가죽옷을 입은 소년 둘이다. 덩치가 작은 사람이 두 발짝 처져 있다. 복수하고 싶은 충동! 바로 이어서 무서운 감정이 엄습해온다. 저 짐승은 젖통 호수 근처에서 여러 차례 목격되었는데, 한 번도 빈틈을 보인 적이 없었다. 달의 아들은 뒷다리 쪽으로 이동하던 신체의 기운을 풀어버린다. 초원은 온통 바람의 등짝으로 가득 차 있다. 큰 바람이 지나가면 엎드렸던 풀포기가 다시 일어서서 눈동자를 가린다. 그나마 늙은 냄새가 아니라 견딜 만하다.

두 소년은 이제 낮은 구릉을 지나고 있다. 주위는 온통 늙은 풀 냄새로 가득하다. 한껏 메말라서 가벼워진 냄새를 흔들며 수컷의 향기가 통과할 때마다 메뚜기들이 한 움큼씩 난다. 냄새는 어느새 능선을 향하고, 얼마쯤 올라가면 하얀 관목들이 이어진다. 젊은 시절에 주둥이를 박아서 상처를 입었던 나무가 거기에 있다. 곧장 가면 메넨 초원을 만날 것이고, 산이라 할 것도 없는 능선 두어 개를 지나면 다시 첵체르 초원이 이어진다. 아무리 부지런히 가도 초원에서 자야 할 것이다. 달의 아들은 왕 늑대에게 신호를 보낼까 하다가 다시 주저앉아 턱을 깔고 엎드렸다. 저 짐승과 싸우는 건 피하자. 그런 일은 이제 젊은 것들의 몫이고, 새로 등극한 왕 늑대가 판단할 일이다. 그렇게 생각하자 지독한 냄새를 풍기던 대기가 말끔해진다. 코끝이 적막하다.

침묵과 약동으로 가득 찬 대지의 일각에서 나란히 흔들리는 두 사람은 한동안 말이 없었다. 가을을 맞는 초원에서는 지상이 허용하는 하늘의 최대치 면적을 누리는 발등 높이의 풀포기만 장엄하다. 시야는 한없이 열려 있다. 무엇이 어디에 숨을 곳이 있는가. 인간의 힘으로는 망가뜨릴 수 없는 하늘과 바람, 그리고 땅! 나무 한 그루 없는 녹지와 여인의 속살처럼 부드러운 곡선들, 그 유혹적인 알몸 위에서 황금색 늑대귀 말은 뛰고 매들이 난다. 눈에 보이는 흔적은 이동하는 물체가 먼저 지나간 자국일 뿐, 정해진 길은 없다. 누구나 또 무엇이거나 야생동물 속에 뒤섞여 아무 곳으로나 가면 되었다. 이동하는 것은 모두 나그네요, 주인은 오직 대지일 뿐. 하늘 아래 어디에서 몸을 숨길 것인가. 무서운 바람이 쫓아와 사람이나 가축을 말아 올려가도 저항의 흔적조차 없었다.

그 지엄한 대지가 조심스러운 듯이 낮은 허공을 가만가만 밟고 가는 비단 잠자리. 그것을 내려다보는 하늘. 풀밭에서는 메뚜기들이 튀어오를 때마다 코를 감동시키는 초원의 쑥 향기가 고여 있다가 흩어진다.

테무진은 자신이 살아서 그 길을 다시 간다는 사실이 그렇게 벅찰 수 없었다. 아버지가 죽은 후 감쪽같이 흘러온 세월이 도무지 꿈만 같았다. 부족연합체에서 버려져 광야에 내동댕이쳐진 일, 이복형제를 죽이고 어머니에게 혼이 난 일, 키릴툭에게 쫓겨 숲에서 아흐레 동안을 숨어 지낸 일, 끝내 사로잡혀 목에 나무칼이 채워진 채 이 집 저 집 조리돌림을 당한 일. 그 험한 봉우리들을 넘어서 이제, 아버지와 갔던 길을 칠 년 만에 다시 가고 있다. 동생 벨구테이를 데리고, 아버지가 생전에 택했던 길을 그대로 밟아서, 옛날 돌궐 장수의 비석을 돌았다. 허름한 돌덩이일 뿐인데, 그 속에서 아버지의 음성이 쏟아져 나온다.

"테무진, 저 돌에 뭐가 쓰여 있는지 알려줄까?"

아홉 살 때는 그게 무슨 말인 줄 알아들을 수 없었다.

"역대 유목민이 정착민에게 당한 억울한 일들이 빼곡하게 적혀 있어. 너도 알아야 돼."

그리고 대답도 하기 전에 뒷말이 나왔다.

"중요한 말이 또 있어. 성을 쌓는 자는 반드시 망하고 이동하는 자만이 흥할 것이다!"

그곳에서 메넨 초원으로 가려면 하루 종일 흰솜꽃을 밟게 된다. 버르테가 한없이 좋아했던 꽃이다. 흙무더기 하나 솟아오르지 않은 끝없는 평원에 말을 타고 하루 종일을 달려도 오직 흰솜꽃밖에는 보이는 게 없는 곳에 데려온다면 그녀의 표정은 어떻게 될까?

밤마다 그녀가 와서 놀던 가슴이라도 안고 이 평원을 뛰자. 그래서 일부러 택한 길이 헛걸음이 된다면 어쩔 수 없는 일이다. 자신은 최선을 다했던 것이고, 그것은 아무리 어려워도 최선을 다해 살았던 사내의 이야기를 뒤에 남기는 것이다. 테무진의 생각이 이렇게 가지런해진 것은 다 보오르추 덕이었다.

테무진은 한동안 '세상'을 인내의 실험장으로 알았다. 인간의 마음은 모두 추하다. 그것들이 모여서 거대한 흐름이 형성되자 강처럼 자꾸 한 방향으로만 가는데 돌려세울 길이 없었다. 그러다 보오르추의 입에서 "벗이여, 홀로 외롭겠구나!" 하는 소리가 울리던 순간 얼마나 놀랐던가. 보이지 않는 어딘가에 그토록 따뜻하고 계산속 없는 음성이 존재했다는 사실만으로도 그는 세상을 오해한 것을 깊이 뉘우쳐야 했다. 그러자 지상의 질서가 다시 보이기 시작한다. 말 도둑조차도 그를 보오르추에게 데려가기 위해 푸른 하늘이 보내준 것처럼 생각되었다. 신기한 일이다. 세상은 사용하는 자의 태도에 따라 이렇게 다른 곳이 된다. 바람처럼 떠다니는 기운들을 적이라 하면 세상은 끝없이 무섭고 친구라 생각하면 한없이 편해진다. 그것은 그에게 인간과 인간이 어떻게 어우러져야 하는지를 가르친 크나큰 사건이었다. 참으로 고마운 일이다. 인간의 마음과 세상 사이에 감추어진 놀라운 마술을 친구가 준 것이다. 그 작은 만남 하나가 한 사람의 삶을 이렇게 바꿀 수도 있다니!

그 생각이 떠오르자 테무진의 얼굴에는 또 웃음이 번진다.

"테무진, 우리 집에서 말치기 해도 되겠어."

찬바람이 시작되는 날에 놀러 온 보오르추가 한 말이었다.

"또 말똥 생각이 나던가?"

초여름에 도둑맞은 말을 쫓다가 흔적을 놓쳤을 때 테무진이 메마른 말똥 몇 개를 가리키며 황금색 늑대귀 말의 것이라고 주장했다. 보오르추가 듣고는, 왜 돌멩이는 자기 것이라고 하지 않는가, 하자 테무진이 거침없이 내려서 말똥을 발로 으깨었다. 소처럼 되새김질하는 동물과 달리 말은 풀을 제대로 씹지도 않고 삼켜서는 똥을 싸놓는다. 때문에 가뭄이 들면 양 떼들이 말똥을 찾아다니며 영양분을 채운다. 테무진이 발로 부빈 똥에서는 메넨 초원에 없는 풀이 나왔다.

"황금색 늑대귀 말이 좋아하는 풀이야. 이게 검은 나무 밑에서 자라지. 젖통 호수 주변에는 흔해."

보오르추는 깜짝 놀랐다. 똥이 타지에서 온 말이 지나갔음을 웅변하고 있었던 것이다.

"허, 자넨 마치 우리 아버지 같네."

테무진으로서는 난생처음으로 마음을 터놓을 친구를 만난 셈이었다. 둘은 종일 이야기를 해도 소재가 마르지 않는다. 그리고 대화를 나누다 보면 생각이 아주 깊은 곳으로 쏠려 들어간다. 농담조차도 그랬다.

"테무진은 노인 같은 버릇이 있어."

"어떻게?"

"이동할 때마다 하늘을 봐. 그다음에 황금색 늑대귀 말의 눈빛을 보거든. 길을 떠날 때 하늘에게 묻고 또 말에게 묻는 사람을 난생처음 본단 말씀이야."

테무진은 친구가 중요한 조언을 하려고 먼 길을 에돌고 있다는 것을 아는데 한나절이 걸렸다. 보오르추가 그만큼 조심스럽게 접근한 것이다.

"테무진, 우리도 늙기 전에 장가들이나 가세."

"자네가 갈 곳에 왜 나를 데려가려 하는가? 자네 아내에게 미움받게 하려고?"

이렇게 편한 말을 나눌 친구가 있다는 것은 행복한 일이다.

"그러니까 테무진의 몸은 새벽에도 별로 난처한 변화를 안 일으킨다 이거지?"

보오르추가 가까이 오자 테무진이 얼른 엉덩이를 빼서 몸을 엉거주춤하게 만든다. 가끔 개구쟁이처럼 굴기 때문에 방심할 수가 없었다. 왜냐하면 테무진의 아랫도리가 창피하게 불룩해 있었던 것이다. 그도 수컷인 이상 별수 없는 일이다. 자신도 제어할 수 없는 현상, 그것은 확실히 보오르추의 집에 다녀온 후부터 나타난 증상이었다. 그 가을에도 여전히 세수를 하고 나면 마치 하늘이 서서 우는 듯했다. 그리고 그 하늘은 날마다 소스라치게 푸르기 때문에 그는 자주 눈을 감는다. 한데, 마음이 그렇게 쫓기는데도 아랫도리는 왜 혼자 멋대로 움직이는 것인지.

보오르추가 다시 놀린다.

"푸른 하늘이 자네를 쫓는 거야. 빨리 짝을 찾으라고."

"어떤 사람의 푸른 하늘이 그렇게 망측한 일을 다 하지?"

"우리 집 후휘 남질 선생이 그것은 망측한 일이 아니라 하대."

보오르추는 제 아버지를 꼭 '우리 집 후휘 남질 선생'이라 불렀다.

"그 양반이 아침에 눈여겨보더니, 보오르추도 장가들어야겠네,
이러는 거야. 아랫도리가 불룩 솟은 걸 본 거야. 어찌나 낯이 뜨겁
던지. 사실은 그래서 도망 왔어."

이렇게 해서 여자 이야기가 나오게 되었다.

"테무진, 여자랑 가슴 맞춘 적 있어?"

"있다면 믿을 텐가?"

"어라! 정말 있는가 보네?"

보오르추가 못 믿겠다는 표정을 한다. 그러나 그것은 사실이었다.

키릴툭에게 붙들려 조리돌림을 당할 때이다. 키릴툭은 테무진이
보르지긴 부족의 키야트 씨족임을 고려하여 부족 내 경쟁 세력인
타이치우트 씨족들에게 그를 가족당 사흘씩 감시하도록 내맡겼다.
씨족 간 갈등이 심했으니 예수게이에게 유감을 샀으면 그 아들에
게 갚으라고 기회를 준 셈인데, 하층민들의 감정이란 강물처럼 유
구해서 보복 같은 것에는 관심조차 없었다. 키릴툭의 마유주를 빚
는 종마저도 그랬다. 그래, 테무진이 그 술 아저씨 집에서 겪은 일
을 들려주게 되었다.

테무진은 그 집에 맡겨질 때 처음에는 그저 원한을 산 게 없기를
바랄 뿐이었다. 한데, 들어가보니 집 안 분위기가 조금 독특했다.
술 아저씨가 테무진을 다짜고짜 게르에 들이자 두 아들이 부쩍 관
심을 보인다. 어린 소년이 끌려다니는 게 안돼 보였던 모양이었다.
아침에 일을 하러 가면서도 나란히 서서, "어린 나이에 고생하네"
하더니, 여동생을 불러서 배고프지 않게 해주라고 부탁했다.

그 낯선 호의가 얼마나 고마웠던가를 이야기하려다 말고 테무진

이 갑자기 웃음보가 터져서 배를 쥐고 구른다. 보오르추가 "여동생이 예뻤어?" 해도 한참을 대답하지 못했다.

"이럴 때 얼마나 난처하겠는지 봐. 여자아이하고 둘이 있는데 오줌이 마려운 거야. 팔은 나무칼에 양쪽으로 묶여 있어. 그걸 누가 풀어주겠어. 주위에 남자가 없으면 참아보다가 그냥 싸야 한다고. 그런데 그날은, 좀 내보내줘, 말을 보러 가야겠어, 했더니 이 아가씨가 쿡, 웃으면서 오줌을 쌀 수 있도록 옷을 활짝 열어서 보내는 거야. 한데, 정말 우스운 게 오줌의 절반이 옷으로 가고 말았네. 하도 겸연쩍어서, 나는 예수게이 아들 테무진인데, 네 이름은 뭐야, 하고 물었어. 소르칸시라의 딸 하단이래. 그러면서 닦아주려 하는 거야. 그러지 말고, 하단! 좀 풀어주면 안 돼? 마유주 젓는 거 도와줄게, 했더니 다시 쿡 웃으면서 정말로 나무칼을 풀어줬어."

보오르추의 장난기가 다시 발동한다.

"유목민 아가씨들은 그게 문제야. 멍청한 듯이 영리해. 죄인을 얼굴 보고 풀어주다니."

"그러게. 내가 마유주를 저으면서 물었어. 도망치면 어떻게 할 거야? 뭐라는 줄 알아? 대신 죽지 뭐. 맙소사! 여자아이더러 죽으라고 도망가는 건 사내가 아니잖아. 별수 없이 오빠들이 올 때까지 놀았어."

"뭘 하고?"

"노래를 배웠지. 가사가 좋아."

테무진이 그 노래를 해보려고 눈을 감는다. 워낙 힘들던 시절이라 회상조차 피했는데, 돌이켜보니 꽤 아름다운 추억이었다. 하마터면 잊을 뻔했던 노랫말도 다시 보니 참 마음에 든다.

새가 길을 잃는 건 하늘에 안개가 끼어서요
사람이 길을 잃는 건 세상에 안개가 끼어서라네

노랫말 때문에 테무진이 짧게 해도 될 이야기를 미주알고주알 늘어놓게 되었다.

하단은 일만 하는 여자지만 마음이 어찌나 고운지 몰랐다. 몸집도 살찐 양처럼 귀엽다. 하얀 살이 토실토실 올라서 걸을 때 몸 전체가 찰랑대는 모습은 사내의 가슴을 울렁거리게 하기에 딱 적합했다. 한번은 나무칼을 한 상태에서, "테무진! 고개 들어봐" 하면서 얼굴을 씻기는데 몸이 녹을 것 같았다. 그 따뜻함, 그 부드러움, 그 정겨운 감촉, 모두 어머니의 손길을 빼고는 처음 겪는 여자의 손길이었다.

"배 아프군. 한데, 그걸로 여자와 가슴을 맞췄다고 떼쓰는 거야?"

보오르추가 물러서지 않는 통에 테무진은 하단을 마지막으로 본 이야기를 하지 않을 수 없었다. 그것은 너무도 위험한 상황에서 벌어진 일이었다.

"내가 키릴툭의 눈동자 이야기를 했던가?"

"마유주 반 모금 정도나 했지."

"여름 첫 달, 붉은 보름달이 뜬 날이었어. 키릴툭이 오논 강에서 잔치를 베푸는데 또 눈동자가 사라진 거야."

테무진은 어두운 허공을 키릴툭의 눈동자가 가득 메우는 것 같은 느낌이 들었다. 밤이 이슥해지자 다들 취해서 막사로 돌아갔다. 어린 종 하나가 파수꾼으로 남았는데, 눈빛에 총기가 흘러서 서툰 동작을 해볼 엄두가 나지 않았다. 타이치우트의 영지가 고요해지면 틀림없이 키릴툭의 심복들이 나올 것이고, 동이 트면 형을 집행할 것이었다. 그렇다면 다시 마주치는 얼굴이 땅 위에서 마지막으로 보는 얼굴이 된다. 그렇게 죽음이 엄습할 때 불쑥 아버지의 말이 떠올랐다. '늑대의 후손이라 하려거든 늑대의 심장이 뛰고 있어야지!' 그래서 정신을 바짝 차리고 마음을 다졌다. '나는 제 명치를 가르기 위해 칼을 들이대도 착한 눈망울만 끔벅거리는 양이 아니야.' 그러자 이상하게 파수꾼이 졸더니, 흔들어도 기척을 하지 않았다. 그래서 목에 찬 나무칼로 톡 건드려봤는데, 비명도 지르지 않고 기절해버린다. 테무진은 곧장 강으로 뛰어들었다. 그러고는 갈대숲에 숨어서 고개만 물 밖으로 내민 채 둥둥 떠 있을 때, 타이치우트 무리들이 부산하게 숲과 강을 뒤지기 시작한다. 큼지막한 달빛이 하늘에도 있고 강에서도 번쩍거려서 사위가 대낮같이 밝았다.

　테무진은 설명하다 말고 또 침을 삼키며 쉰다. 보오르추와 이야기하는 게 즐거운 것은 그의 귀가 살아 있기 때문이다. 중요한 장면이 나오면 금방 반응이 온다. 미세한 바람에도 나뭇잎이 떨리거나 물살이 흔들리는 것처럼. 그 대목에서도 안쓰러웠던지 혼잣말을 하는데 영혼이 씻기는 느낌이었다.

　"참, 지독하게 운도 없네!"

　테무진은 오논 강에 다리가 꽂힌 채 죽은 사람처럼 서 있었다. 한데, 수색자 중 하나가 걸음을 멈추더니 그를 빤히 들여다본다.

보오르추의 목소리가 다급해졌다.

"그래서 어떻게 됐어?"

"들켰지. 그런데 이 양반이 하단의 아버지라. 내게 뭐라는 줄 알아?"

남이야 알 턱이 없다.

"눈빛 좀 감출 수 없어? 난 좋은데 키릴툭 어른이 무서워한단 말야."

너무나 뜻밖의 반응이었다. 테무진이 아무 대꾸 없이 눈빛을 깔았다. 그러자 엉뚱한 말을 한다.

"이놈을 찾을 수가 없네. 대체 어디로 숨은 거야?"

그리고 무엇을 살피는 시늉을 하면서 숲 쪽으로 가버렸다.

그날 밤, 테무진은 집으로 가지 않았다. 광야에는 어디에도 숨을 곳이 없었다. 도중에 수색대에게 붙들릴 게 틀림없고, 쥐도 새도 모르게 죽을 것이 뻔했다. 상황은 긴박하고 대책은 없다. 고민 끝에, 테무진은 도와줄 사람이 하단밖에 없다고 판단했다. 어쩌면 오빠들이 도와줄지 모른다. 해서, 강둑을 거슬러 마유주 빚는 소리를 추적한 끝에 술 아저씨의 집을 찾아낸 것이다. 마유주 철이라 작대기로 가죽부대를 젓는 소리가 들려와서 게르를 슬그머니 열었다. 온 가족이 소스라치게 놀란다.

"이 시간에 웬일이야? 어서 가. 우리까지 죽는다고."

술 아저씨가 펄쩍 뛰자 두 아들이 나서서 막는다.

"나무칼을 차고 어디로 가겠어요? 새가 뛰어들면 숲은 어린 몸을 숨겨주잖아요."

"이 녀석들아, 지금 어떤 상황인지 알아? 걸리면 우리까지 죽어."

"에이, 아버지, 그냥 숨겨줍시다."

이내 테무진의 목에서 나무칼이 떼어져 불태워졌다. 상황은 심각하다. 그동안의 일들은 모두 변명할 수 있었지만, 그때부터는 테무진의 탈출에 일가족의 안위가 걸리게 된 것이다.

당연히, 키릴툭의 군대도 비상을 걸었다. 병사들이 요소요소에 매복하고, 수색대는 인근을 뒤지기 시작한다. 술 아저씨와 오빠들도 거기에 동원되어 사흘 동안 집에 오지 못했다. 온 초원을 뒤져도 그림자조차 찾지 못하자 키릴툭의 관심은 곧 내부로 돌려졌다.

"배신자가 있어. 어떤 놈이 숨겨준 거야. 온 진영을 다 뒤져라."

키릴툭의 목소리가 날카로워지자 병사들의 분위기가 더욱 험악해진다.

하단은 게르 뒤에 있는 수레 주위에 양털 더미를 쌓아두고 그 밑에 테무진을 감추었다. 그녀는 신기할 만큼 태연했다. 날마다 마유주를 저으며 망을 보다 한사코 인적이 끊기면 테무진을 찾아와 먹을 것을 챙긴다. 그렇게 사흘이 지나고 해가 떴을 때 하단이 소변을 보러 나오더니 기어서 수레 밑에 들어왔다. 테무진은 고마운 뜻을 어떻게 전해야 할지 알 수 없었다. 그래서 엉겁결에 꺼낸 소리가 가관이었다.

"하단, 나중에 나랑 결혼할래?"

하단이 쳐다보더니 픽 웃는다.

"그래도 죽는다는 생각은 없네? 그럼 여기서 살아 나가봐."

그러자 테무진은 하단의 머리통을 싸안고 빤히 쳐다보던 눈두덩에 입을 맞췄다. 하단은 어떤 방어도 하지 않고 테무진의 옷섶만 꼭 그러쥐고 있었다. 그때 두 사람의 입에서 터져 나오던 뜨거운 숨결, 봉긋하게 부풀던 가슴, 부르르 떨리던 다리. 두 사람은 한참 동안 부둥켜안고 있다가 주위가 너무 고요해서 자리를 수습했다. 그리고 오후 해거름에 수색대가 들이닥친다. 병사 하나가 하단을 한참 동안 째려보더니 묻는다.

"아침에 어디 갔었어?"

"말 젖 짜러요."

"그렇게 오래 걸려?"

오빠가 곁에 서 있다가 화를 벌컥 냈다.

"이 엉큼한 놈, 죄수는 안 찾고, 내 동생만 훔쳐본 거잖아. 무슨 짓 하려고 했어?"

이렇게 해서 한쪽에서는 싸움이 일어나고, 한쪽에서는 수색이 진행되었다. 군인들은 사람이 숨을 수 없는 곳까지 샅샅이 뒤지면서 양털 더미 앞에 이르렀다. 테무진의 숨소리가 들릴 것 같은 거리에 이른 것이다. 일대 위기였다. 그때 양털 더미의 한쪽이 불룩해 있자 술 아저씨가 갑자기 못 볼 것을 본 사람처럼 깔깔깔, 웃더니 뚱딴지같은 소리를 한다.

"어이, 누가 여기 들어가볼 거여? 배고픈데 족제비라도 한 마리 잡아다가 저 양털 더미에 폭삭 익혀 먹으면 좋겠네. 뼈까지 익을 텐데."

다들 배가 고프던 차에 양털 더미를 쳐다보니 속이 푹푹 끓는 듯이 보인다. 한 사내가 잔뜩 약이 오른 상태에서 실없는 소리를 들은 터라 짜증을 있는 대로 내며 쏘아붙였다.

"무식한 놈아, 분위기를 봐가면서 농담을 해. 이 더운 날 너 같으면 저기 들어가겠냐?"

그렇게 해서 수색대가 툴툴거리며 돌아서고 말았다.

보오르추가 말한다.

"감동적이야. 한데, 자네는 중요한 풍경은 꼭 감추데. 그래 가지고 첫사랑입네 하고 남 앞에 내놓을 수 있겠어?"

보오르추에게는 허를 찌르는 통찰력이 있었다. 또 그는 멋있는 사연을 중시하는 사람이라 어떤 일이든 내력을 들춰내는 버릇이 있었다. 이번에도 한참을 말이 없더니, 테무진이 전혀 상상하지 않은 소리를 한다.

"테무진! 메넨 초원에도 날 좋아하는 누나가 있어. 몰래 가슴을 맞추다가 후훠 남질 선생에게 들켰어. 뭐라 하시는 줄 알아? 보오르추야, 가정을 세우는 일은 나라를 세우는 일처럼 중요해, 이러시는 거야. 테무진이 양털 더미 안에 세운 나라는 어떤 나라였어?"

테무진도 똑같은 말을 아버지에게 들은 적이 있었다. 바로 버르테를 만나러 가던 날, 첵체르 초원을 지날 때 해준 것인데, 그 장면을 설명하려고 약혼녀 이야기를 꺼내는 순간, 보오르추의 눈빛이 대번에 달라진다.

"약혼을 했었단 말야?"

"어, 버르테라고 예쁘고 똑똑한 부잣집 딸이야."

"그래서 약혼은 파기됐어?"

"아니."

"사연은 없어?"

"왜 없겠어? 사흘간이나 침상을 같이 썼는데."

"난 지금 그런 걸 묻는 거야. 그럼 아홉 살 때 가슴을 맞췄구나?"

"아니지. 오빠가 둘 있는데, 내가 큰오빠의 침상을 써야 했어. 그 형님이 장난을 얼마나 좋아하는지. 버르테에게, 야, 너 꼬마신랑 데려가, 나는 혼자 자야겠어, 이러는 거야."

"재미있는 분이네."

"응, 그러자 버르테가 신랑 시험도 안 보고 그냥 데려갈 수 없다고 수수께끼를 냈어. 자기는 낙타 띠래. 그 이유를 맞추라며 문제를 낸 거야."

테무진은 결국 문제까지 설명해줘야 했다.

옛날에, 해가 열두 바퀴씩 도는 것을 신령님이 처음 발견했을 때였다. 열두 해의 특성을 유목민에게 가르치려고 하니 동물에 비유하지 않으면 도대체 알아듣지를 못했다. 그래서 동물 열두 마리를 고르기로 하고, 가까이에서 꼬리를 흔들고 있는 개부터 시작해서 살이 포동포동한 돼지까지 열한 가지 동물을 골랐는데, 낙타와 쥐가 끼지 못했다. 그 둘이 서로 자기 이름을 걸어달라고 싸우게 되자 신령님이 내기를 걸었다. 아침 햇살을 먼저 본 짐승을 걸어주겠다고 한 것이다. 낙타는 자기가 더 크기 때문에 자신 있게 동녘을 향해 기다리고 섰다. 쥐는 아무리 생각해도 불리한지라 꾀를 낼 수밖에 없었다. 밤에, 낙타의 혹 위에 올라가보니 해 뜨는 쪽이 낙타 대가리에 가린다. 그때 쥐에게 퍼뜩 좋은 생각이 떠올라서 서쪽을 보고 서게 되었다. 밤이 가고 해가 떠오르자 최초의 빛이 서쪽 산에

드리워졌다. 낙타가 "야, 이제 해가 떠오른다. 곧 빛이 비출 거야" 하고 즐거워할 때 쥐가 "야, 햇빛이다. 저거 봐라!" 하고 소리를 질렀다. 낙타가 돌아다보니 쥐의 말이 맞다. 동쪽에서 뜨는 해는 서쪽 산을 먼저 비춘다는 사실을 왜 몰랐을까? 낙타는 통탄했다. 이렇게 해서 쥐는 열두 해에 포함되고 낙타는 제외되었기 때문에 낙타는 화가 나서 참을 수 없었다. 그러자 신령님이 낙타를 불러서 타일렀다. "낙타야. 네 몸에는 열두 가지 동물이 다 들어 있어. 그러니, 넌 모든 해를 다 가지면 되잖아."

보오르추가 깔깔깔 웃으며 손뼉을 친다.

"야, 거 재미있네. 그 어려운 걸 어떻게 맞췄어?"

"아니, 아침까지 못 맞췄어. 그러니 침상에 올라가기는 했지만 같이 자지는 못한 거지."

"열두 개 중 하나도?"

"쥐의 귀, 소의 배, 호랑이의 발굽, 토끼의 코, 뱀의 눈, 말의 갈기, 양의 털, 원숭이의 혹, 개의 넓적다리. 밤새 아홉 개를 맞췄는데, 세 개를 알 수 없잖아. 보오르추도 모르지?"

"용과 닭과 돼지가 남네?"

"그런 거 본 적 있어? 용이 어떻게 생겼는지, 닭은 어찌 생겼으며, 돼지는 무슨 모양인지 알 수가 있어야지."

"답이 뭔데?"

"용의 몸, 닭의 벼슬, 돼지의 꼬리. 이걸 옹기라트 사람들은 다 알아. 만리장성을 넘으면 성 안이잖아. 장사꾼들이 성 안에 들어가기 전에 늘 옹기라트에서 신세를 지기 때문에 성 안 사정을 잘 알더라고.”

“나도 메넨 초원에서 써먹어야겠어. 그런데 버르테하고는 아무 추억도 없네?”

어찌 없겠는가. 테무진은 가슴이 아련해진다. 그가 눈을 감으면 아홉 살의 '옹기라트 시절'이 꿈처럼 펼쳐지는 것이다.

버르테의 집에 머무는 동안 테무진은 계속 그녀를 따라다녀야 했다. 버르테는 주로 양을 돌봤는데, 그 일을 많이 귀찮아했다. 오빠들처럼 좋은 말을 타고 다니면서 말 떼를 모으면 좋겠지만 그럴 나이도 아니고, 또 계집애라 찍소리 못하고 양을 치는 수밖에 없었다. 양치기라는 것은 게르를 떠난 후부터는 줄곧 양이나 염소와 같은 속도로 걷는 순해 빠진 말을 타고 풀이 많은 곳을 맴돌아야 한다. 가축이 흩어져서 방목하는 동안에나 겨우 가까운 언덕 꼭대기를 택해서 말이 멀리 가지 않도록 묶어두거나 아니면 두 개의 발을 띠로 묶어서 풀을 뜯게 한 다음 메뚜기를 잡으러 다닐 수 있다. 하지만 그것도 날마다 반복되니 재미가 없다고 했다. 그래, 오빠들이 올 때까지 심심하지 않으려면 게르 짓기 놀이라도 해야 된다며 테무진에게 자꾸 남편 역할을 시켰다. 깨끗한 장소를 찾아서 돌멩이를 모아다가 게르를 짓고 신랑 신부 역을 하다 보면, 볕은 따가운데 그늘은 춥다. 메뚜기 소리, 다른 풀벌레들 소리에 풀들이 흔들린다. 그 속에 흰솜꽃 하나가 빼꼼히 솟아서 버르테가 꺾어다가 테무진 앞에 가져왔다. 그리고 묻는다.

“이거 어디에 쓰는 건 줄 알아?”

“부시돌로 불을 붙이는 데 쓰는 풀.”

흰솜꽃의 뒷면에 솜처럼 돋은 것이 불을 붙일 때 쓰는 것이었다.

"피, 넌 그런 거밖에 모르는구나. 이건 풀이 아니라 꽃이야. 사랑하는 사람에게 주는 꽃. 왜인 줄 알아?"

"몰라."

"바보. 언제까지나 색깔이 변하지 않거든. 마음이 변하지 않기를 바라는 사람이 주는 거지. 나한테 줘볼래?"

그렇게 해서 주었더니, 답례로 숨이 막히도록 껴안고 입술을 콱 깨물어버린 것이다. 아랫입술에 선명한 이빨 자국이 나고 말았다. 그날 테무진은 심장이 덜컹거려서 좀처럼 가라앉힐 수 없었다. 큰오빠가 알면 틀림없이 놀릴 거라 잔뜩 걱정하고 있는데, 그만 멍릭이 왔다.

"도련님! 어서 말에 오르세요. 아버지가 위독합니다."

테무진은 모든 것을 뒤로하고 곧장 말을 달렸다. 그리고 칠 년이 흐른 것이다.

보오르추가 심각한 표정으로 말한다.

"자네를 생각하면 마음이 아주 아파. 칠 년 동안 끊긴 것이 빨리 복구가 돼야지. 그래서 하는 말인데, 지금 다시 찾아가면 그 장면을 이어갈 수 있을까? 내 말은 테무진의 가정을 세울 수 있느냐는 거지."

테무진은 그때서야 보오르추가 이야기를 계속 한곳으로 몰아온 사실을 깨달았다. 누구와도 상의할 수 없었던 테무진의 가장 큰 숙제가 그것이었다.

"버르테야 내 심장에 담아둔 사람이긴 해."

"친구야, 이거 봐. 테무진과 버르테가 만나면 타타르 족 때문에 끊겼던 아버지의 뜻이 다시 이어지는 거잖아. 멋있지 않아?"

"글쎄, 그 집에서 받아줄까?"

"좋은 생각이 있어. 장인어른께 그냥 인사를 드리러 가보는 거야."

그때 하늘에서는 가을의 노란 해가 차가운 바람을 부르고, 산쪽 대기로는 끼룩끼룩 백조가 이동하고 있었다. 보오르추가 혼잣말처럼 중얼거린다.

"저것들은 어디를 가느라고 저리 바쁠까? 테무진처럼 사연이 많아서 찾으러 가나 보다. 어저저저, 새들이 외로움을 타는 소리가 손바닥으로 떨어질라."

테무진은 그 말에서 엄청난 자극을 받았다. 그래, 더 늦기 전에 가자, 길 찾는 새처럼!

2

첵체르 초원이 시작되었다. 테무진은 일부러 그곳을 어두운 시간에 통과하고 있었다. 날씨는 흐리고, 땅거미 속에도 빗방울 바람이 들어 있다. 간간이 천둥이 울면서 번개가 칠 때 칠흑 같은 어둠 속에서 광활한 대지의 팔다리가 드러났다 감춰진다. 그러다가 번개에 닉디의 흑을 닮은 모래언덕이 포착되자 테무진과 벨구테이의 입에서 동시에 욕이 튀어나온다.

"나쁜 놈들!"

초원을 통합할 지도자가 없다는 것은 유목민에게 얼마나 불행한 일인지 모른다. 고원의 삶은 끝없는 분열과 경쟁으로 인해 누구도 안정된 삶을 누릴 수 없었다. 환란에 빠진 무리 속에서 남보다 힘이 조금 센 것이 무슨 소용이란 말인가. 테무진은 퍼뜩 초원 노루 떼를 떠올린다. 초원 노루는 언제나 빠르고 숫자도 많지만, 모두 광야에 갇혀 있다. 어디로 도망갈 것인가? 아무리 빨라도 지평선을 벗어날 수 없으니 포식자에게는 한없이 좋은 사냥감일 뿐이다. 그와 똑같은 일이 유목민에게도 반복되고 있었다. 한동안은 거란이 고원을 덮더니, 금나라가 동부 초원을 제멋대로 주무르고, 카라 키타이(서요)도 중서부 초원에 영향력을 미쳤다. 그들은 언제나 유목민을 통솔할 집단이나 영웅이 나오면 반드시 그에 반하는 세력을 찾아서 자기들끼리 계속해서 싸우도록 조절한다. 바로 그 사냥개 역할을 하는 부족이 타타르였다. 용맹하고, 무리도 크며, 능력도 뛰어난 부족이 왜 그렇게 정착민의 주구 노릇을 해야 하는지 알 수 없었다.

테무진은 사방에 귀를 기울여 듣다가 어둠 속으로 소리를 내어 흐르는 개울을 찾더니 넙죽 엎드려 벌컥벌컥 물을 들이킨다. 그리고 얼굴과 손을 씻고 입은 어깨로 닦는다. 흥분이 좀처럼 가라앉지 않았다.

"벨구테이, 저것이 '낙타 혹 언덕'이야."

벨구테이는 저만치 앞에 있었다. 아버지가 타타르 사람들을 만났다던 자리에는 비바람이 사납게 들이친다. 주위에는 어두운 구름들이 무겁게 내려앉고, 듬성듬성 나무들이 서서 휘파람을 불며, 흩어진 바위와 돌들이 신음하는 것 같다.

테무진은 멍릭의 설명을 얼마나 새겨들었던지, 모든 것이 자신의 체험처럼 생생하기만 하였다.

아버지가 버르테의 집에서 돌아갈 때 타타르의 일족이 잔치를 벌이고 있었다. 하필 그곳에서 갈증이 일어 말에서 내렸는데, 때마침 혼인잔치를 하는 무리를 만났으니 예의를 갖추지 않을 수 없었다.

"여보시오. 좋은 날 경사를 맞았군요. 축하드립니다."

반가운 인사를 두어 사람이 수군대다가 받았다. 이윽고 타타르의 소년이 다가와 권주가를 부르며 예법에 맞추어 술을 따른다.

"저놈들, 무슨 짓을 할지 몰라요. 꺼림칙하니 마시지 마세요."

멍릭이 말렸지만 예수게이는 결코 피하려 들지 않았다.

"목자가 권하는 음식을 거부하는 것은 초원의 법도가 아냐. 전쟁의 원한은 전쟁터에서 풀어야지."

그리고 소년이 준 술을 마시자, 타타르 인들이 금방 일어서더니 자리를 뜨려고 말을 탄 채 돌아서서 외쳤다.

"예수게이, 독약 맛이 어떤가? 복수는 저승에서 해라."

그 말이 끝나기도 전에 달아나버려서 분노의 답변은 모두 허공으로 흩어지고 말았다.

"버러지 같은 놈들, 추잡한 짓을 끝까지 버리지 못하다니. 네놈들 때문에 앞으로 초원에서 나그네들이 서로 음식을 나누는 정을 어떻게 누릴 수 있다는 말이냐."

테무진이 가만히 이를 깨문다. 단지 아버지를 죽여서가 아니었다. 유목민 사내는 누구나 광활한 대지의 운명을 피할 수 없다. 온몸은 적막 속에 있다. 바람과 가축을 제외하고는 어떤 움직임의 소리도 들을 수 없다. 귀는 언제나 비어 있고, 눈은 항시 지평선으로 열려 있어서 풀잎을 밟고 가는 바람의 발자국들과 대화한다. 그 속에서 퇴화되거나 강화되고 있는 인간성의 부품들이 사람살이의 깊이와 위대함을 제공한다. 그래서 물고기가 물을 더럽히지 않는 것처럼, 또, 새가 하늘을 더럽히지 않는 것처럼, 사내는 세상을 더럽혀서는 안 된다. 그것을 지키지 않으면 유목민이 초원을 경영할 수 없다. 예수게이도 그 때문에 격한 유언을 남겼던 것이다.

"독약을 탄 놈이 키가 마차 바퀴만 했어. 앞으로 타타르 족과 싸우거든 마차 바퀴보다 큰 놈은 하나도 살려두면 안 된다. 이를 반드시 테무진에게 가르쳐라."

하늘에서 다시 번개가 굿고 천둥이 쳤다. 아버지의 목소리가 들리다가 멀어지고, 하늘이 덜그럭거리는 소리가 났다. 그 을씨년스러운 벌판에 크고 검은 새가 앉아 있었던지 말발굽이 다가가자 푸드덕 날아서 저만큼 옮겨갔다. 황금색 늑대귀 말이 깜짝 놀라 피하는 바람에 테무진은 하마터면 떨어질 뻔했다.

아뿔싸! 테무진은 얼른 말을 세웠다. 검은 새가 푸드덕대는 소리가 겸손을 찾으라는 충고로 들렸던 것이다. 그의 몸에는 이렇게 하늘을 두려워하는 마음이 늘 붙어 있었다. 타타르의 풍요로운 들판은 양과 소와 유목민의 울음으로 들썩이는 땅이라 세상의 어디보다도 귀신이 많을 터. 근처에 오보가 있을 것이 틀림없는데 마음을 눌러 앉히고 둘러보니 그때서야 어둠 속에 웅크린 돌무더기가 보인다.

테무진이 말을 타고 천천히 돌면서 동생을 불렀다.

"벨구테이."

앞서 가던 벨구테이도 돌아와 따라서 돈다. 세 바퀴를 돌고 나자 마음이 평정되었다.

"형과 나란히 가는 거 싫어?"

"그럴 리가 있겠어."

"그런데 왜 하단에 대해서는 묻지 않아?"

키릴툭에게서 탈출했을 때 온 가족이 둘러앉아 하단이 숨겨준 이야기를 몇 번이나 반복했는지 모른다. 그래서 다들 알고 있었다.

"하단은 생명의 은인이지 형수가 아냐. 이건 가정을 꾸리는 일이 잖아."

가정을 꾸리는 일이 어렵고 복잡하다는 걸 모르는 사람이 어디 있는가. 테무진은 그래서 더욱 옹이진 매듭을 풀려고 애쓰는 중이었다.

"하단이 왜? 생모처럼 될까 봐?"

생모라는 말이 귀에 닿자 두 사람의 목덜미가 동시에 움찔하였다. 너무나 민감한 사안이었던 것이다.

사실, 테무진은 예수게이의 첫 아들이 아니었다. 예수게이가 연합부족의 족장이 된 것은 청년 시절이었다. 주위에서 결혼을 권할 때 그는 엉뚱하게도 타이치우트 진영에서 양을 치는 소녀를 다짜고짜 붙들고 가져버렸다. 소녀는 얌전하고 참했지만 키릴툭의 수

하에 있는 귀족을 모시는 종의 딸이라 집단 내에서 권력과 지식을 가진 사람이 몸을 빼앗을 때 아무 반항도 하지 못했다. 그리고 덜컥 아이를 배어 예수게이를 따라갔지만 종의 딸이라 결혼식도 없이 살았다. 그 상태에서 예수게이는 후엘룬을 납치해 결혼식을 올리고, 테무진을 낳아 장남이라고 선포한 것이다.

벨구테이는 그 소녀가 낳은 두번째 아들이었다. 그래서 어머니 이야기를 굳이 꺼내고 싶지 않았다. 집에서도 생모라 불리며 그림자처럼 지내는 터에 힘들고 슬픈 사건까지 얽혀서 괴로운 기억을 피하는 셈이라 벨구테이가 얼른 말을 돌린다.

"타타르 땅을 지나야 하는데 왜 작은형을 데려오지 않았어? 활의 명수잖아."

하지만 테무진은 벨구테이와 각별히 나눌 이야기가 있어서 그만 데리고 온 것이었다.

"나는 적이 두렵지 않아. 키릴툭? 타타르 족? 놈들과 싸우는 게 뭐가 무섭겠어. 죽으면 죽고 살면 사는 거지. 그런데 네가 미워한다면 견딜 수 없어."

벨구테이가 또 입을 꾹 다물어버린다. 두 사람이 무겁게 침묵하는 동안 어둠이 스르르 길을 열듯이 비켜났다가 두 사람이 통과하자 순하디순하게 뒤따라간다. 테무진이 다시 입을 열었다.

"벡테르가 죽었을 때 네가 얼마나 울었는지 알아. 많이 외로운 것도 알고. 형이 밉지?"

순간, 벨구테이는 숨이 덜컥 멎는 줄 알았다. 기어이 벡테르를 거명한 것이다. 자신의 삶에 그토록 심한 풍파를 일으키고 사라진 형의 이름을 다른 사람도 아닌 테무진의 목소리로 듣게 되리라고는 꿈에도 상상하지 못했던 일이다.

벡테르 형은 말썽을 많이 피웠지만 나쁜 사람은 아니었다. 한때는 아버지에게 인정받기 위해서 얼마나 노력했는지 모른다. 그런데 아버지가 죽자 전혀 다른 사람이 되었다. 하필 그들이 초원에 버려져 사경을 헤맬 때 형은 자꾸만 모든 것을 힘으로 누르려고 들었다. 집에서 누구의 말도 듣지 않았고, 배가 고프면 먹을 것을 무조건 빼앗으며, 특히 후엘룬 어머니에게 함부로 굴어서 온 가족을 얼마나 불안에 빠트렸는지 모른다. 그래서 가족관계가 엉망이 되자 테무진이 몇 번이나 경고했는데 무시하더니 마침내 엄청난 화를 입고 말았다. 테무진이 무서운 벌을 내렸다. 카사르를 데리고 가서 활로 쏘아 죽인 것이다.

그렇다고 벨구테이가 그 문제로 새삼 갈등할 바는 아니었다.

"난 형이 좋아. 하지만 똑바로 쳐다볼 땐 무서워."

"그렇구나. 앞으로 똑바로 보지 않을게. 그런데 이런 생각 해봤어?"

하도 심각한 이야기라 벨구테이가 긴장해서 침만 삼킨다.

"벡테르가 내 것, 카사르의 것, 어머니의 것, 또 여동생의 것을 훔쳐가곤 했잖아? 하지만 그 때문에 죽인 건 아냐. 사람에게는 신성한 것이 있어. 그것을 짓밟는 사람을 보면 나는 참을 수가 없어. 푸른 하늘에 침을 뱉는 사람, 흐르는 물에 오줌을 싸는 사람, 벡테르는 그런 사람들처럼……."

대무진이 말은 있지 못하다가 겨우 뒷말을 내놓는다.

"벡테르는, 벡테르는 말야. 어머니를 어머니로 받아들이지 않았어. 제 여자로 만들려고 괴롭히는 걸 보았어. 세상의 상처를 그런 식으로 갚는 것은 타타르 놈들이나 하는 짓이야."

이야기를 듣다가 벨구테이가 참지 못하고 몸에서 덜컥거리는 소리가 나도록 울먹인다.

벡테르는 누군가의 첫아들로 태어났지만 예수게이의 계보에서 설 자리가 없었다. 어머니는 예쁘고 순박했으며, 그도 또래들에게 전혀 꿀릴 게 없었다. 그런데 어머니는 생모라는 이름 뒤에 모습을 감춰야 하고, 자신은 동생들의 서열 뒤에 숨어 있어야 했다. 도대체 왜 그래야 하는가. 이것이 벡테르가 주시한 문제였다. 처음에는 고원의 관습이라며 잘도 참더니 아버지가 죽자 곧 관습의 이름으로 말썽거리를 만들었다. 당시 초원에서는 형이 죽으면 동생이 아내를 맡고, 동생이 없으면 배 다른 자식이 그 역을 맡았다. 왜냐하면 보호자가 없는 여인과 자식들은 초원에 버려지면 죽기 때문이었다. 따라서 벡테르가 후엘룬 어머니를 아내로 만들겠다고 나대기 시작한 것이다. 테무진이 못 본 체할 리가 만무하다.

한참 어린 소년들 사이에서 벌어진 조숙하고 복잡한 싸움을 수습할 사람은 아무도 없었다. 테무진의 생각은 명료했다. 어머니는 초원에 버려진다고 해서 신세 한탄이나 하다가 죽을 여인이 아니었다. 누가 감히 후엘룬의 보호자가 되겠다고 나설 수 있을까. 오히려 예수게이가 흔들던 '어린 몽골'의 영기를 놓치지 않는 용기를 가진 마지막 사람이 어머니였다.

"멍릭아버지도 어머니를 데려가지 못했어. 어머니는 알랑고아

같은 분이잖아. 그걸 욕되게 하는 것은 '어린 몽골'을 욕보이는 짓이지. 이 말을 이해할 수 있어?"

벨구테이가 복받쳐서 끝내 말의 고삐를 놓아버린다. 큰 손바닥 두 개가 뺨을 덮었지만, 어디서 눈물이 솟구치는지 안장 위에 투두둑 떨어졌다. 말이 동작을 늦추고 천천히 걷는다. 이제 테무진이 앞에서 기다리고 있다.

"너에게 언젠가 한 번은 이야기하고 싶었어."

"난 형의 마음을 알아."

벨구테이는 한 번도 테무진을 싫어한 적이 없었다. 테무진 역시 벡테르 사건을 누가 어떻게 말해도 배 다른 형제간의 다툼으로 이해하지 않았다. 그래서 벨구테이가 테무진이나 카사르보다 아무리 씨름을 잘해도 결코 위화감이 조성된 적이 없었다. 그렇다고 벨구테이가 가족 환경의 모든 것을 흔쾌히 받아들이는 것은 아니었다.

그는 지금도 생모 이야기를 생각하면 한없이 가슴이 아리다. 생모가 처녀 때의 일이다. 하루는 소똥을 주우며 초원을 걷다가 산기슭에 이르러 잠시 쉬고 있는데, 새 한 마리가 날아서 치마 밑으로 들어갔다. 영문을 몰라서 놀라자, 새를 쫓아오던 매가 생모에게로 덤벼들다가 되돌아갔다. 그리고 오래지 않아 막대기를 짚은 노파가 와서 말하기를, "너는 위험에 처한 내 딸을 구해준 은인이니 원하는 것이 있으면 말해라." 그래도 생모는 아무 말 못 하고 고개를 흔들었다. "그럼, 내 자식의 목소리를 갖도록 해라." 이렇게 말하고 하늘에 무지개를 띄워놓고 사라졌다.

이것이 벡테르의 태몽이었다. 그래서인지 벡테르는 노래를 잘했

지만 무지개처럼 떠 있다가 허망하게 사라져버렸다. 생모는 이 이
야기를 누구에게도 하지 않고, 벡테르를 잃은 날 하나 남은 아들에
게 들려준 것이다. 후엘룬 어머니가 테무진을 갖던 꿈 이야기는 온
부족에게 알려졌지만 생모가 꾸었던 꿈들은 세상의 누구도 알 필요
가 없었던 것이다. 그것이 왜 생모의 잘못인가. 벨구테이는 어린 마
음에도 너무나 속상해서 생모에게 물었다. "그 이야기를 아버지가
알아?" 간단하게 고개를 젓는다. "아니!" 생모는 그 집에서 그런 존
재였다. 그런데 왜 생모가 그래야 하는가. 벨구테이는 그것만큼은
누구에게도 물러설 생각이 없었다. 어디에 생모의 잘못이 있는가.

"벨구테이는 숲에서 주워온 사람이 맞지?"

"그건 어릴 때 장난으로 한 말이야."

"난 그렇게 생각하지 않아. 뱀의 얼룩은 겉에 남지만 사람의 얼
룩은 속에 남아."

맞다. 정확히, 그 부분이 바로 벨구테이의 급소였다.

벨구테이는 세상의 누구에게도 답을 들어본 적이 없었다. 어려
서부터 그를 둘러싼 모두가 다투듯이 나서서 입을 막았던 것이다.
하지만 자신이 태어난 곳이 어디인지, 자신을 만든 이가 누구인지
그는 언제나 기억하고 있었다. 유목민에게 자신이 태어난 곳, 자신
의 흰 뼈가 만들어진 내력, 자신의 붉은 피가 흘러온 길을 외우는
것만큼 중요한 일은 없다. 그래서 벨구테이도 묻고는 했다. "형아,
난 누가 낳았어?" 곁에서 족제비할머니가 언제나 짓궂게 답해주고
는 했다. "나무 밑에서 주워왔지." 뒷말을 꺼낼 여지 같은 것은 남겨
두지 않았다. 공식적인 결혼에 의하지 않고 낳은 아이는 혈통을 더

럽힌다 하여 숲 속의 나무 밑에 버리는 관습이 있었다. 아이를 조상님인 수풀에 인계하는 풍습이었다. 그것은 숙명이라 애써 삭혀온 것인데, 그 아픈 곳을 테무진이 들추고 있다.

다시 침묵이 이어진다. 황금색 늑대귀 말도 발굽 소리를 크게 내지 않는다. 벨구테이의 황금 말도 정적을 지킨다. 그 틈에 조심히 입을 열었다.

"형, 생모 좋아해?"

"한데 눈을 쳐다보지 못하겠어. 벡테르의 죽음이 세상 어딘가에 그렇게 남아 있다는 걸 알았을 때 얼마나 힘들고 괴로웠는지 몰라. 난 벡테르만 없어지면 모든 게 정상이 된다고 생각했어. 그런데 생모의 눈에 남아 있는 거야. 먼저 죽은 세상의 아들은 모두 어머니의 눈 속에 남는다는 것을 알았어. 그 빈자리를 내가 채울 수 있을까? 그러니 네가 생모에게 잘하겠다고 약속해."

"그래 잘할게. 자, 약속!"

"대신에 난 절대로 그런 세상을 만들지 않을 거야. 상대가 누구든 반드시 결혼식을 올리겠어. 푸른 하늘이 알면 되잖아."

"형!"

벨구테이의 목이 멘다.

"사랑하는 동생아. 숲에서 주워온 사람은 없어. 분명히 말해줄게. 난 네가 어머니를 박차고 나올 때 터뜨린 울음소리를 들었어. 그럼, 네 형인 게 맞지? 어머니가 둘이면 좋은 거잖아. 형제도 많으니 덜 외롭고."

"형, 제발!"

벨구테이가 탄 말이 느닷없이 돌아서서 뛴다. 얼마쯤 달렸는지 윤곽만 보인다. 벨구테이가 말에서 내렸는데 멀리서 봐도 어둠이 한없이 흔들리고 있다. 기어이 울음소리가 터져서 바람에 실려온다.

테무진은 감정이 격해지는 것을 참기 위해 혼자 서서 초원을 빙 둘러본다. 한참 만에 벨구테이가 돌아왔는데, 얼굴에 웃음이 가득하다. 세상을 다시 얻은 것 같은 기쁨의 형상이 다 펼쳐지기에는 뺨이 모자라다. 이제 그가 서둔다.

"형수를 빨리 보고 싶지 않아? 뛰자."

말발굽 소리가 대지를 규칙적으로 두드린다. 한참을 뛰다가 벨구테이가 그렇게 열심히 찾아가는 노고가 헛될까 봐 걱정되는지 말한다.

"그런데 버르테 형수가 과연 있을까?"

그것은 테무진도 알 수 없는 일이다. 칠 년은 짧은 시간이 아니었다. 버르테가 시집을 갔으면 어떻게 할까? 있더라도 쳐다보지 않으면 어떻게 할까? 쳐다보더라도 허파 밑에 숨겨둔 생각을 알아주지 않으면 정말 어떻게 할까? 거기에 아무런 대책도 없이 그냥 가고 있는 것이다.

타타르 지역을 빠져나오자 날씨가 어느새 멀쩡해져서 초원에 안긴 가을이 여기저기에서 꾸벅꾸벅 잠들고 있었다. 자작나무 숲으로 들어가자 누가 뒤에서 일어서는 듯했다. 자꾸 돌아다보아도 말꼬리에 차이는 것은 어둠뿐이다. 테무진은 바람 자는 풀밭을 지나서 먼동이 틀 때까지 달릴 작정이었다. 어디서 개울물이 혼자 중얼거리는 소리가 들리고, 밤 기러기 아래 하늘은 어둠의 회오리로 가득하다.

　테무진은 날이 또 한 번 바뀌어서야 보이르 호수의 물 냄새가 풍기는 옹기라트 땅에 도착했다. 중간에 낯선 게르에 들러 두 번이나 길을 물어 버르테의 집을 찾을 수 있었다. 그리하여 벌판의 모든 것이 금빛으로 빛나는 아침, 작은 산 남쪽에 있는 외딴 잿빛 게르가 뚱뚱한 사람의 배꼽처럼 보이는 것을 확인하였다.

　테무진이 게르의 서북쪽에서 멈추자 황금색 늑대귀 말이 엉덩이를 낮춘다. 길쭉한 바위가 박힌 곳이 가정의 정기가 흐르는 곳이다. 테무진은 먼저 옷매무새를 단정히 하고, 말을 달리느라 흐트러진 머리카락을 쓰다듬은 후, 벨구테이에게 말들을 맡겼다. 때마침 하늘에는 구름 한 점 없고, 눈부신 해는 낮 동안 뜨겁게 타오를 자리를 찾아 옮겨가는데, 테무진은 혼자서 머리를 숙이고 아무리 애써 걸어도 게르까지의 거리가 쉽게 가까워지지 않았다. 풍요로운 가을의 긴 풀은 무엇이 신나는지 휘휘 늘어져 발에 성가시게 걸린다. 마침내 서쪽 게르를 만나 좌측으로 돌아서 문 앞에 이르자 인기척이 나기 시작한다. 꿈에 그리던 버르테의 게르에 당도한 것이다. 그 앞에서 목을 다듬고 헛기침을 뱉었다. 과연 있을까?

　그날 아침, 버르테는 이상한 일을 경험했다. 아침나절의 게르처럼 한적한 곳은 없을 것이다. 버르테는 집 안이 조용해지는 것이 싫어서 호수로 물을 길으러 갈까 하고 가죽부대를 챙기는데, 게르의 벽에서 바닥으로 작은 그림자 쪼가리가 떨어진다. 헛것을 보았나 싶어서 눈을 비비고 다시 보아도 마찬가지였다. 한 덩이로 뭉쳐 있던 그림자가 둘, 셋으로 쪼개어졌다 흩어지기도 한다. 저게 뭘까? 고개를 갸우뚱해도 알 수 없었다. 사람이 사는 게르 안에서 그림자가 살아서 돌아다니는 모습은 처음 보는 것이다. 별일이다 싶어서 밖으로 나가 살펴보아도 빈 하늘만 푸를 뿐 아무것도 없었다. 영문을 몰라 한참을 서 있었더니 백조들이 허공을 질러 떼 지어 가는데, 자세히 보니 새의 그림자가 천창으로 거꾸러지는 것이다. 매일같이 그토록 새가 날아도 그림자가 천창 안으로 떨어지는 법은 없었다. 그런데 그날은 게르 안에 흘러든 황금 햇살을 가르며 날렵한 그림자가 몇 번이나 물을 건너듯이 미끄러져 간다. 버르테가 신기해서 어머니를 불렀다.

"새들이 어디를 저렇게 가는 걸까요? 게르 안에 자꾸 새 그림자가 들어서요."

그러자 어머니가 반색을 하신다. 옹기라트 사람들은 그것을 귀한 손님이 올 징조라 하여 오래도록 자랑거리로 삼는다 했다.

"새들이 대견하구나. 오늘은 아무도 박대하지 말거라. 네게 복이 들려나 보다."

길조라는 말에 버르테는 기분이 한껏 펴지다 말았다. 자신에게 반가울 손님이 어디 있는가. 오랜 기다림에 지쳐본 사람에게 세상의 아침은 어떻게 밝아도 더 이상 새로울 것이 없다. 한때는 새순이 오르면 마음이 밝아지고, 풀이 시들면 가슴의 한구석도 시들어가며, 달이 솟거나 별이 뜨거나 바람이 불 때마다 그녀의 마음도 흔들리더니 이제는 모든 계절이 그냥 쓸쓸할 따름이다.

언제부터 그런 체념을 즐기는 지혜가 생겼는지 모른다. 마음이 허전해지는 것을 막는 최상의 방법은 일의 재미에 빠지는 수밖에 없었다. 버르테가 상습적으로 일감을 찾는 버릇을 들인 건 그 때문이었다. 그날도 주위를 휘둘러보니 가을 한 철쯤은 너끈히 잡아먹을 일감이 눈에 띄었다. 여름이 번창하고 풍성하면 가을이 한가하고 넉넉한 법이다. 보이르 평원에는 여름내 살이 오른 가축들을 데려다가 털깎기를 해두어서 게르마다 털 무더기가 쌓여 있었다. 버르테의 마당에도 게르 높이로 쌓인 양털 더미가 있었는데, 그것을 허물자 한쪽에서 피가 엉긴 털이 모습을 드러낸다. 그녀는 못내 미덥지 않아서 혼자 투덜거린다.

"그래, 털을 깎으라니 젖꼭지까지 잘라버리는 사람이 어디 있어? 도대체 유목민의 자격이 없다니까."

여러 사람이 같이 앉아서 털을 깎아도 모든 사람의 손맛이 같은 것은 아니다. 돌아다니는 양들만 보아도 그것은 알 수 있었다. 어떤 양은 털이 뭉텅이로 잘려 나간 흔적이 여기저기 남아 있었다. 가끔 가위로 가죽을 잘못 집혀서 난 상처에 구더기가 끓는 양이 돌아다니는 것을 본 날은 화가 얼마나 나는지 모른다. 버르테는 그때마다 양들이 가엾어서 소리를 지르고는 했다. 작은오빠가 일을 얼렁뚱땅 하는 버릇이 있어서 거기에만 맡기면 가축들의 꼴이 말이 아니게 되는 것이다. 어찌 그리 맵시도 없는지.

물론 버르테가 작은오빠를 걱정할 처지는 아니었다. 집안의 걱정거리는 오히려 자신이었다. 하지만 몸을 놀리지 않으면 근심이 커져서 늘 무엇을 만지작거리다 보니 집안일이 몽땅 제 앞으로 몰린다. 그날 하려는 일은 펠트 짜기였다. 펠트는 유목민에게 없어서는 안 되는 물건이었다. 게르의 천막뿐 아니라 안장의 깔개, 장화 안감, 옷가지와 세간을 만들 때도 사용되었다. 펠트를 짤 때는 한 없이 손이 필요하기 때문에 온 가족이 잠시도 쉴 새 없이 일을 해야 했다. 그녀는 '어미'라고 불리는 낡은 펠트 한 장을 땅바닥에 펼쳐놓고 물을 적시기 시작했다. 그러다 보니 또 이상한 생각이 든다. 세상의 모든 것에는 다 어미가 있다. 버르테도 어미가 될 나이였기 때문에 그것이 유난히 신경이 쓰였다. 여자가 나이를 들어가는 모습을 부모에게 보이는 것은 얼마나 참기 힘든 벌인가. 유목민의 세계에서 딸은 아버지 밑에서 태어나지만 거기에서 늙을 권한이 없었다.

버르테가 그 문제로 심리적으로 쫓기는 것을 누구보다도 잘 아는 사람은 큰오빠였다. 큰오빠는 버르테가 일판을 벌여놓자 어느 틈에 와서 팔을 걸었다. 그리고 버르테가 깔아놓은 어미 펠트 위에 양털 세 겹과 풀을 한 겹씩 덮으면서 그때마다 물을 흠뻑 적시고, 단단히 말아서 역시 물에 적신 가죽으로 싼 다음에 끈으로 묶는다. 양쪽 끝에서 물을 부어놓고 꾸러미를 밧줄로 꽁꽁 묶고는 작은오빠를 불러 말을 타고 반대편에 마주 서도록 해서 밧줄의 끝을 잡는다. 버르테는 그러는 오빠들이 고맙기 짝이 없었다. 오빠들은 이내 밧줄이 느슨하게 늘어지도록 꾸러미 옆에 선다. 이제 큰오빠가 말을 몰고 가면, 작은오빠가 잡고 있는 밧줄이 팽팽해지다가 꾸러미가 땅바닥에 질질 끌려가고, 나중에는 밧줄 전체가 두 사람 사이에서 팽팽해진다. 이런 일을 양쪽으로 서른 번, 마흔 번 해도 모자란다. 그런 다음 흠뻑 젖은 꾸러미를 풀고 위에 덮은 풀을 제거하면,

세 겹의 양털이 서로 융합하여 직조된 거친 펠트가 생겨나는데, 이를 '딸'이라 부른다. 그 '딸'을 다시 세 겹의 양털과 함께 돌돌 말아서 앞서의 과정을 고스란히 되풀이한다.

이렇게 해서 만들어진 펠트를 다시 물에 적시고, 천막 옆면에 씌워서 말리는 일은 온전히 버르테의 몫이다. 양털의 종류와 품질에 따라 펠트의 질도 달라지기 때문에 아직 다듬지 않은 푹신한 양털을 고르느라 버르테는 더욱 정성을 기울인다. 그때 잠자리 한 마리가 손등에 앉아서 슬쩍 떼어 날려보는데, 먼 거리에 말을 세워놓고 아버지의 게르로 다가가는 사내의 모습이 눈에 들어왔다. 버르테는 무심결에 작은오빠를 찾아온 손님일 것으로 생각해서 일러주려다가 얼른 다시 보았다. 게르의 왼쪽 옆구리를 감고 도는 모습이 퍽이나 정갈하다. 작은오빠 친구들은 저렇게 예의를 지키는 이가 한 사람도 없었다. 하나같이 바람난 염소 새끼마냥 나대어서 버르테는 여간 불편하지 않았다. 다 큰 요조숙녀의 게르를 아무 때나 들락거리는 게 싫어서 한번은 큰오빠에게 호소했더니 작은 게르에 출입하는 걸 금지시키는 조치를 내린 게 불과 두 해 전이었다. 이상하다 싶어서 먼 곳에 세워둔 총각을 유심히 살펴보니 전혀 낯선 행색이었다. 순간 흠칫 가슴을 여몄다. 자신도 모르는 새에 또 테무진 생각이 불쑥 솟았던 것이다. 사람의 애를 이렇게 먹이다니! 이제 온다 해도 아는 체도 않고 돌려보내겠어, 하고 다짐했다.

그리고 얼마쯤 지나 게르에 들어가니 어머니가 팔다리가 쑤신다고 한없이 중얼대신다.

"오빠 둘에다가 너까지, 저 큰 몸뚱이들을 셋이나 낳았으니. 아버지는 허구한 날 사람들과 어울려 놀기에 바쁘지. 유목민은 여자만 고생이야. 상인들의 이야기를 들어보면 전혀 딴 세상이잖니. 넌 유목민에게 시집가면 애기도 안 낳겠다고 해라."

"어머니는 그러면서도 아버지만 좋아하시드만, 뭘. 나도 그럴 거야."

가족보다 친구를 더 좋아하는 건 옹기라트 남자들의 특성이었다. 옹기라트 사람들은 상인들과 자주 어울린 탓인지 틈만 나면 바깥바람을 쐬고 새로운 문물을 동경하는데 아버지는 유독 더했다. 다소 포근한 겨울에는 잘 차려입은 델을 입고 나가 닷새고 열흘이고 돌다가 누더기가 되어서 들어와 사나흘을 자고 나면 또 새 델을 입고 나가 열흘쯤 소식이 끊기고는 했다. 그날도 만리장성을 넘나드는 상인들이 몰려와 아버지의 게르를 점거하고 '낙타의 발굽' 놀이를 하느라 소란을 피우고 있었다. 낙타의 발굽 놀이는 말판이 낙타의 발바닥처럼 생긴 '고누'로서, 두 사람이 각각 두 개의 말을 가지고 한 칸씩 이동하여 상대방의 말이 움직이지 못하도록 길을 막는 놀이인데, 우물을 뛰어넘을 수 없다는 규칙을 가지고 있었다. 여러 지역에서 모인 상인들이 놀이를 하면 무엇이든 반드시 성 안의 방식이 어떻고 성 밖의 방식이 어떻다고 옥신각신하게 되어 있었다. 그 시끄러운 문밖에서 테무진이 다시 한 번 인기척을 내자 버르테의 아버지가 나오더니, 웬 나그네인가 하는 표정으로 한참을 들여다본다.

"테무진입니다."

억양은 태연하지만 음색은 깊이 떨리고 있었다. 조금이라도 망설이면 어색하게 굴지 않고 돌아설 생각이었다. 그런데 마치 심부름을 보낸 자식이 돌아온 듯이 인사를 받았다.

"오냐. 먼 길을 잘 왔구나!"

안에서 고누를 두던 상인들이 낌새가 이상했던지 얼른 자리를 비켰다.

"아버님도 흰머리가 느셨어요."

"산은 눈이 덮고 사내는 나이가 덮는다는 말이 있어."

버르테를 보러 왔다는 말을 차마 꺼낼 수가 없어서 테무진은 얼굴만 붉으락푸르락하고 서 있다. 아버지가 다시 입을 열었다.

"죽을 뻔했던 소식은 들었다. 돕지도 못하고."

한데, 버르테의 아버지가 그토록 태연하게 안부를 주고받는 이유를 알 수 없었다. 돌려보내기 위한 건지, 너무 반가운 건지, 아니면 당연한 것을 자신이 이상하게 여기고 있는 건지. 테무진은 뭐라고 답변할 말이 없어서 가만히 서 있었다.

"어머니가 건너편 게르에 있으니 인사 올리고."

테무진의 귀에는 어머니라는 소리가 아주 크게 들렸다. 도대체 판단할 수가 없는 표현이다. 분명히 장모라고 하지는 않았는데.

테무진은 다시 어머니의 게르로 옮긴다. 나란히 서 있는 두 게르의 거리가 천 리처럼 멀었다. 겨우 당도하여, 밖에서 마른기침을 하자 게르의 덮개문이 열렸다.

"누구세요?"

처녀의 목소리가 아니라 어른의 것이다. 소녀가 처녀로 자랐을 때 나올 법한 소리를 상상하던 차에 어른의 것이 들리자 테무진은 당황하였다. 버르테는 없는 건가? 테무진이 침상 앞으로 가서 공손히 인사를 올리자 반쯤 눕듯이 앉아 있던 사람이 일어선다. 한눈에도 알아볼 수 있는 어머니였다.

"어머니, 제 얼굴 몰라보겠지요?"

인사를 드리면서도 걱정이었다. 버르테가 시집을 갔으면 돌아서야 하는 발길이 얼마나 무안할 것인가.

어머니는 전혀 못 알아보신다.

"큰아들 손님이요, 작은아들 손님이요?"

하지만 그 순간에 곧 기쁨이 밀려왔다. 그렇다면 게르의 덮개문을 열었던 여자는 다른 사람일 가능성이 없었다. 딸이 하나이니, 덮개를 말아 올린 여자의 손목도 달아날 데 없는 그 사람의 것이어야 마땅할 것이다. 그래서 테무진이 휙 돌아서 문 옆에 선 여자를 정면으로 마주했다.

여자가 한참을 멍하게 쳐다본다. 그리고 무슨 말을 꺼내려다가 낯빛이 변하는데, 볼 두덩에 등잔불 같은 빛이 켜지는 게 틀림없는 버르테였다.

"놀라지 말아요. 나, 테무진!"

테무진이 착 가라앉은 목소리를 건네자 여자의 얼굴이 붉어지다 못해 활활 타들고 있다. 아무리 신산스러운 삶도 어찌지 못한, 아름답고 고운 자태가 거기에 있었다.

'세상에, 이를 어째!'

버르테는 뭐라고 답변을 하고 싶었으나 심장이 하도 요동을 쳐서 금방이라도 입 밖으로 튀어나올 것만 같았다. 눈앞에 선 사내가 말하지 않아도 된다는 듯이 비긋이 웃는다. 도무지 꿈만 같았다. 삶의 길은 얼마나 놀라운 마술의 숲으로 이어져 있는가. 한때는 그토록 분명하던 길이 어떤 때는 아무리 보려고 해도 보이지 않다니! 그녀는 갑자기 테무진을 포기했던 시간들이 부끄러워 견딜 수 없었다. 테무진의 성품이 쉽게 변하는 종류가 아니라는 것은 너무도 명백했다. 그녀는 생생히 기억하고 있었다.

예수게이 어른이 테무진을 맡기면서, 내 아들은 개를 보면 놀라는 버릇이 있습니다, 했을 때 온 가족이 얼마나 웃었는지 모른다. 적어도 옹기라트 부족 안에는 그렇게 심약한 아이가 있을 수 없는 까닭이었다. 그래, 그날 밤 어머니랑 오빠들이 테무진을 놀림감으로 삼아서 이야기하던 것이 어찌나 속이 상하던지 버르테는 테무진과 단둘이 있을 때 그것을 따져 물었다.

"바보야, 개가 무서워?"

"응, 늑대하고 똑같이 생겼잖아. 꼬리를 말아 올릴 때는 늑대보다 더 늠름해 보이기도 해."

어이가 없었다. 저런 애한테 시집을 가도 되나, 해서 버르테가 다시 앙칼지게 쏘아붙였다.

"그럼, 늑대는 왜 그렇게 무서운데?"

"늑대는 안 무서워!"

"그럼, 뭐야?"

혹시 말도 잘 못 알아듣는가 싶어서 잔뜩 열을 올려 퉁바리를 아주 아프게 먹이려 했다. 그런데 테무진의 입에서 전혀 상상도 하지 못했던 답이 나온다.

"개는 그 꼬리로 음식을 빌어먹어. 늑대는 자기 것을 자기가 잡아먹잖아. 꼬리를 멋있게 만들어서 비럭질이나 하는 짐승을 넌 믿을 수 있어? 난 그런 개가 너무 싫어."

그녀는 아직까지 그렇게 놀라운 말을 하는 사람을 본 적이 없었다.

돌이켜보면, 저 귀기가 서린 물체가 어디로 간다는 말인가. 버르테는 테무진이 하나도 변하지 않았다는 것을 한눈에 알아보았다. 그 눈빛, 그 말투, 대화를 하면서 가끔 자신의 턱을 쓰다듬는 버릇까지 모든 것이 그대로였다.

그런데 그간에는 테무진이 무엇 때문에 일절 연락을 끊었는지 도무지 납득할 수가 없었다. 데릴사위로 왔다가 잠시 아버지를 보고 오겠다고 다니러 간 다음에는 아예 생사를 확인할 수 없게 되고 말았으니 하루하루가 날마다 새로운 천벌이었다. 약혼할 때 신부대(新婦貸)로 말까지 가져왔으면 남이 아닌데, 아버지의 죽음을 왜 알리지 않았으며, 키릴툭에게 쫓길 때는 왜 도망오지 않았는지, 그 후로는 왜 연락 한 번 없었는지?

마침내 버르테가 입을 열었다.

"일곱 개의 봄이 헛되었어."

"사는 게 다 외롭고 헛되지."

테무진이 노인처럼 말하는 게 어처구니가 없는지 어머니가 한참을 쳐다본다.

겁이 많은 사람의 눈에는 소똥도 움직인다고 했다. 버르테의 집에서는 그간 테무진의 문제로 편할 날이 없었다. 틈만 나면 전쟁을 해야 하는 초원의 거친 세력관계 안에서 옹기라트 부족은 약자 중에서도 약자에 속했으니, 딸을 훌륭하게 길러 강성한 부족과 혼약을 맺는 것이 유일한 생존 전략이었다. 누가 봐도 잘난 아이를 초원 동부의 신흥 지도자의 집에 시집보내기로 했을 때 온 부족이 나서서 얼마나 축하를 해주었는지 모른다. 그런데 예수게이는 죽고 사위는 소식조차 없으니, 그처럼 뼈아픈 손실이 없었다. 그렇다고 명분도 없이 약속을 깨면 이웃 부족의 웃음거리가 되기 십상이었다. 버르테의 집에서는 상단(商團)에 줄을 대어 집요한 추적을 시작했다. 그리하여 테무진이 키릴툭에게 쫓긴다는 소식을 알게 되자 어머니의 눈앞이 캄캄해진 것이다. 테무진이 타타르 족에게 복수하겠다고 나서지 말라는 법이 있는가? 그것은 곧 죽음의 길이라 딸의 인생이 장차 어느 바다로 흘러갈지 알 수 없었다. 그때부터 어머니는 어떻게든 핑계만 생기면 버르테를 빼돌리려고 애를 썼다. 성 안까지 장사를 다니던 사람하고 혼담도 나누었다. 한데 큰오빠의 뜻이 단호했다. 버르테를 세워놓고 이렇게 말했던 것이다.

"너를 만나고 가는 길에 예수게이 어른이 죽었어. 우리가 등을 돌리는 것은 사람의 도리가 아니지. 버르테도 테무진이 좋지?"

그로 인해 온 가족이 근심하던 생각이 났는지 어머니가 침상에서 벌떡 일어서면서 통명스럽게 쏘아붙인다.

"난 안 반갑네. 떠나간 새는 돌아오기 마련이고, 돌아온 손님은 떠나가기 마련이라더라."

그러고는 획 나가버렸다.

테무진은 어머니의 태도에 어떻게 반응해야 좋을지 판단이 서지 않았다. 예로부터 사위가 될 사람이 장인 댁에 가면 게르의 덮개문을 기둥으로 누르고, 어떤 사람인지, 누구의 자식인지, 어떤 지방에서 왔는지, 온 목적이 무엇인지를 엄하게 묻고 거칠게 대하는 풍습이 있었다. 그건가? 허나 아무리 생각해도 그것만은 아니었다.

테무진은 자기를 내친 건지 받아들인 건지 알 수 없는 상황에서, 말하기 곤란한 질문을 결국 버르테에게 하게 되었다.

"여태 시집 안 갔어?"

버르테의 마음이 그새 갓 나온 새끼 양의 털처럼 부드러워져 있었다.

"번개가 있는 하늘에서 비가 안 오드만."

테무진은 불끈 용기가 솟았다. 분위기가 혼사가 이루어지는 쪽으로 흐르고 있었던 것이다.

"버르테, 나는 가난해."

"누가 뭐래? 나는 부자나 가난뱅이가 아니라 그냥 테무진을 기다렸어."

그 말을 듣자 테무진의 가슴은 기쁨과 설렘으로 가득 차서 단단하던 앞섶이 세게 켠 마두금의 현처럼 떨어대었다.

"버르테에게 한 가지 부탁해도 될까? 내게 몸만 오면 안 되겠어? 아버지, 어머니, 오빠가 뭘 챙겨주면 내가 조금 힘들어서."

그때 아버지가 들어왔다.

"테무진, 걱정할 필요 없다. 숲 속의 많은 나무 중에서 가장 반듯한 버드나무를 얻어 화살을 만든다. 너도 그런 나무였어. 부러지거나 휘어지지 않았으면 되는 거야."

이윽고 어머니와 오빠, 올케들까지 들어와 게르가 화기애애한

분위기로 찼다. 아버지가 진지하게 지시를 내린다.

"길일이 내일, 모레밖에 없다는구나. 버르테를 먼저 보내야겠다. 자, 염소고기는 식기 전에 들라 했어. 서둘자."

당장 식을 올리기로 결정되자 집 안은 금방 잔치 분위기로 소란해졌다.

잠시 후 이웃에 사는 무당이 와서 테무진을 호명하더니 버르테가 쓰던 게르의 중앙 화로에 절을 하게 했다.

"화로는 불의 신이 거주하는 신성한 곳이니라. 예를 갖추어라."

테무진이 절을 올리자 아버지가 활을 선사했다. 사위로 인정한다는 뜻이었다. 다음에는 불의 신을 모셔가는 의식이 진행될 차례였다. 그러자 누구보다도 정신없이 허둥대는 사람은 어머니였다. 어머니는 시집가는 딸을 따라가지 못하는 게 한이 되는 듯이 버르테를 졸졸 따라다니며 신부의 도리를 이르기 시작한다.

"이제 낙타 이야기 같은 건 하면 안 돼. 그 짐승은 새끼를 낳을 때 죽도록 고생한단다. 쳐다보지도 말고, 듣지도 말고, 머릿속에 떠올리지도 마. 그리고 산토끼 같은 걸 잡아도 먹으면 안 된다. 그 때문에 째보를 낳은 아주머니가 있어."

버르테는 귀에 딱지가 앉도록 들었던 소리였다. 그동안 양털을 깎을 때, 펠트를 짤 때, 바느질을 할 때 셀 수 없이 들었던 이야기를 다시 듣자니 지겹기 그지없지만 어머니의 마음을 왜 모르겠는가.

"잠자리를 피하는 날은 알지? 바람이 심하게 불 때, 소나기가 올 때, 지진이 날 때, 격하게 흥분해 있을 때, 운수가 좋지 않을 때, 액일에, 사계절 첫날에, 일식, 월식, 천둥, 번개가 들 때, 무지개가 떠 있을 때, 보름날, 그믐날, 정월 초하룻날, 몸이 약해 신경질이 많을 때, 이럴 때 가진 아이는 보고 듣고 말하는 것에 결함이 있고, 띠가 안 맞은 해에 태어난 아이는 잔병치레를 하고, 단명해. 자장가도 가르쳐주랴?"

버르테가 어머니를 돌아보더니, 고개를 저으며 노래로 답한다.

제비 새끼처럼
졸린 눈으로 엄마를 부른다네
　에에 부우베에, 에에 부우베에 부우베에
원앙 새끼처럼
멀리서 엄마를 부른다네
　에에 부우베에, 에에 부우베에 부우베에

아버지는 테무진의 입장을 생각하여 소소한 절차들은 건너뛰도록 했다. 그래도 예식은 대사였다. 불을 지피니 누르스름한 국물이 양 삶는 솥에서 거품을 내며 끓고, 동이 동이 마유주가 부글거린다. 쿠리엔에서 염소도 두어 마리 잡고, 각종 유제품을 우묵한 쟁반에 쌓아 올리니 모든 것이 사람들의 손을 분주하게 했다.

많은 일들이 미리 계획이나 해둔 듯이 일사천리로 진행되었다. 버르테의 게르에서는 마른 소똥을 태우는 파란색 연기가 천창을 빠져나가 맑은 하늘에 색깔을 합치며 사라져간다. 그 안에서는 어머니가 버르테를 바닥에 앉혀서 델 자락을 펼치게 한 다음 큰 돌을 놓고 주술을 외운다. 신부가 친정으로 돌아오지 말라는 의식이었

손금이 보일 만큼의 작은 빛

다. 다들 즐거운 표정이지만 어머니의 가슴은 천근만근이라 의식의 말을 해도 목소리의 밑바닥이 흔들리고 있었다.

"돌은 두는 곳에서 움직이지 않는단다. 버르테야, 넌 이제 부모 품에 돌아올 수 없어."

거칠고 척박한 삶이 만들어낸 풍습일 것이다. 초원에서 시집을 간다는 것은 게르의 안주인이 되는 것을 의미하고, 게르의 안주인은 한 사내의 아내로 그치는 게 아니라 한 가정의 화덕을 지키는 불의 신이요, 자식을 길러서 가문을 영속시키는 존재를 의미했다. 까닭에 모든 것을 잃고 버려지거나 죽을 수는 있어도 친정으로 돌아올 수는 없었다.

밤이 되자 테무진이 오빠들과 이야기를 나누는데, 장모가 불렀다. 영문도 모르고 가보니 시댁에 줄 선물이라고 내놓는데, 상인들이 성 안에 팔려고 사가는 검은담비외투였다. 초원에서 나는 물건 중 값어치가 가장 높은 것이다.

"우리 시어머니께서 나 임신했을 때, 또 해산한 뒤에 특별히 털 달린 옷을 해주셨어. 그 덕에 나는 지금껏 배고픈 것 외에는 병이 없어요."

'배고픈 것 외에는 병이 없다'는 말은 큰 압박이었다.

"알았습니다. 장모님!"

하고 돌아서려는데 무엇이 안 잊히는지 다시 부른다.

"테무진! 아버지 쪽에서 나오는 흰색 씨는 뼈를 만들고, 어머니 쪽에서 나오는 붉은색 씨는 피와 살이 되어서 사람이 만들어져요. 이이는 아버지의 것이 아니에요. 나중에 임신하게 되면 남편이 어떻게 해야 되는지 알지? 집안일도 대신해주고, 화나거나 놀라게 하지 말고, 또 언제나 마음을 차분하게 해줘야 해. 그리고 절대로 버르테를 울게 하지 말아요."

테무진이 돌아오다가 버르테의 오빠들 틈에 끼어 앉은 벨구테이를 불러냈다. 다정하게 어깨를 걸고 게르 뒤쪽으로 가면서 사정 이야기를 한다.

"벨구테이, 일이 급해졌어. 먼저 출발해야겠다. 해 뜨자마자 메넨 초원으로 가서 나코 어른의 집을 찾아. 보오르추에게 결혼식을 올리게 됐다고 하면 달려올 거야."

테무진이 준비할 수 있는 것은 딱 그것밖에 없었다. 답답하지만 친구가 곁에 있으면 숨통이 조금 트일 것 같았다. 벨구테이는 뭘 어떻게 해야 될지 모르던 차에 보오르추 이야기를 듣자 살았다 싶은 생각이 들어서 엄지를 치켜 올린다.

"형, 최고야!"

그것을 내려다보는 보름달이 방실방실 웃고 있었다.

3

테무진이 벼락 장가를 서두르고 있을 때 보오르추는 헤를렌 강을 누비고 있었다. 벨구테이가 희소식을 가지고 올 것을 미리 예측한 까닭일까? 도착하던 날, 곱게 손질된 게르를 마차에 싣고 곧장 찾통 호수로 달렸다. 가을 해가 저물었지만 하룻밤도 허비할 틈이 없었다. 젊은 혈기에 두 밤쯤 새우는 게 무슨 문제겠는가. 앞뒤 가릴 것도 없이 훨훨 날아서 후엘룬 어머니 앞에 당도했다. 그러고는 이사를 가자고 조른다.

"어머니, 테무진과 버르테가 살림을 차린답니다. 이것들이 어머니 몰래 연애질이나 하고 다녔나 봐요. 그렇다고 지겨운 파리 떼 속에서 자게 할 수도 없고."

"아니, 테무진이 네게 간 게 아니었단 말이냐?"

"버르테한테 갔다니까요. 데려올 테니 쫓지는 마세요."

"난 무슨 소린지 모르겠구나."

하지만 아들의 단짝이 하는 말을 안 믿을 수도 없다. 벨구테이는 곁에 선 생모와 족제비할머니에게 자초지종을 설명하느라 진땀을 뺐지만 그의 어눌한 말주변으로는 상황이 원만하게 묘사되지 않는다. 그 틈에도 보오르추는 바쁘다.

'신방이 차려져 있으면 테무진이 얼마나 놀랄까?'

생각만 해도 신나는 일이다. 그리하여 새로운 거처로 옮기는 일이 시작되었다. 어느 날보다 찬란한 정오의 햇빛 아래 시끄러운 파리 떼가 두 겹 세 겹으로 쌓였지만 어머니는 꿈같은 일들이 도무지 실감나지 않았다. 그래도 보오르추가 나서서 가족들을 지휘하니, 카사르와 남은 동생들은 늑대 계곡의 움막을 철거하느라 정신이 하나도 없다.

해지기 전에 이사는 완료되었다. 다음 날, 보오르추의 눈에 게르의 천창에 있는 춘하추동과 동서남북, 낮과 밤 열두 시간과 한 해

칠십이 절기에 속하는 푸른 하늘의 매듭이 한눈에 들어온다. 눈부시게 하얀 게르 안에서는 입이 떡 벌어진 아이들이 큰 소리로 떠든다. 보오르추는 마치 제 집이 마련된 듯이 구석구석을 가리키며 설명해주었다.

"애들아, 여기 좀 봐. 게르의 천창은 원이 세 개로 되어 있어. 가장 복판에 작은 원, 그것을 확장시킨 중간 원, 둘레를 감싸는 외곽원. 저게 다 뜻이 있단 말이야. 중심 원에서 외곽 원까지 연결하는 십자 서까래가 게르의 배꼽이니 푸른 하늘의 기를 여기에서 빨아들여."

동생들은 그간 테무진 때문에 쫓겨 다니며 살다가 모처럼 아늑한 게르 구경을 하는 터라 모든 것이 신기해서 침상에 앉아보고 바닥에 누워보고 펠트를 만지느라 법석들이다. 보오르추가 알아듣지도 못할 말을 다시 꺼낸다.

"저걸 봐. 십자는 동서남북을 가리키면서 봄 여름 가을 겨울이 들어설 칸을 만들어놓았어. 거기에서 네 등분 된 동그라미가 중간 원에 이를 때 두 개씩의 서까래가 끼어서 한 칸에 세 개씩 작은 칸이 또 생겨. 세 개가 네 번이면 열두 칸, 이게 월력이란다. 열두 시간과 열두 달과 십이 간지를 나타내는 중간 원 열두 칸이 외곽 원으로 퍼지면서 다섯 개씩의 서까래가 또 들어가지? 열두 칸마다 여섯 개의 작은 칸이 있으니 일흔두 개의 절기가 돼. 그래서 한 절기를 닷새로 잡으면 삼백육십 일이 된다 이 말씀이야. 알겠어?"

초원의 태음력은 일 년을 삼백육십 일로 쳐서 육 년 주기로 '텅비어있는 달'이 찾아오는데, 물고기나 잡아먹고 살던 동생들이야

온통 처음 듣는 소리들이다. 그래서 동그란 게르의 천창에 우주의 모습이 담겨져 있다는 게 믿기지 않는다. 하지만 열린 천창을 타고 하늘의 실체인 빛과 바람이 들어오니 안 믿을 수도 없다. 아직 화덕에 불을 피우지 않은 게르라 아침 기온이 차서 오전의 햇살이 들이친 자리에 앉으려고 서로 몸싸움들을 하고 난리이다.

보오르추는 어느새 게르 앞에 흰색 펠트를 깔아놓고 신랑과 신부를 기다리고 있었다. 시간을 어떻게 맞췄는지, 준비가 정확히 완료된 순간에 테무진과 버르테가 당도했다. 카사르가 옛 움막으로 가는 길목을 지키고 있다가 데려온 것이다. 보오르추가 달려가 신부의 말고삐를 넘겨받자 버르테가 바닥에 예쁘게 깔린 펠트를 딛고 사뿐사뿐 걸어 들어온다. 테무진은 어안이 벙벙해서 두리번거리느라 바쁘다.

"버르테야! 내 며늘아기야! 어쩌자고 고생길을 왔누. 고맙구나, 내 새끼!"

어머니가 활짝 벌린 팔을 내리지 않고 서서 단 몇 마디로 새색시를 품어버렸다. 생모도, 족제비할머니도 좋아서 다투듯이 신부맞이를 한다. 혼인식의 절정에 이른 것이다.

버르테는 새색시 맵시가 제대로 나도록 무릎을 꿇고 세 번 절을 한 다음, 침대의 막을 걷고 나와서 화덕에 불을 피웠다. 테무진의 게르가 어엿한 일개 가정으로 작동되기 시작한 것이다.

"아가, 절대 꺼져서는 안 되는 불이 켜졌구나. 목숨처럼 소중한 불이 켜지고 말았어."

어머니는 테무진의 뼈를 밝힐 '불의 신'을 맞은 것이 너무도 감격스러웠다. 더구나 화덕을 지킬 아이가 예쁘고 똑똑하기까지 하다. 그래서 좋은 며느리를 보내준 세상을 향해 엎드려 절이라도 하고 싶었다.

초원의 삶이란 지엄한 것이다. 매일같이 동물을 보며 사는 유목민에게 생존과 번식처럼 중요한 일은 없었다. 자식을 낳으면 나이를 채울 틈도 없이 짝을 지어주기에 바빴다. 그러나 과년한 딸을 테무진처럼 가난하고 위험한 자리에 보내줄 부모가 몇이나 되겠는가. 어머니는 복이 달아날까 봐 마음속에 든 말을 허파 밑에 감추는데, 역시 아들은 그곳에서 나온 씨앗이라 훤히 알고 거든다.

"어머니, 버르테는 고기를 못 먹는대요. 아르갈은 잘 챙기겠지요?"

"아니, 고기를 왜 못 먹는다니?"

"함께 뛰어놀던 친구를 어떻게 먹느냐, 이러지 뭡니까?"

곁에서 족제비할머니도 신이 났다.

"에구, 좋아라. 짐승에게도 해를 끼치지 못하는 마님을 만났네. 여기 육포는 야생 노루로 만든 거니 마음껏 드세요. 같이 놀지 않았잖아요?"

그렇게 밤이 가고 아침이 밝았다. 어머니는 눈을 떠도 할 일이 하나도 없게 된 것을 깨달았다. 버르테가 먼저 일어나서 천창을 열어둔 것이다. 물이나 길러 갈까 해도 가죽부대가 없었다. 모든 아내들이 하루를 시작할 때 해야 하는 일을 어느 날 갑자기 잃게 된 셈이라 겉은 편하고 속은 허전했다. 그래, 무엇을 해야 할지 몰라 허둥대다 밖에 나가보니 게르 지붕에 버르테의 속곳이 얹혀 바람에

펄럭인다. 첫날밤의 흔적을 지붕에 올려 푸른 하늘에 알리는 것은 '어린 몽골'의 풍습이었다. 어머니는 가슴이 찡해져서 물을 길러 오는 버르테를 불렀다.

"어머니! 하실 말씀이라도 있으세요?"

"아가, 너무 부지런하지 말거라."

"테무진이랑 보오르추는 그새 말을 몰고 나간걸요."

어머니는 테무진이 장차 어떤 길을 가게 될지 몰라 미리 귀띔해 두려는 것이었다.

"아가, 사막에서 죽은 사람을 매장할 때 낙타 새끼를 함께 묻는 다는 말을 들은 적이 있어?"

"네, 어미 낙타가 새끼 낙타의 무덤을 기억하기 때문이잖아요."

"맞아. 사람이 못 보는 길을 낙타는 본다는 얘기겠지. 버르테야, 사내들에게도 아낙네가 보지 못하는 것을 읽는 눈이 있어. 그러니 암컷의 판단으로 수컷의 길을 막으면 안 되는 법이야. 하지만 사내 란 늙어도 어른이 되지 않는단다. 영원히 아이로 살다가 가는 거지. 왜인 줄 아니?"

"모르겠어요, 어머니."

"사내들은 영원한 것에 대한 감정이 없어. 자식을 낳기 위해 배 한 번 아파보지 않는 자들에게 어떻게 그런 감정이 있겠니? 영원에 대한 관심이 없으니 지속적인 일도 못하지. 화덕을 지키는 일, 아침 마다 천창을 여는 일, 자식과 가축을 돌보는 일, 이런 걸 잘하는 사 내는 없단다. 대신에 여자는 목초지를 옮기고, 야생동물과 싸우고, 선생에서 이기는 일을 못하잖니?"

버르테는 깜짝 놀랐다. 시어머니의 이야기를 듣는 순간 아스라하게 산화해가는 수컷들에 대한 영상이 보였던 것이다. 그것은 생명을 잉태하지 못하기 때문에 붙박이별들 사이를 헤치고 사라져가는 별똥 같은 것이었다.

'그렇게 놀라운 말씀을 하시다니!'

친정어머니가 그토록 눈물바람을 하면서도 버르테의 길을 막지 않은 가장 큰 이유는 시어머니가 옹기라트 여자라는 점이었다. 옹기라트 부족은 초원을 경영하는 유목민에 속하지만 만리장성을 가까이하고 있어서 늘 상인들과 사귀고 성 안의 문물과 접촉하였다. 그래서 누구나 교육의 중요성을 알고 있었는데, 사내들은 유목 일을 하지만 계집은 시집을 가기 때문에 그 혜택을 모두 계집에게 주었다. 약소 부족으로서 세력이 큰 사돈을 맺기도 좋고, 한번 시집간 딸을 다시는 돌볼 수 없기 때문에 미리 배려하는 기쁨도 있어서 그런 전통이 생겨난 것이다. 고로, 옹기라트 족은 딸이 어느 곳에서 살더라도 어려움을 겪지 않도록 글을 가르쳤으니 어지간하면 다 문리(文理)가 트게 돼 있었다. 친정어머니는 시어머니가 그중에서도 특히 뛰어난 분이라 했는데, 과연 만나보니 짐작보다 훨씬 영리하고 생각이 큰 분이었다. 그래서 친정어머니와 헤어질 때도 명랑했던 그녀가 난데없이 시어머니와 이야기하다 눈물을 쏟을 뻔했다. 시댁을 너무나 잘 만난 것이다.

하지만 버르테는 어머니의 숨은 뜻을 알아듣지 못했다.

"어머니, 저 나약해 보이지 않지요?"

자기는 테무진만 있으면 뭐든 할 수 있다고 말하고 싶었지만 뉘

앞이라고 낯 뜨거운 표현을 입에 담을 것인가.

어머니는 며느리가 행복해하는 표정에 안심이 되면서도 염려스러웠다. 엄연한 인간이 슬픔과 기쁨을 느끼지 못하길 바라는 것은 천벌을 받을 일이다. 버르테의 당차고 사려 깊은 모습이 고마울지언정 미울 까닭이야 없다. 바람막이 하나 없는 환경을 폐차고 들어온 며느리가 얼마 버티지 못하고 한숨이나 쏟는다면 시어미는 장차 어찌할 노릇인가. 하지만 행복에 예민한 가슴이면 불행에도 민감하게 반응할 것이다. 테무진은 초원의 모든 위험에 노출된 사람. 이웃도 없지만 다른 쿠리엔에 들어갈 생각도 없는 망명 부족장의 후손이니, 그의 아내라면 마땅히 누가 보호해주지 않아도 스스로 존엄을 지켜야 한다. 빈털터리이면서 왕비 같은 품격을 가지려면 절망에 눈멀어야 하고, 슬픈 감정이 엄습해도 푸른 하늘을 원망하지 않도록 수양해야 한다. 간이나 허파, 쓸개 같은 신체 기관처럼 너무도 명백하게 존재하는 절망, 낙담, 후회 같은 감정 기관을 잘라야 하는 것이다.

"아가, 테무진이 끌고 간 말 떼 속에 수말이 여섯 마리나 되는데 진짜 수컷은 한 마리밖에 없어. 말들을 거세하는 이유를 너도 알지?"

욕망에 허덕이는 것들을 거세하지 않으면 남을 물어뜯게 되어 있었다. 말뿐 아니라 모든 수컷이 그랬다. 거세시킬 수 없는 인간은 그로 인해 얼마나 상처투성이가 되는가. 그 생각을 하다가 어머니는 한숨이 나오려는 것을 이번에는 가슴 왼쪽 편에 제쳐둔다.

"여자는 사랑보다 운명을 따라 사는 거란다. 나는 내 처녀가 묻은 속곳이 어느 하늘 아래를 떠돌아다니는지도 모르고 늙었어."

버르테는 가슴이 덜컥 내려앉았다. 다른 사람의 말이었으면 귀
곁을 스치는 바람처럼 흘려들을 수 있었을 것이다. 그러나 시어머
니의 과거는 적어도 옹기라트 여자들에게는 잊을 수 없는 전설이
었다.

"아!"

버르테는 무슨 말인가 하고 싶었지만 턱에서 걸리고 말았다.

시어머니 후엘룬의 친정은 옹기라트의 명가 중에서도 명가였다.
후엘룬은 소녀 시절에 어찌나 예쁘고 똑똑했던지 주변에서 칭찬이
자자하여 많은 부족의 왕자들이 다투어서 구혼을 청했다. 그중에
서 후엘룬이 선택한 이는 메르키드 부족의 왕자인데, 뜻밖에도 몸
이 허약하고 다리를 절었다. 어린 시절에 말에서 떨어져 다친 장애
인이었던 것이다. 후엘룬이 왜 그런 남자를 택했는지, 부모가 왜 말
리지 않았는지는 데릴사위로 온 후에 알려지게 되었다. 초원에서
는 보기 드물게 여러 나라 말을 하는 데다 착하고 헌신적이며 어른
들에게 어찌나 극진한지 몰랐다. 게다가 두 사람의 사랑이 한없이
깊어서 부족의 이웃들도 다들 아끼고 감싸주었다. 사랑이 전부라
면, 그녀는 착한 절름발이 왕자와 초원의 빛이 닳도록 행복하게 살
았을지 모른다. 그러나 푸른 하늘은 그 사랑을 허용하지 않았다. 후
엘룬이 열일곱 살의 처녀로, 사랑하는 남편을 따라서 집을 나설 때
초원의 어디에 그렇게 깊고 캄캄한 수렁이 있을 줄 알았겠는가. 친
정 식구들이 메넨 초원까지 따라와 손을 흔들어 전송할 때까지 아
무도 그녀의 미래가 지금처럼 될 것을 상상하지 못했다.

그러나 신부의 마차가 오논 강을 건널 때부터 마적 같은 사내들이 모래바람을 일으키며 꽁지를 물기 시작했다. 후엘룬이 불길한 느낌이 들어서 무서운 속도로 마차를 달려 탈주를 감행했다. 그런데 신부가 끄는 마차가 절정에 이른 장수들의 준마를 어찌 당할까. 후엘룬은 사내들이 자신을 약탈하려는 의도를 알고, 그 짧은 시간에 운명의 무자비함에 무릎을 꿇은 것이다.

"달아나세요, 칠레두. 지금 나를 버려야 당신이 살아요."

"안 돼요. 난 당신을 위해 싸우리다."

"제발, 시간 끌지 말아요. 이게 최선이에요. 당신이 죽지만 않으면 얼마든지 나 같은 여자를 만날 수 있어요. 어서 도망쳐서 새 여자를 찾으세요. 그리고 그 여자를 후엘룬이라고 불러요. 여기, 후엘룬의 속곳은 언제나 당신의 것입니다."

긴박한 와중에도 후엘룬은 속곳을 벗어 메르키드 왕자에게 넘겼으며, 난폭한 추격자들이 가엾은 남편을 잡지 못하도록 한참 동안 마차를 달려 유인작전을 펼쳤다. 그리고 사랑하는 사람이 호박색 말의 뒷다리를 때려 오논 강을 거슬러 멀어져가는 광경을 대성통곡하며 노래로 불렀다. 그 노래는 나중에 옹기라트 족의 사내들에게도 전해져 저녁마다 하늘을 물들이는 목동들의 단가(短歌)가 되었다.

당신은 바람을 거슬러 머리칼을 흩뜨린 적 없어요
당신은 메마른 들에서 주린 배를 잡은 적도 없어요
사랑하는 이여, 지금은 어찌하여 두 갈래 머리채를

버르테는 말문이 막혔지만 제 마음을 어떻게든 전해드리고 싶었다.

"소녀 적부터 줄곧 누가 나의 별인가 생각하며 살았어요, 어머니. 이제 그 별을 빛나게 하면서 살겠습니다."

"아가! 남자를 우러러보면 안 돼. 너도 옹기라트 사람이니 '하룻밤에 만리장성을 쌓는다!'는 말은 알지?"

"네."

"어떤 상인이 들려준 내력을 말해주마. 성 안에는 억울하게 사는 백성이 아주 많단다. 한 사내가 신혼 때 장성을 쌓는 노역에 동원되었어. 아무리 기다려도 오지 않으니 아내가 어떻게 살겠니? 안 되겠어서 찾아간 거야. 물어물어 현장에 닿았는데 면회를 안 시켜줘. 책임자에게 제발 살려달라고 매달려도 입맛만 다시는 거야. 사내란 이런 거란다. 하는 수 없이 하룻밤을 동침했어. 책임자는 여자가 자기를 사랑한다고 믿어서 약속을 지키려고 노력했고. 한데, 그런 재량이 없는 거라. 궁리하고 궁리한 끝에 남편과 옷을 바꿔 입도록 만들었어. 마침내 면회가 되자 얼마나 좋니? 해서, 여자가 꾀를 내어 책임자의 옷을 입은 남편을 빼서 달아나고 말았어. 책임자는 어떻게 됐겠니? 하룻밤에 만리장성을 쌓게 되었다고 평생을 울었지. 이 말을 처음 들을 때 얼마나 웃었는지 몰라. 나중에 곱씹어보니, 불을 지킨다는 게 이런 거더라."

버르테는 시어머니의 이야기를 들을수록 가슴이 커지는 기분이었다. 한데, 자꾸만 무슨 여운이 남는데 까닭을 모르니 그냥 지나쳐

갔다.

하여튼, 여느 시어머니와는 전혀 다른 시어머니 밑에서 버르테의 신혼 생활은 시작되었다. 게르는 예측하기 힘든 유목 생활에 대처하기 위해 남녀의 공간이 구분되고, 연장자의 공간이 따로 있는데, 시댁에서는 잘 지켜지지 않았다. 하나뿐인 게르에 그녀와 테무진 외에도 어머니와 생모와 족제비할머니, 그리고 시동생 카사르, 벨구테이, 카치운, 테무게, 여기에 보오르추까지 있어서 침상도, 이불도 없이 다들 아무 데나 누우면 코를 곯았다. 그러던 어느 날, 친정 큰오빠가 수레를 몰고 와 버르테가 장만해둔 펠트를 건네주고 갔다. 그로서 게르 한 채가 더 늘어 정리 정돈이 끝난 후의 일이다.

"어머니, 장모가 준 담비외투는 어떻게 할까요?"

테무진이 묻자 어머니가 한참을 망설인다.

"네 아버지도 한심한 사람이지. 그렇게 겁 많은 남자에게 가족을 맡기다니!"

멍릭을 두고 하는 말이다. 이치대로 하자면 멍릭의 몫인데, 그는 성격 탓인지 신분 탓인지 테무진의 보호자 역할은커녕 어머니가 무서워 곁에 오지도 못했다.

"어제 멍릭아버지에게 가봤더니, 받을 자격이 없으시다 합니다."

어머니가 아무런 대꾸도 하지 않는다.

"혹시 케레이트 족의 토오릴칸은 어떨까요?"

"그 사람? 도리로 보면 널 모른 척할 수 없는 처지다만."

보오르추가 어안이 벙벙해서 쳐다본다. 하도 엄청난 이름을 모자가 이웃집 강아지를 부르듯이 거명하기 때문이었다. 혹시 잘못

들었나 싶어서 확인해보았다.

"테무진, 어떻게 토오릴칸을 생각하게 되었어?"

"꿈에 아버지가 그러시는 거야. 아들아, 서쪽으로는 울타리를 치지 말거라. 그래서 생각해보니 아버지의 의형제가 서쪽에 있잖아."

동쪽 사람들의 눈에 그쪽이 서쪽인 것은 사실이었다. 초원은 광활하지만 아무 경계가 없어서 셀 수 없이 많은 부족들이 경쟁하고 살았다. 그중 가장 큰 세력이 케레이트 족인데, 그들은 고원의 복판을 관통하는 톨 강을 차지하고, 주변에 풍부하게 펼쳐진 검은 숲의 나무들 틈에서 말과 소를 키우며 울루스(유목국가)를 경영하고 있었다. 일찍부터 무역을 하는 상인들이 드나들고 서역과 접촉하며 종교도 네스토리우스교(기독교 일파)에 초원 부족의 정통성도 있었다. 전설에 의하면 아주 옛날, 초원의 칸에게 일곱 명의 왕자가 있었는데, 모두 피부가 검다 하여 케레이트(검둥이)라 불렸다. 그 검은 왕자들이 장성하여 땅을 물려받을 때 각자 자신들의 이름을 따 부족명을 지었지만, 한 핏줄이다 보니 여러 분봉지가 결국 하나로 합쳐질 수밖에 없었다. 바로 그 나라의 왕이 토오릴이었다.

두 모자가 나누는 대화를 듣고 버르테도 상인들의 말이 떠올라 어리둥절하였다. 토오릴칸은 고원의 인물로서는 유일하게 동쪽 성(城) 너머뿐 아니라 먼 서쪽에도 신비한 존재로 알려져 있었다. 유럽 사람들에게 이슬람의 뒤쪽에 있는 동방 어느 나라에 기독교를 믿는 왕이 있어서 이슬람을 쳐부술 거라는 소문이 돌았는데, 그 주인공이었던 것이다.

테무진이 재차 묻자 어머니가 못내 수락하였다.

"말은 되는구나. 네 생각은?"

"어머니가 괜찮다면 그렇게 하려고요."

다음 날 테무진은 동생 둘을 데리고 톨 강으로 출발했다.

담비외투를 토오릴칸에게 주기로 한 이상, 테무진은 지체할 까닭이 없었다. 낮에는 초원을 가르고 밤에는 강을 따라 내려갔다. 울퉁불퉁, 고불고불 흘러가는 물줄기 위에 빛이라곤 하늘에서 떨어뜨린 별빛뿐이다. 그래도 황금색 늑대귀 말은 쉬지 않았다. 신이 난 사람은 흰 뼈와 검은 뼈를 가리지 않고 의좋은 형제로 섞이게 된 벨구테이였다. 테무진은 머릿속이 얼마나 바쁜지 졸음을 느낄 틈도, 허기를 달랠 새도 없었다.

초원은 한없이 넓고 푸르며 막힘없이 트여 있다. 바람도 거침없다. 하지만 보이지 않는 생태 사슬이 두 겹 세 겹으로 꽁꽁 묶고 있어서 각종 생명체가 능력을 다투는 싸움터와 다름없었다. 대지에는 끝없이 보드라운 풀이 자라고, 땅 위에는 그것을 먹는 초식동물, 바람 속에는 초식동물을 잡아먹는 늑대, 그 위로는 늑대를 잡는 인간이 있는가 하면, 푸른 하늘 밑 모든 곳에는 인간을 결박하는, 극단적으로 가파른 대륙성 기후가 있었다. 그 엄혹한 환경 속에서 도태되지 않고 생존할 수 있는 길은 없는가? 이제 버르테까지 데려왔으니 그의 어깨는 더욱 무거웠다. 헤를렌 강 상류에 하얀 눈 무더기 같은 게르가 두 채나 들어선 소문이 초원에 퍼지려면 보름은 걸릴 터였다. 그게 테무진의 것임을 알면 키릴툭이 어떤 반응을 보일까? 아무리 생각해도 못 본 체하고 넘어갈 리는 없었다. 그사이에 토오릴칸의 기지를 얻으면 자잘한 위험은 일거에 사라질 것이다. 하지만 문전박대를 당하지 말라는 보장이 어디에도 없었다. 토오릴칸의 마음을 읽을 수 있다면 좋으련만, 아무리 영특한 무당이라 하더라도 그것만은 예견할 수 없을 것 같아서 점괘도 보지 않고 발길을 돌렸다.

토오릴칸은 초원에서 아무도 맞설 엄두를 내지 못하는 백전노장이었다. 그처럼 많은 것을 상속받은 사람도 없지만, 그토록 많은 시련을 견딘 사람도 없었다. 또한 이루 형언할 수 없는 시궁창 싸움을 겪어온 터라 고상한 명분 같은 것은 그에게 가면 일거에 무색한 것이 되었다. 순결한 왕자로서 비열한 권력투쟁의 희생도 받았고, 더러운 음모를 통해 형제들을 살해하고 권좌에 오르기도 했다. 모든 유목민이 그를 두려워하는 이유는 진위와 선악과 미추를 한 몸에 지녔기 때문이었다. 그런 자에게 양아들로 받아줄 것을 바라는 테무진의 꿈은 토오릴칸이 마주쳤던 천 개의 바람 중 한 가닥에도 미치지 못하는 것이었다. 두발짐승으로서 감히 자신을 초원의 주인이라고 선포한 거대 부족 케레이트의 칸을 움직일 수 있는 사람은 오직 하나, 저승에 있는 아버지뿐이었다.

아버지가 토오릴칸을 살린 일은 기적 중의 기적에 속했다. 토오릴은 무려 사십 명에 이르는 형제 중 장손이었는데, 배가 같은 형제는 물러터진 동생 자카감보뿐이었다. 선친을 잃자 칸위 계승을 놓고 권력투쟁이 치열해서 그는 적과 공모하여 여러 형제를 죽이고 나서야 칸으로 등극할 수 있었다. 그것을 빌미로 그의 숙부가 호시탐탐 기회를 노리더니 마침내 이복형제들을 모아서 쿠데타를 일으켰다. 그때 토오릴은 칸의 자리를 잃고 목숨을 부지하기 위하여 백방으로 도움을 청했으나 돕는 이가 없었다. 케레이트 군대가 무서웠던 것이다. 토오릴이 유사시에 도움을 받기 위해 준비한 대책이 메르키드의 족장에게 딸을 시집보낸 일인데, 사돈도 그를 돕지 않았다. 그 절대적인 위기의 순간에 내민 손을 끌어당겨 구출해준 자가 예수게이였다.

테무진이 검은 영지에 당도한 것은 초겨울의 아침나절이었다. 토오릴칸은 마침 바깥출입을 삼가던 때라 더없이 심심하던 차였는데, 칸을 찾는 손님이 왔다 하니 우선 반가운 마음이 앞섰다.

"폐하! 웬 남루한 소년들이 칸께 문안을 올리겠다고 합니다. 아버지라고 부르는뎁쇼."

"작은집 애들이겠지. 이름이 뭐라더냐? 하긴 그 많은 이름을 어찌 다 아누?"

신하가 잠시 물러났다가 돌아와 다시 보고를 올렸다.

"테무진이라는뎁쇼. 칠 년 전에 죽은 예수게이의 아들이랍니다."

토오릴칸은 자기도 몰래 몸을 번쩍 일으켰다. 쿠데타가 있었을 때 검은 숲의 협곡으로 숨었다가 겨우 백 명의 용사를 데리고 탈출하여 예수게이에게 갔던 기억이 떠오른 것이다. 그때 예수게이가 '어린 몽골'의 군대를 출동시켜 진압하지 못했다면 토오릴칸은 영영 복귀하지 못했을 것이다. 그래서 재빨리 머리를 굴려 셈해보았다. 테무진을 반기는 것은 명분으로 보나 실리로 보나 잃을 것보다는 얻을 게 많았다. 죽은 예수게이가 고맙고 안타깝기도 했지만, 둘이 의형제를 맺으면서 그 자손의 자손에게까지 은혜를 갚겠다고 맹세한 사실을 많은 사람들이 알고 있었다.

"좋아, 들여보내라."

이렇게 유쾌하게 답을 하자 곧장 거지 소년이 쪼르르 들어서는데, 토오릴칸은 깜짝 놀랐다. 차림새며 몰골이 어찌나 형편없는지, 비교할 예가 없었던 것이다. 그의 영지에서는 타르박 가죽을 기워 입어야 할 만큼 가난한 사람을 보지 못했다.

'영웅도 화살 하나면 끝이고, 부자도 조드 한 번이면 망한다더니!'

천하의 예수게이 아들이 종의 자식보다 초라한 모습을 하고 있는 것이 토오릴칸은 가슴이 아팠다.

그런데 신기하게도 테무진이라는 아이가 고개를 쳐들었을 때 눈이 어찌나 반짝이든지 미간에서 별똥이 우수수 쏟아지는 것 같았다.

'어허, 저 눈빛! 예수게이가 살아온 것 같구나!'

토오릴칸이 애써 헛기침을 해서 만든 정적을 깨고 테무진이 소란하지 않게, 그러나 발음이 하나도 뭉개지지 않도록 또박또박 말한다.

"결혼 예물로 검은담비외투를 받았습니다. 한데, 생전에 선친께서 늘 칸을 아버지처럼 대하라 하셨기에 가져오게 되었습니다."

한쪽이 비긋이 치켜 올라간 토오릴칸의 입술에서 허허, 웃음이 나왔다. 뜻밖의 사태지만 그것을 핑계로 대범하게 목숨을 구하러 온 테무진의 통이 크다는 점은 확인되었다.

'제법일세. 여기가 어디라고 무서운 기색도 없이 와서 자기 인생에 나를 끌어들이는구나.'

그와 함께, 한껏 영글어 보이는 아이들의 몸짓에서도 초원의 바

람 냄새가 솔솔 풍겼다. 그러자 지독히도 고생하던 자신의 어린 날
이 테무진의 얼굴에 겹쳐진다.

　토오릴칸은 가만히 눈을 감았다. 어린 시절이 주마등처럼 스쳐간
것이다. 그가 처음으로 전쟁포로가 된 것은 일곱 살 때였는데, 코딱
지도 마르지 않은 나이에 메르키드 족에게 끌려가 종살이를 했다. 그
곳에서 사내들이 활을 챙겨 담비 사냥을 나가면, 자기는 여인들을 따
라다니며 방아 찧는 일을 도왔다. 그러면서 아버지가 군대를 모아 구
출하러 왔을 때 못 알아볼까 두려워 검은 얼룩이 박힌 새끼 양 털외
투를 한 번도 벗지 않고 지냈다.

　그리고 결국 아버지에게 구출되어 집에 돌아왔지만, 육 년 만에
다시 타타르 족의 침공을 받아 이번에는 어머니와 함께 포로가 되
었다. 자기도 그 시절에 찾아갈 곳이 있었으면 어디든 찾아갔을 것
이다.

　"테무진이라고 했지? 너도 낙타를 치고 살았느냐?"

　"아버지가 물려주신 말이 여덟 마리나 되어서 그걸 치고 살았습
니다."

　토오릴칸이 바로 낙타를 쳤다. 그때 양치기를 사귀어 탈출했던
사건은 많은 사람의 입을 타고 초원을 떠돌았다. 그 사실에서 그는
영감이 번뜩였다. 타고난 정치 감각이 본능적으로 작동되기 시작
한 것이다.

　'내가 저 아이를 챙긴다면 온 초원에 소문이 날 것이다.'

　케레이트 왕이 거지를 거두었는데, 그들이 옛 의형제의 아들이었
나고 일려지면, 왕의 우정과 의리에 대해서 백성들의 해석이 구구

할 것은 분명했다. 얼마나 멋있는 일인가.

'음, 소문이 멀리 가면 갈수록 좋겠지?'

초원의 여우라는 별명은 그냥 붙은 게 아니었다. 그는 많은 꾀를 가진 사람답게 쏜살같이 손익계산을 끝내고, 곧장 정치 행동에 들어갔다. 토오릴칸의 본질이 그것이었다.

휘하의 이복형제들이 늘 역모를 꿈꾸기 때문에 치열한 권력투쟁에서 밀리지 않으려면 언제나 힘과 명분을 갖추고 있어야 하는데, 열다섯 살에 타타르 족을 탈출한 전설만으로는 미담이 너무 부족했다. 그래서 동생과 자식들에게 보여줄 뭔가가 필요했다. 거기에 아주 좋은 소재가 왔다. 토오릴칸은 갑자기 유쾌한 기분이 들었다.

"잘 왔다, 아들아! 예수게이의 아들이면 내게도 아들이지."

선물 따위는 안중에도 없다는 듯이 테무진 형제를 하나하나 끌어안으려 하는데, 테무진이 불쑥 검은담비외투를 내놓았다.

"이게 뭐냐?"

"장모님이 주신 겁니다."

토오릴칸은 다시 한 번 입이 쩍 벌어졌다. 성 안을 출입하는 상인들도 구하기가 쉽지 않은 최고급 담비외투였다. 그는 입을 그냥 다물기가 서운해서 뭐라고 떠들어야겠는데, 딱히 떠오르는 말이 없으니 마구 웃는다. 그리고 참으로 대견한 짓을 한 친구 아들에게 자기도 뭔가 근사한 말을 해주고 싶었다.

"테무진아, 그간 고생이 많았구나. 흩어진 너의 부족들을 내가 모아주마."

이렇게 해서 테무진이 원하던 일이 또 하나 이루어졌다. 과연, 토오릴칸이 테무진을 양아들로 받아들였다는 소식은 마술 같은 힘으로 초원을 술렁이게 했다.

케레이트의 왕이 테무진의 보호자가 되었다!

이는 오논 강 일대를 뒤집어놓는 일대 사건이었다. '어린 몽골'의 통치력이 무너진 뒤 약탈의 두려움에 떨던 날이 끝나는 것인가? 다들 이런 실낱같은 희망을 타산하느라 몇 번씩 앞뒤를 맞추게 했다. 앞으로는 조드가 닥칠 때 톨 강을 타고 검은 숲까지 내려가도 눈감아줄지 몰라. 초원에서 약자로 살아야 하는 소수 집단의 소망은 간절했다. 나라를 갖는다는 것은 얼마나 중요한지, 정치가 죽으면 세상은 얼마나 암울한지 모른다. 개인 유목을 할 수 없는 초원에서 말을 키우게 되면 목초지가 겹치는 이웃은 온통 적이 되고 만다. 백 마리의 양이 살아야 할 영지에서 그보다 많은 양이 풀을 뜯게 되면 목초지는 이내 황폐해지기 때문에 목민들은 개인 유목을 지켜줄 국가를 절실히 필요로 했다.

예수게이의 사후에 '어린 몽골'의 흔적 안에서 알량한 부족마다 몇 개씩의 씨족이, 알량한 씨족마다 몇 개씩의 문중이 서로 귀족 체면을 경쟁하느라 뼈다귀를 앞에 둔 개처럼 으르렁거렸다. 그러나 초원 너머에도 초원이 있고, 해지는 곳 너머에 또 해지는 곳이 있었다. 거기서 '어린 몽골'은 너무도 작은 집단인지라 고원을 호령하는 초원국가 케레이트, 삼림국가 나이만 같은 왕국들과 어깨를 나란히 하는 일은 꿈도 꾸지 못했다. 그래서 담비외투를 들고 간 테무진이나 새파란 아이를 환대한 토오릴칸의 일은 세 강줄기에서 헛기침이나 하고 빌턴 수납, 수백의 귀족들이 실상은 동네 강아지 수

준밖에 안 된다는 느낌을 들게 하기에 충분했던 것이다. 이제 키릴툭 따위가 어찌 테무진을 처형하겠다고 나설 수 있겠는가.

이 같은 사실에 누구보다도 신이 난 사람은 무당 텝텡그리였다. 그는 일찍부터 테무진을 주목한 사람이었다. 그의 할아버지가 테무진 가족을 버리지 말자고 호소하다가 키릴툭의 창에 쓰러졌을 때 오논 강 일대는 공포 분위기가 따로 없었다. 아버지 멍릭도 키릴툭이 두려워서 숨죽이던 때였는데, 아홉 살짜리 테무진이 매일같이 병문안을 다니며 자신의 가족에게 의리를 지킨 사람에 대한 예의를 다했다. 나아가 아버지의 유언을 받드느라 종 출신의 멍릭을 새아버지라 부르며, 굶주림 앞에서도 구걸의 손을 내밀지 않았다. 하지만 날 때부터 적장의 이름을 빼앗은 탓인지, 열여섯 살의 나이를 한 살도 거저 얻은 게 없이 사투를 해왔다. 이제 생존의 위협에서 벗어난다면 전혀 다른 면모를 보일 것이 틀림없었다. 그것은 텝텡그리에게는 아주 중요한 전환점에 속했다.

텝텡그리는 테무진의 소식을 열심히 퍼뜨렸다. 사람의 코빼기라고는 비치지 않는 광활한 초원에서 새로운 소식들이 어찌 그리 빨리 퍼지는지 귀족들은 알 수 없었다.

당시에 오논 강 일대의 소문은 언제나 '늑대의 집'에서 시작되었다. '늑대의 집'이란 텝텡그리가 테무진의 집터에 지은 게르를 일컫던 이름인데, 늑대 냄새라고는 얼씬도 해보지 않은 곳이었다. 그가 게르의 덮개문에 달랑 그려놓은 늑대의 젖통 그림은 을씨년스럽다 못해 스산하기까지 했으니, 조드가 아니었으면 두발짐승의 발자국은 얼씬도 하지 않았을 것이다. 한데, 조드로 살길을 잃은 목민들이 멍릭을 찾아가 하소연을 하자, 멍릭은 셋째아들에게, 셋째 아들은 넷째아들에게 떠넘기다 보니 그것이 졸지에 사람의 발길을 끊게 만들었다. 거기에서 텝텡그리라는 무당이 탄생한 사정을 귀족들이야 알 바 없는 일이다.

텝텡그리의 손님들은 모두 자무카의 군대를 따라가 새로운 쿠리엔을 만들게 되었다. 새로운 쿠리엔을 관리한 사람은 염소서방이었는데, 강력한 지도자를 세우려 해도 내세울 만한 장수라고는 없었다. 보르지긴 부족의 키야트 씨족에는 예수게이의 형도 있고 동생도 있었지만 다들 기득권을 잃을 것이 두려워서 테무진을 죽이려는 키릴툭이나 따라다닐 뿐 아무도 새로운 길을 가려고 하지 않았다. 그래, 말도 안 듣고, 단합도 안 되고, 전투력도 약해서 자무카의 눈 밖에 난 지 한참 되었다. '종마가 없는 말들을 무리라 할 수 없고, 우두머리가 없는 백조 떼를 대열이라 할 수 없다!' 이것이 자무카의 일갈이었다.

하지만 그들이 '늑대의 집'을 들락거릴 이유는 한두 가지가 아니었다. 삶의 환경이 너무나 열악하였다. 그들의 몸에는 이가 득시글대지만 그들의 영지에는 가축이 없었다. 다들 봄에 이슬이 내릴 때부터 가을에 추위가 올 때까지 노루 사냥을 다니고, 겨울에 서리가 내릴 때부터 봄에 얼음이 풀릴 때까지 여우 사냥을 다녀야 해서 가족의 모습을 유지하기조차 힘들었다. 남녀노소가 뒤섞여 기분대로 짝을 짓고, 일가족이 저녁마다 흩어져 잠자리를 찾다 보니, 체면이나 염치라 할 만한 것을 생각할 필요도 없었다. 그럴수록 병이 많고 애환이 끓어 다들 쳐다볼 곳이라곤 텝텡그리의 입뿐이었다.

그러다 보니 테무진의 소식이 그들의 말발굽에 얹혀서 온 초원이 들썩거릴 만큼 하루에도 천 리 만 리씩 떠돌아다녔다. 또한 그럴수록 텝텡그리의 영험도 크다고 소문이 나서 무당으로서의 거점이 굳혀져갔다. 하지만 소외층이나 찾는 무당이라서 귀족들의 푸대접은 말도 못하게 심했다.

그날도 간밤의 꿈자리가 사나워 마음이 편치 않은데,

"여보쇼. 젊은 무당!"

허름하게 양가죽 옷을 걸친 하층민 사내가 와서 말을 함부로 건넨다.

"그래, 젊은 무당을 찾는 길손은 어디서 온 목동이오?"

되갚아 응대할 수밖에 없었다.

"목동? 허허, 맞소. 그런데 늑대 새끼들이 떠들고 다니는 소문은 어디서 나온 게요?"

테무진 소식을 묻는 것이다. 하지만 케레이트의 영험한 무당이 와서 일러준 사실을 설명할 길이 없었다. 케레이트 사람이 늑대 가죽을 필요로 한 사실부터 그가 왜 텝텡그리를 찾아왔는가 하는 점까지 말해야 하는 까닭이었다.

"보아하니 우리 신령님을 만나기는 틀린 것 같은데, 가기 전에 이름이나 밝히면 어떻수?"

"이보, 키야트 족의 종이 쥐르긴 족의 종에게 까칠하게 굴 필요가 있수? 주인들 족보로 봐도 내가 더 큰 집 식솔인데."

아니나 다를까 쥐르긴 부족에게 예속된 종이다. 간이 얼마나 크면 새파란 종놈이 무당에게 저리도 무엄하게 구나 싶어서 텝텡그리는 거칠게 받아치려다 쥐르긴 씨족의 기세가 두려워 입을 꾹 다물었다. 한데, 가만히 보니 옷매무새가 정갈하고 말솜씨도 가지런하다.

"이름이 혹시 모칼리요?"

"종에게 이름이 어디 있수? 어른이 심부름 시킬 때 그렇게 부르긴 하오."

말이 거침없지만 조금도 빈틈이 없었다.

"내가 여기 온 건 마님 때문이오. 신열이 들끓는데 가라앉힐 도리가 없수."

"그럼, 쥐오줌풀을 뜯어다……."

무당이 별 성의 없이 답하는 것을 모칼리가 허리에서 뚝 자른다.

"아니, 그런 거 말고요."

어지간한 유목민이면 초원에서 자생하는 약초를 가지고 질병을 다스리는 민간요법 정도는 알고 있었다. 쥐오줌풀은 열병이나 정신적인 안정, 통증 완화에 효능이 있고, 큰오이풀은 폐결핵, 출혈, 화상 등에 효험이 있으며, 애기똥풀은 장티푸스, 장염, 위통, 복통, 감기 등에 효과를 준다. 쥐르긴 족이 그런 걸 모를 리 없다.

모칼리는 특히 사리에 밝기로 소문난 사람이었다. 어릴 때부터 어찌나 영특하던지 쥐르긴 씨족의 지혜는 종에게서 나온다는 칭찬이 나돌 정도로 파다히 알려져 있었다.

텝텡그리가 모칼리의 얼굴을 가만히 들여다보더니 진지하게 묻는다.

"굿을 하고 싶은 기요?"

모칼리가 온 뜻은 그런 데 있지 않았다. 하지만 또 딴소리를 한다.

"우리 마님은 어제오늘 그러는 게 아뇨. 굿은 됐고, 당장의 불덩어리만 떼놓는 수는 없수? 땀으로 옷이 젖는단 말요."

그러자 텝텡그리에게 퍼뜩 떠오르는 것이 있다. 전날, 케레이트의 무당이 올 때 보라색 줄무늬가 있는 물다람쥐(초원에서 사는 희귀한 설치류) 한 마리를 가지고 왔다. 웬 거냐고 묻자 옷이 젖을 만큼 땀이 난다고 투덜대더니, 이제야 열이 식었다면서 놓고 간 것이다. 그래, 예쁜 물다람쥐가 게르 주위를 뱅뱅 돌아다녔는데, 저녁이 되자 그가 안고 쓰다듬어도 도망갈 생각을 하지 않아서 잠들도록 가지고 놀았다.

'저게 그러려고 여기 왔구만!'

텝텡그리가 물다람쥐를 안아다가 모칼리에게 건넸다.

"한 사나흘만 안고 있으면 열이 내릴 거요."

"무당님! 틀림없이 낫는다면 조금 놀다 가고 싶은데, 그래도 되오?"

"될 거요."

이렇게 해서 두 사람이 나란히 앉았다. 눈앞에서 메넨 초원의 끝자락이 시원하게 펼쳐지는데, 깊고 그윽한 가을 정경인지라 먼 산꼭대기에서 터져 나오는 햇빛을 받아 강변에서는 무더기무더기로 번쩍대는 검은 점이 다북쑥처럼 구르며 놀고 있었다. 그 아래로 까르르 웃듯이 진짜 다북쑥 덩어리가 굴러간다. 가을 초원의 재롱둥이였다.

그리고 무엇이 그렇게 상쾌했는지 모칼리가 목청을 높여 넉살

좋게 떠든다.

"여보쇼, 무당 양반! 나는 신령님께 서운한 게 많아요. 구름 낀 날 안 되고, 바람 부는 날, 번개 치는 날 안 되고, 한 달에 한두 번밖에 굿을 할 수 없으니, 입맛이 너무 까다롭다 이거요."

농담이 거슬리지 않을 수 없는 사람이라 텝텡그리의 미간이 몇 겹으로 접히는 중인데, 모칼리가 갑자기 목소리를 낮춘다.

"당신이 말하는 늑대를 보려면 어디로 가야 하오?"

"주인이 묻는 거요 종이 묻는 거요?"

"당연히 주인이 물어야겠지만 사실은 내가 궁금하오. 한데, 종이 묻는 건 안 가르쳐주오?"

"아니, 내 주인의 행방을 묻기에 하는 말이오."

"늑대가 당신 주인이요? 난 내 주인인가 싶어서 묻는 건데."

텝텡그리가 고개를 다시 돌려 모칼리를 뚫어져라 바라본다. 뭘 알고 하는 소린지 모르고 하는 소린지 알 수 없었다. 자신은 늑대 이야기를 꺼낼 때 속으로는 테무진을 지목하면서 입으로는 늘 늑대를 지칭했다. 텝텡그리는 그렇게 믿고 있었다.

'초원은 언젠가 늑대의 땅으로 바뀔 것이다!'

그는 그간 영향력이 미미하여 자무카 진영의 변두리만 뱅뱅 돌고 있었지만 무당으로서는 그렇게 영험할 수 없었다. 그의 몸에서 이상한 기운을 요동치게 하는 것은 훗날 반드시 현실이 되었다. 그런데 최근 늑대의 기운이 계속 테무진의 주위를 돌다가 빛이 뭉칠 만하면 자꾸 아귀가 갈라진다. 지난밤 꿈에도 애꾸눈을 가진 늑대가 나디니 테무진의 말 기운과 쇠 기운이 올 거라 해서 귀한 손님을 잔뜩 기다렸건만 오지 않았다.

"테무진이 토오릴칸의 보호를 받는 게 싫소?"

텝텡그리가 묻자 모칼리가 답한다.

"아니오. 그림자밖에는 친구가 없고, 꼬리가 아니면 채찍이 없는 시절을 살았잖소."

두 사람이 이렇게 엇돌고 있을 때 멀리서 힘찬 발굽 소리가 들리더니 이내 가까워졌다. 도착해보니 역시 허름한 하층민이다.

"무당님, 젤메입니다. 기억나지요? 애들 어머니를 못 찾아서 돌아간 사람! 자무카 군대에 붙들려 간 후에 소식이 있었는가요?"

텝텡그리는 기운이 쏙 빠졌다. 웬 놈의 일진이 이렇게 사나워서 기다리는 손님은 그림자도 비치지 않고, 맨 종놈, 미친 여자, 이런 것들뿐일까?

그때 모칼리가 옆에서 아는 체를 한다.

"오논 강 여자요? 쯧쯧. 아직도 강가에서 산다오."

"이 사람은 누구요?"

젤메가 곁에 있는 사내를 흘겨보았다.

"쥐르긴 총각이오."

텝텡그리가 답하자 모칼리가 얼른 고친다.

"무당양반! 주인이 쥐르긴이고 난 종이라잖소."

당돌한 친구였다. 얼추 보니 덩치만 비슷하지 나이는 한참 어려 보이는 게 사내 냄새를 덕지덕지 달고 있으니, 심기가 편할 리 없었다. 젤메는 어제 처음 오논 강 여자 소식을 듣고 얼마나 화가 나는지 인근의 사내들을 만나면 모조리 패대기를 쳐버리려고 작정했었다. 아무리 패줘도 분이 풀릴 것 같지 않은, 여차하면 터지려는 가슴을 겨우 억누르면서 마주친 것이 모칼리였다. 그래서,

"오논 강 여자를 어떻게 아는 거요?"

하다 말고 다짜고짜 멱살을 잡더니 숨도 쉬지 못하도록 흔들어댄다.

"가슴도 맞췄어?"

모칼리가 눈을 동그랗게 뜬 채 멱살을 풀려고 손목을 비틀었다.

"뉘신데 이러우?"

어느 곳에서나 싸움깨나 하는 자는 벌써 두 다리가 체중을 버티는 모양에서 표시가 나는 법이다.

"오논 강 여자의 동생이다, 자식아!"

목소리가 닿기도 전에 젤메의 발이 먼저 가서 모칼리의 밑동을 걷어찼다. 보통 사람 같으면 나무등치가 쓰러지듯이 저만치 나동그라져야 옳은데 모칼리는 두어 번 기우뚱대다가 중심을 잡더니 이내 자세를 고쳐서 씨름 태세를 취한다. 젤메가 다시 몸을 날려 모칼리의 장단지에 호미걸이를 했으니 이번에는 넘어가지 않을 도리가 없었다. 허나 모칼리는 호락호락한 사람이 아니었다. 넘어지되 혼자 꽈당 넘어지는 게 아니라 젤메의 허리를 붙잡아 함께 나자빠지도록 만든다. 동시에 두 사람이 땅에서 엎치락뒤치락 구르는데, 비명 소리는 톕텡그리의 것이 들린다. 아무 예고도 없이 엉기는 바람에 톕텡그리가 떼어내려고 끼어들었다가 차돌 같은 신체들 사이에서 몸이 으스러지는 통증을 맛본 것이다.

"아이고, 이야, 나 죽네!"

젤메가 후다닥 텝텡그리를 일으켰다. 뒤따라 일어선 모칼리도 소매를 펼쳐서 얼굴을 닦아주자 소가 핥은 자리처럼 말끔해진 얼굴에 코피가 주르륵 흐른다. 그래도 텝텡그리는 모칼리가 격분할까 봐 두 사람의 팔을 하나씩 붙들고 놓아주지 않는다. 단 두 동작을 봤을 뿐이지만 그 정도면 필시 하나가 죽어야 싸움이 끝날 것 같은 느낌이 들었던 것이다.

젤메야 싸움을 잘할 것으로 예정돼 있었다. 마음만 먹으면 아무 때라도 장정 서넛쯤은 그냥 메다꽂는 대장장이 자르초다이가 그의 아버지였다. 한데, 그런 무쇠장사와 판박이로 닮은 젤메의 기술에 걸리지 않는 모칼리는 뭔가? 나이가 한 토막은 어려 보이는 소년이 또래에 맞지 않게 덩치만 큰 줄 알았는데, 언변이 얼마나 조숙하고 동작이 어찌나 날렵한지 아주 팽팽한 싸움 상대가 되었던 것이다.

"이보슈. 헛기운 빼지 말고 힘쓸 자리를 다시 찾으면 어떠우?"

모칼리가 거리를 두면서 젤메를 진정시킨다.

"저자는 누님을 건드리지 않았소?"

텝텡그리가 한숨을 푸욱 쉬었다.

"누님 곁에 아무 사내도 갈 수 없게 된 지 오래됐어요."

젤메의 표정을 보아, 왜 그런지를 설명하고 지나가지 않을 수 없었다.

그러니까 자무카 군대가 여자를 체포해간 다음 날, 젤메가 아이들을 데려왔다가 돌볼 사람이 없어서 그냥 데리고 간 것은 다 아는 일이다. 그 나흘 만에 여자가 풀려났는데 제정신이 아니었다. 어디서 무슨 소리를 들었는지 텝텡그리가 하는 충고도 듣지 않고 울부

짖기를, 남편은 조드에 죽고 자식들은 웬 청년이 오논 강으로 데려 갔다고 들었다며 곧장 오논 강을 오르내리기 시작한 것이다. 젤메가 전해 들은 불미스런 사건들은 모두 여자가 자식을 찾을 일념으로, 사내만 나타나면 하소연하는 바람에 생긴 일이었다. 아마도 메넨 초원의 말 부자가 지켜주지 않았다면 그러다 목숨을 잃었을 것이다.

"정신은 성하오?"

"글쎄, 나간 것도 아니고 돌아온 것도 아니라. 그냥 바람 부는 벌판처럼 황량하다오."

"이제 사내들 손은 타지 않소?"

"성병 때문에 사내들도 피해 다니는 지 오래됐지 뭐유."

그때 모칼리가 젤메에게 말한다.

"어디 사는지 알려면 따라오시우. 가는 길에 알려주리다."

모칼리는 어느새 물다람쥐를 옷가슴에 품고 말 위에 오르고 있었다.

젤메가 무당에게 고맙다는 인사를 하고 일어서자 모칼리가 유쾌한 소리로 너스레를 떤다.

"기운이 어찌 그리 세우? 아까는 맞아 죽는 줄 알았수."

"발끈해서 미안하오. 도적 떼와 싸워도 지지는 않겠구랴. 한데 무당한테는 왜 간 거요?"

"테무진에 대한 소문이 궁금해서 참을 수가 있어야지요."

"지금 테무진이라고 했소?"

"내가 이상하오? 쥐르긴은 테무진이 속한 키야트 족의 귀족이오.

난 그 종이고."

"그러지 말고 테무진이 어디에 사는지 좀 알려주오. 부탁합시다."

"그거야 뭐가 대단한 일이라고."

모칼리가 거두절미해서 위치를 알려주자 젤메의 표정에 환희가 어린다. 기쁨의 빛이 마구 쏟아져서 모칼리가 여자에 대해 일러준 말도 다 듣지 못했다.

"강둑을 쭉 타고 가다 보면 바른쪽에 누렇고 허름한 게르가 보일 거요. 귀신이 나올 것처럼 휑하더라도 화내지 마우."

젤메는 신이 났다. 아이들의 어머니와 제 주인의 행방을 동시에 찾은 것이다. 어서 아이들을 데려다 주어야 테무진에게 갈 수 있을 것이다. 하지만 그냥 돌아서기가 미안해서 모칼리에게 인사로라도 몇 마디 더 하지 않을 수 없었다.

"여보시오. 테무진을 좋아하오?"

"난 주인이 다르우."

"대관절 어느 뼈를 받아서 그리 용하오?"

"내가 태어나는 모습을 내가 못 봤으니, 하하. 날 키운 양반은 내가 코리 족이라 합디다."

"그럼, 고려인?"

"못 봤다잖수. 마음은 벌써 저만치 갔구만. 몸도 어서 따라가시우, 놓치지 말고."

젤메가 아이들을 데리고 다시 오논 강으로 오기까지는 만 이틀이 소요되었다.

황금 햇살에 온기가 담기는 가을 늦은 달의 마지막 날이었다. 아이들은 그새 실팍해져서 말을 따로 태워도 되었다. 바람이 거칠어지고, 해는 노랗다. 만물의 지휘자가 기운을 잃으니 그 노란빛이 닿으면 흔들리지 않는 것이 없었다. 황량한 들판은 메뚜기 날개들이 찌륵찌륵 떠는 소리로 가득하다. 오논 강을 따라 여자의 게르를 찾아가는 길에 강에서 자꾸만 노랫소리가 들리는지 젤메가 투덜거린다.

'저놈의 물소리는 왜 저리 구시렁거리누.'

게르에 당도해보니 아무리 봐도 빈 게르였다. 사람이 산 흔적이라고는 없는데 사방에 선연한 말 발자국들만 어지럽다.

'말을 열 마리나 맡아 기른다고 했는데 다 어디 갔나?'

젤메는 강물을 따라갔다가 다시 거슬러 오기를 두 번이나 했다. 그때 먼 곳에서 말 떼들이 돌아오는데 세어보니 열 마리다. 그것들이 멈추는 곳을 찾으려고 기다리는데 곁에서 작은 아이가 웅얼거린다.

"우리 엄마다."

평소처럼 그냥 평범하고 낮은 소리다. 아이가 탄 말도 태연하게 서서 꾸벅대고 있었다. 젤메가 이상해서 물었다.

"수베테이! 무슨 소리 하는 거야?"

그때 큰아이와 작은아이가 동시에 엄마를 부른다.

"엄마!"

젤메가 고개를 다시 강둑으로 돌렸다가 깜짝 놀랐다. 분명히 동물의 사체가 뒹구는 걸로 보이던 곳에서 사람의 눈동자 두 개가 반짝거린 것이다. 세상에! 눈동자를 빼고는 모든 색깔이 마른 가죽 더미와 똑같았다. 마치 으스러지는 가을의 은빛 풀 더미 속에 산 사람의 영혼이 버려져서 물 흐르는 소리에 흔들리는 것 같은 모양이었다.

"저기가 엄마야?"

큰아이가 먼저 고개를 끄덕끄덕하는데도 눈동자가 일어서지 않는다. 그때 말 떼들이 다가와서 어슬렁대고, 아이들이 즐거운 비명을 내지르기 시작하자 여자가 일어선다. 젤메가 수베테이를 말에서 내려놓으니 재빨리 달려가 어머니에게 안긴다. 비로소 어머니의 입이 열렸는데, 영락없는 노랫소리다.

"푸른 하늘이 내 새끼를 보내주셨네. 이를 어찌할 거나, 둘 다 살아 있었네."

게르로 가기 위해 수베테이를 다시 말 등에 올리려고 했으나 여자가 놓아주지 않는다.

"누님, 나 자르초다이의 아들이오. 친정아버지 밑에서 풀무질하던 이의 아들."

그러자 눈동자 속에 웃음이 담기는데 살갗이 굳었는지 표정이 움직이지 않는다. 일어설 때 보니 여자가 얼마나 오랜 날을 한자리에 앉아 있었던지 강둑이 움푹 파여 있었다. 우는 줄도 몰랐는데 주섬주섬 옷매무새를 고칠 때 여기저기에서 눈물이 툭툭 소리를 내며 떨어진다. 그사이에 눈물이 흘러 옷 가죽의 구겨진 곳마다 고였던가 보았다.

"어서 갑시다."

젤메가 독촉하자 여자가 아이를 안은 채 말에 오르다 무엇을 툭 떨어뜨린다. 보잘것없이 헤진 주머니라서 그냥 가려다 게르에 가서 전하려고 옷가슴에 담고 뒤를 따랐다. 게르 앞에 닿자 여자가 말에서 내리지도 않고 손짓을 한다. 가라는 표시이다.

"누님, 나 그냥 가도 돼? 애들 안 굶길 수 있어요?"

대답 대신 고개를 위아래로 움직였다.

"수베테이야, 삼촌 가도 돼?"

작은아이도 고개를 끄덕끄덕한다. 젤메는 늑대가 오논 강을 뒤집어놓던 날도 여자가 무사했다는 말이 생각나서 곧 자리를 떴다. 한시라도 빨리 테무진에게 가고 싶었던 것이다.

5

아내를 위한 전투

1

헤를렌 강 상류에 아침마다 안개가 끼는 언덕이 있었다. 보르기 에르기! '물안개가 피는 언덕'이라는 뜻이다. 보오르추는 그곳을 어떻게 발견했는지 테무진의 게르 두 채를 곱게도 앉혔다. 밖에서 보면, 막 털갈이를 끝낸 백조 한 쌍이 쉬는 풍경처럼 정다워 보였다. 또한 안에서 보면, 저녁연기가 피고 노을이 질 때 제 길을 찾아 돌아가는 기러기 떼 너머로 빼어난 산봉우리들이 어슴푸레 보이곤 했다. 버르테는 주위가 너무 좋아서, 물을 길을 때마다 강물에 목가적인 꿈을 실어 머나먼 초원으로 떠내려 보냈다고 한다.

'아무것도 없던 대지에 화로 하나가 놓이는 게 그렇게 대단한 것인가?'

테무진은 그곳에서 깨달았다. 젤메가 합류할 때만 해도 가정의 역할이 그렇게 클 줄은 몰랐다. 일당백의 사냥꾼이 여섯이나 되었으니 게르가 마치 군영(軍營)처럼 활기를 띠었다. 누가 어쩌다 이야기판을 벌리면 키야트 족의 사령부가 회의를 하는 것 같았다. 중앙에는 테무진이 앉고, 왼편으로는 활 잘 쏘는 카사르와 씨름 잘하는 벨구테이, 오른편으로는 말 전문가 보오르추와 쇠붙이 전문가 젤메가 자리했다. 새파란 나이에 자기 분야의 고수가 된 사내들이 테무진을 따르는 건 예수게이의 아들이어서가 아니다. 장남에다가 새신랑이며 용기가 놀라운 정도라면 보오르추나 젤메까지 와서 궁상을 떨 까닭이 없었다. 모두에게 없는 눈이 테무진에게 있으니, 다들 그 마음의 눈이 곧 길이라고 생각했다. 테무진을 따라가면 캄캄한 세상도 속살을 환히 보여줄 것 같았다. 그래, 밤이 되어도 전혀 두렵지 않았다.

그날도 땅거미가 내리자 검은 뚜껑이 세상을 덮었다. 달도 없었다. 칠흑 같은 하늘에 구멍이 나는가 싶더니 푸르스름한 기운이 번진다. 이내 첫 별이 반짝거리기가 바쁘게 헤아릴 수 없는 별빛이 시야를 채운다. 밤마다 고운 빛으로 하늘과 땅이 맞닿은 것 같아도, 우두두둑―, 노랗게 시들어가는 풀을 게걸스럽게 뜯는 말들의 이빨 소리가 또 그 밑에 있었다.

"언니, 말 젖 짤 때 꼭 붙어 있어야 돼."

어린 여동생이 버르테에게 자꾸 다짐을 받는 것은 행복감을 조금이라도 더 느끼고 싶어서였다. 테무룬은 새언니가 생겨서 한없이 좋았던 것이다.

"아가씨, 어른들이나 말 젖 짜러 간다고 말하는 거예요."

"치, 나도 곧 어른이 될 건데, 뭐."

이 장면을 오줌을 싸러 나온 보오르추가 보았다. 놀릴 기회를 넘어갈 턱이 없었다.

"테무룬은 엉덩이가 하얗다며?"

"오빠는, 누가 내 엉덩이를 봤다고 그래?"

"별들이 보고 웃잖아."

하늘에서 별빛이 거미줄을 타듯이 반짝이며 내려오고 있었다. 대기에는 이슬인지 서리인지 모를 물 기척이 떠다닌다.

"언니, 이슬은 별들이 슬퍼해서 생기는 거야?"

"아니, 가축들이 울어서 생기지."

순간, 게르가 열리더니 벨구테이가 외치는 소리가 들렸다.

"형수! 빨리 오세요. 테무진 형이 벌 받을 차례거든요."

활기가 넘치는 목소리였다. 그와 함께 젤메가 웃는 소리가 게르를 빠져나와 초원의 멀리까지 퍼져간다. 깔깔, 까르르륵.

복숭아뼈 맞추기 놀이에서 테무진이 져서 노래를 부르는 벌을 받아야 되는데, 하도 음치이다 보니 버르테에게 도와달라고 사정하는 중이었던 것이다.

"그러지 말고 한 번 더 해, 젤메."

테무진이 무릎 앞에 놓인 복숭아뼈를 다시 세우려 하자 젤메가,

"어딜, 벌을 먼저 받고 또 하자고 해야지."

하더니 맞은편에 있는 복숭아뼈를 퉁겨 제지시킨다.

아얏!

열미니 세게 튀겼는지, 복숭아뼈에 맞은 손가락이 빨갛게 부풀

어 오른다.

하하-, 깔깔-, 큭큭-. 다들 웃음보가 터졌다. 딱 한 사람, 테무진만 쩔쩔매는 게 딱해서 보오르추가 편을 들었다.

"종이 주인에게 그러는 법이 어디 있어?"

젤메의 아버지가 봤으면 눈이 뒤집혔을 것이다. 테무진을 따라다니며 문이나 여닫고 말안장이나 올리라고 맡긴 아들이 저녁내 주인의 상전 노릇을 하고 있었던 까닭이다. 하지만 젤메는 아랑곳하지 않는다.

"말라빠진 염소 고깃국 같은 소리, 난 배내옷을 물려준 사람이라고."

그것은 사실이었다. 테무진이 태어날 때 자르초다이가, 담비 가죽으로 만든 젤메의 배내옷을 예수게이에게 상납했다. 그래서 둘이 만나는 첫날, 테무진이 위아래를 정돈하기를, 특별히 상하관계를 구별할 때만 존대하라고 했으니, 젤메는 더없이 감격할 수밖에 없었다. 귀족에게 처음으로 나이대접을 받았던 것이다.

그때 문밖에서 버르테의 목소리가 들린다.

"괜찮아. 언니 곁에 꼭 붙어 있으면 돼."

보오르추가 낌새를 알아채고 바깥을 향해 큰 소리로 외쳤다.

"테무룬도 큰오빠가 벌 받는 거 보고 싶지? 들어와."

젤메가 오고 나서 한 달 하고도 보름이 넘도록 테무진의 게르는 이렇게 연일 축제 상태였다.

도대체 근심거리가 없었다. 남자의 손이 필요한 일감은 모두 젤메가 차지했다. 그는 어디에서 구해오는지 사냥한 노루고기로 개도 바꾸고 염소도 바뀌왔다. 한번은 얼룩박이 황소를 들여와 다른 유목민들처럼 이사도 다닐 수 있게 되었다. 그래서 칭찬하면 대답이 한결같았다.

"코 큰 사람은 콧물이 많고, 소매 큰 사람은 주먹이 많다는 말을 못 들었수?"

그러는 분위기를 싫어하는 사람이 한 사람도 없었다. 카사르는 집 걱정 없이 사냥을 다녀서 좋고, 벨구테이는 가족의 구석자리에서 중심부로 들어가 신이 나며, 보오르추는 열두 마리의 말을 돌보는 것만으로도 친구를 지킬 수 있으니 그렇게 보람찰 수가 없었다. 여인네들도 굶주릴 걱정이 없어서 게르 안이 번들번들 윤기가 흘렀다. 족제비할머니조차 새로운 말버릇이 들 정도였다.

"게르 안은 여자들의 것이니, 남자들은 바깥이나 잘 지키라구."

그래서 밤이면 목청들이 커졌다. 날마다 술좌석이 벌어지든지 놀이판이 만들어져서 시끄러운 소리로 천창이 들썩거리느라 잠도 잘 수 없었다. 오랜 적막 속에서 살아온 테무진의 가족은 그것이 행복하다 못해 황홀할 지경이었다. 버르테도 오빠를 둘이나 겪었지만 사내들이 자지러지게 노는 풍경은 구경하지 못했다.

그날은 일찍부터 놀이가 시작되어 겨우 마유주를 아끼는가 싶었다.

"큰오빠, 들어가도 돼?"

테무룬이 문 뒤에서 계속 쭈뼛대는 걸 알고 젤메가 덮개문을 들춘다. 밖에서는 수천 개의 별이 빛나고, 강 쪽에서 올라온 찬바람이 마구 들이쳤다.

"보오르추 형, 내일 날씨가 어떨 것 같아요?"

한쪽에서 화살촉을 벼르던 카사르가 물었다. 가까운 사냥에서 매번 노루를 잡았던지라 목소리가 의기양양하기만 했다. 날씨만 좋으면 야생마를 잡으러 갈 생각이었다.

보오르추가 밤하늘이 터질 듯이 가득 찬 빛 무더기 속에서 원숭이별(일명 좀생이별)을 찾는다. 이내 흐린 별 여섯 개가 뭉쳐 있는 모습이 발견되었다.

"저기 있다. 내일도 춥겠네."

"저걸 보고 어떻게 날씨를 맞추지?"

"원숭이별이 달 곁에 가면 날씨가 사나워져."

"난 모르겠어요. 별이 별다워야지 좀생이처럼 생긴 게 영락없는 원숭이지 뭐야."

카사르가 떠드는 틈에 테무룬이 슬쩍 끼어들었다.

"보오르추 오빠한테 별 이야기를 해달라고 졸라야지."

테무진이 타이를까 하다가 모른 척하고 지나갔다. 어머니의 게르에 있는 두 남동생도 건너오고 싶을 것이다. 하지만 테무룬만큼 고생스럽게 큰 아이는 없었다. 태어나자마자 아버지가 죽는 바람에 재롱 한 번 떨지 못하고 영양실조 상태로 아홉 살이 된 아이였다.

"별 이야기? 좋아. 옛날에, 일흔 개의 혀를 가진 사람과 동물, 일흔 개의 혀를 가진 새들이 죽어서 하늘에 올라갔는데, 땅에 있는 친구들이 보고 싶어서 밤마다 내려보는 거야. 한데, 너무 멀리 있어서 소리치면 안 들릴까 봐 눈빛으로 말하는 거지."

벨구테이가 곁에서 아는 체를 한다.

"족제비할머니가 그러는데, 아침에 쏜 화살이 낮에 새와 함께 떨어지게 하는 명사수가 있었대. 어느 날 그가 누워서 하늘을 보고 있었어. 지나가는 사람이, 도대체 당신은 무슨 일로 하늘을 보고 있소, 묻자, 내가 쏜 화살이 별과 함께 떨어지기를 기다리오, 이래서 별 사람 다 보는군, 하는데 별똥들이 화살과 함께 우수수 떨어졌다는구나. 그 사람한테 하나 따달라고 할까?"

"그 명사수는 지금 타르박이 됐는데?"

"왜?"

이렇게 해서 그날은 별이 화제가 되어 밤 깊도록 이야기판이 벌어졌다. 특히 나코 어른의 피를 받은 보오르추가 일품의 솜씨를 자랑하게 되었다.

"원숭이별이 원래 열두 개였다는 거 알아? 아까 그 명사수가 에르히 메르겐인데, 제 활 솜씨만 믿고 하늘에게 맹세한 거야. 내가 활로 열두 개의 별을 차례로 맞추어 떨어뜨리겠다, 만약 못 맞추면 물도 안 마시고 마른 풀도 먹지 않는 동물이 되겠어! 그런데 여섯 개만 맞추고 나머지를 맞추지 못했지. 하늘에게 맹세했으니 별 수 없지. 맹물도 마시지 않고 마른풀도 먹지 못하는 타르박이 된 거야."

테무룬이라도 빨리 재웠으면 더 일찍 잠들 수 있었을지 모른다. 그런데,

"원숭이별이 추울 때만 뜨는 이유가 뭐예요?"

이런 질문을 받고도 보오르추가 그냥 말 사람이 아니었다.

"아주 옛날에 땅 위에 원숭이가 살던 시절에 겨울은 없고 뜨거운 여름만 계속되었어. 그래, 소와 낙타가 더위에 지쳐서 원숭이를

짓밟아 없애기로 하고, 누가 먼저 그 일을 하는지 내기를 했지. 낙타가, 이 큰 발로 원숭이를 밟아버리겠다, 하자 소가 먼저 펄쩍 뛰어 짓밟았어. 그러나 원숭이는 소의 발굽 틈새로 빠져나가 하늘로 올라가버렸지, 뭐. 그래, 별이 되어서는 땅에서 핍박받고 쫓겨난 데 원한을 품고 땅의 동물들을 추위에 떨게 만든 거야."

하여튼 지상의 척도로 보아, 아직 덜 자란 사내들과 아녀자들이 그날도 어김없이 자연의 무관심과 싸워서 이기고 난 하루였다.

그리고 다들 잠든 뒤에 혼자 깨어서 부스럭거리는 사람이 있었다. 족제비할머니였다. 사람도 늙으면 세상에서 떨어져 나와 자연의 한 톨로 뒹굴게 된다. 족제비할머니는 사람의 소리를 가끔 못 알아듣지만 새 소리, 바람 소리, 심지어는 땅의 소리까지 가려듣는 분이라 별들이 풀밭에 속삭이는 소리도 가려듣는 때가 많았다. 그날도 많은 소리들 속에 파묻혀 있다가 무슨 생각을 했던지 후엘룬을 찾아 흔들었다. 한쪽 손에는 예의 함지박을 안은 채였다.

보르칸 산에서 자작나무를 베어서 만든 함지박은 족제비할머니의 친구와 같았다. 잠을 잘 때도 함지박만 있으면 아무 데서나 코를 곯았다. 시냇물이 돌돌 흘러가듯이 예쁜 소리로 코고는 법을 언제 배웠는지 모른다. 식구들이 많아도 몸집이 작아서 엉덩이만 붙이면 벌레처럼 제자리에서 몸을 동그랗게 말고 잘 수 있었다. 다리를 뻗을 수 있으면 함지박을 베개로 삼고, 없으면 아기처럼 안고 자곤 했다. 그날은 카사르가 큰 게르에서 돌아오지 않은 탓에 모처럼 다리를 쭉 펴고 함지박을 귀밑에 받쳐서, 비록 맨바닥이지만 여느 귀족 마나님처럼 아주 늘어져서 잤다. 그리고 정신이 총총한 새벽에 깨어 귀밑의 함지박에서 우박이 쏟아지는 소리를 들은 것이다. 일어나보니 아무 일도 없는데 누우면 헛들은 게 아니었음이 너무나 분명하도록 우박 떨어지는 소리가 또렷했던 것이다. 곰곰이 생각해보니 뚜껑이 없는 함지박을 맨바닥에 엎어서 귀밑에 받쳤기 때문에 땅 울리는 소리가 크게 들렸던 게 분명해진다. 한데, 동물이 뛰는 소리가 그렇게 들리려면 도대체 발이 몇 개나 모여야 하나? 생각이 거기에 미치자 가슴이 벌렁거려서 부랴부랴 후엘룬을 깨우기로 한 것이다. 난리가 몰아치면 모를까 다른 수는 없어 보였던 것이다.

"마님, 말발굽 소리가 들려요."

후엘룬은 그 말을 잠결에 들었다. 간밤에도 늦도록 꿈길을 못 찾다가 새벽에야 단잠을 따라 들어간 터라 몸이 깨어서도 정신이 바로 서지 못했다. 그래, 건성으로 귀를 쫑긋해봤다가 아무 소리 안 들린다며 다시 꿈속으로 돌아가버린 것이다.

"할멈이 일을 너무 해서 헛듣나 봐요."

그렇게 말하면 다시 귀찮게 할 리는 없는 이였다. 한데, 그날은 잠깐 있다가 후엘룬을 또 깨웠다.

"말발굽 소리가 분명해요. 키릴툭의 군대가 이리로 와요."

이번에는 얼른 일어나 몸가짐을 고치지 않을 수 없었다.

"키릴툭? 나는 안 들리는데? 그리고 그자는 이제 못 와요."

그래도 족제비할머니가 단호하게 말한다.

"마님, 급해요. 가까워지고 있어요."

그리고 자작나무 함지박을 땅바닥에 엎어놓으며 그 위로 귀를 대어보도록 시늉하였다. 후엘룬이 그렇게 해보고는 깜짝 놀란다. 북쪽에서 실로 무서운 소리가 다가오고 있었던 것이다.

'노망이 든 게지. 그 생각을 깜박하다니!'

이제 후엘룬이 다급하게 아이들을 흔든다.

"얘들아, 빨리 형을 깨워라. 큰일 났다. 난리가 몰아쳐오고 있어."

그 말에 온 식구가 후다닥 일어나 소란을 피우더니 테무진이 곧 활을 들고 뛰어왔다.

"어머니! 무슨 일이에요?"

"군대가 오는구나. 빨리 도망쳐라."

후엘룬이 내쫓자 테무진이 눈을 동그랗게 뜨고 반문하였다.

"어디서 누가 오는지도 모르잖아요. 긴장을 푸세요. 놀란 참새 새끼들처럼 언제까지 도망 다니고 살게요?"

말발굽 소리는 점점 분명해지고 있었다. 누가 계획하는지 알 수 없지만, 커다란 적의 무리가 야음을 타고 물안개가 피는 언덕으로 다가오는데, 풀뿌리도 땅바닥에 납죽 엎드리고, 먼 산도 겁을 내어 부들부들 떠는 것 같았다. 갑자기 말 위에 올라탈 틈도, 무기를 쥘 여유도 주지 않고 사면팔방에서 괴물들이 기습해오는 느낌이었다.

"적들이 오면 싸워야지요."

테무진의 기세가 누그러들 것 같지 않자 후엘룬이 매달리듯이 사정을 한다.

"아무 말 말고 시키는 대로 해다오. 살아 있어야 방법이 있다."

그때 카사르가 헐레벌떡 뛰어왔다.

"형, 빨리 판단해. 말발굽 소리가 안 들려?"

보오르추도 다급하게 들어온다.

"키릴툭 같아. 우선 테무진부터 도피시키자."

그러자 어머니가 단호하게 선을 긋는다.

"아니다. 모두 위험해. 나는 버르테가 오는 날부터 이 걱정을 해왔어. 구름이 있으면 비가 오는 법이야. 내 복장 보이니?"

유목민은 남녀 모두 헐렁한 전통 두루마기를 입는데, 기혼 여성은 자신을 지켜줄 남자가 있다는 뜻에서 허리띠를 매지 않는 풍습을 가지고 있었다. 그러나 후엘룬은 예수게이가 죽을 때 졸라맨 허리띠를 버르테가 온 후로도 풀지 않고 옷매무새를 계속 단단히 하고 살았다. 못다 한 시련이 아직 남았다고 여겼던 것이다.

후엘룬의 눈빛이 테무진에게 말하고 있었다.

'과거의 흔적이 한 알의 모래가 되어 바람에 휩쓸려 사라질 줄 알았어?'

쳐들어오는 자가 메르키드일 거라는 얘기였다. 어느새 젤메도 말 떼를 끌고 와서 대기하는데, 말 한 마리가 범상치 않게 발굽으로 땅을 뜩뜩 긁는다. 황금색 늑대귀 말이었다. 테무진은 말의 눈망울이 자신에게 흥분하지 말라고 충고하는 걸 알아들었다.

"어머니 말씀에 따르겠어요. 보오르추, 뒤를 부탁해. 젤메는 동생들을 도와줘. 얼른 말에 오르세요, 어머니!"

사내가 가장 잘 잊는 것이 아내일 것이다. 버르테를 챙겨야 한다는 것을 지적하는 사람이 아무도 없었다.

테무진이 움직이자 어머니도 말에 올라 고삐를 잡는다. 젤메가 테무룬을 안아서 어머니 앞에 앉혔다. 그새 추격자들이 외치는 소리가 가까워졌는지, 공기의 울림을 타고 "…… 저기다, 따라……, …… 어라!" 하는 말꼬리들이 긴박하게 전해온다.

메르키드 부족이었다. 십팔 년 전, 칠레두는 후엘룬의 지혜로 살아났지만 인간의 세상이 싫다고 광야로 숨어버렸다. 그 나약한 현자를 메르키드의 귀족들은 얼마나 안타까워했는지 모른다. 세상의 어디에서 살았는지 죽었는지 다시는 그림자를 비치지 않았으니, 그 일을 동생이 각별히 기억에 담아두고 있었다. 나중에 실력자가 되면 형의 원한을 반드시 풀어주리라! 동생 톡토아베키가 3성 메르키드(세 개의 대부족을 가진 메르키드라는 뜻)의 한 성을 이끄는 족장으로서 명실상부한 지도력을 확보한 것이 최근이었다.

'망해가는 보르지긴 족 따위가 형의 인생을 망쳐놓다니!'

그는 자신의 의지를 온 초원에 알리고 싶었다. 그에게서, 형의 아내를 빼앗고 가문을 모욕한 일은 개인의 원한으로 끝나는 게 아니었다. 메르키드 족을 건드리는 죄가 얼마나 큰지 알리는 것, 누구든 메르키드 사람을 손대면 그 원한을 반드시 복수한다는 것을 온 초원에 각인시킨다는 것이 그의 통치철학이었다. 그러나 예수게이의 죽음으로 복수할 대상조차 사라지고 없으니 얼마나 야속했던가. 한데 최근에, 예수게이의 아들이 결혼하여 토오릴칸과 의부자를 맺었다는 소문이 돈 것이다. 그 아비가 저승에서도 능력을 발휘한다는 평 따위를 듣자니 심기가 불편해서 참을 수 없었다. 그래 더 늦기 전에 경을 치자, 해서 정예요원을 뽑아 출격시킨 것이다.

그리하여 전날 삼백 명의 메르키드 전사가 예비마를 한 마리씩 대동하고 셀렝게 강을 출발하여 한밤중에 오논 강을 건넜다. 족제비할머니가 들었던 것은 건강한 준마 육백 마리가 내는 발굽 소리로서, 말마다 네 개씩의 다리를 가졌으니, 이천사백 개의 북채가 격렬하게 대지를 두드리는 소리였다.

말발굽이 뛰는 소리처럼 생명체를 흥분시키는 것은 없을 것이다. 톡토아베키는 야음 속에서도 물안개 언덕 주위에 희미한 얼룩이 움직이는 것을 보고 더욱 채찍을 가해 벼락 질주를 이끌었다. 허나, 목적지 앞에 당도했을 때 테무진 일행은 이미 게르를 빠져나간 뒤였다.

'분하다, 늑대 같은 놈들!'

그런데 찬찬히 보니 냄새가 다 빠져나가지 못하고 꼬리를 남겨놓고 있었다. 예수게이와 관련된 것이라면 마지막 실오라기까지도 없애버릴 작정이었으니, 남은 흔적이라도 무자비하게 짓밟아놓아야 직성이 풀릴 터였다.

"보이는 건 다 끌어모아라."

가난뱅이 가족이 탈출한 자리에 무엇이 남아 있겠는가.

전란에 어두운 것은 여자들뿐이었다. 말을 가장 잘 다루는 보오르추가 맨 나중에 출발할 때 안 보였던 여자는 셋이었는데, 이들은 전쟁이 처음인지라 눈치 없이 먹을 것을 챙긴답시고 다시 게르로 들어갔다. 버르테는 쫓기는 남편에게 말라비틀어진 보르츠 한 조각이라도 더 챙겨주는 게 아내의 도리라고 여겨서 남김없이 긁고 있었다. 그러느라 족제비할머니가 소달구지에 올라 발을 동동 구를 때조차 미처 빠져나오지 못했던 것이다.

"버르테, 빨리 타."

할멈이 보채자 버르테는 또 생모를 부른다.

"작은어머니!"

생모는 늦었다고 생각했는지 지레 포기하고 말았다.

"먼저 가. 적들은 날 쳐다보지도 않을 거야."

전쟁을 하더라도 새끼를 낳고 기를 젖통을 가진 짐승만은 절대 해치지 않는 것이 초원의 윤리였다. 다른 동물은 몰라도 적어도 사람과 늑대만은 그런 미덕을 지켰는데, 언제부터인지 고원에는 그런 윤리조차 쓸모없는 것이 되어 있었다.

족제비할머니가 달구지에 천막을 씌워 위장할 때까지도 버르테는 누가 왜 쳐들어오는지, 그들이 무엇을 노리는지, 자기의 운명은 어떻게 될 건지도 생각지 않고 그저 남편이 무사하기만을 바라면서 마냥 끄덕거리고 있었다.

잠시 후 메르키드의 본대가 모두 당도하자 병사들이 다짜고짜 테무진의 게르부터 뒤집어버렸다. 사람은 하나도 없고 방금 전까지 버르테가 지키던 화덕이 아주 정갈스럽게 타고 있었다. 톡토아베키가 배알이 뒤틀려 고함을 질렀다.

"화덕을 엎어라. 불씨를 밟아라. 그놈의 종자들이 영원히 살아나지 못하도록 물을 뿌리고 바윗덩어리를 올려라."

극단의 저주를 퍼붓는 행위였다. 수많은 병사들이 달려들어 게르에 남겨진 것들을 난폭하게 부수고 닥치는 대로 짓밟았다. 일부의 병사들은 옆 게르로 들어갔는데, 난데없이 포로를 잡았다고 탄성을 지른다. 톡토아베키가 뜯어보니, 나이가 지긋하고 얼굴이 곱상하나 아무리 봐도 후엘룬은 아니었다.

"누구냐?"

"예수게이의 여자입니다."

벨구테이의 어머니, 생모였다.

"저 여자를 발가벗겨서 끌고 가라."

물안개 언덕을 수놓던 백조 같은 게르는 이내 화염에 휩싸여 빨간 불기둥으로 타올랐다. 천창은 뒤집어지고, 모든 것은 불태워졌으며, 적들은 야수적인 희열에 도취되었다. 젤메가 데려온 개 한 마리가 잿더미 사이를 뛰어다니며 짖어대다가 메르키드의 화살에 맞아 금방 흙더미의 일부로 변했다. 족제비할머니의 함지박도 박살이 나서 불꽃의 혀가 되었다. 바로 전날까지 테무진에게 행복을 가르치던 장소는 이렇게 해서 지옥 속으로 떠내려갔다. 와글와글 떠드는 소리, 급박한 말 울음소리, 성난 말발굽 소리와 함께 테무진의 신혼살림에 관여했던 도구들은 모두 완벽히 연기가 된 것이다.

그러고도 모자라 메르키드의 군대는 물안개가 피는 언덕에서 가장 높은 곳으로 올라가 또 다른 흔적이 없는지 살폈다. 마침 멀리서 먼지구름이 이는 것이 보였다. 그때 소달구지는 한 걸음이라도 빨리 달아나야 되는데 족제비할머니의 동작과 바퀴 구르는 속도가 너무 느렸다. 굼벵이 같은 수레가 가리개를 덮고 뒤뚱뒤뚱 흔들리는 모습을 보고 눈치 빠른 톡토아베키가 바람처럼 달려 달구지를 멈춰 세웠다.

"서라! 누구냐?"

족제비할머니가 태연한 척 답한다.

"난 키아트 족 졸인이에요."

"주인은 어디 있느냐?"

"집에 있겠지요."

"이렇게 일찍 어딜 가는 거지?"

"어제저녁에 주인네 집에 와서 양털 깎는 걸 돕다가 이제 가는 중입니다."

"죽이지 않으려면 천막을 벗겨라."

"네?"

"속에서 떨고 있는 사람 말이다."

결국, 안에서 숨을 죽이고 있던 버르테의 존재가 환히 드러나게 되었다. 누가 묻고 따질 필요도 없이 한눈에 봐도 테무진의 아내였다. 톡토아베키의 얼굴에 미소가 번진다.

"후엘룬 이년은 어디 갔느냐?"

"제 앞에서 어머니 이름을 함부로 부르지 마세요."

그때 부하 하나가 잘난 척 나대다가 톡토아베키에게 곧바로 제지를 당했다.

"제법이로구나. 살찐 고라니처럼 모양 없이 뒤뚱대는 늙은 것보다 쭉 뻗은 암사슴처럼 젊은 것이 좋지. 암, 체격 좋고, 용모 좋고, 피부 좋고."

"후엘룬도 빼앗길 때는 저렇게 젊었어."

이내 수레를 호송하도록 명 받은 병사가 버르테에게 말한다.

"어이, 새 신부 울지 마. 흐린 하늘에서 천둥 번개가 칠지 부드럽고 따스한 이슬이 내릴지 누가 알겠어."

하지만 톡토아베키는 아직 성이 차지 않는지 군대를 세 개로 나누었다.

"이제부터 테무진을 사냥하겠다. 부대를 셋으로 쪼개어 추격전을 개시한다. 일진 출발!"

테무진 일행이 지나간 흔적은 보르칸 산 동쪽으로 뻗어 있었다. 하지만 메르키드의 수색대는 그 길을 한나절이나 뒤지다가 공치고 왔다.

"흔적이 가짜입니다."

보고를 받고는, 톡토아베키가 비웃는 듯이 한쪽 입꼬리를 치켜올린다.

"맹랑한 자식. 그래서 후속 군대는 반대쪽으로 보냈다, 이놈아."

그도 고원의 밤하늘에 떠오르는 찬란한 샛별의 하나였다. 예측대로 테무진 일행은 과연 보르칸 산의 서쪽 진입로를 타고 있었다.

선봉에는 젤메가 섰다. 늦가을에도 얼지 않고 풀들이 살아 있는 희한한 초지 위를 지날 때 테무진이 대열을 흩어져서 뒤따르게 했다. 여기저기 말 발자국들이 어지럽게 찍힌다. 보오르추가, 사계절 내내 푸르다는 초록지대를 골라 굼벵이처럼 조심조심 통과하는 게 한심했던지, 테무진에게 다가와 낮게 속삭인다.

"적은 메르키드야, 테무진! 놈들은 밍크에, 담비에, 족제비 털을 팔아서 사는 족속이라고. 활을 쏘아도 피를 흘리지 않도록 급소만 맞추는 것들이라 조준당했을 때는 이미 늦어."

테무진이 젤메를 불렀다.

"어, 잠깐!"

말하지 않아도 아는 이야기였다.

"아까, 대장님이 원했던 길이 이겁니다."

젤메의 얼굴에서 간밤에 천방지축으로 까불던 표정은 찾아볼 수 없었다.

"이게 최선 같아. 그대로 가지."

다시 황금색 말들이 지그재그로 걸어서 초록지대를 통과했다. 까다로운 길을 다 지나고 나서야 테무진이 허리를 폈다.

참으로 처량한 피난길이었다. 뒤로는 헤를렌 강이 아스라하고, 앞으로는 보르칸 산이 까마득했다. 가족들은 지쳐 있었다. 다들 전날의 기억이 꿈같다는 표정이었다. 그래도 젤메는 아무 동요 없이 가장 높은 산봉우리를 향해 커다란 재를 넘어 더욱 외진 곳으로, 더욱 깊은 산중으로 들어가려 했다. 그렇게 해서 헤를렌 강이 전혀 보이지 않는 곳까지 빠져나와 겨우 숨을 돌릴 수 있었을 때 어머니가 묻는다.

"버르테는 어찌 됐느냐?"

대답을 하는 사람이 아무도 없었다.

"다들 제 몸밖에 데려오지 못했구나. 쯧쯧."

혀를 차는 소리에 젤메가 바로 가서 머리를 조아렸다.

"어머니, 죄송합니다. 실은 제가 무당이에요. 보르칸 산은 여자를 받아주지 않습니다. 어머니가 뭐라 혼내셔도 버르테 아씨는 산신님을 면접할 수 없어요."

그 말에 후엘룬의 표정이 바뀌더니 대번에 소리 내어 흐느낀다. 장남 테무진조차 본 적이 없던 눈물바람이었다.

"그럼, 버르테를 잃는단 말이냐? 신세 좋구나. 약한 사람만 언제나 버려지지. 그래서 다들 자기부터 강해지려고 악다구니를 쓰는 게야. 빌어먹을, 푸른 하늘은 인간을 왜 이렇게 어리석게 만들었는지."

뜻밖의 상황에 보오르추도 몸 둘 바가 없게 되었다. 그래서 젤메에게 묻는다.

"떠나올 때 분명히 버르테가 보이지 않았어. 한데, 그렇다면 어머니를 어떻게 모시지?"

"그걸 모르겠어. 어머니가 왜 여기에 올 수 있는지. 하지만 산에서 내려갈 때까지 테무진의 등 뒤를 벗어나면 안 돼."

두 사람이 하는 말을 듣고 테무진은 주위를 돌아보기가 무서웠으며, 속삭이는 것조차 두려웠다. '이제 어떻게 해야 좋을까?'

그에게는 지금 한 발짝도 디딜 땅이 없었다. 울고 싶었을 것이다. 사람에게는 울음이 있는 법이다. 간밤에 별 이야기를 듣던 가족들도 모두 생애 최고의 거처였던 흰색 게르가 한 줌 연기로 변하는 것을 보고 얼마나 울었던지 볼들이 발굽 짐승의 것처럼 얼룩져 있었다. 하지만 테무진은 아무렇지 않았다. 얼굴이 아니라 가슴이, 눈이 아니라 심장이 울어야 하는 사람은 눈물을 어디로 흘려야 하는지.

그때 생모를 찾으러 갔던 벨구테이가 돌아왔다.

"형! 놈들이 꼬리를 잡았어."

과연, 숲 사이로 멀리 메르키드의 군대가 보였다. 방향을 틀켰으니 맹추격이 시작되면 어디로 피해야 할지 알 수 없었다. 테무진은 속으로, 인간에게 능력이 없다는 것이 얼마나 참담한 일인지를 뼈아프게 깨닫고 있었다. 헌데, 눈앞에서 놀라운 풍경이 펼쳐지고 있다. 분명히 지나온 곳인데, 메르키드의 선봉대 백여 명이 초록지대 안에서 각기 씨름을 하는 사람처럼 쩔쩔매고 있었던 것이다.

"젤메, 저자들이 왜 저렇게 헤매는 거지? 우리가 탄 말들은 지나 왔잖아?"

"맞아요. 아슬아슬했습니다. 하도 무서운 늪이라, 땅이 사람을 삼 키거든요. 저 탐나는 초지를 유목민이 손도 대지 못하는 이유를 아 는 것은 푸른 하늘밖에 없어요."

"저들이 오늘 밤에 따라잡지 않을까?"

"천만에요. 저것들이 살겠다고 고함을 질러대는 순간 폭우가 쏟 아질 거예요. 그럴수록 늪은 더욱 꿈틀거려서 종아리를 감아요. 저 말들도 밤에 진흙을 덮고 자야 할걸요."

테무진은 입을 다물지 못했다. 젤메의 말대로 수색부대가 수렁 에 빠져 혼비백산하는 모습이 너무나 생생하기 때문이었다.

"그럼, 우리도 말을 쉬게 하자. 그리고 대책을 좀 세우는 게 좋겠 어."

그리하여 작전회의가 시작되었다.

바위 위에 동그랗게 앉자 카사르가 먼저 의견을 내놓았다.

"형! 싸우자. 내가 적장의 염통을 뽑아다 바칠게. 죽더라도 용기 있게 굴자. 나는 겁쟁이의 뼈로 초원을 더럽히고 싶지 않아."

어머니가 듣다가 뛰어들었다.

"한 번만 끼어들자. 여자가 뭘 아니? 한데, 남자가 모르는 게 있 어. 사람을 낳는 일이 얼마나 오래 걸리고 힘이 드는지 아니? 태어 난 아이를 키우는 데는 또 얼마나 오래 걸리고 힘이 드는지 아니?

어떻게든 살아 있는 것들 속에 우두머리가 있는 거야. 적을 죽이는
것보다 우리를 살리는 게 더 훌륭한 작전이란 걸 왜 모르지? 비겁
하다는 소리를 들을까 봐 무모하게 숨지는 것이 더 비겁하다는 걸
왜 몰라? 카사르야, 잊지 마라. 난 너희들에게 늑대의 음식도 빼앗
아 먹였다."

눈을 꼭 감고 앉은 테무진의 머리에서 어머니의 명언이 쉴 새 없
이 춤을 추었다. 싸움이란 죽이기 위해서가 아니라 살기 위해서 하
는 것! 한없이 어둡던 뇌리 속을 번개가 치고 가듯이 깊이 파헤치
자 잠들어 있던 내면의 윤곽이 또렷하게 드러난다. 어릴 때 키릴툭
에게 전해 듣고 뜻도 모르면서 감동받았던 이야기조차 전혀 새롭
게 살아났던 것이다.

오래전 그의 조상은 투르크 족과 싸워서 대패한 적이 있었다. 부
족의 명운을 건 최후의 결전에서 모두 몰살되고 단 두 쌍의 남녀가
살아남았다. (…… 누가 그들을 비겁하다 할 것인가……) 그들은
시체를 헤치고 도망친 끝에 어느 협곡 안의 작은 초원에 은신하였
다. 그리고 사냥으로 연명하며 번식에 성공하여 필사적으로 자식
을 늘려갔다. (…… 누가 그들을 부끄럽게 살았다 할 것인가……)
세월이 흘러 숫자가 많아지자 더 이상 그곳에서 살 수 없게 되었
다. 보다 넓은 땅이 필요해진 것이다. 하지만 협곡을 빠져나가면 무
서운 적이 있고, 안으로 움츠러들면 자기들끼리 싸우게 된다. 그렇
지 않은 유일한 길은 산에 굴을 뚫는 것뿐인데, 무당들이 굿을 하
여 기적처럼 방법을 알아냈다. (…… 누가 그들을 어리석다 할 것
인가……) 흙 속에 박힌 단단한 쇠붙이가 문이 된다는 것이다. 그

들은 일흔 마리의 소와 말을 죽여 그 가죽으로 일흔 개의 커다란 풀무를 만들었다. 그리고 장작과 석탄을 쌓아서 철산 아래에 불을 붙인 뒤 일시에 풀무를 불어 쇠를 녹이자 놀랍게도 산이 문을 열었다. (…… 아아, 누가 그들을 패배자였다 할 것인가……) 이렇게 해서 최초의 갱도를 뚫어 탈출한 사람들이 보르칸 산으로 기어들어 오늘의 그들이 있게 된 것이다.

순간, 테무진은 뭔가가 뒤통수를 치는 것 같았다. 움찔 놀라서 눈을 떠보니 젤메의 입이 움직이고 있다.

"옛날에 이곳에 산의 몸을 아는 대장장이가 산의 맘을 헤아리는 무당으로 살았어요. 그들은 보르칸 산으로 피신하기 위해 쇠붙이를 녹여 굴을 뚫어요. 산도 뚫었어요. 그 대장장이들의 직계 후손이 저 젤메입니다. 보르칸 산이 저를 보냈다는 생각은 왜 하지 않으세요?"

테무진이 젤메의 손을 꼭 쥐었다.

"고마워. 난 왜 네가 종이고 내가 주인인지 모르겠어."

그 말에 젤메가 펄쩍펄쩍 뛴다.

"대장님, 난 말을 배울 때부터 테무진이 주인이라고 배웠어요. 아버지가 늘, 네 운명은 테무진의 손금 속에 있다, 이러셨단 말예요."

보오르추가 목청을 낮게 깔아서 분위기를 가라앉혔다.

"나뭇잎이 줄기에 매달리듯이 알랑고아의 자식들은 보르칸 산에 매달려야 산다는 말이 맞아. 테무진! 보르칸 산에서 다시 시작하자."

이렇게 해서 다들 차분해졌는데, 테무진이 꼼짝도 않는다. 무슨 일인가 보니, 벨구테이가 말하기를 한없이 기다리고 있었던 것이다. 그가 아직 아무 말도 하지 않고 있었다.

"난 작은형과 행동을 같이하겠어요. 세상에 하나뿐인 어머니를 빼앗긴단 말야?"

하나뿐이라는 말에 자신도 놀라 뒤끝을 얼른 잘라버렸다. 후엘룬의 볼 위로 다시 냇물이 지나갔다. 시집와서 두 번 사용한 눈물을 오늘 다 흘려버린 것이다. 새벽에 난리가 몰아쳐오는 장면부터 지켜본 해가 기나긴 하루를 마감하느라 반쪽밖에 보이지 않는 하늘을 새빨갛게 물들이고 있었다.

테무진이 눈을 감은 채 입을 달싹거린다.

"보오르추의 말대로 하자. 하지만, 카사르야, 벨구테이야! 생모와 버르테를 어떻게든 찾아올게. 족제비할머니도 우리 집에서 돌아가시게 해야지. 젤메, 날 보르칸 산신님께 안내해줘. 그리고 보오르추랑 벨구테이랑 셋이서 메르키드가 어떻게 움직이는지 알아다 줄 수 있지? 그리고 카사르는 테무룬을 등 뒤에 숨겨라. 내가 직접 산신님을 만나겠다."

아무도 토를 다는 사람이 없었다. 테무진이 움직이자 다들 따라서 일어선다. 하지만 갈 곳은 여전히 막막하다. 보오르추만이 묵묵한 동작으로 황금 말들 속에서 전투마 세 마리를 골라 점검하고 있다.

젤메는 테무진을 위해 쓰일 자리가 이렇게 빨리 생길 줄은 상상도 하지 못했다. 아버지가 아시면 오히려 기뻐하실 것이다. 이제 메르키드 전사 삼백 명을 흔들어놓기 위해 무슨 일을 벌일지 궁리할 차례였다.

"그럼, 여기서 기다리세요. 누가 올 때까지만요."

젤메가 물러갔다. 테무진은 한 발짝도 움직이지 않았는데도 보르칸 산의 까마득한 정상이 휘황찬란하게 위용을 드러냈다. 푸른 하늘에 오르는 거대한 층계처럼 생긴 형상이었다.

'저녁노을의 눈부신 빛 속에서도 저 산은 어찌 저리 아침 같을까.'

보오르추는 메르키드를 찾아 나섰다. 먼 산 중턱에서는 지는 노을의 희미한 빛과 함께 기러기 떼가 끊어진다. 얼마쯤 가자 숲 가운데 물결이 일렁이는 것이 보였다. 벌써 몇 번째인지, 강이 어디에서 시작되고 끝나는지 알 수 없었다.

"강이 어쩜 이렇게 많아?"

"물들의 고향이니까."

젤메가 일축해놓고 미안해졌던 모양이다.

"초원을 싸돌아다니는 물줄기들이 죄다 여기 출신이야. 그러니 보르칸 산이 어머니이지."

뿐 아니라, 한끝에는 해가 있는데, 다른 끝에서는 커다란 달이 숲을 밝힌다. 등성이를 돌면 다시 등성이가 나와서 얼마나 많은 산에 에워싸여 있는지, 얼마만큼의 봉우리들이 살고 있는지 추측하기 어려웠다.

메르키드의 본대는 산 밑 평지에 있었다. 야영지에 많은 천막을 쳐놓아서, 솟구치는 연기가 여러 가닥이었다. 가까이에서 보니 대부분의 용사들이 불 주위에 몰려 있고, 일부는 빙글빙글 돌며 노래와 춤을 즐긴다. 숯에서 지글지글 타는 고기, 고기 위에서 익는 들파 냄새가 코를 찔러 배고픈 마음을 한층 간절하게 들볶았다.

"신이 났구만. 저 녀석들을 좀 흔들어놓을까?"

젤메가 건들거리자 보오르추가 제지한다. 메르키드는 세 겹의 수색작전을 펼쳤는데, 선봉은 늪에 빠지고, 본대는 산 밑에 있다. 또 하나가 파악되지 않았으니 조심하는 수밖에 없었다.

"그럼, 말 떼나 몰고 달아나버리자."

일대에서는 젤메를 당할 자가 없어 보였다. 예비마를 모아둔 곳에 감시자도 없어서 허술해 보인다. 벨구테이에게 말을 맡기고, 두 사람이 잠입했다. 보오르추가 금방 우두머리 말을 찾아낸다. 동시에 뛰어올라 츄-츄-하자 사십여 마리의 말들이 우르르 따라온다.

"테무진이다! 테무진이 말을 훔쳐 달아난다!"

고함 소리와 함께 메르키드의 말들끼리 쫓고 쫓기는 추격전이 시작되었다.

벨구테이는 건너편 재 위에서 통쾌한 모습을 보고 있다. 보오르추가 울창한 수풀을 뚫고 높은 언덕을 넘어 온갖 재주를 부리며 도망쳐 간다. 젤메는 시종 늪과 건조지대의 아슬아슬한 경계로 대열을 끌고 다닌다. 밤안개가 드리웠다가 개어서 위아래 만연히 빠져나가는 모습이 장관이었다. 구름, 안개, 비…… 여러 가닥이 뭉친 것 같아도 사실은 각각이 전혀 다른 바람을 타고 흩어진다. 그 통에 똑같은 장소를 뛰면서 보오르추가 비를 흠뻑 맞아도 젤메는 말짱하였다. 어떻게 이럴 수가! 쫓기는 말들은 마른 땅을 달리지만 쫓는 말들은 폭우 속을 뛰는 진풍경이 벌어지고 있었다.

그때 테무진은 보르칸 산 중턱에 앉아 초조하게 기다리고 있었다. 밤이 되어 하늘에 달빛만 가득하다. 짧은 인생에서 또 한 차례 격렬한 바람이 쓸고 갔으니, 허전함을 무엇으로 채울 것인가. 가슴이 텅 빈 대지처럼 공허하다. 돌이켜보면, 쉴 새 없이 사건들이 일어나서 수많은 바람들처럼 그를 깨워놓고는 쏜살같이 가버리고는 했다. 그는 늘 그 화살 속에서 다시 태어나야 했다. 그래서 막 울적해지는 때 어머니가 뒤에서 옷깃을 당긴다.

"보르칸 산신님을 만나면 가장 먼저 아버지의 잘못을 빌어라. 네 뼈가 거기서 나왔잖니."

테무진이 말없이 고개만 끄덕인다. 곁에 있는 동생들은 공포에 지쳐 서로가 서로를 꼭 부둥켜안은 채 잠이 들었다. 들짐승도 그들에게 다가오지 않았다. 얼마를 기다려야 젤메가 올지 알 수 없는 참이다.

"어머니는 아버지를 사랑하지 않으신 거예요?"

무료해서 물었더니 어머니가,

"왜? 아버지를 진심으로 존경했다. 훌륭한 군인이었어."

그리고 한참 뜸을 들이다 잇는다.

"납치할 때 들려준 말이 뭔 줄 아니? 마차 안을 들여다보지도 않고 서서, 당신이 사랑하는 사람은 언덕 너머로 가버렸소. 울어도 외쳐도 들리지 않아요. 이제 고개를 돌려주면 안 되오? 그때 전혀 다른 운명이 내게로 오는 발소리를 들었다. 아, 이 남자를 떼어낼 수 없겠구나! 습격해놓고 그렇게 예의 바른 건 또 뭐라니?"

"마치 아버지가 칠레두를 대신했다고 말하는 것처럼 들려요."

"아서라, 칠레두를 사랑했기 때문에 너를 낳아서 기른 일이 내 인생에서 하찮은 것이 될 수 있겠니? 첫 만남이 잘못됐다고 너를 가꿔온 세월까지 잘못일까? 그렇다고 나의 과거가 함부로 구겨져도 되는 것은 아니라고 말하고 싶구나."

"혹시, 버르테를 포기하라고 말하고 싶으세요?"

한참 침묵이 이어졌다.

"버르테는 다른 남자와 살 거다. 그래도 마음을 빼앗기지 않으면 너의 아내야."

"어머니, 궁금한 게 있어요. 왜 사내를 우러러보지 말라고 하셨어요? 만리장성 얘기는 또 왜 하시고?"

"애야, 인생이 외가닥으로 이어져 있다고 생각하는 사람은 칠레두처럼 돼. 세상에게 토라지는 게 바보지 고상한 사람이니? 두고 봐라. 만리장성 이야기 때문에 버르테의 마음을 빼앗기지 않을지 몰라. 아내를 정조관념에 묶어서 희생시키고 싶은 거라면 내 말이 잘못이고."

"아, 어머니!"

어머니 안에는 언제나 그가 가보지 못한 대륙이 있었다.

"울 생각 마라. 자신의 생애에서 일어나는 일을 다 이해하기에 인간은 너무 작아. 인생은 아주 크단다. 우리는 자기 발밑도 온전하게 볼 수가 없어. 사랑의 생명이 끝나버린 잿더미 속에서 새로운 사랑이 시작될 걸 누가 알아? 한데 그것도 하나의 생명이란다."

그러다 밤이 기울었다. 테무진이 자기도 몰래 졸다 깨었을 때는 아침이었다.

"어머니, 추운데 왜 그랬어요?"

잠든 동안 두루마기를 벗어서 덮어주었던 것이다. 그러나 대화는 곧 잘리고 말았다. 방금 전 꿈이 너무나 생생한 까닭이었다. 잠깐 동안에 그렇게 길고 또렷한 꿈을 꾸다니!

꿈은 모두 세 토막이었다. 처음에, 흰머리를 풀어 헤친 귀신 바람 속을 달리고 있었다. 눈보라가 얼마나 사나운지 양털모자를 눌러써도 눈썹 위로 눈이 쌓인다. 눈보라, 계속되는 눈보라, 또 눈보라……. 그 속에서 말 떼와 늑대가 격렬하게 싸운다. 그가 나서서 활을 겨누자 우두머리 늑대가 덤비는데, 악, 소리치지 않을 수 없었다. 테무진의 눈동자가 늑대에게 박혀 있었던 것이다. 무서워서 화살을 날렸다. 캑, 하고 쓰러졌는데, 늑대는 흔적도 없고 이상한 여자가 늑대 털을 하나하나 줍더니 곱게 펴서 주머니에 담는다. 그리고 눈앞이 깜깜해졌다. …… 다시 물체가 보였을 때는 여자가 오논강 언덕에 서 있었다. 떠다니는 안개의 입자들이 신령스러운데, 바람이 귀찮게 해서 몸을 가눌 수 없었다. 안개 속에서는 여전히 새벽 산의 정기가 떠다니고, 여자는 털주머니를 흔들며 그를 부른다. 테무진이 여기 있어요, 해도 듣지 못하는지 계속 다가왔지만 만나지 못했다. 그 대목에서 또 깜깜해졌다. …… 잠시 후에 늑대가 나타났는데, 애꾸눈이었다. 한쪽 눈을 잃으면 큰일이다 싶어서 뒤쫓자, 한 사코 달려 멍릭의 집으로 들어가버린다. 그가 멍릭아버지! 멍릭아버지! 부르자 넷째아들이 화려한 무당 옷을 입고 늑대 벙거지를 쓴 채 밖으로 나와서 무엇을 두 손으로 바친다. 칸이시여! 백성을 여기 두고 어디를 그리 다니세요? 이걸 가지고 어서 보르칸 산으로 가세요, 하고 떠미는 것이다. 내미는 물건을 받아보니 낡고 허름한 주머니였다.

이 꿈을 사실은 텝텡그리와 오논 강 여자도 똑같이 꾸었다. 그리고 같은 시간에 텝텡그리는 푸른 하늘에 고하고, 테무진은 보르칸 산에 누설했으며, 오논 강 여자는 오줌 때문에 깬 작은아들에게 들려주었다.

"어, 그런데 저게 왜 떨어져 있지?"

어머니가 주머니를 집으려는데, 테무진이 외쳤다.

"잠깐만요. 그게 방금 꿈에 나타난 건데……."

해서, 털주머니 이야기를 자세히 하게 된 것이다.

"꿈도 이상하구나. 이건 젤메가 떨어뜨려서 보관하던 것이야."

그때 젤메 일행이 땀으로 범벅이 되어 당도하였다. 보오르추가 말한다.

"테무진! 녀석들이 혼쭐났지만 빨리 돌아갈 태세가 아니네."

이어서 젤메가 메르키드를 끌고 다니는 상황을 자세히 보고했다. 곁에서는 벨구테이가 형제들에게 숨넘어가는 소리로 그 이야기를 하느라고 시끄럽다.

"카사르 형! 놈들을 끌고 다니는데, 젤메가 가면 잡목림의 그림자가 딱 열려. 그리고 도망지를 제공하고는 딱 닫혀. 바로 가까이에 있이도 찾지 못해. 그렇게 밤새 끌고 다녔이."

"내가 갔으면 몇 죽였을 텐데."

"그리고 카사르 형! 말 떼를 또 진창 쪽으로 몰고 갔는데, 젤메는 비를 안 맞고, 놈들은 쫄딱 맞아서는, 아직도 흙에 처박혀 못 나오고 있어."

그때 테무진이 보오르추의 옷깃을 슬그머니 당긴다.

"곁에 좀 있어줘. 너무 무서워."

"왜 그래? 메르키드 때문에?"

"아니, 푸른 하늘이 계속 보고 있어. 저 엄청난 눈빛을 한 발짝도 벗어날 수 없는데, 다들 왜 괜찮은지 모르겠어."

테무진의 이빨이 딱딱 부딪치는 소리가 귀에 닿았다. 사지가 덜덜 떠는 느낌이 오래도록 가라앉지 않았다.

그때, 숲 아래쪽에서 부스럭대는 소리가 나더니 말 울음소리가 올라온다. 보오르추의 눈이 휘둥그레졌다. '어라! 저건 내가 기르던 말인데?' 하는 순간 말이 모습을 드러냈다. 회색의 새였다. 신기해서 쳐다보니, 곰처럼 덩치가 큰 노인이 머리가 하얗게 세어서 산신령 같은 모습으로 말에서 내린다.

"도련님! 제 등짝이 기억나십니까? 네 살 때 신열이 올라 등에 업고 두 역참 거리를 뛰었던 자르초다이입니다."

그 말을 듣고, 후엘룬 어머니가 펄떡 일어나 반겨 맞는다.

"오, 자르초다이! 보르칸 산으로 숨어들었다는 소식은 멍릭에게 들었어요."

젤메의 아버지였다.

"마님, 그 고생을 어찌 다 견디셨습니까? 마님의 소식을 들을 때마다 한시도 편히 잘 수 없었습니다. 오늘은 다행히 부적을 품고 오셨군요. 산에서 내려갈 때까지 몸에 꼭 지니고 있어야 됩니다요."

그리고 테무진 앞에 와서 예수게이가 살아온 듯이 눈을 붉힌다.

"참으로, 의젓하십니다요. 예수게이 님이 죽어서 끝인 줄 알았는데, 그게 한편으로는 도련님 이야기가 시작되는 자리라는 걸 왜 몰랐던고. 다 종놈이 무식한 소치입니다. 그래도 보르칸 산신님은 종놈에게도 젤메의 시작을 보고 죽으라고 여기 남겨두셨던 게지요."

손에 든 보따리를 풀자, 잘 익은 노루 한 마리가 모습을 드러낸다. 이틀째 굶주린 사람들이라 눈이 뒤집혀 있었다. 자르초다이가 음식을 꺼내면서 큰 소리로 떠든다.

"젤메야. 보르칸 님이 노루를 두 마리나 주셨지 뭐냐. 한 마리는 수베테이 어미에게 주었다. 저 준마를 네게 전해달라고 하더라."

요기를 하는 동안 자르초다이가 일러준다.

"보르칸 님은 봄에는 웃고, 여름에는 울고, 가을에는 정갈하게 씻은 얼굴을 하고, 겨울에는 잠든 표정을 하십니다. 품이 얼마나 크신지 동쪽으로 오논 강, 서쪽으로 톨 강, 남쪽으로 헤를렌 강, 북쪽으로 킬코 강, 사이사이로 히렉투 강, 할하 강, 초호 강, 텡기스 강, 시시게트 강, 보츠 강, 그 밖에도 여남은 개나 더 되는 젖줄로 초원을 키웁지요. 우리가 그 자식들 아닙니까요?"

날씨가 좋은 날에도 정상에 닿기는 어렵다고 했다. 푸른 하늘을 만나는 일이기 때문에 초대받지 않으면 수없이 실패한다는 것이다. 하지만, 그러는 동안에도 바람이 불고, 산이 소리친다. 나무들이 떠들고 바위들이 들썩거린다.

"이렇게 험한 날씨에 가도 될까요?"

보오르추가 묻자 자르초다이가 잘라 말했다.

"여기 날씨하고는 아무 상관 없어요. 오르는 동안 천 번은 바뀔 겁니다."

메아리나 물빛처럼 형체가 없는 것과 나무나 바위처럼 실체가 있는 것들이 마구 뒤엉켜 있는 산이다. 천의 얼굴을 거느린 상봉은 땅에서 하늘로 사다리를 세우면, 세 걸음으로 한 칸을 채운다 해도 이천사백 칸이 이어지는 높이였다. 다들 그곳에 오를 준비를 하는 동안에 젤메가 바깥 상황을 알렸다.

"메르키드 놈들은 지금쯤 온 산을 뒤지고 다닐 겁니다. 벌집을 건드려놨으니 떼로 나와 왱왱거릴 거예요. 그래 봐야 제풀에 지치기밖에 더하겠습니까? 하하."

그래서 다들 신발도 고쳐 신고, 옷도 다시 입으며, 허리띠를 새로 맨다. 버르테에 대한 기억은 이미 가물가물했다.

자르초다이는 테무진에게 한마디라도 들려주려고 갖은 노력을 다한다.

"도련님, 유목민은 뭐든지 흘러간다고 생각합니다. 물도 흐르고 바람도 흐르지요. 멈춰 있는 것은 없다고 하지만 사실은 한 생명이 끝나면 다른 생명이 시작되고, 한 이야기가 끝나면 다른 이야기가 시작됩니다. 이렇게 무엇이 끝나고 멈춘 자리, 바람 속의 바람이 멈춘 자리, 거기에 보르칸이 앉아 있습니다요. 도련님은 언제나 거기 계셔야 해요. 우리 어린 몽골이 지금 옛날에 몰살당하고 두 쌍만 살아남았을 때보다 더 위태롭다는 걸 아시지요?"

하지만, 인간은 얼마나 작은지, 작아서 얼마나 많은 것을 볼 수 없는지, 오직 그 생각 때문에 테무진은 피가 마르도록 두려웠다.

"자르초다이! 푸른 하늘의 뜻을 어기면 안 된다는 건 아는데 어떻게 하는 게 그걸 어기지 않는 건지 알 수 없어요. 푸른 하늘이 언제 말씀을 하며, 어떻게 듣는지 나는 정말 모르겠어요."

"이 종놈도 못 알아듣습니다요. 허나, 가을에 들쥐들이 먹이를 많이 모으는 건 곧 먹을 것 없는 겨울이 닥쳐오기 때문입니다. 철새들이 겨울에도 초원을 떠나지 않는 것은 안 추울 것이기 때문이고, 마른풀을 태웠을 때 하얀 재가 나오는 것은 눈이 많이 올 징조입니다."

테무진이 그 자리에서 황금색 늑대귀 말을 세웠다. 푸른 하늘은 이렇게 셀 수 없이 많은 말을 해서 세상의 비밀을 가르쳐주는구나!

"하찮은 미물들도 한 가지씩은 다 알아듣네요?"

말은 태연하지만, 자신은 아무것도 아는 게 없어서 슬펐다. 그래, 버르테를 찾아올 일이 아득하기만 한 것이다.

"그러니 귀를 기울여야 합지요. 개미도 봄에 어려울 것 같으면 겨울 집을 높이 쌓고, 폭풍이 오기 전에는 참새들이 난리를 맞은 듯이 우짖으며, 별빛이 시끄러운 뒤에는 날씨가 심술입니다. 하다못해 봄바람조차도 서쪽에서 많이 불면 풀이 잘 자라고, 남쪽에서 많이 불면 가뭄이 오며, 북쪽에서 많이 불면 풀이 못 자라지요."

"아하!"

테무진이 또 경탄한다. 사람은 어떻게 말하는가? 푸른 하늘이 사람 속에서는 어떻게 자리하는가?

중턱으로 몇 발자국만 들어가도 한겨울이었다. 무엇 때문인지 황금 말들이 자꾸 부딪치고 넘어져서 산을 오르기가 어려웠다. 봉우리에 가까워질수록 눈보라도 사나워진다. 그 때문에 처음에는 앞사람이 보였다가 점점 말의 귀밖에 보이지 않게 되었다. 조금 더 올라가니, 쩌엉- 쩍쩌르흐-, 이상한 소리가 들린다. 바람이 불어가다가 세상 끝에 있는 벽을 무너뜨리자 그 위의 하늘이 금가는 소리 같았다. 쩌엉-. 쩌엉-.

"도련님, 얼음이 우는 소리이니 놀라지 마세요."

자르초다이가 말하는 동안에도 계속 들린다. 쩌엉- 쩍쩌르흐-.

"어떻게 얼음이 저런 소리를 낼까요?"

"물이 굳어서 부러지는 소리랍니다. 물의 신령이 어깨를 움츠렸다, 펼 때마다 찬 기운이 커져서 깨지는 소리입지요."

하늘과 땅이 분리된 게 아니라 하나의 공명 통으로 되어 있어서 둘을 잇는 거대한 떨림판 같은 막이 흔들려 허공도 울고 산도 우는 것을 대지의 저 깊은 곳, 하늘의 저 높은 곳까지 전하는 소리 같았다.

'저러다 세상이 붕괴되는 건 아닐까?'

자르초다이가 다시 안심을 시켰다.

"여름 해는 땅을 달구어 만물에게 온기를 나누어주지만, 겨울 찬 기운은 얼음을 얼게 하여 세상의 온기를 돌려받아요. 바람은 왔다 갔다 하면서 모든 방향으로 불고, 여름이냐 겨울이냐에 따라서 가는 곳이 달라집니다. 흐름이 막힌 곳에서는 또 다른 방향이 시작됩니다. 그래도 그 어딘가에는 만물의 중심이신 보르칸이 있을 것입니다요."

그곳에 익숙한 것은 자작나무 숲의 벗은 몸들밖에 없었다. 테무진은 무서운 공포감이 엄습하는 것을 이기기 위해 일체 한눈을 팔지 않고 산에 오르는 일에만 열중했다.

재 하나를 더 넘자 중간 오보가 나왔는데, 그곳에서 황금색 말들이 모두 쓰러졌다. 남은 것은 테무진이 탄 황금색 늑대귀 말과 자르초다이가 탄 회색의 새뿐이다. 그대로 계속 가는 건 불가능했다. 일행을 남겨두기로 하고 자르초다이와 둘이서 오르려 할 때 어머니가 등 뒤에서 가만히 털주머니를 찔러주었다.

"얘야, 부적이 영험하다는구나! 이거라도 몸에 지녀서 보르칸 님을 꼭 만나거라."

자르초다이는 아무리 빼곡한 숲에서도 사슴이 지나간 자국을 더듬어 길을 찾았다. 위로 오를수록 길이 험했다.

"도련님, 나뭇가지를 지붕이라 생각하세요."

해가 질 때쯤 안개가 내려 점점 짙어지고 층도 두터워졌다. 테무진은 사념을 지우기 위해 갖은 애를 썼다. 이내 암흑에 갇혀 용기도 두려움도 없게 되었다. 밤이 이슥해서야 달이 뜨고 주변이 드러나며 떠나가던 바람이 걸음을 멈춘다. 그래도 귀에서는 나뭇잎이 바스락거리고 또 다른 바람이 흐른다. 땅 위에 아프지 않은 생명은 하나도 없다. 그 많은 회오리들 속에서 강물이 소용돌이칠 때 생기는 하나의 정지된 점처럼 달이 떠 있었다. 자신의 모든 빛을 쥐어짜낸 듯이 밝은 달, 그 하얗고 차가운 빛 속에 검은 점이 있다. 아, 버르테……

'삶의 나날들이여! 새처럼 여기저기에서 날지만 어딘가 한곳에 둥지를 감춘, 서로 다른 길을 따라 지나가고 서로 다른 궤적에서 흔들리는 고난의 뿌리여!'

어느 순간 두 사람이 봉우리에 이르렀다.

보르칸 산 꼭대기는 뾰족한 봉우리가 아니고 평평한 벌판이었다. 높고 넓은 허공의 분지에서 자르초다이의 행동이 달라지기 시작한다.

칸과 귀족의 수호신이고, 서민의 수호령이고, 용사의 우두머리인 바타르 텡그리시여!

하늘의 군대를 통괄하고, 무기를 날카롭게 벼리며, 전사에게 용기를 안기는 바타르 텡그리시여!

접신 상태에 이른 것이다. 그와 함께 보르칸 산 높은 머리 위에 어떤 거대한 기운이 내려왔다. 아, 푸른 하늘. 그 하늘이, 밤인데도 환한 빛 방석을 펴고 자리에 앉는다. 자르초다이의 입에서 신이(新異)한 음성이 흘러나온다.

일만 일만 무리를 끌고 가시는 분
살아 있는 무쇠를 지배하시는 분
일천 일천 무리를 끌고 가시는 분
살아 있는 무쇠를 지배하시는 분

굿을 하는 동안 천지는 눈보라로 가득 찼다가, 갑자기 맑아졌다가, 거센 바람이 불기를 반복했다. 엄청난 강풍이 몰아쳐도 추위를 느낄 수 없었다. 바람은 오히려 자르초다이의 기도를 싸안고 두둥실 하늘로 오른다. 노래가 저 멀리 날아가는 것을 올려다보며 황금색 늑대귀 말도, 회색의 새도 황홀하게 취해 빛 무리에 감겨 있다. 자르초다이가 주문을 외우면서 늑대 표시가 된 화살을 불에 바쳤다. 테무진의 길을 하늘에 맡긴다는 뜻이었다. 테무진은 갑자기 기운을 잃고 쓰러진 채 고개를 쳐들었다. 거기, 보르칸 산의 최정상에 와 있는 영명한 손길이 그의 이마를 쓰다듬는다. 누구의 손에 의해 창조되지 아니한, 태어나지 않고 그냥 존재해버린, 이 세상 모든 것을 만드신 푸른 하늘이었다. 그 푸른 하늘을 만나게 한 보르칸 산이었다.

움직이는 모든 것의 높은 존재인 푸른 하늘이시여!
주름진 흙들의 어머니인 보르칸 산이시여!

마침내 해 뜨는 시각에, 테무진은 허리띠를 풀어 목에 걸고, 모자는 팔에 끼고, 무릎은 꿇은 채, 손으로는 가슴을 치며 곧장 기도를 시작했다.

미천하게 뜀뛰는 벼룩 같은, 한없이 처량한 귀뚜라미 같은
목숨을 살리신 뜻이 어디에 있습니까?
꼴인게기 피는 언더까지 족제비할머니의 귀를 보내

땅이 흔들리고 말발굽이 구르는 소리를 들려준 뜻이 무엇입
니까?

자르초다이는 눈을 떴는지 감았는지, 혼자 굿을 하면서 까무룩,
까무룩, 몇 번이나 숨이 넘어갔다 돌아왔다. 정신을 차릴 때마다 천
둥처럼 큰 고함이 들린다.

땅에서 풀이 자라는 소리를 들으세요. 양의 몸에서 털이 자
라는 소리를 들으세요.
수많은 권력과 욕망과 원한들이 얽혀 싸우지만
모두 똑같이 가족을 사랑하고 신을 두려워합니다.
칸이여, 그곳이 보르칸입니다. 칸이여, 모두 그곳으로 옵니
다.

그때 테무진의 주먹에 불끈 힘이 쥐어졌다. 자르초다이가 말하
는 보르칸이 그의 손바닥 안에 들어온 것이다.
'아, 이제 알 것 같아요. 맞아요.'
테무진은 너무나 벅찬 감동이 밀려와 해 뜨는 쪽으로 아홉 번 젖
을 뿌리며 맹세를 했다.

푸른 하늘 아버지시여! 보르칸 산 어머니시여!
아침마다 제사를 지내겠습니다. 날마다 기도하겠습니다.
자손의 자손까지, 그 자손의 자손까지 받들게 하겠습니다.

그와 함께 하늘이 맑아지고 햇빛까지 쏟아지는데, 자르초다이가 외우던 주문이 끊기더니 나무둥치 같은 것이 쿵, 쓰러지는 소리가 들렸다.

"어, 아저씨!"

테무진이 뛰어가 흔들어도 아무 기척이 없었다. 승천한 것이다.

2

저녁이 되어 하늘에 달빛이 가득했다. 산기슭은 차지만 눈은 오지 않는다. 밖에서는 말들이 몸을 웅크리고 떼굴떼굴 구르도록 떨고 있었다. 테무진의 눈길은 틈만 나면 풀막의 천창으로 간다. 또 버르테가 나타났다. 환한 달빛 아래, 붉은 보름달 위에, 족제비할머니가 들려준 옛이야기 속에, 낯을 붉히고 서 있는 것이다. 하지만 입에서는 전혀 다른 말이 나온다.

"가르쳐줬던가? 족제비할머니가 들려준 달 이야기."

버르테의 생각을 떨쳐보려는 수작이었다.

"아니, 들은 적 없어."

보오르추는 그것을 돕는 사람이다.

옛날에, 어떤 계모가 컴컴한 밤중에 물을 길어오라고 아이들을 개천으로 보냈다. 그런데 한눈을 팔다가 깜박하여 귀가를 잊자, 화가 난 게모기, 헤아 단에게 잡혀가버려라, 하고 저주를 퍼부었다.

해와 달이 즉시 잡으러 왔는데, 오빠는 숨었지만 동생은 잡히고 말았다. 한 손에는 물그릇을 들고 다른 손에는 버드나무 물통을 쥔 채 끌려간 아이가 검은 점이 된 것이다.

하지만 보오르추의 노력은 거의 쓸모없었다.

"토오릴칸에게 말해보면 어떨까? 검은 담비외투를 받을 때 흩어진 부족을 모아준다고 했잖아?"

카사르가 꺼낸 말을 어머니가 자른다.

"꿈도 꾸지 마라. 보나마나 케레이트 여자를 선물이라고 내놓겠지. 색시도 못 지키는 사람한테 또 장가들라면 되겠냐?"

누구의 말을 들어도 버르테 생각이 바닥에 깔려 있었다. 그만큼 행복했던 시간을 잃은 것이다.

테무진이 버르테를 찾는다는 것은 달의 흑점이 된 소녀를 구출하는 것만큼이나 어려운 일이었다. 너르디너른 초원에서 그는 자력으로 움직일 세력이라고는 하나도 없었다. 그렇다고 절망만 하는 사람도 아니다.

"보오르추가 물안개 피는 언덕에 게르를 쳤을 때, 나는 말이나 치면서 살면 얼마나 좋을까 생각했어. 이제 깨달았지. 초원에 그런 삶은 없다는 거. 혓바닥에 고기 한 점이라도 올릴 수 있으려면, 그리고 제멋대로 찾아오는 적에게 천창이 불타고 하늘이 지붕이 되는 꼴을 당하지 않으려면 스스로 지키는 수밖에 없어. 흩어진 부족을 모으자."

어떤 사람은 화날 때 독설을 하고, 어떤 사람은 물건을 던져 기선을 제압한다. 테무진은 그런 성격이 아니었다.

"자르초다이가 보르칸 산에서 들려준 이야기가 있어. 바람 속의 바람이 멈춘 자리! 겉으로는 모두 권력과 욕망과 원한관계에 얽혀 있지만, 속으로는 모두가 신을 두려워하고 가족을 사랑하는 보르칸을 가진다. 세상은 그곳으로 모인다고 했어. 초원을 쓸어가는 바람을 모두 아는 수가 없을까?"

"무슨 소리?"

테무진의 집요한 모습을 다들 처음 보았다.

"우리가 모을 수 있는 정보를 일단 모으자."

벨구테이가 카사르를 본다.

"작은형은 어린 몽골에서 부는 바람을 모두 알 수 있어?"

"자무카를 만나면 되겠지."

"아냐. 멍릭아버지를 찾아가야 돼. 자무카 군대, 키릴툭 군대, 쥐르긴 족이 무슨 생각을 하는지 알아낼 사람은 한 명밖에 없어."

그러자 젤메가 나섰다.

"테무진, 내게도 일을 맡겨줘."

"글쎄, 젤메가 어디를 살펴올 수 있을까?"

"보르칸 산에서만 자라서……. 아, 생각났다. 바이다라크를 가봤지."

"바이다라크?"

바이다라크란 옛날에 옹구트 부족의 공주 이름이었다. 공주는 어느 날 머나먼 나이만 족의 왕자에게 시집을 가라는 말을 듣고 슬픔을 이길 수 없었다. 그녀에게는 밤마다 꿈에 나타나 사랑을 고백하는 남자가 따로 있었기 때문이다. 하지만 아버지에게 그런 밀슬 어찌 하겠는가. 울면서 초원에 서서 미지의 신랑을 기다렸다. 그리고 등을 돌리고 꿈속의 사랑에게 작별을 고한 후 나이만 족 왕자에게 가는 순간 소스라치고 만다. 마중 나온 왕자가 바로 꿈속의 연인이었던 것이다. 감격해서 왕자에게 안기자, 왕자가, 밤마다 환영에 시달리던 공주를 만나다니 믿을 수 없어요, 했다. 그래서 공주의 이름을 따게 된 것이다.

테무진이 묻는다.

"바이다라크에서 토오릴칸의 생각을 알아낼 수 있어?"

"케레이트의 무당들을 쭉 만나보면 알 텐데. 옳거니, 오논 강 누이를 데리고 가면 되겠네. 좋아, 가겠어."

순간, 보오르추도 퍼뜩 떠오르는 게 있었다.

"테무진, 내가 메르키드에서 부는 바람을 샅샅이 훑어올게."

"무슨 수로?"

"아버지 별명이 후휘 남질이잖아."

사흘 후, 보오르추는 꿈처럼 하얀 눈길 위에 위대한 광대 하나를 올려놓았다.

"푸른 하늘도 대단하시지. 이 넓은 초원을 한 뼘도 빼놓지 않고 눈으로 덮으셨구나!"

근사한 사설을 남기는 사람은 그의 아버지 나코 어른이었다. 추위로 쇠꼬리도 부러뜨린다는 강바람을 헤치며 메르키드의 셀렝게 강을 건너는 모습은 누가 봐도 옛이야기의 한 토막 같았다. 풍경이 사람을 제대로 만난 것이다.

추운 날, 성에가 끼어 흰색이 된 황금빛 종마를 탄 모습이 무릎까지 닿는 말총 때문에 더욱 늠름해 보인다. 곁에는 사자 새끼 같은 사춘기 말 두 마리가 보는 이의 넋을 쏙 빼놓을 만큼 예쁘게 걷는다. 나무가 많은 지역이라 가지에 얹힌 보풀보풀한 눈들이 그 기세에 놀라 바람에 조각조각 떨어진다. 세상이 어지럽고, 여기저기 살인과 강도가 생기며, 목자들의 가축과 재산을 잃는 예가 많은 때지만 모든 시선을 한눈에 잡아끄는 행색이 되면 차라리 이목의 보호를 받는다는 것을 오랜 관록으로 알고 있는 그였다.

나코 어른은 강 건너 톡토아베키의 쿠리엔이 시작되는 게르에서 말을 치는 가족이 눈에 띄자 곧장 들어가 인기척을 한다.

"주인장! 메넨 초원에서 온 나코 바얀이라고 합니다."

나이가 들었어도 불필요하게 튀어나온 곳이라고는 없이 몸집이 매끈하고, 화살을 맞은 흔적이 없는 통 밍크 가죽을 걸친 데다, 듬직하게 윤기가 오른 살은 그가 나무랄 데 없는 부자임을 유감없이 보여주고 있었다. 주인이 저절로 공손해진다.

"타고 오신 말이 참 눈부십니다. 어디로 가시는 중인가요? 추우니 불부터 좀 쬐세요."

"어디로 간다기보다 사돈할 집을 찾고 있어요."

나코 어른이 대뜸 넉살을 떨면서 안으로 들어선다.

"엥? 하하, 우린 딸이 없어요. 아들은 이미 살림을 냈고요."

불을 피우고 겹겹으로 펠트를 덮은 게르 안은 따뜻했으며 천창에는 눈이 녹아 김이 모락모락 피었다.

"서노 아블이야 있습니다만, 며느리를 세가 들어와야지 애비가 고른답니까? 하하."

"참, 재미있는 분이십니다. 그럼, 사돈 맺자는 말은 농담이신가
요?"

"메넨 초원에서 예까지 와서 농을 하면 되겠습니까? 실은 바깥
에서 떨고 있는 저 말썽꾸러기 놈의 성화입니다. 엉큼하게 눈만 뒤
룩뒤룩 굴리는 놈이라, 에휴, 어련히 알아서 장가를 들여줄 텐데 짝
을 짓고 싶어서 도망갔다 왔지 뭔가요. 세 살짜리가 조숙해설라무
네 밤낮 기운이 뻗치는지 아비한테 대들고 들이받고 떼쓰는 통에
후딱 보내야지 안 되겠어요."

"아, 종마를 이르는 말씀이군요. 하도 친자식처럼 표현을 해서.
한데, 그 멀리서 여기까지, 그것도 말 부자를 찾으셔야지 저희 같은
것들이야 꾀죄죄한 말들밖에 없습니다."

"말 마슈. 원래 말 부자 집에 좋은 말이 없는 법이요. 내 사십 년
을 겪어봤지만 명마는 죄다 남의 눈길 안 타는 촌구석에서 나오던
걸요. 그리고 저 사내, 내가 타고 온 종마 말요. 저 친구를 옹기라트
의 말 부자 집에서 데려왔는데, 먼 데서 왔다 뿐 저게 메넨 초원 출
신이었던지 우리 집에 와보니 일가친척이 여럿이어서 교미를 안
해요. 아이고, 저 영물. 피붙이를 어찌 그리 잘 알고 망아지 때 헤어
진 누이까지 다 알아서는 근친상간은 절대 하지 않으니 말을 치고
사는 입장에서 보면야 친자식보다 기특하지 뭡니까? 하긴 그 맛에
키우긴 하오만."

입담이 이쯤 되면 초원을 아무 곳이나 누비고 다녀도 의심 어린
눈초리를 보낼 사람이 있을 턱이 없었다. 나코 어른은 똑같은 내용

을 줄거리만 바꿔 사흘을 내리 떠돌아다닌지라, 말이 있는 집이면 아무 곳에나 들어가 주인장의 흰머리가 몇 개 돋아 있는가 하는 것까지 다 알아냈다. 그러다 보니 명백한 사실들이 하나둘 걸리는 게 아니었다. 둘째 날 어느 게르를 지나는데, 아주 훌륭한 말 한 마리를 초원에도 내보내지 않고 게르 옆에다 세워둔 채 정성을 들여 관리하는 것을 보게 되었다. 두말할 필요도 없이 부족장이나 장군 급의 귀족이 맞춰둔 게 분명했다.

"주인장, 나하고 사돈합시다. 보아하니 암컷 같은데 내가 데려온 사내와 배필로 맺어주면 일 년 후에 명마가 또 생길 터이니 이보다 남는 장사가 어디 있겠어요?"

"큰일 날 말씀을 하십니다."

"허허, 우리 종마도 아주 귀하게 키운 자식입니다."

한참을 쉬쉬하더니 안 되겠던지 마음에 감춰둔 소리를 꼬깃꼬깃 내놓는다.

"저 말은 칠게르 장군이 사모님께 드린다고 맞춰두고 아무도 털도 못 건드리게 하는 놈입니다."

"아니, 사모님이라면 새삼스럽게 시집을 가실 것도 아니고 전쟁터에 나다닐 턱도 없건만……."

"비밀이에요. 사실은 보르지긴 족한테 형수를 빼앗긴 우리 수령님께서 군대를 끌고 가 죄다 불질러버리고 새 신부를 빼앗아 왔지 뭡니까? 젊은 색시가 귀부인 맵시가 자르르 흐르는데 여간 미인이 아니랍니다."

"허허, 실력 있는 지도자를 두어 부럽습니다. 그래, 새로 온 마님한테는 잘해주시는가 봅니다."

"말도 마세요. 칠게르 장군님은 적에게는 발정 난 수낙타 같지만 여인에게는 가을 풀처럼 낭창낭창하게 구는 분이라 이번에도 갖은 정성을 다한답니다. 지금은 군대도 한참 힘이 셀 때고, 부족이 두루 평온하니 납치되어 온 새 신부만 복 받았지 뭡니까?"

"듣기만 해도 부럽습니다그려. 여자를 좀 많이 데려오지 하나밖에 안 데려왔단 말인가요? 남는 여자가 있다면 내게도 좀 알려주오."

"여보시오. 말 부자 양반, 그런 불경스런 소리를 수령님한테 하리까 장군님한테 하리까? 하나뿐인 목숨을 이승에 둘지 저승에 둘지 가려가며 말해야지요."

나코 어른은 더 거칠게 말하려다 수위를 조금 낮춰둔 터였다. 메르키드의 정세를 아는데 이만한 자리가 없어 보였던 것이다.

"미쳤수? 염통을 배 밖에 달고 다니는 것도 아니고, 장군님한테 그런 말을 하게? 한데, 말을 산 사람은 장군님이 아니라 그 오른팔 아니면 왼팔일 거 아뇨?"

주인은 은근히 겁을 주려고 했다가 먹히지 않자 오히려 당황하고 있었다.

"진짜 불러요?"

"어라! 첩을 얻는 중차대한 기회를 농으로 날리리까? 말을 산 사람의 모가지가 엉덩이에 붙어 있는지 꼬리에 붙어 있는지 모른다 하시오."

"도대체 뭘 믿고 저러는지."

이렇게 해서 해거름에 칠게르의 왼팔이라는 사람이 오게 되었다.

"그대가 말 장사요? 그래, 무슨 볼일로 찾는 게요?"

"말을 잘못 골랐어요."

왼팔이라는 자가 어처구니없다는 표정으로 쳐다본다.

"허어, 말치기는 심장이 두 개씩 달린 것도 아닐 테고, 여차하면 장군 희롱 죄로 목숨을 내놓아야 될 것이야."

"내 말이 그 말이오. 황금 털이 고와서 산 모양인데, 장군님이 저 걸 탔다가 낙상사라도 하면 왼팔님 목이 셸렝게 강으로 떠내려갈 지 킬코 강으로 떠내려갈지 누가 아오."

나코 어른의 기세가 하도 등등하니 왼팔의 낯빛이 싹 변한다.

"뭣 때문에 명마의 흠을 잡지? 자, 쩍 벌어진 가슴에 엉덩이는 또 얼마나 둥근지, 거세마보다 기운 세고, 내가 타봤는데 새처럼 빨라. 다 크지 않은 계집 말이 이럴진대."

"허허, 말은 몸만 있고 마음은 없는 줄 아오? 사람 목청 다섯만 합해서 소리 질러보시오. 두 귀를 토끼처럼 당겨 오금을 펴지 못할 거요. 전쟁터에 나가면 탄 사람이 죽어요."

갑자기 왼팔의 눈알이 위아래로 구른다.

"그 얘기를 증명할 수 있소?"

"여자를 상으로 거시오. 새 신부가 아니라 헌 신부라도 괜찮소."

"먼저, 증명부터 하고."

"그럼, 녀석을 기른 사람에게 성장 과정을 쭉 열거하라 하시오."

말 주인을 불러왔을 때는 날이 저물어 있었다. 게르 안은 깜깜해 서 쇠기름을 태우는 등잔을 세 개씩이나 켜놓고 담판이 시작되었다.

"거짓말을 한 사람은 살아 나가지 못할 거야."

왼팔이 위협적으로 칼을 쥐고 앉아 말의 출생부터 묻자 나코 어른이 토막을 자른다.

"내가 종자를 모르겠소? 아비 어미 이야기는 빼고, 저 녀석 병력만 대시오. 감기 몸살까지 다. 특별히 앓은 적 있소? 사고 당한 적은 없소?"

말 주인이 병도 앓은 적이 없고 사고도 당한 적이 없다고 하자 왼팔이 당장에 칼을 뽑을 기세로 눈을 부라린다.

"이게 어디서 남의 부족을 모욕하고 지랄이야."

"이보슈 말 주인. 내 맵시를 보오. 빌어먹게 생겼수? 저 녀석 때깔을 보아 잔병치레가 없을 것은 나도 아오. 그럼, 지지난해 전 조드는 어디서 났소?"

말 주인의 목소리가 조금씩 기운을 잃어간다.

"저놈은 망아지 때 눈 더미 속에서도 살아 나왔어요."

"당연히 그랬으니 여기 있지. 한데, 지금 조드 때 눈 더미에 묻혔다는 거 아니오. 그럼 어떻게 헤쳐 나왔소?"

아무 대답을 못 하자 나코 어른이 자세를 고쳐 앉는다.

"자, 어린 망아지가 눈에 묻혔어요. 제 힘으로 눈 더미를 헤치고 나올 말이 묻힌단 말요? 말이 늑대요? 그럼, 사람들이 몰려가 앞다리든 뒷다리든 붙들고 구덩이에서 뽑아냈을 거 아니오. 이제 이해가 가오? 그러고도 경기에 들리지 않는단 말요? 저 아이는 어른이 열 명만 고함을 쳐도 넋이 나가요. 전쟁터에서 경기 들린 말을 타면 죽어요."

게르 안에 있는 사람들이 기가 질려서 나코 어른을 본다. 긴 침묵
이 이어졌다.

"킬코 강에서 건너오다 두번째 게르에서 못난이 말을 봤어요. 백
마, 그게 명마요."

주인이 조심스레 끼어든다.

"생김새가 어찌 반반한 맛이 없잖습니까?"

"절세미인이 날 때부터 깜찍한 줄 아슈? 태가 바뀌는 중이라 못
나 보이는 거요. 그걸 데려가면 내년에는 장군님이 아니라 수령님
이 타야 할 거요."

왼팔의 얼굴에 희색이 돈다.

"말 부자 양반! 나 살다 이런 귀신은 처음일세."

목청이 얼마나 유쾌해졌는지 나코 어른에게 술을 권하며 있는
소리 없는 소리 다 꺼낸다. 괜히 신이 올라 경계심이 없어지고 말았
다. 그에 의하면, 톡토아베키는 머지않아 세 메르키드의 통합지휘
권을 쥘 것이며, 자무카를 복속시켜 토오릴칸을 치리라는 것이었
다. 나코 어른이 이야기를 다 듣고 수상히 여기지 않도록 말치기다
운 이야기로 매듭을 지었다.

"왼팔 양반, 말을 판 사람에게는 잘못이 없소. 눈구덩이에서 살아
났으면 누구나 훌륭한 줄 알지. 그리고 내가 색시를 얻어서 어디에
쓰오? 메르키드가 잘되어야 나도 좋으니 하는 말이지. 허니, 왼팔
양반은 백마를 사가고 경기 들린 말은 나를 주오. 초원에서 사람의
생명을 살리는 게 말인데, 네 편 내 편 가를 것 없이 말을 망가지게
하면 되오?"

그리하여 나코 어른은 아주 근사한 황금빛 말까지 덤으로 얻어서 갔던 길을 조르르 되돌아왔다. 보오르추는 얼마나 통쾌하고 신이 나는지 아버지께 큰절을 올리고 나오려 하는데, 나코 어른이 다시 부른다.

"보오르추야, 아비가 네 부탁을 들어줬으니 너도 아비의 부탁을 들어줘야지. 네 어미 성화에 나 명대로 못 살겠다. 어서 장가를 들어서 손자를 좀 만들어 어미 품에 떡 안겨놓고 테무진의 아내를 빼앗든 되찾든 하면 안 되겠냐?"

한편, 젤메는 오논 강 여자를 데리고 바이다라크 초원으로 가고 있었다.

"누님, 거기에 감춰둔 사내는 없수?"

여자가 웃도록 하려고 젤메가 노력하지만 병마에, 유랑에, 또 사내들 등쌀에 너무 많이 시달려 이미 져버린 꽃이었다. 지독한 성병을 앓느라 세상과 등진 탓인지 생김새도 동물보다 식물을 닮았다. 하도 낡아 나무껍질처럼 된 양가죽 속에서 피부며 머리카락조차 늦가을 풀포기처럼 시들어 있다. 고개를 끄덕거려주는 것도 젤메가 은인 같은 사람이라 가능한 것이다.

"누님이 죽네 사네 난리를 쳐야 내가 일을 잘 보지. 동생 맘 알우?"

또 끄덕끄덕, 각오가 돼 있다는 표정이었다.

바이다라크는 동쪽에서 가자면 대평원을 송두리째 건너야 하는 서쪽의 변경에 있었다. 초지가 끝나고 삼림지대에 들어서면 나이만의 땅이 나오고 그곳을 더 가면 이제 서양이다. 그래도 젤메가 탄회색의 새는 모처럼의 고향 나들이에 흥분되는지 틈만 나면 이이- 항항항- 하고 운다. 그리고 자꾸만 뜀박질이 빨라져서 앞서다 멈추기를 꼬박 닷새를 해서야 바이다라크 강에 닿을 수 있었다.

이제는 게르가 놓였던 흔적조차 없는 버드나무 언덕 밑에 이르자 오논 강 여자의 표정이 금방 울상이 된다.

"새가 다 어디 가고 없네."

"이야, 누님 목소리 예쁘다."

달랠 때마다 희미하게 웃는다. 젤메의 장난이 흐뭇한 것이다. 드넓은 분지에 북향을 한 버드나무 한 그루가 추억처럼 남아 있었다.

"저 나무에서 겨울새들이 많이 울면 눈보라가 치고 모진 바람이 불곤 했는데."

"시집보내야겠어. 얼굴이 다시 살아나잖우."

"흐, 그 새소리 밑에서 우리 수베테이를 낳았어. 그리고 조리를 못 해 몸에 늑대귀신이 들렸지."

겨우 달싹거리는 입술에서 웃음소리가 얇은 바람처럼 새어 나오는 것이 한없이 처연한 모습이었다.

"두통은 좀 낫수?"

또 끄덕끄덕. 그러나 얼굴은 여전히 구름 낀 하늘처럼 그늘이 가시지 않는다.

가까운 산 그림자가 쫓아와 석양이 빨리 물러갔다. 유목민은 해가 지고 달이 뜨는 사이를 세 개의 시간대로 나누는 습관이 있었다. 희안빛 때 회색빛 때 누턴빛 때. 두 사람은 찬바람에 오들거리면서도 세 때를 모두 선 자리에서 견뎠다. 그리고 어두워서 자리를 뜨려 하는데, 짙은 땅거미 속에서 떠드는 소리가 밀려온다. 강 쪽인가? 젤메가 동작을 멈추고 돌아다본다. 근처에 옛날 돌궐의 칸들이 살던 초원도시가 있어서 사슴돌과 장묘석, 바위로 된 축조물의 흔적이 널려 있었다. 길게 가로놓인 산줄기 밑에 한없이 투명한 물줄기가 흘러서 바이다라크라고 하는데, 강을 건너면 나이만 족이 살고 이쪽에는 케레이트가 살았다. 당시 두 나라는 강국이자 앙숙으로, 하나는 샤먼들의 고장이고 하나는 네스토리우스교를 믿는 곳답게 위화감이 말할 수 없이 컸다. 그 경계는 충돌이 잦아서 사람이 살지 않는데, 그날은 웬일로 여러 목소리가 뒤섞여 왁자지껄했다. 가만히 귀를 세워보니 다투는 소리가 분명했다. 사람들이 싸우는 장면을 구경하지 않고 그냥 가면 젤메가 아니다. 크게 외치는 소리가 계속 들린다.

"거 염소 새끼처럼 떠들 거야? 양 새끼는 연애를 해도 조용하잖아. 염소 새끼는 자지가 입에 달렸나?"

"어럽쇼!"

젤메의 입맛이 준동하였다. 필시 시끄러운 자리를 찾아야 케레이트에서 부는 바람을 알 것이었다.

'요것들이 염소가 흘레붙는 이야기를 하는 중이렷다. 나도 거들어야지.'

염소라는 가축은 원래 시끄러운 물건이다. 어린 겨울에서 늙은 겨울에 이르기까지 교미 기간 내내 암컷을 차지하려고 수컷들이 싸우느라 딱딱거리는 소리, 이긴 놈은 암내를 맡느라 코를 벌름거

리고 숨을 학학거리며 달달달달 메에- 하는 소리, 어미는 새끼를
찾고 새끼는 어미 젖내와 몸내 그리고 목소리를 찾는 소리로 얼마
나 요란하게 구는지 몰랐다. 둘은 수컷이 암컷 위에 올라가 반쯤 몸
을 걸치고 떠드는 것을 교미라 할 것인지 놀이라 할 것인지 하는 문
제로 싸우는 중이었다.

젤메가 갔을 때는 소란이 진정되는 기미였는데, 마침 머리통에
벙거지를 어떻게 눌러썼는지 눈두덩은 어디 가고 코빼기밖에 안 보
이는 친구가 느닷없는 소리를 꺼내어 다시 바람이 일기 시작한다.

"어, 염소자지! 한데, 그거 연애하는 소리 맞아? 암놈 오줌 냄새
를 먼저 맡고 올라타야 연애지, 암놈은 피하는데 수놈이 저 혼자 지
랄하는 건 연애가 아니잖아?"

못난 사내들이 사춘기 때나 할 소리를 이제야 하고 있으니 젤메
의 수준에 조금 안 맞기는 했다.

"어라, 그게 오줌 냄새를 맡는 거냐? 어미 샅 물이 흘렀는지 살펴
보는 거지."

"오줌 냄새 맡는 거야."

"어허, 또 아는 체?"

"좋아 물어보자. 염소자지야! 그거 오줌 냄새야, 어미 샅 물 냄새
야?"

그때 모닥불 곁에 조용하게 앉아 있던 사내가 뚜벅뚜벅 다가가
더니 소리도 안 나게 벙거지의 다리를 걸어서 툭 밀쳐서는 뒤로 넘
겨버렸다. 그래 놓고 손을 털면서 한마디를 한다.

"참아주니까 자식이 발끝마다 염소자지야."

그때라도 벙거지가 일어서지 않으면 세상은 평화로울 것이다. 허나, 덩치도 작은 게 발딱 일어서서 맹렬히 삿대질을 한다.

"그럼, 네가 염소자지지 말자지냐?"

이렇게 해서 두 사람이 마구 엉기고 말았다. 말리는 사람도, 차라리 하나가 피를 흘리는 게 빠르다는 것을 안다. 둘은 처음에 씨름으로 시작하여 이내 산양이 암컷을 차지하기 위해 싸울 때처럼 머리가 터져라 들이박는다. 역시, 뿔끼리 딱, 딱 부딪쳐 큰 소리를 내는 것처럼 차돌 같은 머리통들이 텅, 텅 부딪쳐 시끄럽다. 얼른 뛰어들어 말리는데, 하도 싸움에 열중이다 보니 둘 다 애먼 젤메를 가격하게 되었다.

"어허, 요것 봐라."

하는 소리와 더불어, 장사의 도끼질에 밑동이 잘린 나무둥치처럼 두 사람이 동시에 쿵 쓰러진다. 감쪽같이 젤메의 주특기인 발등걸어차기가 작렬한 것이다. 그리고 젤메의 양손이 한쪽씩 멱살을 휘어잡아서 질질 끌어다 모닥불 가에 앉힌다. 그렇다고 화라도 난 얼굴이면 누가 대들 엄두라도 낼지 모르는데, 젤메는 천연덕스럽게 앉아 다정하게 군다. 그런 싸움에는 고수인 것이다.

"니들은 얘기하다가 왜 싸워? 심판이 필요해? 그런데 왜 염소자지야?"

여기까지, 젤메의 등장은 순식간의 일이지만 다들 입이 쩍 벌어져서 감히 눈을 파는 자가 없었다. 사내 하나가 무척 조심스럽게 묻는다.

"어디서 오신 분인가요?"

317

아내를 위한 전투

"야, 어디서 오신 분이 어디 있어? 그냥 말 트자, 사내들끼리. 나 저기 버드나무 언덕 밑에서 사는데, 여편네 머리가 어떻게 돼가지고 무당이란 무당은 다 만나고 왔어. 하여튼, 건 그렇고 왜 염소자지냐니까?"

벙거지가 눈치를 살피면서 입을 열었다.

"저 녀석 집에서 양을 백 마리도 넘게 기르는데……."

이렇게 자초지종을 얘기하기 시작한 것이다.

땅 위의 모든 수컷이 마찬가지일 것이다. 거세하지 않으면 서로 아버지가 되려고 날뛰는 통에 자기들끼리 격렬하게 다투게 돼 있었다. 일 년에 쉰 마리의 새끼가 태어난다면 반은 암컷이고 반은 수컷이라 거세하지 않을 경우 대략 스물다섯 마리가 발광을 할 것이니 전쟁도 그런 전쟁이 없다. 하면, 초여름에 거세를 해야 하는데, 잘려진 부위가 보통 별미가 아니었다. 그래서 흔히 거세하지 않은 수컷을 교미기가 되는 초겨울까지 맡아 기르는 아저씨가 그 맛을 보게 된다. 나름대로 고생을 한 보람을 누리는 것이다. 한데, 염소자지는 양을 친다고 끌고 나가 몰래 한 마리씩 거세를 해서 자기가 죄다 먹어버렸다. 나중에 거세하는 아저씨가 보니 아직 철도 안 든 양들의 불알이 없는 것이다.

"저 녀석 기운이 염소자지를 많이 먹어서 저렇게 센 거라고."

"이 자식아, 그게 불알이지 자지냐?"

"자지나 불알이나 그게 그거지, 임마."

"또 염소가 아니라 양이다 자식아. 그게 몇 살 때 얘긴데 지금까지 하냐? 평생 우려먹다 뒈질래?"

그 꼴을 보고 젤메가 배꼽을 쥔 채 떼구루루 구른다. 하마터면 머리털이 모닥불에 불쏘시개로 들어갈 뻔했다. 갈갈하는 웃음이 어찌나 깊은 데로 들어가버렸는지, 그걸 꺼내다 숨이 막혀버리지 않을까 염려될 만큼 깜박 자지러지고 나서야 꺼억, 꺼억 새어 나오기 시작한다. 둘은 다시 눈알을 부라리고 싸우고 싶지만 젤메의 눈치를 보지 않을 수 없었다. 그 때문에 겨우 좌중이 수습되었다.

"싸우지 말고 웃자고. 자, 모닥불 곁으로 다 와. 어이, 거기 먼 데서 있으면 춥잖아, 어서들 와."

젤메는 어느새 좌장이 되고, 모닥불의 밤은 그렇게 깊어가고 있었다. 꼭대기에 머무르던 달이 이지러지는 때가 되어서 젤메가 별안간 상황을 묻는다.

"한데, 너희들은 여기서 뭘 기다려?"

"것도 몰라? 목숨을 아예 내놓고 사네. 토오릴칸이 동생한테 바짝 긴장해서 난리가 났어. 이럴 때 케레이트와 나이만을 넘나들다 걸리면 죽는다 말야. 엊그제도 나이만 쪽에서 넘어온 대상단(隊商團)이 습격을 받았고. 우리는 지금 보초를 서고 있잖아."

이렇게 해서 관련 정세를 듣게 되었다. 요지인즉, 그 무렵의 케레이트에서는 토오릴칸을 비방하는 소리가 요동을 치듯이 번져가고 있었다. 누군가 이상한 소문을 내고 있음이 분명한데 물증은 없고, 소문 하나를 누르면 또 다른 소문이 만들어져 퍼진다. 토오릴칸이 하는 일마다 온갖 시비가 끓고 장애가 수두룩했다. 알고 보니 그의 아우 엘케 카라가 나이만으로 빠져나가 나이만·케레이트 연합을 만들고, 메르키드와 타타르와 옹구트를 끌어들이기 위해 공작을 하는 중이었다. 형제들을 죽이고 권좌에 오른 자의 운명이었다.

젤메는 민심이 흉흉한 것을 알자 그 뿌리가 주로 무당에게 있음을 눈치챘다. 무당의 생리라면 그도 밑바닥까지 아는 사람이었다. 하여 점집을 찾기 시작하였다. 그리고 발견될 때마다 떠들어댄다.

"무당님, 이 여편네가 글쎄 회색빛 때만 되면 하루도 그냥 말지 못하고 엎어졌다 뒤집어졌다 난리입니다요."

그러면 필경 굿을 하자고 덤벼야 제대로 된 무당이었다. 그때 깊은 대화를 하기 마련인데,

"지난 정월 초사흘에 달이 나타나기 시작할 때 말입니다. 달 끝이 날카롭고 똑바로 떠오르던데 이유가 뭡니까?"

이렇게 물으면 폭설이나 돌풍이 아니면 난리가 몰아치려는 징조라고 답하게 돼 있었다. 그렇게 되면 저마다 정세 분석을 하지 않을 수 없다. 무당이라면 누구나 자신의 존재를 손톱 밑의 때꼽만큼도 알아주지 않는 시리아 교(네스트리우스 교)도를 미워하게 돼 있고, 토오릴칸에게 소외되고 멸시당한 빛을 돌려주고 싶게 돼 있었다. 젤메는 그때 나오는 내용을 테무진에게 전하기 위해서 고스란히 귓바퀴에 담아두었다.

그해 겨울은 조드도 없이 지나갔다. 새들도 하늘을 높이 날지 않았다. 겨우내 얼음 밑에 엎드려 있던 것들이 죄 서둘러 기운을 내는데도 테무진은 늦게까지 기지개를 켤 줄 몰랐다. 봄인데도 여전히 버르테를 구할 길이 없어, 그날그날 사냥은 하고 남은 시간에는 다시 보르칸 산을 보았다. 잘하는 게 있다면 냉정을 잃지 않는 것뿐,

아주 가까운 사람에게조차 표정을 들키지 않으니, 어머니가 보다 못해 한마디를 한다.

"어휴, 저 늑대 같은 놈!"

푸른 하늘은 늑대에게 한없는 조심성을 주었다. 자신이 공격할 대상을 끝없이 의심하고 관찰하는 짐승. 그는 영락없는 늑대처럼 보오르추, 젤메, 카사르, 벨구테이, 더 어린 테무게까지 나가서 얻은 정보를 모으고 궁리하지만 도대체 입을 열지 않았다. 급기야는 버르테도 잊었는가 할 정도였다. 사실인즉 그럴 까닭이 없다.

초원은 인간을 외롭게 만드는 곳이었다. 테무진의 몸은 늘 적막 속에서 귀를 비우고 눈을 열었다. 그의 육감은 풀잎을 밟고 가는 바람의 발자국이 몇 개인지를 알 수 있었다. 눈앞에서는 산기슭에 자주 안개가 끼고, 크고 작은 산들이 만나고 헤어지는 자리를 따라 부드러운 바람이 장가(長歌)의 가락처럼 흐른다. 그것을 보는 테무진의 머리는 생각이 꼬리를 물고, 꼬리가 다시 꼬리를 물어 그를 괴롭혔다.

'버르테! 초원의 모든 것이 연기처럼 사라지고 광야를 횡단하는 구름만 남더라도 나는 당신을 찾을 것이오.'

테무진은 진심으로 그렇게 생각하고 있었다. 옹기라트에서 데려와 버르테의 피가 흐르는 곳이라면 손가락 발가락까지 입 맞추던 날, 한없이 높으면 높은 곳, 한없이 깊다면 깊은 곳까지 내려가 천 마리의 벌 떼들이 마치 꽃잎을 누비는 것처럼 부끄럽지도 지치지도 않고 덤비던 밤에 한 약속이었다.

그런 봄이라 젤메가 없었다면 입 밖으로 소리를 내는 사람이 하나도 없었을 것이다. 그날도 젤메는 테무진과 보오르추가 머리를 맞대도록 꿩을 잡아서 굽고 분위기를 살린다.

"여우를 잡을걸 그랬나?"

벨구테이가 묻는다.

"여우를 어떻게 잡아?"

하도 꾀가 많아서 초원에 숨을 곳이라곤 없는데도 금방 사라지면 종적을 알 수 없는 요물이 여우였다.

"눈앞에 있던 여우가 금방 없어지잖아? 그럼, 돌아다니지 말고 주위에 다북쑥이나 소똥이 구르는가 봐. 주로 그 밑에 숨거든."

"그 작은 더미에 어떻게 몸을 감춰?"

"그러니까 여우지. 발랑 뒤집어져서 소똥을 들고 누우면 감쪽같이 안 보이는 거야. 가만히 들여다보면 소똥 속에 여우의 눈동자가 박혀 있어. 그걸 활로 겨누면 여우가 놀라 펄쩍 솟구치는 거야."

젤메는 무슨 기운이 남아돌아서 지치지도 않는지, 무슨 말 끝에 또 엉뚱한 소리를 한다.

"한적한 데는 똥을 싸기가 좋고, 모래밭에는 오줌을 누기가 좋지."

풀막 밖에서 떠드는 이 같은 소리가 테무진을 일으켜 세웠는지 모른다. 그가 마침내 다들 불러 자리를 만들었다. 그리고 난데없는 말을 한다. 목청은 낮으나 뜻은 거칠다.

"몹쓸 세상이야. 자식은 아버지를 무시하고, 아우는 형을 따르지 않아. 남편이 아내를 못 믿으며 아내도 남편을 속이지. 큰 부족 직은 부족 나 이래. 욕심과 폭행이 쌓여서 세상이 온통 원한으로 덮여버린 거지. 질서도 없고 신의도 없다고."

말귀를 가장 먼저 알아듣는 사람은 역시 보오르추다.

"초원에 부는 바람이 많은 것 같지만 사실은 돌개바람 다섯 개밖에 안 돼. 타타르, 몽골, 케레이트, 나이만, 메르키드. 여기 어딘가 우리가 끼어들 자리가 있을 거야."

맞는 말이었다. 각 부족의 바람을 만드는 둥지가 어디에 있는지, 그 바람이 새 떼처럼 날아올라 어느 방향으로 가면서 모래먼지를 일으키는지, 마침내 어느 곳에서 몸을 틀어 다시 돌아오는지, 그렇게 얽히고설키는 다섯 개의 회오리가 닿지 못하는 곳이 반드시 있을 터였다.

"메르키드 놈들이 전성기인 건 사실 같아. 세 개의 메르키드가 지금처럼 사이좋았던 적이 없잖아. 톡토아베키는 물이 제대로 올라 있고."

만일 메르키드가 자무카를 복속시키든 연대하든 해서 케레이트를 친다면 토오릴칸은 궁지에 몰릴 수밖에 없었다. 안 그래도 이복동생이 이끄는 반란군과 나이만이 연합하여 고립의 위기에 빠져 있었던 것이다.

"나이만은 유럽의 영향을 받고, 타타르는 성(城) 놈들의 대리인이야. 끌어들이지 않는 게 좋아."

그러다 테무진이 퍼뜩 떠오르는 게 있어서 묻는다.

"젤메! 이상한 무당이 했다는 말을 다시 해봐."

"적이 둘인데, 하나는 죽이고 하나는 나눈다는 말?"

토오릴칸이 도대체 무슨 생각으로 그런 말을 했는지 알 수 없었다.

"카사르! 자무카는 어떻다고?"

"톡토아베키가 도발했다고 아주 불쾌하게 여긴대. 어린 몽골을 가로질러 형을 쳤잖아. 자무카는 그게 자신에 대한 위협이고 능멸이라고 보는 거지."

"멍릭아버지가 전해준 말도 다시 해봐. 자무카가 했다는 말."

"자신보다 큰 힘을 가진 친구는 멀리 있는 두 명의 적보다 위험하다!"

물을 때는 번개처럼 스치는 게 있었는데, 듣고 보니 아무런 답도 나오지 않았다. 그렇게 또 며칠이 지났다.

그날은 아침부터 이상하게 어머니가 바가지를 긁었다.

"사내가 오장이 왜 그리 길어? 모든 생명은 다 끝에서 태어나는 법이다. 타버린 곳에서, 똥 위에서, 시체 속에서 뭐가 생겨나는 걸 봐라. 조드가 지나가면 초원은 온통 새것이 돼. 가장 상처 입은 것이 가장 팔팔해지잖니? 너도 사랑 하나가 깨진 자리에서 태어난 아이야."

밑도 끝도 없는 말인데, 잠든 의식을 깨우듯이 머리를 맑게 씻어주었다. 그리고 낮에 젤메가 외출을 한다. 언제는 그런 것을 따지기라도 하던 사람처럼 감기 몸살이라고 콜록거리며 텝텡그리를 찾아간 것이다. 그리고 돌아와서는.

"탐나는 녀석이 있어. 이름이 모칼리라지? 그 녀석이 이번엔 뭐라는 줄 알아? 토오릴칸과 자무카가 안다를 맺었대. 대장님 말씀에 의하면 지금 썩은 가지들 아냐?"

데무신이 깜짝 놀라서 카사르를 불렀다. 어머니의 말대로 어떤 잔해 위에서 새로운 것이 불쑥 솟아오르는 느낌이 들었던 것이다.

"전에 자무카가 했다는 말, 며칠 전에 물은 거 말고 또 있었지?"

"응, 적은 기별하고 오는 게 아니라 풀처럼 발밑에서 소리 없이 자라는 법이라 했어."

테무진의 얼굴에 화색이 돈다. 고개를 절레절레 돌리는 것이 놀랍다는 표시였다.

"역시 자무카야. 적! 이게 남을 지목하는 말이 아니라 자기를 지목하는 것이었어. 그래 맞아. 자무카가 메르키드를 치고 싶어서 안달이 난 거지. 그런데 아직 힘이 부족해."

그 말을 내놓는 순간, 테무진은 바로 코앞에서 바람이 멈추는 지점을 보았다. 신기한 일이다. 그것이 정말이라면 보르칸은 세상 모든 곳에 있다는 말이 맞구나! 자신도 몰래 자기가 그 한복판에 섰다는 걸 깨달은 것이다.

다음 날 아침, 테무진은 카사르와 벨구테이를 데리고 곧장 톨 강을 찾았다. 그리고 이제 물이 오르는 버드나무들이 검은 숲을 향해 구불구불 내려가는 길을, 제 판단이 옳은지 그른지도 모르면서 가는데, 평소에도 무거운 사람이라 동생들은 재미가 없다. 그 침묵이 무료했던지 벨구테이가 카사르에게 우스갯소리를 건넨다.

"형, 늑대가 개를 겁탈한 이야기 들었어?"

카사르는 긴장을 하고 있었던지 퉁명스럽다.

"무슨 또 실없는 소리를 하려고?"

벨구테이는 웃음을 참을 수 없다는 듯이 말 위에서 비칠거린다.

"큭큭, 젤메는 진짜 명물이야. 얼마나 우스운 줄 알아?"

그리고 해준 이야기가 이랬다. 톨 강 발원지에 늑대가 살았는데, 사냥감을 찾아서 출격할 때마다 밤잠도 없이 나서서 짖고 설치는 개가 있었다. 하도 시끄럽게 구는 통에 도무지 작업을 할 수가 없었다. 그래서 늑대가 화가 난 나머지 어느 날 밤에 쳐들어가 개를 잡아다가 겁탈을 해버렸다. 개는 싸워서 진 것도 아니고, 저항할 기력도 없이 늑대에게 일방적으로 겁탈을 당하고 나니 얼마나 창피한지 그 날짜로 풀이 죽어 침을 질질 흘리며 꼬리를 내리고 말았다. 이제 늑대가 나타나 양을 잡아도 앞장서 짖지도 못하고 꽁무니만 뺀다. 그 통에, 주인이 저놈의 개새끼는 못 붙을 놈하고 붙었나, 왜 저리 바람난 암캐처럼 된 거야, 했다는 것이다.

테무진은 벨구테이가 젤메 이야기를 꺼내는 순간, 들으나마나 한 소리일 것이 뻔해서 쇠귀에 봄바람으로 지나치려다 줄거리가 어찌나 우습던지 한참이나 껄껄껄, 하고 너털웃음을 날렸다. 그리고 그치는 순간, 토오릴칸이 왜 자무카와 안다를 맺었는지 이해가 돼버렸다. 그것은 너무나 하찮지만 놀라운 사실이었다.

'그들이야말로 연합군을 만들고 싶어서 안달이 났구나! 한데, 모두 명분이 없어.'

테무진은 자신이 신세를 지는 사람이 아니라 오히려 그들을 돕는 사람일 수 있다는 확신이 왔다.

"카사르야, 벨구테이야. 이 고생도 어느덧 개 짖는 소리가 들린다. 빨리 가자."

황금색 늑대귀 말이 힘차게 선두를 끌었다.

도착해보니, 과연 토오릴칸의 둔영은 비상이었다. 칸의 게르 주위에 친위대가 빙 둘러 진을 치고, 땅거미가 내렸는데도 꼼짝 않고 서 있는 모습이 마치 석상을 줄 지어놓은 것 같았다. 게르의 열린 문 틈으로는 불빛이 붉게 타오르고 있었다. 테무진은 문지기의 안내를 받아, 슬프지만 당당한 모습 그대로 뚜벅뚜벅 걸어서 칸 앞에 섰다.

토오릴칸은 게르의 상석에서 식사를 하는 중이었다. 밥을 제때 먹지 못했는지 입속 가득 음식을 문 채 테무진을 보는데 얼굴 한구석에 잔뜩 신경질이 고여 있었다.

"아버지, 아내를 빼앗겼습니다."

그래도 테무진은 단도직입적으로 용건을 섬겼다.

토오릴칸이 '군대를 쓸 일이 왜 그리 많아?' 하는 표정으로 짜증나는 고개를 쳐들었다가 테무진의 얼굴이 보이자 단번에 표정을 바꾼다. 목가적인 삶조차 허락되지 않는 불행한 청년의 얼굴 위에 놀라운 희망의 빛이 엎혀 있었던 것이다.

'저 녀석 얼굴을 보면 매번 기분이 좋아!'

언제나 무서운 것은 자라나는 세대인데, 메르키드의 톡토아베키는 말할 것도 없고 어린 몽골의 자무카까지 초원의 사자 앞에서 도대체 공손한 맛이 없었다. 한데, 테무진은 한없이 공손한데도 어딘지 그들을 압도하는 기개가 있었다. 토오릴칸은 곧장 기분이 풀어져 반색을 하며 반겼다.

'좋아, 하나는 죽이고, 하나는 반으로 쪼갠다.'

바로 그 비장의 무기가 눈앞에 있으니, 친아들보다 훨씬 반기지 않을 수 없었다. 지난번 검은담비외투를 들고 왔을 때보다 더 환대를 한 것이다.

"아들아, 정말 고생이 많았구나. 죽일 놈들! 아비를 어디다 쓰겠느냐. 당연히 나서서 찾아줘야지."

이렇게 해서 자초지종을 모두 아뢰게 되었다. 토오릴칸은 한참 고민하여 묘책을 찾은 듯이 복안을 말해주었다.

"자무카와 같이 가겠다. 자무카는 네가 끌어들일 수 있지? 삼자 동맹을 하자고 해. 대신에 동맹군 전체에 대한 지휘권을 자무카에게 주겠다."

3

겉으로 보면, 버르테를 잃은 뒤에도 보르칸 산 풀막은 조용한 편이었다. 진영도 없는 사람들이 떠들어봐야 뾰족한 수도 없다는 게 흔한 생각이었다. 테무진이 고요하니 보오르추, 젤메도 덩달아 조용할 수밖에. 한데, 전혀 엉뚱한 곳에 숨 가쁜 사람들이 있었다. 천 리나 떨어진 동쪽 끝 보이르 호수 일대가 이만저만 시끄러운 게 아니었던 것이다. 버르테의 친정어머니가 어느 날 밤하늘을 보니 아주 불길한 그림이 그려져 있었다. 달은 해처럼 매일 떴다가 지지만 원숭이별은 가을에 떴다 여름에 진다. 고로 한여름만 아니라면 달이 날마다 원숭이별을 만나게 돼 있었다. 정면으로 만나면 날씨가 좋고, 날이 밑으로 가면 가뭄이나 조드 같은 재해가 생기며, 원숭이별의 위로 가면 전쟁 같은 무서운 재앙이 일어난다고 했는데, 하필 별자리가 전쟁 그림을 그린 날 버르테의 납치 소식을 전해 들은 것이다. 어머니는 그 순간, 딸이 전쟁의 원인이 될 것 같은 불길함에 사로잡혔다. 옹기라트 족 입장에서 보면 정략결혼으로 내세운 신부 둘을 예수게이가 하나는 납치해서 사돈을 바꾸고, 하나는 납치당해서 사돈을 바꿀 처지에 내몬 셈이라 약이 올라 미칠 지경인데, 그 일로 전쟁까지 일어난다니!

"버르테는 어떻다니? 시집을 보낼 때부터 불길해서 죽겠더니만."

"염려 마세요. 잘못 보낸 건 아니에요. 신랑은 잘났는데 복이 없었던 거지요."

이건 큰오빠의 발언이었다.

"너는 테무진이 뭐가 그리 좋아서 틈만 나면 역성을 드는 게냐?"

"놀랍지요. 처음에 아홉 살 때 왔잖아요? 이튿날, 어른들이 아마 새 떼 구경을 갔을 거예요. 아버지를 기다린다는 녀석이 반대쪽을 보고 있어서 물었어요. 오시는 쪽을 봐야지 한눈을 팔면 어떡해? 그러자 뭐라는 줄 알아요? 열심히 보고 있대요. 어딜, 했더니 황금색 늑대귀 말의 눈을 가리켜요. 거기에 신호가 나타나면 한참 후에 지평선 끝에서 손톱만 한 점이 나타난다는 거예요. 제 눈으로 안 보이는 걸 말의 눈으로 볼 생각을 하는 아이가 어디 있어요? 생각의 끝이 어디까지 닿는지, 원."

"말싸움은 그만두자. 나라고 헐뜯고 싶겠니? 테무진의 눈을 봐라. 검은 눈동자 안에 손가락이 들어 있더라. 그게 뒷덜미를 잡으면 뿌리칠 사람이 많지 않겠지. 그렇게 해서 버르테가 칠 년을 기다렸어. 한데, 지금 꼴이 뭐냐?"

어머니의 초조감 때문에 덕을 보는 사람들은 만리장성을 넘는 상인들이었다. 옹기라트 부족은 상인들의 거점이라, 시집을 가지 않고 현지처로 사는 여자도 여럿이었다. 메르키드를 들락거리는 족제비와 담비 장수들, 타타르를 누비는 말 장수들, 케레이트를 넘나드는 낙타 장수, 나이만의 서역 상인, 어린 몽골의 쇠붙이 장수들까지 들끓어서 귀한 물건을 잔뜩 싣고 성을 넘어갔다 다시 비단, 향료, 소금, 질그릇 등 더 귀한 물건을 싣고 초원으로 흩어지고는 했다. 그중 메르키드를 드나드는 족제비 장수가 버르테의 식구들에게 매번 특별 대우를 받았다.

자식을 사랑하는 마음은 누구나 같을 것이다. 어머니는 사고 후 처음 소식을 들을 때는 오히려 안심했다. 특히 칠게르라는 사람의 성품이 좋다고들 하니, 차라리 잘됐다고 여기게도 되었다. 초원에서 납치당한 여자가 복귀한 예는 없었던 것이다. 이제라도 아들을 낳아 잘 살면 좀 좋겠는가. 한데, 두번째 소문부터 찝찝한 것이 생겨 가시지 않았다. 버르테가 합방을 하지 않는다는 것이었다. 딸아이가 어쩌자고 통도 큰지……. 걱정이 되어서 심부름꾼을 또 보냈다. 역시 내용이 석연치 않았다.

"납치되었던 여자가 셋이랍니다. 하나는 버르테고, 하나는 수발하는 할멈, 다른 하나는 생모인데, 문제가 있어요. 생모가 예수게이의 부인이라 하여 옛 수모를 갚기 위해서 천하고, 거칠고, 상스러운 놈들에게 매일같이 윤간을 시킨 거예요."

버르테의 어머니는 입술이 새파래지고 말았다. 전쟁은 남자들 간의 일인데, 원한을 여자에게 푼다는 소리는 듣다 처음이었던 것이다. 버르테는 딸이지만 결코 고분고분한 아이가 아니다.

"메르키드 종자들이 씨가 마르려고 환장을 했구나. 그렇지 않고서야 그런 천벌을 받을 일을 하겠느냐?"

다시 상인들에게 매달렸는데, 버르테가 생모에 대한 학대를 중지시키는 조건으로 합방을 시작했다고 전해왔다. 그래서 위험한 시간들이 겨우 지나갔나 하는 순간, 이번에는 어린 몽골로 쇠붙이를 구하러 간 상인이 깜짝 놀랄 소식을 전한 것이다. 테무진이 버르테를 찾으려고 삼자동맹을 만들어서 자무카를 끌어들였다는 것이다. 이어서, 테무진과 자무카가 마음을 주거니 받거니 했다는 내용을 들으니 어처구니 없었다. 테무진이 먼저 토오릴칸을 설득하자, 토오릴칸이 자무카의 합류를 요청했고, 테무진이 다시, 의형제가 거절할 수 없는 부탁을 하는 것은 경솔한 처사라 하여 동생들을 보냈다고 한다. 그 동생들이 형의 처지를 전하자 자무카는 펄펄 뛰었다.

"나의 안다 테무진의 천창이 뒤집혔다고 했는가? 형제의 게르가 불에 타고, 아내가 납치되었다고 했는가? 놈들은 지금 하늘에 있는가, 땅에 있는가? 아직 땅에 있다면 내가 용서하지 않겠다."

그러면서 한 가지를 전제했다는 것이다.

"호랑이라 하더라도 늑대와 한편이 되어 싸우려면 정해진 규칙을 따라야 하는 법. 토오릴칸에게 알려라. 자무카에게 지휘권을 넘긴 이상 누구도 약속을 어기거나 늦으면 안 된다. 내 형제의 억울함을 푸는 일에 앞장서는 자는 상을 받고 처지면 벌을 받을 것이다."

그때부터 다들 자무카의 출동 명령을 기다리게 되었다.

그 말을 듣고 어머니의 눈이 발칵 뒤집혔다.

"큰일 났다. 버르테 때문에 전쟁을 하면 어떻게 되지? 메르키드는 명사수들이고, 자무카는 겁이 없으며, 토오릴칸은 초원의 제왕이다. 자칫하면 그 불똥으로 버르테가 아니라 옹기라트 족 전체가 없어질 수도 있어. 이제라도 테무진을 막을 수는 없을까?"

어머니는 땅이 꺼져라 한숨을 쉬지만 옹기라트 족이 무슨 수로 전쟁을 막겠는가. 자무카는 용의주도하게 계획을 세워놓고 동맹군을 이미 소집해버렸다.

늦은 가을은 오고, 추위는 아직 오지 않은 날. 거대한 먼지구름이 톨 강의 검은 숲을 빠져나와 동으로, 동으로 이동하고 있었다. 얼추 잡아도 삼만 마리 이상의 말들이 대지를 두드리는 울림이 멀리 보르칸 산까지 닿는다. 와글와글 떠드는 소리, 말 울음소리, 말발굽 소리, 예비마들이 길을 잃었다 되찾는 소리. 토오릴칸의 이만 기마병이 헤를렌 강 상류의 '물안개가 피는 언덕'을 찾아가는 중이었다. 꼬박 이틀을 달려야 목적지에 닿을 것이다.

테무진은 버르테를 잃은 장소에서 그 소란을 기다렸다. 예정된 날짜보다 사흘이 지나서야 토오릴칸이 당도하였다. 테무진의 병력, 보오르추, 젤메, 카사르, 벨구테이 외에도 어린 동생 테무게와 열두 살짜리 카치운까지 탈탈 털어 총 일곱 명을 가지고 연합군이라 부르는 것은 누가 봐도 한 편의 희극이었다. 토오릴칸의 군대 만 명, 자카감보의 군대 만 명, 그 사이에 테무진 일행을 풀어놓자 거대한 바다가 종이배를 삼킨 듯이 사라져버렸다. 하지만 그는 분명히 전투의 주제를 쥔 동맹군 지도자였으며, 이만 칠 명의 연합군을 헤를렌 강 상류에서 오논 강 상류로 이동시키고, 거기에 다시 이만 명의 기마병을 합류시킬 삼자동맹의 핵심이었다.

멀리서 숨어 보는 어머니는 실로 감개무량하지 않을 수 없었다. 어린 몽골의 역사상 가장 큰 규모의 군대가 떠서 다름 아닌 테무진의 아내를 찾는 전투를 하리라고 누가 상상이나 할 수 있을까.

최종 집결지인 보트간 보오르지에는 자무카가 와서 사흘이나 기다리고 있었다. 참전할 병력이 모두 당도하자 자무카의 병력부터 사열을 시작한다. 연합군 지휘부인 토오릴칸과 테무진에게 경의를 표하는 의식이었다. 제식이 끝나자 자무카가 곧장 놀라운 말을 쏟아놓는다.

"눈보라가 쳐도 늦지 말자고 하지 않았습니까? 동지를 비바람 속에 서 있게 하지 말자고 약속하지 않으셨어요? 존엄하신 토오릴칸 형님이시여! 우리가 맞는 상황은 모두 그 어떤 어제와도 다르고, 또한 그 어떤 내일과도 닮아 있지 않습니다. 한 운명이 두 번 반복되지 않는다는 것을 형님이 간파하지 못하리라고 믿을 사람이 있겠습니까?"

사실, 토오릴칸은 의도적으로 사흘 늦게 도착했다. 여러 해 동안 부족을 이끌고 원정을 다니며 셀 수 없이 많은 전투에서 칼을 빼들고 앞장섰던 노장답게 그는 언제나 복잡한 생각을 버리지 않았다. 셀 수 없이 많은 전투에서 살아남은 늙은 사자의 셈법은 언제나 서두르는 사람이 약자가 된다는 것이었다. 그러나 자무카는 그런 계산법을 단 한순간에 일고의 가치도 없는 것으로 만들어버렸다. 지상의 일들은 두 번 반복되지 않으니 과거의 경험으로 미래를 재단하지 말라고 해버린 것이다.

토오릴칸은 당황했지만 적어도 전쟁터에서 기가 죽을 일은 전혀 없는 사람이었다.

"맞는 말이야. 자무카의 혀는 꼭 가시 달린 쐐기풀 같단 말야. 형님도 잘못하면 벌을 받아야지. 하하하."

두 사람이 안다임을 과시하는 것으로 겨우 체면치레를 했다. 하지만 자무카는 물러서지 않고 지휘권이 어디에 있는가를 분명히 해두었다.

"불은 위로 향하기를 애쓰고, 물은 아래로 향하기를 애씁니다. 불을 아무리 아래로 숙여도 불꽃은 위로 타오르기 마련입니다. 설마 돌아가실 생각은 없지요?"

어떻게 해도 당신이 어른이니, 약속한 대로 통제를 따라주든지 아니면 지금 돌아가라는 뜻이었다. 토오릴칸은 그 서슬 퍼런 기세에 눌려 등줄기에 오싹 식은땀이 흘렀다.

이윽고 자무카는 전투사령관의 풍모를 유감없이 드러낸다. 사만 명의 병사들 앞에서 대장군 사십 명을 모아놓고 연설을 하는데 멀리서 봐도 전율이 일 지경이었다. 초원의 천덕꾸러기 취급을 받던 어린 몽골에 어떻게 저런 지도자가 있었는지 다들 믿어지지 않는 눈치였다.

"장군들! 달이 원숭이별과 사이좋게 어울려야 좋은 날이 된다고 했다. 원숭이별을 짓밟고 가는 달을 보았는가? 오늘 보라. 밤이 되면 하늘에서 수많은 별이 울게 될 것이다. 나는 그 시간을 좋아한다. 밤이 깊으면 대지는 귀를 닫는다. 그 고요 속에서 메르키드의 노래가 숨질 것이다."

이렇게 어려운 말로 연설을 하는 동안 자무카의 고삐를 잡고 선 처여는 그 늠름한 기상에 취해, 또 뜻은 모르지만 멋있는 시에 취해 눈을 감고 거듭 감격하고 있었다. 입에서는 연신 감탄사가 토해져 나온다.

"허어, 원숭이별, 짓밟는 달, 보라, 대지는 귀를 닫는다, 수많은 별빛이 울 것이다, 정말 미쳐, 오, 영명하신 자무카 대장군이시여!"

이어서 자무카가 간단히 작전 개요를 설명한다. 세부 계획은 이미 토오릴칸과 자카감보, 테무진에게 전달되어 있었다.

"메르키드는 셋이다. 우리는 넷으로 나눈다. 토오릴칸 형님이 오른 날개를 펼 것이다. 나는 왼 날개이다. 자카감보의 군대가 중앙에 선다. 나의 군대 중 만 명은 테무진 형제가 이끌고 선봉을 칠 것이다. 그리고 어떤 경우에도 개전 시간, 공격 방향, 전투의 시작과 끝은 모두 내 명령을 따라야 한다. 이제 출정식을 가져도 되겠는가?"

자무카는 모르고 지나가는 게 하나도 없었다. 스무 살을 갓 넘은 장군이 마치 백전노장처럼 전투에 달통해 있었던 것이다. 무당이 북을 치기 시작하자 그가 승전을 비는 시낭송을 한다.

용사들이여! 적을 슬픔의 바다에 빠트려라
적의 숲을 바람으로 술렁이게 하고, 적의 새들을 하늘 위에서 맴돌게 하라

적의 들짐승을 거친 숨소리로 울게 하고, 적의 풀잎들을 땅바닥에 엎드려 흐느끼게 하라

적의 메아리들이 계곡에 갇혀 길을 잃게 하고, 적의 산천을 부들부들 떨며 통곡하게 하라

이어서 용사들도 북을 치면서 노래와 춤이 시작되었다. 그렇게 다들 여흥을 갖는 동안 장군들은 세부 작전 지시를 전달받고 있었다. 그것을 흘낏 넘겨다보면서 토오릴칸이 회심의 미소를 짓는다.

'엉터리 계획을 짜고 있군. 허점이 보이는 순간 눈물이 쏙 나오도록 꾸짖어줘야지. 젊은 것들은 너무 나댄단 말이야.'

연합군은 이의 없이 자무카의 지휘를 받아들였다. 키가 훤칠하고 몸매가 날렵한 어린 몽골의 젊은 지도자가 말에 오르자 사만 명의 기마대가 움직이기 시작한다. 테무진은 모든 살아 있는 것들의 감정과 힘이 하나의 점을 따라 이동하는 풍경에서 한없는 두려움과 경외심을 느꼈다. 보르칸 산에서 일곱 명이 모여 사냥을 할 때는 상상할 수 없었던, 다른 동물이 감히 흉내 낼 수 없는 인간의 군중 속에 내재된 마술 같은 현상을 본 것이다.

'오, 푸른 하늘이시여!'

진정 신비에 찬 순간은 새로운 통치력이 탄생하는 때이다. 호기심에 가득 찬 영혼들에게 한번 자극된 기대가 저절로 사라지는 법은 없다. 자무카는 사만의 용사들을 완벽하게 휘어잡았다. 눈앞의 모든 것이 그의 생각과 의지에서 나온다. 자무카가 속도를 높이면 대열이 빨라지고 그가 멈추면 거대 집단이 마치 하나의 몸체처럼

따라서 멈춘다. 생명체는 하나인데 그 움직임은 천지를 진동시킨다. 이제 한가슴에서 솟구친 감흥이 수백, 수천, 수만의 가슴 속으로 흘러들어가 곧 초원을 태울 불꽃이 될 것이다. 그 순간에도 인간과 말의 땀 냄새, 야생의 풀꽃 향기, 말들이 투루루루- 불어대는 코울음, 등자들이 쩔렁쩔렁 부딪쳐 시끄럽게 하는 소리 위에 붉은 흙먼지가 자욱하게 일었다.

북쪽 변경에 다가갈수록 점점 해가 기울면서 저녁노을의 눈부신 광채가 거대 생명을 뒤덮었다. 기다란 대열이 몸을 흔들 때마다 천만 개의 태양이 곳곳에 스며들어 출렁거린다. 눈을 뜰 수 없이 찬란한 빛 속에서 토오릴칸은 깊은 고민에 시달리고 있었다. 메르키드는 세 개의 부족이 사이가 좋아서 그로서는 늘 부러움의 대상이었다. 어디에서 구르다 초원까지 흘러왔는지 비록 뿌리를 알 수 없지만 메르키드 기병은 귀신의 짓이라 할 만큼 놀라운 활 솜씨를 뽐내고, 어떤 외세와 만나도 내부의 공조로 상대를 괴롭히는 아주 까다로운 집단이었다. 한데, 자무카는 그곳에서 딱 그만한 크기의 단점 두 가지를 찾아서 작전으로 내놓고 있었다.

"토오릴칸 형님! 꽃잎은 앞면과 뒷면이 하나입니다. 형님과 자카감보가 해와 달로 어우러져 살지만, 만약에 달이 해가 되려고 들었으면 이번에 동행할 수 있었을까요? 형님의 병력이 일만에 그치든지 우리가 더 큰 명분을 찾든지 해야 됐을 겁니다. 자카감보가 저절로 순둥이를 구하러 오지는 않았을 테니까요."

"순둥이라면 테무진을 말하는 건가?"

"말이 그렇다는 거지요. 순둥이이기는 한데 늑대랍니다. 하하하.

나는 늑대가 싸우는 모습을 봤지요. 하하하하."

자무카가 연거푸 호탕하게 웃고 나서 다시 목청을 낮췄다.

"메르키드는 태양이 셋이에요. 빛이 흩어져버리지요. 하나의 꽃을 피우지 못하고 그냥 이파리 시절로 친하게 지내는 것들을 저는 무서워하지 않습니다."

"명사수들 아닌가?"

"그래서 우리가 저녁노을 속으로 들어가는 중이잖습니까? 형님은 메르키드에게 가는 중이세요? 저는 캄캄한 어둠이 머무는 곳을 찾아가고 있는데, 하하하."

도대체 알아들을 수 없는 말을 쉼 없이 지껄이지만, 분명한 요지는 두 가지였다. 하나는 자무카가 야간전투를 선택했다는 것, 또 하나는 속도전을 원한다는 것. 그것을 곰곰이 생각하다가 토오릴칸은 조금 무서운 생각이 나서 정신이 번쩍 들었다. 왕년에 자기나 예수게이 또래의 수령들은 그 많은 전투를 하고 다녀도 자무카 같은 발상이나 대화를 한 번도 해본 적이 없었다. 그래서 낮에 들은 농담이 더욱 가슴에 박혀 있는 것이다.

"형님은 늙지 않아서 좋아요. 눈 덮인 산의 하얀 사자도 시간이 흐르면 들판의 개미 떼에게 먹히거든요!"

자무카가 단지 불손한 것만은 아니었다. 의리야 있겠지만 머리에 이상한 생각이 가득 차 있으니, 아무리 생각해도 권력을 쪼개놓지 않으면 안 될 위험 인물에 속했다.

토오릴칸은 자기도 관록을 앞세워 뭔가 남다른 능력을 보이지 않으면 새파란 것들 앞에서 아무런 빛이 나지 않을 거라는 생각이 들어 조금 서글퍼졌다. 그래, 마음이 헛헛하여 괜히 테무진을 불러본다.

"아들아, 길 끝에 뭐가 있는 줄 아느냐?"

"킬코 강이 나옵니다."

묵묵히 따르던 친아들 셍굼이 얼른 가로채 대답했다. 토오릴칸은 여전히 테무진을 보면서 이야기를 한다.

"둥성이가 많고, 나무가 우거지며, 숲도 남쪽을 향하고 있어. 정착민의 땅처럼 말야."

테무진은 토오릴칸의 머리를 어지럽히고 있는 게 자신의 짐작과 다르지 않다는 것을 바로 알아차렸다. 유목민은 강 앞에서 속수무책이다. 인간이 헤엄을 칠 수 있다는 사실조차 상상한 적이 없으니, 강이 막으면 주저앉게 되어 있었다. 더구나 날씨도 춥다.

"낙타가 빙판을 만나는 격이지요?"

제대로 된 비유였다. 낙타는 기운이 세지만 겁이 많아서 눈이 쌓인 바위산을 만나면 벌벌 떨다가 주저앉아버린다. 그래도 일으키려고 들면 아예 누워버리는 것이다.

"그렇지. 자무카의 작전이 들어맞으려면 강이 말라 있어야 해. 과연 그럴까? 그게 빗나가면 전투사령관 자리를 박탈당하고 현장에서 벌을 받을 거야. 그보다 먼저 죽을지도 모르고. 메르키드의 화살은 언제나 전투사령관에게 먼저 꽂히지."

테무진은 토오릴칸이 지나치게 복잡한 머리를 굴리는 게 짜증나지만 당장에 버르테를 찾는 일이 급하기 때문에 불길한 생각은 더 하고 싶지 않았다. 그래, 얼른 고개를 흔들어 불순한 말이 귓속에 들어가지 못하도록 털어버렸다. 그리고 밤이 이슥할 때 킬코 강에 도달하자 실로 도도한 흐름이 앞을 막고 있었다.

'저 너머에 버르테가 있을 텐데 자무카는 강에 대한 대비책이 있기나 할까?'

그 시간, 바로 강 건너에 버르테가 와 있었다. 불룩하게 튀어나온 배가 불편하여 두 손으로 허리를 받친 채 한없이 깊은 어둠 속을 들여다보는 그녀의 마음을 누가 알까. 뱃속에 든 것은 알지라도 마음속에 든 것은 누구도 짐작할 수 없었다. 앞에서는 킬코 강이 소리내어 흐르는 것이 귀 끝에 잡히고, 뒤에서는 조금 전에 타고 온 말이 이른 추위에 몸을 웅크리고 떼굴떼굴 구르도록 떨고 서 있었다. 얼기 직전의 강이라 흐름은 유려하나 칼날 같은 차가움을 물고 있는 모습이 처연하다.

"추우니 돌아갑시다."

버르테의 새 남자 칠게르가 쩔쩔매면서 그녀를 어른다.

"먼저 가세요. 저는 물소리를 더 들을 거예요."

버르테가 답하자 어디서 혀를 차는 소리가 들린다. 톡토아베키가 바람을 쐬러 나왔다가 돌아가던 길에 본 것이다.

"칠게르! 내일부터 업고 다녀라. 쯧쯧."

다음 날은 매해 늦은 가을에 열리는 족제비 축제일이었다. 메르키드에서 활을 좀 쏜다 하는 자는 죄다 모여 고두리 화살로 족제비나 밍크의 급소를 맞혀서 상처 없이 잡는 자가 큰 상을 받는, 상인들이 값나가는 가죽을 얻기 위해 만든 행사. 톡토아베키는 그해에 유독 화살을 쏜 흔적이 없이 족제비를 잡는 귀신같은 명궁에게 관심이 컸다. 왜냐하면 테무진이 아내를 찾으려 한다는 소문을 듣고 마음이 조금 찜찜했기 때문이다.

물론, 내놓고 걱정할 일은 아니었다. 모든 것은 자신에게 유리했다. 메르키드는 강 건너 세 곳에 흩어져 영을 치고 있었고, 왼쪽에 다이르우순, 중앙에 톡토아베키, 오른쪽에 다르말락, 어느 하나 명장이 아닌 수령이 없었다. 게다가 셋 다 독자적인 진영을 갖추고 있어서 어느 부대와 일전을 치러도 두려울 것이 없으니, 오히려 누군가 쳐들어와주기를 바라는 마음조차 없지 않았다. 강에는 어느 해보다 도도한 물이 흐르고, 병사들은 멀리서 활을 쏘기 때문에 어지간한 상대는 거리를 좁히기도 전에 패퇴시키게 되어 있으니, 그보다 좋은 일이 어디 있는가. 그래, 그날도, 언젠가 나코 어른이 고른 백마를 타고 배부른 낙타처럼 거드름을 피우다 하루해가 저물었다.

'테무진이 오면 좋지. 찾아서 없애야 할 놈이 제 발로 오신다면 저승길 잘 가라고 축하주라도 한잔 올려야 할 일이야.'

어린 몽골이라 해봐야 기껏 자무카 군대나 앞장설 터이고, 시기도 빨라야 봄이라 여겨 그 봄을 기다리는 중이었다.

"부인, 구경도 좋지만 홀몸이 아니라는 걸 생각하시오. 족제비할멈이 좀 모시구랴."

버르테는 말씨름을 하고 싶지 않아서 강을 등지고 다시 어둠 속으로 가버렸다. 허나, 그조차도 옳은 방향이 아니었다. 그녀의 거처는 중앙의 쿠리엔 중에서도 중앙에 있었는데, 칠게르가 톡토아베키의 최측근이라 특별 배려된 것이었다.

한편, 강 이쪽에서는 유장한 물살을 굽어보는 노익장 하나가 겉으로는 침통해도 속으로는 의기양양해서 앉아 있었다. 토오릴칸은 자무카가 필히 도강에 실패하여 적을 마주하지도 못하고 물러날 것을 의심치 않았다. 경험 없는 장수들은 적이 없는 곳에서나 나불대다가 난관에 부딪치면 꼬리를 내리게 되어 있었다. 자무카도 한번쯤 그런 시행착오를 겪을 것이 뻔했던 것이다. 그래서 속수무책으로 퇴각 명령을 내려야 하는 때에 자기가 나서서 용사들을 돌려 강을 건넌다면 또 하나의 신화가 만들어질 게 틀림없었다. 애초에 무리한 계획이었으니 병력 손실이 좀 있다 하더라도 자기의 흠이 되지 않을 터였다.

하지만 자무카는 토오릴칸의 바람을 아는지 모르는지 눈 하나 까딱 않고 밤이 깊어지기를 기다리고 있다. 잠시 짬이 나자 농담까지 한다.

"처여야! 호랑이는 나이를 먹어도 얼룩이 변하지 않고, 소는 나이를 먹어도 뿔이 있다."

토오릴칸에게 약점을 잡히지 말라는 소리를 처여는 메르키드에게 조심하라는 말로 알고 얼른 말을 받는다.

"맞습니다요. 까마귀는 천 년을 살아도 까맣고, 똥은 말라도 냄새가 납니다."

자무카가 웃으면서 쳐다본다.

"쯧쯧, 개도 움직이는 것들이 뼈를 무는 법이다. 처여는 계속 말이나 치는 게 낫겠다."

"장군님, 그러면 저더러 전장에 나서지 말라는 겁니까?"

"적에게 놀림이나 당할 놈을 앞장세워놓고 그 걱정을 어떻게 다 하게? 강을 건너지 말고 말 떼나 돌보면 되지."

강물은 어느 때보다 물살이 거칠었다. 달빛도 없는 어둠 속을 유유히 흐르는 물길 앞에서 다들 무서워 떨 것은 당연했다. 허나, 자무카는 아랑곳할 사람이 아니었다.

"야, 용사들! 말은 헤엄을 잘 친다. 말이 강에 들어갔을 때 아무 곳이나 붙들고 있으면 절대 빠져 죽지 않는다. 이제부터 시범을 보이는 사람에게 상을 내리겠다. 어차피 용기 있는 사람이 미인을 차지하는 게 푸른 하늘의 뜻에 맞지."

이때 다들 조용한데 난데없이 손을 들고 나온 사람이 벨구테이였다.

'아니, 저 녀석이 어쩌자고.'

보오르추가 대열을 밀치고 앞으로 나선다.

"비켜봐. 내가 해본 적이 있어."

그래도 벨구테이가 쉽게 물러나지 않는 걸 보고 테무진의 가슴이 미어질 듯이 아팠다.

'생모가 어지간히 걱정되었던 게로구나.'

잠시 후, 보오르추가 말을 회색의 새로 바꿔 타더니 뒤를 볼 것도 없이 츄, 하고 내닫자 회색의 새가 강으로 첨벙 뛰어들었다. 그리고 거침없이 숨을 내쉬어 입에 들어온 물을 하늘로 뿜는다. 다들 다가 들어 입을 쩍 벌리고 보오르추가 어둠을 헤치고 가는 모습을 오래오래 지켜보았다. 한참 후 회색의 새와 보오르추가 되돌아오자 자무카가 말한다.

"다들 봤지? 두 가지 방법이 있다. 하나는 저 친구를 따라서 말을 타고 건넌다. 둘, 그것이 자신 없으면 당장에 말에서 내려 나를 따르라."

자무카의 명령이 떨어지자 사만의 병력이 말과 분리되기 시작하였다.

대열은 크게 둘로 나뉘었다. 테무진을 비롯해서 말과 함께 강을 건널 사람은 위로 가고, 그럴 자신이 없는 사람은 아래로 줄을 섰다. 토오릴칸처럼 방침을 정하지 못한 사람들도 자무카가 데려갔다.

"형님! 제가 물 썰매를 태워드릴게요. 하하."

자무카가 유쾌하게 말하자 토오릴칸은 어정쩡하게 끌려간다. 밤은 깊고, 강은 뒤척임이 자서 고요한데, 하늘에는 늦게 뜬 달이 꼭대기를 지나고 있었다. 달빛은 보는 사람의 각도에 따라 천 개의 길을 만들었다 지운다. 말 떼 쪽에서 보오르추의 설명이 진행되는 동안 자무카 쪽의 용사 하나가 무엇을 봤는지 소리를 질렀다.

"대장님! 저기 뭐가 떠내려 옵니다."

강에서는 시커먼 그림자들이 꾸역꾸역 밀려오고 있었다. 자세히 보니 검은 풀 더미가 구름처럼 줄 지어 오는데, 커다란 풀 더미마다 사람이 타고 있었다. 자무카가 따로 선발한 부하들이었다. 그중 하나가 바로 앞에 닿았을 때 자무카가 호기를 부린다.

"달빛도 실어라. 하하."

풀 뗏목이었다. 저 위에서 누가 긴 수염 갈대로 엮은 풀 뗏목을 하염없이 아래로 보내고 있었다. 이내 용사들이 뛰어들어 긴 수염 갈대를 세 겹, 네 겹으로 꼰 두꺼운 밧줄을 매고 가서 강 이쪽과 저

쪽을 묶어놓자 수많은 뗏목들이 지나갈 나루가 만들어졌다.

"어서 서둘러라. 저 말들과 경쟁해서 지는 사람은 전사한 것으로 간주하겠다."

이렇게 해서 자무카의 도강작전은 순식간에 완료되었다. 만약에 라도 적이 활을 쏠 수 있는 거리를 확보할 수 없도록 하려는 속도전 이었다.

같은 시간에 강 위쪽에서도 요란한 소리가 들린다. 보오르추가 회색의 새를 끌고 물에 들어가자 테무진도 황금색 늑대귀 말을 타 고 점점 깊은 곳으로 들어갔다. 순식간에 두 마리의 말이 물속에 뒤 집어져 코와 귀만 내놓고 헤엄을 친다. 뒤이어 다른 말들도 우르르 들어가 대가리만 내놓은 채 푸-푸우- 하고 소리 나는 숨을 내쉬어 서 입에 들어온 물을 뱉어낸다. 말 떼가 갑자기 엄청난 수로 불어나 자 강물이 출렁거리다 못해 파도를 치는데, 강에서는 이미 가운데 쪽에 다다른 보오르추가 솟구쳐 올라 계속 외쳐댄다.

"말은 가슴만 누르지 않으면 가라앉지 않는다. …… 말이 헤엄을 치기 시작하면 곧장 말 엉덩이 쪽으로 몸을 내려라. …… 안장을 놓 치면 꼬리를 잡아라."

동시에 사만 마리의 말들이 헤엄을 치기 시작했다. 강물이 자맥 질을 하고, 말들이 커다란 콧숨을 쉬어서 물을 뿜는 소리가 수만 개 의 폭포수처럼 큰 소리를 낸다. 단 한 번도 상상하지 못했던 장관 앞에서 모두 경악하지 않을 수가 없었다. 세상에!

그것을 보고 세상이 뒤집어진 듯이 놀란 사람들은 메르키드의 어부들이었다. 어두운 하늘에 늦은 달이 뜨더니, 난데없이 강물이 출렁거려 배가 흔들리기 시작했다. 점점 강물이 요동을 쳐서 물 위에 떠 있는 배들이 뒤집어질듯이 출렁거린다. 다들 서둘러 이웃들을 살핀다. 족제비 축제 일을 전후해서는 군대를 따로 소집하지 않아도 밤으로 낮으로 젊은 사람이 지천으로 널려 있었다. 킬코 강의 어부들이 물고기를 잡는 기이한 구경거리를 놓치지 않으려고 그날 밤에도 강가의 여기저기에 사람들이 그렇게 몰려 있었던 것이다.

그들이 놀라는 것은 너무나 당연했다. 유목민에게 가장 취약한 것이 물이었다. 어쩌다 어부들이 강에 뛰어들어 헤엄이라도 치는 걸 보면 마술을 보듯 진귀한 풍경에 놀라 자빠질 지경이었다. 까닭에 두꺼운 얼음이 얼지 않는 한 강 건너에서 오는 적에 대해서 아무 걱정을 하지 않았는데 느닷없이 눈앞에 이상한 물체가 나타나더니 강 건너 쪽에서 가까운 쪽으로 다가오는데, 자세히 보니 강 건너의 자연 둑이 송두리째 이동하듯이 마구 물살 저어 오는 것이 말이었다. 그중 절반가량의 말에는 활을 각개로 맨 병사들이 매달려 있었다. 그것은 보통 심각한 풍경이 아니었다. 메르키드는 그간 뛰어난 활 솜씨로 밍크와 족제비 사냥을 할 수 있는 지역을 지켜왔는데, 다른 부족이 저렇게 몰려온다면 이제 막을 길이 없게 되는 것이었다. 해서, 누가 먼저라 할 것도 없이 불알이 깨지도록 뛰어가 톡토아베키에게 보고했다. 물론, 소통이 될 까닭이 없었다.

"수령님! 큰일 났어요. 말 떼가 와요."

"말 떼가 어떻게 오는데?"

"모르겠습니다. 몇만 마리가 헤엄을 쳐서 킬코 강을 건너옵니다."

"왜?"

"잘 모르는데, 하여튼 무섭습니다."

테무진은 강을 건너자 뗏목을 탄 용사들이 닿기를 기다려 부대 편성을 마쳤다. 네 개의 부대로 나누어 진격하기로 해서 따로 부대 별 작전 시간을 갖기 위해서였다. 테무진이 받은 일만의 용사는 한 때는 예수게이의 예속민이었다가 몇 해 전 조드로 가난뱅이가 된 보르지긴 족 키야트 뼈대를 가진 사람들이었다. 염소서방 같은 이 들이 천인장(千人長, 천 명을 거느린 장군)을 해야 할 만큼 심난한 오합 지졸의 집단이었다. 테무진이 연설하는 동안 보오르추, 젤메, 카사 르, 벨구테이 등이 쪼르르 나와서 그가 실수하더라도 얕잡아 보지 못하도록 대기했다. 다들 말과 함께 강을 건넜기 때문에 옷에서 물 이 뚝뚝 떨어지고 있었다.

"용사들! 나는 예수게이의 아들이다. 아홉 살 때 초원에 버려져 열일곱 살에 천창이 있는 게르를 얻었다. 지금은 모두 뒤집어지고 불에 탔다. 그대들은 아내를 사랑한 적이 있는가? 그 아내를 단지 힘이 약해서 빼앗겨본 적이 있는가? 그게 억울하지 않은 사람은 적 과 맞서지 않아도 좋다. 똑같은 초원에서, 똑같이 푸른 하늘의 운명 을 받아 사는 사람들이 왜 남의 운명을 방해해야 하는가. 우리는 오 늘 유목민끼리 원한관계로 싸우는 것을 끝장내는 전투를 하게 될 것이다. 공존할 수 없는 자는 죽이고 공존할 수 있는 자는 살려라. 그리고 부탁할 것은 한 명도 죽어서는 안 된다는 것이다. 무사히 살 아서 너희들의 대장에게 돌아가라."

연설이 끝났을 때 한쪽에서 웅성거리는 소리가 들렸다. 나이 든 사내 하나가, "나의 대장은 예수게이 장군인데 어디로 갑니까?" 하고 외쳤던 것이다.

늦게 뜬 달이 이지러지는 때가 되어서야 버르테는 잠자리에 들었다. 배가 부풀어 산달에 가까울수록 마음의 공허도 커지고 있었다. 테무진에 대한 생각은 아득한 신기루 속의 섬이 되었다. 메르키드의 소굴을 빠져나갈 일말의 기대라도 가질 수 있었다면 그녀는 마지막 저항이라도 했을 것이다. 하지만 모든 출구가 막히고 모든 희망이 사라져버렸다. 아무것도 선택할 것이 없는 사람에게 사랑을 얻기 위해 한없이 매달리는 칠게르의 호의는 얼마나 부질없던가. 더는 누구를 사랑할 마음도 그리워할 생각도 없었다. 푸른 하늘이 내려준 그녀의 운명은 모두 끝나 있었다. 지상의 삶을 위해 불을 지폈던 화덕은 엎어지고, 그녀의 천창은 뒤집어졌다. 테무진을 따라올 때 마음먹은 대로 하자면 죽는 게 옳았다. 그러나 불 꺼진 자리에, 그 잿더미 위에, 이상하게 꺼지지 않고 남아 있는 불씨 하나가 그녀를 자꾸 삶의 편으로 데려온다.

'아, 먼발치에서나마 한 번만 볼 수 있다면……'

진심으로 보고 싶은 지상의 한 사람, 후엘룬이라는 시어머니가 마음에 붙어 떨어지지 않았다. 사내를 우러러보지 말라는 말은 얼마나 충격적이던지, 만리장성 이야기를 들었을 때는 얼마나 황당하던지. 초원의 최하층 여인들이나 할 수 있는 거칠고 속된 표현을, 다른 사람도 아닌 며느리에게 그토록 쉽게 해버리는 시어머니를 내하는 순간, 얼마나 따뜻하고 평화롭고 자유로웠던가. 그녀는 인간에게 어떤 올가미도 채우지 않는 가난한 성자였다. 어느 밤중에 말 젖을 짜러 가다가 보았던 풍경은 얼마나 거룩하고 성스러웠던 가. 그날 시어머니는 달빛에 휘감겨 마유주 그릇을 받쳐 들고 북쪽 하늘을 수놓은 일곱 개의 별을 향해 하얀 젖을 뿌렸다.

'신령님, 족제비할머니를 낫게 해주세요. 죽는 날까지 아프지 않 게 편안하게 데려가주세요.'

이 같은 분을 보아야만 하는 것이 그녀가 목숨을 포기할 수 없는 이유였다. 만약에 지금에라도 시어머니를 만난다면 '아가, 고생했 지야?' 하고 토닥여준 다음에, 네가 갈 길은 어디인 것 같다고 하실 게 틀림없었다. 그런데 그 길이 어디인가 말이다.

그날도 그렇게 하루 일과를 마감했는데, 아직 꿈길의 문턱에도 이르지 못한 시간에 난데없는 고함 소리가 들렸다.

"괴물이 강을 건넜다. 피난을 서둘러라!"

복장도 갖추기 전에 천지가 진동한다. 침략자들이 강을 건넜다 해도 족히 한나절은 걸려야 닿을 수 있건만, 어찌된 일인지 금방 엄 청난 굉음과 함께 땅이 흔들렸다. 어디서 누가 무엇 때문에 밀려오 는지도 모르는 채 놀라운 말발굽 소리가 닥쳐오는 걸 들어야 했다. 그러고는 칠게르가 급히 톡토아베키에게 가면서 어서 마차를 타라 는 말을 남겼다. 버르테는 무서운 것도, 다급할 것도 없어서 천천히 피난길에 올랐다. 밖을 보니 킬코 강 쪽에서 광폭한 침략자들이 몰 려오는데 끝이 없었다. 전투가 되지 않았다. 한쪽은 늑대가 타르박 을 사냥하듯 또 한쪽은 타르박이 늑대에게 사냥당하듯이 일방적인 사람몰이가 시작되었다.

도대체 어디에서 질주해오는 늑대인가? 타타르인지, 케레이트인지, 나이만인지, 아니면 금나라인지, 하여튼 새벽 야음 속에서 무지막지하게 들이닥친 적은 싸워보지도 않고 깊은 탄식에 젖은 메르키드의 마을을 에워싸고, 누구도 말 위로 오르지 못할 뿐 아니라 활을 쥘 틈도 주지 않고, 사면팔방에서 포위, 기습해왔다. 내로라하는 장군들도 도피하기에 급급했다. 칠게르가 톡토아베키에게 선물한 백마가 주인도 태우지 않고 달아나는데 적의 선봉에 선 장수 하나가 백마를 쫓고 있었다. 거리를 좁혀 올가미를 던지는 모습이 범상치 않더니 날렵한 백마가 단번에 포획되었다. 그런데 옆모습이 틀림없이 그녀가 아는 사람이다. 습격자들의 선봉에 왜 보오르추가 서 있단 말인가. 그 생각이 들자 갑자기 복잡한 감정이 밀려들더니 난데없는 희망이 솟는다.

'혹시 테무진이 온 거 아냐?'

계속 귀를 기울여 한밤의 침입자가 누구인지 주의를 쏟게 된 까닭이 여기에 있었다.

기습작전의 대형이 '활시위 형 포위'라는 것을 메르키드는 잘 알지 못했다. 반원의 그물망에 갇힌 피난민은 아무리 몸부림쳐도 결국은 부르 초원을 벗어나지 못하고 주저앉게 돼 있었다. 너무나 빨리 급습당했고, 너무나 쉽게 허를 찔렸다. 어부들이 발견하지 못했다면 톡토아베키 진영 전체가 사라져버렸을 것이다.

사실은 톡토아베키 진영만 그리된 게 아니라 좌익의 다이르우눈, 우익의 다르말락도 마찬가지였다. 자무카의 작전은 완벽히 적

중하였다. 메르키드의 부족 전체가 존멸의 위기에 봉착하였다. 먼저 달아난 사람들은 칼과 창을 피해 강물 속으로 몸을 던졌다. 더 많은 사람들이 초원의 어둠 속에서 빠져나가지 못하고 쓰러져갔다. 반격이 아니라 아예 투항해서 목숨을 구걸하는 것도 불가능할 만큼 잔인한 살육이 감행되고 메르키드 인이라면 남김없이 살해되고 말 것 같은 무서운 몰살작전이 계속되었다.

테무진은 피난민 마차를 향해 거침없이 돌진하였다. 버르테가 어디에 있는지, 자무카나 토오릴칸에게 걸려도 버르테를 알아볼 수 있을지, 또 테무진의 군대가 쳐들어온 사실을 버르테가 알더라도 순순히 모습을 드러내줄지 전혀 알 수 없는 상태에서 그는 막연히 셀렝게 강으로 달아나는 일군의 피난민을 겨냥하여 맹추격하였다. 그러면서 외친다.

"버르테-, 버르테-."

말 울음소리보다 더 크게, 천지가 진동하는 말발굽과 초원이 무너질 듯이 요란한 아비규환들보다 더 절절하게, 한없이, 한없이 우는 소리로 테무진이 우짖는다.

"버르테-. 버르테-."

그때 꽁지가 빠질 듯이 달아나는 마차에서 기적처럼 물체 하나가 떨어져 땅에 구르더니 한참 만에 일어나 뛰기 시작한다. 뒤뚱거리느라 제대로 달리지도 못한다.

"테무진! 여보!"

버르테였다. 테무진은 흥분을 감추지 못하고 말에서 뛰어내려 곧잘 버르테를 껴안았다.

"아, 나의 버르테! 고맙소. 목숨을 바꿀 생각이었소."

눈물로 범벅이 된 버르테의 두 뺨을 만지며 테무진은 환한 얼굴로 동생들을 부른다.

"카사르! 벨구테이! 원하던 것을 찾았다. 여기서 멈추자. 자무카와 토오릴칸에게 어서 전해라. 나는 원하던 것을 찾았다. 전투는 끝났다."

"알았습니다. 대장님!"

기쁨에 넘쳐 답하는 사람은 카사르가 아니라 젤메였다. 보오르추는 나코 어른이 혀가 닳도록 아까워하던 백마를 찾으러 가고, 벨구테이는 언제부터인지 곁에 없었다. 만일의 사태에 대비해 소리 없이 근접 호위를 하던 사람은 철도 안 든 두 동생과 젤메뿐이었다. 테무진은 버르테를 찾자 곧바로 족제비할머니와 생모가 어디에 있는지 두리번거리기 시작했다. 그래, 혼잣말을 한다.

"벨구테이는 생모를 찾으러 갔구나!"

과연, 그는 메르키드의 피난민이 눈에 띄자 무엇보다 먼저 생모를 찾기 시작했다. 출발할 때 들었던 소문이 너무나 불길한 까닭이었다.

"어머니! 어ㅡ머ㅡ니!"

아무리 외쳐도 메아리가 오지 않았다. 마음이 급한 김에 쿠리엔을 빠져나오는 아낙네들을 다 뒤졌지만 족제비할머니밖에 찾지 못했다. 그리고 소문이 사실임을 확인하자 곧 눈이 뒤집혔다. 그가 불타는 게르 뒤로 사라지는 생모의 모습을 보았던 건 실체였던가, 흰 영이었던가? 멀리서 포착한 모습을 놓치지 않으려고 물불을 가리지 않고 달렸지만 어디로 갔는지 찾을 수 없었다. 다시 족제비할머니에게 물어보니 한숨만 쉰다.

"이렇게 말했어. 내 아들이 칸이 되었구나. 테무진이 칸이 되고, 내 배를 아프게 하고 나온 벨구테이가 왕족이 되었어. 기뻐! 한데 정작 내 몸은 가장 비천한 것들에게 더럽혀졌으니 어찌할꼬. 둘만 모여도 날 밟은 이야기를 해. 이 몸으로 어떻게 칸의 어머니가 되겠어?"

그리고 순식간에 모습을 감추었다는 것이다. 벨구테이는 누구도 말릴 수 없는 미치광이가 되었다. 눈에 띄는 모든 사내를 죽였다. 물안개가 피는 언덕에 출전했던 삼백여 병사의 친척의 친척까지 밝히는 대로 모조리 화살을 날렸다. 장사의 체력이 고갈될 때까지, 무쇠로 된 칼날이 이지러질 때까지 휘둘러 대학살을 한 것이다.

겨우 살아남은 사람들은 바이칼 호수로 도망쳤다. 버르테를 취했던 칠게르는 그토록 무서운 피 사태를 뒤로 하고 외롭게 쫓기면서 한없는 자학으로 가슴을 쳤다.

"까마귀는 죽은 짐승이나 뜯을 팔자인데 어쩌자고 하늘의 새를 욕심냈던고. 말똥가리 새는 생쥐나 잡아먹을 팔자인데 주제넘게 왜 고니를 탐내었던고. 못난 놈이 어쩌자고 재앙 덩어리를 손에 넣으려고 온 부족을 죽음의 골짜기로 내몰았단 말인고. 사랑하는 이웃을 파멸시킨 자의 슬픔을 무슨 염치로 하소연할 수 있으랴!"

밤이 가고 전투가 종료되었을 때는 아침이었다. 전장에는 포로가 된 사내들과 누구의 아내가 될지 모를 여자와 상처투성이의 아이들만 남았다. 테무진의 군대는 최초의 싸움에서 첫 승리를 얻어

진귀한 전리품을 찾아 한없이 날뛰었다. 해는 반짝이고, 새들은 노래하고, 용사들은 귀중품을 챙기느라 눈이 멀었다. 끝없이 무엇을 가져가는 행렬들 속에서 테무진은 일체 전리품에 손을 대지 않고 서 있었다.

"다들 훌륭해. 테무진! 내일부터 초원이 자무카 이야기로 끓겠어."

토오릴칸은 누구보다 열렬히 자무카를 칭찬했다. 유연한 사람이었다. 풀 뗏목을 타고 강을 건너는 순간, 한동안의 거드름은 흔적도 없이 자무카의 작전을 충실히 이행했다. 달리 여우라 했던가. 초원에서 가장 빠른 동물 초원 노루는 그러나 방향 전환을 할 줄 모른다. 자기 속도에 취해서 포식자가 가로지르는 줄도 모르고 마구 달려가서 잡히는 것이다. 그러나 여우는 전속력으로 달리다가도 포식자가 나타나면 곧장 뒤돌아 뛸 줄 안다. 어떤 맹수도 여우가 방향을 바꾸는 속도를 따라잡을 수 없었다. 그토록 관록이 있는 백전노장의 피가 그의 몸을 돌고 있었다. 결국, 같은 상황에서 테무진은 톡토아베키를 놓쳤고, 자무카는 다이르우순을 찾는 데 실패했지만, 그만은 또 다른 수령 다르말락을 생포해 메르키드의 삼분의 일이 소생할 수 없도록 뭉개버렸다. 우익을 맡은 책임을 완벽히 수행한 것이다. 하지만 자무카에게 놀란 가슴을 어찌 누를 수 있겠는가. 미래를 위해서 테무진이 크지 않으면 자무카를 견인할 방도가 없다는 것을 더욱 실감하였다. 그래서 한자리에 모이자 토오릴칸이 짐짓 어른 표정을 짓는다.

"가난한 사람이 챙겨야지. 테무진! 여기서 밑천을 만들어."

삼자동맹의 중추이니 전리품을 먼저 차지하는 건 당연한 일이었다. 자무카도 권한다.

"형제여! 전리품들이 그대의 길을 따르려고 기다리고 있어."

하지만 테무진은 단호하게 고개를 저었다.

"이번에 저는 큰 것을 얻었습니다, 아버지! 그리고 자무카, 내게 전리품을 권하지 마!"

테무진은 물건에 손대는 순간 자신의 뜻이 훼손된다고 생각했다. 당장 배고프더라도 참아야 한다. 그러지 않으면 이번 전투에서 얻은 명예를 잃는다. 또한 군사를 움직이면서 배운 중요한 사실, 대군을 움직일 사람은 먼저 가야 할 곳을 보고 길을 정해야 한다는 것, 언제나 닥쳐올 장애물을 알고 있어야 부딪치지 않고 빨리 갈 수 있다는 것 등등도 가슴에 남지 않고 날아가버린다.

유목민이 전쟁을 해놓고 전리품을 챙기지 않겠다고 하니 다들 놀란 얼굴로 쳐다본다. 테무진이 유쾌하게 말했다.

"나는 저 아이를 갖겠습니다."

어둠이 걷힌 한구석의 폐허와 잿더미 사이에서 아이 하나가 울지도 못하고 서 있는 것을 족제비할머니가 발견해서 안고 있었다. 어머니가 전쟁터에서 길 잃은 아이를 만나면 키우고 싶으니 꼭 데려다 달라고 했던 부탁이 떠올랐던 것이다. 보오르추가 아이를 번쩍 들어다 백마 위에 올린다.

"이름이 뭐지?"

"쿠추요. 쿠추."

그걸 보고 자무카가 말한다.

"좋아. 형제가 서리 위에서 떠는 모습을 보라 할 텐가? 언젠가 늑대를 잡던 우정의 골짜기로 되돌아가자. 같은 담요를 덮고, 서로의 영혼이 담긴 냄새를 뒤섞자."

토오릴칸에게는 모든 상황이 마음에 들게 진행되었다. 자무카도 테무진에게만큼은 친절하게 굴지 않는가. 전리품을 대폭 양보했지만 전혀 손해될 게 없었다. 테무진을 밀어 넣으면 자무카의 멱살을 쥐는 셈이기 때문이었다.

이렇게 해서 테무진의 아내를 위한 삼자동맹은 시작부터 결말까지 토오릴칸도, 자무카도, 테무진도 모두가 만족할 만한 끝을 보게 되었다.

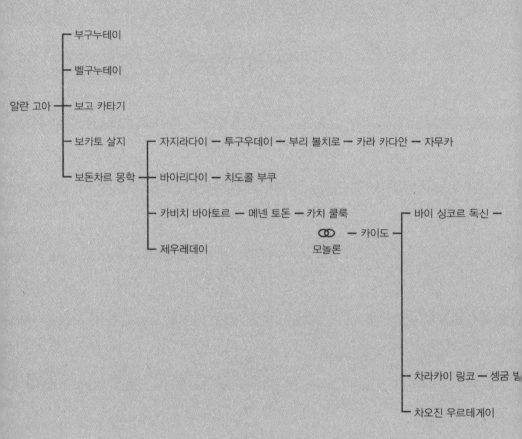

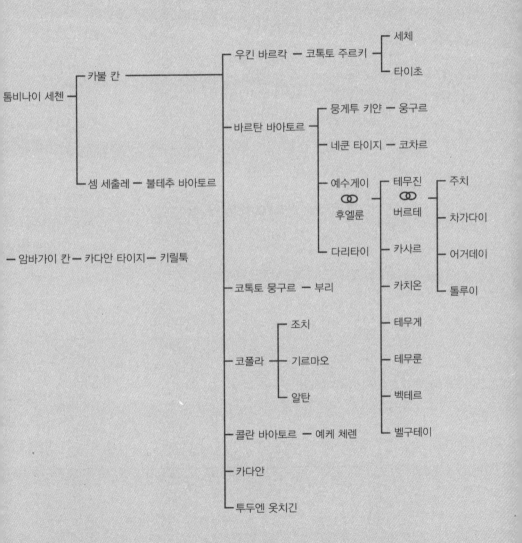

조드 1

© 김형수, 2012

초판 1쇄 발행 2012년 2월 13일
초판 3쇄 발행 2012년 3월 22일

지은이   김형수
펴낸이   강병철
주간   정은영
책임편집   임자영
편집   황여정 최민석
제작   고성은 김현철
마케팅   조광진 장성준 김상윤 이도은 박제연
홍보   전소연 이선희
E-사업부   정의범 조미숙 이혜미

펴낸곳   자음과모음
출판등록   2001년 5월 8일 제20-222호
주소   121-840 서울 마포구 서교동 396-33번지
전화   편집부 02) 324-2347 경영지원부 02) 325-6047
팩스   편집부 02) 324-2348 경영지원부 02) 2648-1311
이메일   munhak@jamobook.com
홈페이지   www.jamo21.net

ISBN 978-89-5707-603-3 (03810)
      978-89-5707-605-7 (set)